KB220744

그의 여자

그의 여자

지은이_이바우 | 초판 1쇄 인쇄_2012년 4월 25일 | 초판 2쇄 발행_2013년 7월 31일 | 발행처_도서출판 청어람 | 발행인_서경석 | 편집장_권태완 | 주소_경기도 부천시 원미구 심곡2동 163-2 서경B/D 3F | 등록_1999년 5월 31일(제1081-1-89호) | 문의전화_032)656-4452 | 팩스_032)656-4453 | http://www.chungeoram.com | 전자우편_chungeoram@chungeoram.com | 어람번호_5-0302 | 파본은 구입하신 서점에서 교환하여 드립니다. 저자와 협의하여 인지를 붙이지 않습니다. 이 책은 도서출판 청어람과 저작자의 계약에 의해 출판된 것이므로, 무단 전재 및 유포·공유를 금합니다. 책값은 표지에 있습니다.

ISBN 978-89-251-2848-1 03810

그의 여자

이바우 지음

도서출판 청어람

목차

검은색의 잘빠진 차가 멈춰 선 곳은 더 이상 차가 들어갈 수 없는 골목 앞이었다. 그 앞, 끝이 보이지 않는 계단 아래 어둠에 묻혀 잘 보이지 않는 남자가 내려섰다.

"어딥니까."

주위의 초라한 모양새를 훑어보며 묻는다. 짜증이 섞인 목소리다.

"어디냐니까요!"

그간 감춰온 심기를 숨길 생각이 없는 듯하다. 날카로운 심사를 드러낸다.

"조금 걸으셔야 합니다."

재촉했던 것처럼 강 실장의 말이 끝나기도 전, 남자는 계단을 밟았다. 지금은 그저 아내를 찾고 싶다는 생각뿐, 다른 건 상관없었다.

그런 남자를 아는 강 실장의 걸음도 빨라진다. 그가 아는 남자는 아내가 사라졌을 때부터 그랬으니까. 겉으로는 태연함을 뒤집어썼어도 초조와 불안, 걱정이 지난 몇 달간 남자가 가진 감정의 전부였다. 아무렇지 않은 얼굴 뒤로 매일같이 아내의 흔적을 찾고, 동원할 수 있는 모든 것을 이용해 뒤를 쫓았다. 지금껏 강 실장이 아는 한, 남자가 그렇듯 열성을 드러낸 적은 없었다.

그럼에도 원하는 단서를 찾지 못했다. 알아낸 것이라고는 그녀가 살아온 22년간의 흔적뿐. 그녀를 찾는 데엔 모두 쓸모없는 내용이었다. 생계비 지원에 대한 기록이나 생모의 사망날짜, 이후 유일한 동거인이었던 외조모가 얼마 전 사망했다는 사실들.

생각지 못한 것과의 대면에 남자는 당황했다. 그래서 그녀를 찾는 일에 더 열을 올렸지만, 막상 그녀의 마지막 행적을 찾아냈을 때엔 묘하게 긴장한 얼굴이었다. 망설임과 걱정이 뒤섞인 표정. 그러나 지금, 계단을 걸어 올라가고 있는 지금은 짜증을 걷잡을 수 없는 기색이다. 계속되는 허름한 집들이, 그가 오르기에도 숨이 찬 계단이 그의 화를 부추긴다.

그에게는 사람이 살지 못할 곳이었다. 그의 기준에서는 말이 되지 않는다. 이런 모양새와 이런 계단이라니. 걱정보다는 화가 치밀었다. 매서운 바람도 느끼지 못할 만큼 열이 달아올랐다. 끝없이 이어지는 계단과 더해가는 분노가 그를 뜨겁게 달궜다. 그래도 쉬지 않고 올라가는 사이 눈이 내리기 시작했다.

남자는 멈춰 섰다. 눈이 떨어지는 하늘을 올려다본다.

1년 전, 아내와 만난 날이 생각났다. 오늘처럼 지독히 추운 날이었다. 한 시간도 채 되지 않아 끝난 자리는 온통 얼어붙은 밖으로 이어졌다.

그래 봤자 주차장까지는 짧은 거리였다. 그는 대수롭지 않게 하늘을 한 번 바라봤을 뿐인데, 그의 아내는 참 심란한 표정을 짓고 있었다. 하늘에게 배신이라도 당한 것처럼 가지런히 서 있는 자신의 힐을 원망스럽게 바라봤다. 자신도 모르게 피식 웃음이 나온 것은 순간이었다. 생각지 못한 상황에 당황해 고개를 돌렸지만, 표정이 잡히지 않는 건 어쩔 수 없었다.

지금도 그 얼굴을 떠올리면 입꼬리부터 올라간다. 새삼 웃음이 나오려 했지만 어느새 걸음을 멈춘 강 실장에 웃음은 사라졌다.

"여깁니다."

얼굴이 싸늘해진다.

여기? 여기라고?

최악이었다. 올라오며 본 중에서도 최악이었다. 곧 내려앉아도 이상할 것이 없는 지붕에, 어린아이 키에 맞춘 듯 허리를 굽혀야만 높이가 맞는 문. 과연 그 안에 제대로 된 방이나 있을지 의심스러운 집이다.

강 실장을 한 번 쳐다보곤, 크기만 컸지 별로 믿음직스럽지 못한 자물쇠를 잡아챈다. 집도 자물쇠도 한심하다.

"안 계시는 것 같습니다."

기척이 느껴지지 않는 것을 강 실장이 확인했다.

벌써 자정이 가까워 오는 시간.

"강 실장님은 내려가 계세요."

남자는 시계를 보며 말한다.

"혼자 괜찮으시겠습니까."

"대기하고 계세요."

"하지만……."

"짐은 나중에 옮기도록 하지요."

두 번은 말하지 않는다. 무표정한 얼굴로 다시 시계를 내려다본
다.

"그럼…… 내려가 있겠습니다."

완고한 목소리에 강 실장이 물러설 수밖에 없다.

"필요하면 부르십시오."

그가 내려가고서야 남자는 참았던 한숨을 내뱉었다.

이젠 화도 남아 있지 않은 상태였다. 자신의 아내가 다시 사라진
걸까 초조했다. 돌아오지 않는 건 아닐까 불안하다. 여기서 놓치면
또 어디서 찾아야 할지.

물론 찾아낼 것이다. 도망쳐도 소용은 없다. 문제는 또 얼마의 시
간이 걸리느냐였지만. 그 시간을 또 어떻게 참고 견딜지, 생각만으
로 오싹해지는 기운에 괜히 헐거운 결혼반지를 만지는데, 전화벨이
울린다.

「사모님, 올라가십니다.」

강 실장이었다.

「따를까요.」

굳이 그를 내려보낸 것은 남자였으나, 위태위태한 계단과 어두운
골목이 떠올랐다.

"가능한 눈치채지 않게…… 아시죠."

조용히 전화를 끊고 자신도 계단을 내려간다. 멀리 희미한 발자
국 소리가 들렸다.

조심스러운 걸음이 여전했다. 어쩐지 지친 기척인데, 거리가 가까워질수록 소리는 잘 들리지 않았다. 귀 뒤에서 울리는 심장 소리가 그의 발소리만큼이나 크게 울렸다. 그의 존재를 알아차리지 못하고 있던 여자가 누군가 있음을 느낀 것은 그가 머리 위에 멈춰 섰을 때다.

차가운 숨을 삼킨다. 그를 알아보지 못하고 겁을 먹었다. 그가 한 칸, 한 칸 다시 계단을 내려갈 때마다 난간을 움켜잡은 손이 움찔거린다. 지나가는 사람이기를 바라고 있었던 듯, 내내 고개를 숙이고 있다 그가 자신 앞에 섰을 때야 위를 올려다본다.

두려움이 가득한 눈. 하얗게 질린 얼굴은 늦은 밤, 어둠 속에 낯선 남자와 맞닥뜨린 두려움 때문일까 그를 발견한 놀람 때문일까.

"오래간만이야."

남자는 담담하게 말했다.

그들이 처음 만난 날처럼 눈이 쌓여가는 밤이었다.

2

"이사님. 오늘 5시, 송원에서 어르신과 약속 잡혀 있습니다."

"알고 있어요, 정 대리. 잊어버리지 않았으니까 그만 퇴근하세요."

토요일 오후. 진 여사의 당부로 점심시간부터 정확히 30분마다 오늘의 거사를 확인시켜 주는 것은 그의 비서 정 대리의 몫이었다.

"이사님, 오늘은 꼭 가셔야 합니다. 어르신께서 며칠 전부터⋯⋯."

"5시 송원, 됐죠?"

때문에 점심나절부터 어느 일 하나 제대로 끝내지 못한 사빈은 그의 말을 끊었다.

그렇지 않아도 오늘은 시간을 지킬 참이었다. 모친의 성화에서 잠시나마 벗어나기 위해서라도 말이다. 물론 어디까지나 여자의 얼굴을 보는 것뿐이지만.

"이사님, 이제……."

이윽고 약속시간에 임박한 즈음엔 5분마다 지겨운 말이 반복되는데, 그가 시간에 맞춰 일어났을 때 정 대리의 얼굴은 그의 역정을 샀다는 걱정보다 성북동 큰마님의 성화에서 벗어날 수 있다는 안도감으로 가득했다.

"됐습니까? 이제 그만 퇴근해도 되겠군요."

모친이 바라는 완벽함으로 치장한 사빈은 그런 비서를 짜증스런 눈으로 주시하고 돌아섰다.

그렇지 않아도 내키지 않는 자리에 짜증이 난 터였다. 류 회장의 막내딸이라니. 어디서 나타났는지도 모를 여자였다. 밖에서 데려온 것은 아닐까 의심될 정도로 소리소문없이 튀어나온 딸이다. 어머니, 진 여사가 데려다 놓은 여자니 문제는 없겠다지만 자신보다 열 살이나 어린 나이도 문제라면 문제였다. 이제 겨우 22살. 어린 건 강아지부터 갓난아이까지 좋아하지 않는 사빈으로서는 잡다한 생각만 많아 사람을 귀찮게 할 어린 여자는 사양이었다.

그럼에도 어머니가 고집하는 여자라, 사빈은 형이나 동생과 마찬가지로 모친에게 떠밀려 가는 자신에게 쓰게 웃으며 차를 몰았다.

"어서 오십시오, 성 이사님. 기다리고 계십니다."

그가 도착하자 은근한 미소로 그를 맞은 지배인이 내실로 안내한다.

조심스러운 손이 장지문을 열자 벌컥 바라보는 눈이 그를 맞았다. 앙고라스웨터에 뽀얀 얼굴이, 하얀 털이 보글보글한 강아지를 연상케 하는 얼굴이다. 그녀 또한 억지로 끌려 나온 기색으로 어색한 눈 맞춤이 그들의 첫인사였다.

"차, 괜찮겠습니까?"

긴 다리를 접은 사빈이 물었다. 진 여사의 귀띔으로 정찬을 준비해 놓은 지배인은 당황한 눈치나 정단이 고개를 끄덕이는 것에 그에게 시선을 준다. 알아서 준비하라는 뜻이었다.

"준비해 올리겠습니다."

지배인은 난감한 기색을 숨긴 채 머뭇머뭇 물러났다.

옥색의 다구를 받친 그가 다시 돌아온 것은 이십여 분이 지난 다음. 그때까지 내실은 침묵으로 가득했다. 지배인이 옅은 금빛의 차를 따르고 사라진 뒤에도 오가는 말은 없다. 정단이 그들 사이에 놓인 찻잔을 가만히 바라보는 가운데 한 시간 같은 십 분이 흐르고, 차가 엎힐 것 같은 정적에 어찌할 바를 모르는 정단의 속이 바작바작 타들어갈 때쯤, 서서히 바닥을 드러내던 잔에 다시 차가 채워졌다.

"그래서, 묻고 싶은 건?"

긴 팔로 정단의 차를 따른 사빈이 자신의 잔을 채우며 물었다.

쪼르륵, 물소리가 울림과 동시에 정단이 그를 쳐다봤다. 피차 알 만큼 알고 나왔으니 새삼 궁금할 건 없다지만, 그것이 잘 안다 할 수 있는 것인지 몰라 말갛게 바라보기만 한다. 그사이 사빈은 찻잔을 비웠다.

"그럼, 일어날까요?"

다른 말은 할 틈도 없이 장지문을 연다.

"어르신께는 뭐라……."

밖에서 대기하던 지배인은 당혹한 얼굴이다.

"보신 대로."

내내 안을 살피고 있던 그에게 사빈은 무심히 돌아보며 말했다.

"하지만……."

큰마님에게 역정을 들을 것은 분명했다. 그것은 어쩔 수 없다 치더라도 살펴본 모양을 어떻게 설명해야 할지가 문제다. 내실에서의 대화는 고작 다섯 마디. 그것도 류 회장 쪽의 영애는 입 한 번 열지 않았다. 일이 진 여사 뜻대로 되지 않았다는 증거였으나, 지금 그녀의 옷시중을 들고 에스코트해 나간 성 이사의 행동은 뭐라 해야 할지.

"어르신. 송원, 원 부장입니다."

「그래, 어떻게 되고 있습니까.」

만족스러운 상황을 기대하고 있던 진 여사에게, 사빈의 말처럼 본 그대로를 전한 보고는 좋지 않았다. 아무 상관 없는 원 부장만 괜한 소리를 듣게 되었다.

덕분에 사빈의 머릿속은 차분했다. 자신의 차보다 앞서 나온 차를 두고 정단을 배웅한다.

"다음에 뵙죠."

서둘러 자리를 접은 사람답지 않은 말이었다. 그에 정단도 고개를 끄덕였다.

그런 정단을 사빈은 빤히 바라봤다.

어지간히도 추운 날씨. 하얀 입김 속에 파란 두 뺨이 추워 보였다. 순간 감싸주고 싶은 충동에 놀랐다.

"가시죠, 아가씨."

정단의 비서가 차에서 내렸다.

그녀를 한번 돌아본 정단이 다시 그를 향해 짤막한 인사를 했다. 이제 정말 마지막이다 생각한 것이지만 불쑥 다가온 손이 차 문을 열었다.

놀란 눈으로 바라보는 것에 사빈은 왜 그러느냐는 시선을 보냈다. 안 타고 뭐 하지? 고개를 까딱해 보인다.

그래, 문을 열어줬을 뿐이지. 멀뚱히 바라보던 정단도 이내 시선을 내렸다. 감사의 뜻으로 살며시 미소를 짓는다. 그와 같이 사빈의 눈동자도 아래를 향하는데 긴 눈꼬리가 가늘어진다. 차갑게 드러난 손끝이 눈에 들어왔다. 두꺼운 목도리부터 코트까지, 모든 것이 완벽한데 빨갛게 언 손가락이 거슬린다. 그의 손이 움직이려 했다.

무얼 하려고. 잡아주기라도 하려고?

다행히 그 손이 닿기 전 사뿐히 발을 올린 정단은 차에 탔다. 목적을 잃고 허공에 멈춘 손은 문을 닫는 용도가 되었다.

'지잉' 차창 내려가는 소리가 들렸다. 검게 선팅된 차창 위로 그를 올려다보는 얼굴이 나타났다. 이번엔 눈으로만 인사를 전한다. 사빈도 고개를 끄덕 움직였다. 차가 출발하며 멀어진 차창은 정단의 어렴풋한 인영만 비쳤다.

"나쁘진 않군."

그때까지 차를 바라보고 있던 사빈은 중얼거렸다.

"그래, 나쁘지 않아."

그가 정단과의 결혼에 대해 내린 결론이었다.

그러나 2주가 지나도록 류 회장 쪽에서는 아무런 움직임이 없었다. 이쯤이면 누구든 나서 일을 재촉해야 할 텐데, 마치 돼도 그만 안 돼도 그만이라는 식의 분위기가 사빈을 초조하게 만들고 있었다. 목적이 있는 결혼인만큼 준비가 필요하다는 것은 알고 있지만 알 수 없는 조바심에 목이 탄다. 하릴없이 손끝을 굴리며 정단을 떠올린다.

쌓인 눈을 참 난감하게도 바라봤었다. 송원 안뜰을 조심조심 걸어가는 모습이 꼭 곰 한 마리를 보는 것 같아 소리 내어 웃을 뻔도 했지만, 소매 아래 손을 잡고 싶은 충동에 당혹스러웠다. 그것이 다시 기억난 지금도 난감함에 눈을 감는다.

장갑을 끼지 않아 빨갛게 언 손이 이상하게 안쓰러웠다. 나쁘지 않다고 생각했는데, 그렇게 생각하는 줄 알았는데 아무래도 아니었던 모양이다. 지금도 그 손이 아른거리는 것을 보면 꽤 마음에 들었나 보다.

그것을 모친도 짐작하고 있을 것이다. 그렇지 않다면 지금껏 잠잠히 있을 리 없다. 송원의 원 부장. 눈치가 빠르다는 것은 알고 있었으나, 그저 멋대로 얘기를 전한 것인지, 아니면 정말로 자신이 그런 낌새를 보인 것인지는 사빈도 모르는 일이다.

어쨌든 상대가 마음에 든다는 것은 유쾌한 일이 아닐 수 없다. 그쪽에 먼저 손을 내밀지 못할 이유는 없겠지.

"류정단 씨 연락처 알고 있습니까?"

문득 강 실장을 호출한다.

"류 회장님 댁 따님 말씀이신지요."

생각지 못한 물음이었다.

"네, 그 아가씨 말입니다."

진 여사가 아들의 보모로 심어둔 강 실장이 모를 일은 없었다.

"그럼 영빈에 연락을 넣어두겠습니다."

그러나 사빈이 원하는 것은 개인적인 것이었다.

"아니요. 제가 하지요."

"직접…… 말씀이십니까?"

어쩐지 강 실장에게서 묘한 위화감이 느껴진다.

"네, 직접."

진 여사가 좋아할 만한 일에 머뭇거리는 기색이 역력했다. 그러나 순순히 내어놓은 번호로 전화를 건다.

「네, 류정단 씨 핸드폰입니다.」

하지만 들려온 것은 다른 여자의 목소리였다.

그날 저녁. 사빈은 유리 너머 자작나무를 보고 있었다. 인적이 드문 거리에 사람도 많지 않은 오가닉 레스토랑 안이었다. 나무를 보며 앉아 있기에는 어색할 정도로 이른 시간이다. 기포가 떠오르는 잔을 보며 사빈도 고개를 갸웃 기울였다. 일 중독은 아니라고 생각했는데 이 시간, 책상 앞이 아닌 게 언제였더라. 새삼스러운 깨달음에 한참을 그렇게 앉아 있었던 것 같다. 예의 송원에서 배웅한 검은 세단이 시야에 들어온 것은 무슨 맛인지 알 수 없는 음료에 익숙해질 때쯤이었다.

입구에 단정한 슈트 차림의 여자가 내렸다. 송원에서도 보았던 여자다. 이어 정단이 내리는데, 설마 안에까지 같이 들어오려는 건 아니겠지. 사빈의 눈이 가늘어졌다.

다행히 쫓아 들어오지는 않는다. 지배인의 안내로 다가오는 정단을 보고 자리에서 일어나지만 그의 시선은 여전히 창밖의 여자에게 향해 있다.

아까 전화를 받은 여자였다.

"지금 자리를 비우셨는데, 말씀 전하겠습니다."

어쩌다 받은 것처럼 말했으나, 정단의 전화 하나하나를 살피고 있는 느낌이었다. 비서처럼 따라다니는 것도 감시하기 위해서일 것이다.

강 실장이 붙은 자신도 다를 바 없다지만 우스웠다. 반항기 때문인가?

사빈은 어느새 자신 앞에 서 있는 정단을 바라봤다. 그래, 그 고집을 고려해 봤을 때 납득하지 못할 것도 아니지. 말간 눈으로 그를 마주 본 정단은 가볍게 고개를 숙였다 들었다.

오늘도 적당히 상냥한 얼굴에 필요 이상의 미소는 없다. 시선을 피하진 않지만, 단정한 입술은 쉬이 열리지 않았다. 둘 사이에 조심스러운 숨소리나 식기 부딪치는 소리 외의 다른 대화는 없다. 마지막 코스가 나올 때까지 고요함은 계속됐다. 긴 침묵이 불편할 법도 한데, 어쩔 줄 몰라 하는 기색이 아니다. 고집만 있는 줄 알았더니 기까지 세군. 결국 먼저 입을 연 것은 사빈이다.

"원래 그렇게 말이 없나?"

갑작스러운 질문에 푸딩에 집중하고 있던 정단도 고개를 들었다.

"그렇진 않습니다."

스푼을 내려놓으며 야무진 입매로 대답하는데, 사빈의 한쪽 눈꼬리가 당겨진다.

'않습니다?'

정 대리에게서나 들을 말투였다. 조심스러움을 넘어 사무적인 목소리. 애교라고는 조금도 부릴 생각이 없는 정단에게 사빈은 '그럼?' 하고 묻듯 고갯짓을 했다.

"익숙하지 않은 자리에서는……."

말끝을 흐린다.

낯가림이라는 건가? 그런 것치곤 제가 할 말은 다 하는 것이 모순적이다.

"그럼, 언제쯤 익숙해질까."

사빈은 의자 깊숙이 앉아 정단을 관찰하듯 바라봤다. 혼잣말처럼 중얼거리는 소리에 웃음기가 스친 것 같았다. 그러나 정단이 고개를 들었을 때 그는 웃고 있지 않았다. 파악할 수 없는 태도에 정단의 얼굴로 동요의 빛이 드러나지만 그것이 확연한 표정으로 바뀌기 전, 사빈은 일어났다.

"그만 가지."

생각보다 이른 시간이었다. 말 한마디 나누지 않은, 본연 그대로의 식사가 끝이었다.

밖에는 가드가 완벽한 정단의 비서가 기다리고 있었다. 그녀가 차 문을 열자 정단은 말없이 사빈을 돌아봤다. 동그란 눈이 그를 향해 흔들렸다.

이상하게 사빈의 가슴 언저리가 묵직했다. 손끝이 앞으로 나아가려다 말았다. 정단이 끌려가는 듯 보인 것은 그의 착각이었을 것이다. 사빈은 말없는 인사에 대한 답으로 고개를 끄덕였다.

그리고 송원에서와 마찬가지로 정단의 차가 사라지는 것을 지켜본다. 지난번엔 30분 남짓, 오늘은 한 시간. 처음은 차 한잔이었고 다음은 저녁 식사라. 더 익숙해지려면 무얼 해야 하나. 알 수 없는 둔통이 남은 가슴을 내려보고 사빈도 자신의 차에 올랐다.

그리 멀지 않은 길이었으나 꽉 들어찬 차들은 좀처럼 앞을 열어주지 않았다. 신호를 기다리며 습관처럼 핸들에 얹은 손을 움직인다. 문득 정단의 찡그린 얼굴이 떠올랐다. 선인장샤베트를 한입 문 순간이었다. 곧 평소처럼 돌아왔지만 '뭐 이런 게 다 있어' 하는 표정이었다. 언제나 잘 정돈된 모습의 정단에게서는 처음 본 흐트러짐이었다.

이제야 '쿡' 하는 웃음이 터진다. 22살이 맞긴 했다. 잠깐 보았던 얼굴이 어린 여자의 것이었다. 라즈베리가 올라간 하얀 푸딩을 보며 잠시 흥분했던 것도 눈치챘다. 그것을 감추려 괜히 자세를 바로 잡았지.

정단은 아직 어린아이와 자포자기할 줄 아는 어른이 교묘히 섞인, 경계를 알 수 없는 여자였다. 자신을 감싸는 방법은 알고 있지만 자신을 감추는 것이 완벽하진 못하다. 차가울 정도로 날카로운 단정함과 어설픔이 공존한다.

그 차이가 자꾸 시선을 끄는 건지 건지 모르겠다. 이쪽과 저쪽을 오가며 감질나게 사빈의 판단을 유보시키고 있다. 길이 뚫리고 차가 멈출 때까지 사빈은 그 여자만 생각하고 있었지만 정작 그것을 그 자신은 의식하지 못했다. 집 앞에서야 정단에 대한 생각을 털어낼 수 있었다.

불이 환하게 켜진 집이 눈에 들어왔다. 성북동 집에서 분가해 나온 이후 그의 집을 드나드는 사람은 강 실장밖에 없었다.

웬만한 일이 아니고는 그가 여기까지 오는 건 드물었다. 그것도 주인 없는 집에서 기다리는 경우라면 더욱더.

"무슨 일입니까."

안으로 들어가며 묻는다.

"오셨습니까."

반듯하게 앉아 있던 그가 사빈을 맞으며 일어났다.

"오늘은 오래 계셨군요."

진 여사에게 고할 상황이라도 살피러 온 것일까.

"이 시간에 찾아왔을 땐 그만한 용건이 있을 텐데요."

이런 식의 감시, 별로 좋아하지 않는다는 거 알고 있을 텐데, 사빈은 짜증스런 목소리로 그의 말을 끊었다.

어차피 자신과 상관없이 진행된 결혼. 지금도 충분히 진 여사가 반색할 상황이었다. 이쯤이면 모친의 계획도 생각보다 빨리 성사될 수 있을 것이었다.

그러나 그가 내민 것은 서류뭉치였다.

"봐두시는 게 좋을 것 같습니다."

언제 보여야 할지 때를 고르던 것이다.

사빈은 대수롭지 않게 그것을 받아 들었지만, 변하는 표정은 심상치 않았다.

"그럼 언제쯤 익숙해질까."

익숙지 않은 사람 앞에서는 말이 없다고 했지.

그 말간 눈이 언제쯤 자신에게 친근함을 비출까 기대하던 참인데. 아깝게 됐군. 사빈은 웃으며 종이더미를 내려놓았다.

"아침 일찍 들어가 봐야겠군요."

성북동 어머니가 어떤 얼굴을 하고 있을지 궁금했다. 그 인위적인 표정이 일그러질 것이 기대된다.

"재미있어졌네요, 아주."

사빈의 눈이 가느다랗게 빛났다.

정단이 류 회장에게 불려간 것은 이튿날이었다.

똑똑똑.

문을 두드리는 소리마저 조심스럽다.

정단은 허락이 떨어질 때까지 숨을 고르며 기다렸다.

"들어오너라."

어느 때보다 냉랭한 목소리. 안으로 들어가는 정단의 얼굴도 무표정했다.

"부르셨다고요."

그런 정단을 맞이한 것은 류 회장의 독설이다.

"쓸데없는 것 같으니……. 어떻게 했길래 다된 일이, 내가 널 왜 데려왔는데!"

그에게 있어 정단이 어떤 존재인지 알 수 있는 말이다. 아픈 말일 텐데 정단은 무감각한 얼굴이다.

"대체 무슨 짓을 한 거야! 무슨 짓을 했길래!"

책상을 내려치며 성을 낸 류 회장은 온몸으로 정단을 노려봤다.

한동안 서재 안은 터져 나갈 듯 고요하기만 했다.

"그쪽에서 널 내쳤다. 성 이사가 말이다."

한참의 침묵 후, 류 회장은 말했다.

정단은 아무런 대꾸도 할 수 없었다. '왜?' 라는 단어만 머리를 맴돌 뿐. 어제까지 그런 내색은 없었는데.

그러나 '설마…… 설마' 고개를 젓던 중 떠오른 사실 하나에 실소를 삼킨다.

"당연하지 않나요?"

"……무슨 소리냐."

류 회장은 아직도 부정할 모양이지만 모두가 다 알고 있을 그의 치부였다.

"알았겠죠, 사실을."

뻔뻔한 발뺌에 비웃음을 감추지 않는다.

"속일 수 있다고 생각하셨어요? 그런 집안을 상대로 숨길 수 있다 생각하셨어요?"

다른 이들에게는 수줍고 온화한 그녀가 아버지 류 회장에게만은 독이 올라 머리를 쳐든다. 그렇지 않고는 자신을 지켜내지 못한다.

"그래도 이쯤에서 끝난 게 다행이지 않나요? 회장님은 만족이 안 되시겠지만, 처음부터 그분하고 저……."

그러나 계속되는 추궁은 매서운 소리와 함께 끊겼다. 모진 손이 정단의 뺨을 내려쳤다.

"감히……."

그 어떤 말도 사실이 아닌 것은 없었지만, 류 회장은 자신의 허물이 드러나는 것을 참지 못했다. 정단의 뺨보다 그의 얼굴이 더 붉게 달아올라 있었다. 기울어진 몸을 바로잡은 정단은 외려 담담한 얼굴이다.

"네. 그러니까 불가능했다고요. 모르시겠어요?"

볼이 화끈거리는 것도 느끼지 못한다.

"처음부터…… 처음부터 아무것도 아니었잖아요. 정말 그분이, 저랑…… 그럴 거라 믿으셨어요?"

"그게 아니면. 널 데려온 이유가 뭐라고 생각하는데. 그래도 제어미 닮은 건 있을 줄 알았더니. 이 집에 산다고 귀한 티라도 내려는 게야, 지금?"

흥분한 류 회장의 목소리가 거칠게 귀를 때리지만 정단에겐 들리지 않는다. 웅웅거리는 소리와 숨죽인 자신의 비명뿐, 아무것도 들리지 않는다.

"그래서 어떡하길 바라셨나요. 제가 엄마처럼 했다면, 그러면 됐을 거라고 생각하세요? 그럴 리 없잖아요. 그럴 리 없다는 건 회장님이 제일 잘 알고 계시잖아요. 안 그래요, 아버지?"

또박또박 물은 것이 결정타였다. 류 회장이 입을 다문다. 당혹한 낯빛이다.

완벽한 그의 치부였다. 그가 정단의 엄마를 버렸으니까. 자신의 아이를 가진 여자를 내치고 생긴 아이를 부정했으니까. 자신은 그렇게 쉽게 버렸으면서 만약의 일이 벌어진다고 한들 사빈은 책임질 것이라 생각하는가. 정단이 아이를 가진다 한들 사빈이 눈 하나 깜짝할 리 없었다. 류 회장 자신이 그랬으니까.

하지만 금세 방법을 바꾼 류 회장은 조용히 말한다.

"네가 하겠다 한 결혼이다. 억지로 시킨 게 아니지 않니."

애처로운 아버지 같다. 그래 봤자 정단에겐 소용없는 눈속임이었지만 정단도 부정하지는 못한다. 억지가 아니었다. 처음부터 그를 위한 희생이 아니었다.

"지금도 늦지 않았다. 설득할 수 있어. 그렇지?"

나긋한 목소리가 정단을 감싼다.

"너만 잘해주면 돼, 정단아."

온화한 목소리. 그것엔 정단이 어릴 적 바라온 아버지의 애정이 담겨 있었으나, 지금의 정단에겐 아무것도 느껴지지 않는다.

류 회장은 원하는 것을 얻기 위해서라면 무엇이든 꾸며낼 수 있는 사람이었다. 처음 자신을 찾아왔을 때처럼. 그의 모든 것이 거짓이고 기만이었다.

그러나 그것은 거절해서도, 도망쳐서도 안 되는 회유였다.

"하겠습니다……. 해볼게요."

바닥으로 떨어지는 목소리로 대답한다. 고개를 끄덕이는 것 외에는 다른 길이 없다. 처음부터 이 말도 안 되는 일에 동조한 것은 정단이었다.

"하지만 기대는 하지 마세요. 말씀대로 전, 엄마를 닮지 못했으니까."

그렇게 그리워했던 아버지인데 지금은 함께 있는 것조차 참을 수 없다.

"그분을 생각해라."

숨이 오그라든다.

"시간이 얼마 없다는 건, 알고 있겠지?"

차가워진 손끝을 말아 쥔다. 그 순간, 가슴을 채운 원망은 류 회

장보다 어머니, 은옥을 향한 것이었다,

하지만 지금 정단은 은옥 같은 여자가 돼야 했다.

정단이 나간 뒤 마뜩치 않게 인상을 찡그린 류 회장은 주먹을 움켜쥐었다.

그에겐 사빈이 필요했다. 여럿을 두고 저울질한 가운데에 가장 그럴듯했다. 정단에게 빠져 준다면 자신이 원하는 대로 움직일 수 있는 가능성은 그가 제일 크다. 가지고 노는 건 노는 것대로, 이득에 관해서는 칼같이 돌아서는 다른 놈들과 달리 제대로 빠져만 준다면 위태로운 지금의 영빈을 다시 세울 수 있는 최소한의 원조는 받아낼 수 있다.

이제야 건축업계에 발을 들인 성진그룹이 그를 건설계열의 대표로 세우려 하고 있는 것도 중요한 이점이었다. 건축학과를 졸업해 유학까지 하고 현장 실무까지 3년을 채우고 온 그라면 국내 최대 건설기업이라 할 수 있는 영빈에 관심을 가질 이유도 충분했다.

진 여사만 잘 꾀어내면 성 회장도 움직일 수 있었다. 안의 일에 대해서라면 성 회장이 진 여사의 영역을 침범하지 않는다는 것은 공공연히 알려진 사실이었다. 첫째 아들의 혼사도, 사빈보다 먼저 치른 셋째 아들의 혼사도 성 회장보다는 진 여사의 결정이 더 주요하게 작용했다는 것을 봐도 그랬다.

이해득실에 관해서는 자신보다 부인이 한 수 위라는 것을 성 회장은 알고 있었다. 밑지는 장사는 하지 않을 자신의 부인을 믿고 있는 것이다.

그런 진 여사에게 그럴 마음이 들게 하는 것이 큰일이겠지만 모든 것을 걸 만큼 류 회장은 절박했다. 영빈을 걸고서라도 사빈을 영빈의 편으로 만들어야 했다.

"이사님, 점심은 어떻게……."

오전 내, 건설 수주 동향을 살피다 늦은 점심시간을 맞은 사빈은 점심 식사와 맞바꾼 휴식을 즐기고 있었다.

"도시락이라도 준비하겠습니다."

그의 비서는 그를 두고 자리를 비우는 것이 불편한 모양이지만, 지금 사빈에게 절실한 것은 담배의 흡입감이었다.

"그냥 다녀와요. 여긴 내가 지키고 있을 테니까."

그런 의미에서 건물 내 금연을 철칙으로 삼고 있는 정 대리는 서둘러 내보내야 했다. 그런 줄도 모르고 코트를 챙겨 입는 정 대리는 한껏 눈치를 봤지만, 내쫓듯 그를 내보낸 사빈은 원대로 담배를 틀어 물었다. 그리고 기대앉은 소파에 머리를 뉘었다.

천장이 보였다. 필터를 빨아들이는 동안 그 하얀 천장 위로 낯익은 여자의 얼굴이 빙글빙글 도는 것 같기도 하고 아닌 것 같기도 하고. 뿌옇게 퍼지는 연기 아래, 인상을 찡그린 사빈은 눈을 감았다.

영빈과의 혼담을 거절한 것은 어제였다. 모친이 손써볼 틈도 없이, 날이 밝자마자 류 회장의 비서실로 연락을 넣었다. 그러니 지금쯤 모친이나 영빈이나 뭔가 반응이 있어야 하는데 아직까지 잠잠한 게 이상하기만 하다.

사실 사빈도 그리 유쾌하기만 한 것은 아니었다. 차라리 몰랐다면 좋았을 것을. 그것이 은근한 그의 마음이었으나, 모든 것을 알게 된 이상 정단을 받아들일 수는 없었다.

그럼에도 아까부터 새로 꺼낸 담배에는 불도 붙이지 못하고 라이터만 찰칵거리다 만다.

기분이 좋지 않았다. 이미 알고 있는 것이다. 모친이 다음에 데려올 며느리감은 정단만큼 마음에 들지 않을 것임을.

그러나 그녀가 몰랐다고는 생각할 수 없다. 곧 사라져 버릴 영빈의 이름. 그런데도 아무것도 모르는 척, 세상일과는 상관없는 척, 순진한 얼굴로 그를 속이려 했다. 하마터면 그도 그 얼굴에 감쪽같이 속아 넘어갈 뻔했다. 강 실장이 바로잡지 않았다면 영빈과 함께 뒤엉켜 버렸을 것이다.

그런데 왜 아직도 그 여자가 탐이 나는 것일까. 덕분에 하루 중 유일한 휴식 시간을 허비해 버렸다. 정단이 자꾸 떠오른다는 사실만으로 충분히 짜증스러운데 말이다.

그때였다. 자리를 비운 정 대리 대신 연결된 비서실 라인에서 불이 들어왔다.

「이사님, 영빈 아가씨께서 와계십니다.」

강 실장이었다.

「안으로 모실까요.」

연락처를 알고 있을 텐데. 피할 줄 알았을까?

"안내, 해주시죠."

거절할 듯 잠시 시간을 두었던 사빈은 말했다. 이제 와 한 번 더 못 만날 것은 없었다.

그러나 금세 후회할 결정이었다.

만날 필요가 있을까? 달라질 것은 없는데.

그러는 사이 가까이 다가온 기척이 느껴졌다. 벽을 사이에 두고 잔뜩 웅크린 느낌에 사빈도 덩달아 긴장한 채 문을 응시한다. 드디어 문이 열리고 커다란 목도리로 얼굴을 돌돌 만 정단이 들어왔다.

찾아온 것은 자신이면서 정단은 아무 말 없이 가만히 서 있기만 했다. 그런 정단을 사빈도 바라보기만 했다. 가볍게 고개를 숙이는 인사도 없다. 그동안은 그나마 최소한의 예의는 보였던 사빈이지만, 이젠 호의적이라고는 할 수 없는 시선에 정단의 몸이 굳는다. 꽉 조이는 시선에 문고리에서 손을 떼지 못한다. 어떡하지? 어떡하지? 호기롭게 들이닥친 것과는 다르게 목이 죄인다. 목소리가 나오지 않는다. 정단의 머릿속은 그야말로 뻥 터져 버릴 듯한 진공상태. 얼어버린 눈동자는 그를 제대로 바라보지 못하고 흔들린다.

그런데 이상하게 사빈은 그 눈이 마음에 들었다. 그동안엔 보지 못한, 무언가를 갈망하는 눈빛. 아무것도 바라지 않고, 아무것도 하지 않던 그녀가 아니었다.

그래, 그 기운이 가상하니 먼저 입을 열어주도록 할까.

"하실 말씀이 있다고요."

공격적인 태도를 지우고 말한다. 그러나 뚫어지게 바라보는 시선은 거둬지지 않았다.

그 눈빛에 정단은 본래의 목적을 반쯤 체념하고 만다.

바로 어제, 그간 진행되어 온 결혼을 모두 멈춘 그의 말투는 깍듯한 존대로 바뀌어 있었다. 더할 수 없이 정중하고 예의 바른 대함이나 그 안에 숨어 있는 것은 지독히 냉정하고 단호한 그의 본성이었다.

"이유…… 이유를 알고 싶습니다."

여유롭게 다리를 꼬고 앉아 있는 모습에서도 조금의 흐트러짐을 찾을 수 없다. 그 근엄함에서부터 정단은 기가 질렸다. 겨우 입술을 달싹이지만 자신이 무슨 말을 하는 줄도 모른다. 김 비서와 여러 가지 상황을 연습했지만, 준비한 대로 되는 것은 아니었다.

"이유?"

차갑게 묻는 그가 무서웠다. 완벽히 남으로 돌아선 그를 붙잡아야 하는 것이 정단에게는 버거웠다.

"이유라……."

사빈은 어제부터 사이드 책장에 놓여 있던 사진을 꺼내기 위해 일어난다.

"……!"

그 움직임에도 깜짝 놀라 정단은 몸을 웅크렸다. 책장을 열던 사빈도 정단을 돌아봤다. 새파랗게 질린 얼굴을 보며 저도 모르게 혀를 찬 것 같다. 얼마나 긴장했는지 목도리에 숨이 막힐 것 같은 얼굴이 마음에 들지 않는다.

"새로운 투자는 아닌 것 같은데."

저도 모르게 구겨진 표정을 감추고 사진을 가지고 돌아와 한 장, 한 장 보이며 말한다.

"캐나다에만 세 채더군요. 모두 따님들 명의로."

그것은 류 회장이 자금을 빼돌리고 있다는 증거였다.

확실히 사진 속 저택은 개인의 호화로운 도피처였다.

"이것 말고도 돌아가신 장 회장님 재단 주식을 꽤나 많이 처분했던데…… 이런 걸 뭐라고 하는지 아십니까?"

그는 아직 아무것도 이해하지 못하는 정단 앞에 사진을 던졌다.

"징조, 라고 하지요."

잘라 말하는 목소리가 차가웠다. 쳐다보는 시선 속에 혐오의 빛이 보이는 것 같다. 그 느낌에 그저 우뚝 서 있을 수밖에 없는 정단은 눈만으로 테이블 위에 흩어진 사진을 봤다.

그가 장 회장이라 부른 사람은 정단의 아버지, 류 회장의 장인이자 의붓언니들의 외조부였다. 지금의 류 회장에게 영빈그룹을 물려준 영빈의 전 주인이다.

류 회장이 그에게 받은 것을 정리하고 있는 것에는 한 가지 이유밖에 없겠지. 사빈이 말하고 있는 그 징조 말이다.

"그래도 내가 류정단 씨와 결혼할 거라고 생각하십니까?"

칼로 잘라낸 것처럼 날카로운 물음에 정단은 말문이 막힌다. 고개를 젓는다.

답은 이미 정해져 있었다. 그의 위치와 자신의 가치. 저울질은 필요 없었다. 영빈 없는 정단은 그저 짐일 뿐. 그가 자신의 손을 잡아줄 이유가 없다.

그러나 정단의 입에서 나오는 말은 다른 것이었다.

"……으면 좋겠어……."

듣지 말아야 할 소리를 들은 것처럼 사빈의 얼굴이 굳는다.

"……그래도 하면…… 좋겠어요."

작은 목소리가 퍼진다.

그의 결정이 오로지 영빈 때문이라면 모험을 해야 했다. 그는 아직 중요한 사실은 모르고 있었다.

하지만 모르겠다. 무슨 말로 그를 붙잡아야 할지. 어떻게 해야 잡을 수 있는지.

김 비서가 그랬다. 성진의 둘째 아들, 성 이사는 집안 때문에 결혼하는 남자가 아니라고. 조건이 아닌 다른 명분을 찾으라고.

그러나 사빈의 얼굴은 이미 굳어 있다.

"나와 결혼하고 싶나?"

기가 막힌 목소리다.

'하고…… 싶어? 하고 싶나?'

정단도 기가 막혔다. 자신에 대한 조소가 머릿속에 가득했다. 하지만 정단은 고개를 끄덕였다. 필사적이었다. 사빈의 질린 얼굴이 보였지만 상관없었다. 하고 싶은 게 아니라, 해야만 했다. 돈만 아는 여자라고, 속물이라고 생각해도 어쩔 수 없다.

"그럼 난 뭘 얻을 수 있지?"

그렇게 물으며 바라보는 시선은 차가웠다.

"모두…… 내가 가진 건 다."

가늘게 떨리는 목소리는 안쓰러웠지만, 그렇게 중얼거리는 정단은 다른 사람이었다.

"모두?"

사빈도 달라진 정단을 노려봤다. 그렇지 않아도 날카로운 눈이 가늘게 접혔다. 이젠 가진 것도 없는 주제에. 짜증이 치솟았다.

"내가 어떤 사람인 줄 알고."

내쏘듯 묻는다. 정말 모든 걸, 자신까지 바칠 준비가 되어 있는 정단을 차갑게 내려본다.

그렇게 아무것도 바라지 않는다는 얼굴로 뭘 조르는 거지?

정단은 분명 달라져 있었다. 비어 있는 눈이 아니었다. 무언가를 원하고 있었다, 간절하게.

그러나 그것이 자신 때문이 아님을 사빈은 알 수 있었다. 자신을 원하는 눈이 아니었다. 이렇게 매달리는 것이 그 때문은 아니었다.

결국 자신을 보며 '당신이 어떤 사람이든 상관없어'라고 말하는 눈에 입가가 비틀린다. 그에겐 관심조차 없는 눈빛이었다.

'날 이용하겠다고?'

자신이 아닌 다른 것을 바라보고 있는 정단의 눈이 그의 마음을 꼬이게 만들었다.

'그럼 나도 이용해 주지.'

나쁘고 치기 어린 마음이 똬리를 틀었다.

처음부터 영빈에는 관심도 없었다. 껍데기만 남겨진다 해도 없었던 셈 치면 그만. 영빈이 없더라도 정단의 이용 가치는 충분했다.

다행히 성북동 집에 들어간 날 강 실장이 보여준 파일에 대한 얘기는 하지 않았다. 아직 아무것도 모르는 모친의 표정에 재미없어하며 돌아왔을 뿐이다. 그의 모친은 아직 그와 정단의 결혼을 기정사실로 여기고 있었다. 류 회장에게 통보를 한 것은 사빈이었다. 지금이라면 어머니 모르게 정단과의 관계를 되돌릴 수 있다.

후회하겠지. 분명 지금의 자신을 비웃게 되겠지. 하지만 정단을 세워두고 책상으로 걸어간 사빈은 수화기를 든다.

"성진 성사빈입니다."

그의 이름만으로 통화는 바로 이루어진다. 류 회장이 얼마나 초조하게 기다리고 있었을지 알 만했다.

"안녕하셨습니까, 회장님."

뻬딱하게 책상에 기댄 채 정단을 바라봤다.

"네. 성 이사입니다."

여유롭게 대꾸하고 가까이 오라는 듯 정단에게 손짓을 해 보인다.

"지금 찾아뵈려는데, 괜찮으신지요."

정단이 다가가자 커다란 손으로 목도리를 푼다.

"아니요. 급한 일은 아닙니다."

긴 머리카락이 쏟아져 내렸다.

거칠게 잡아 뺀 힘에 파리한 몸이 휘청댔지만, 가느다랗게 드러난 목을 보고서야 사빈은 만족스러운 표정을 지었다. 부드럽게 정단의 머리를 쓸어 넘기며 통화를 계속한다.

"그저 드릴 말씀이 있어서."

귀 뒤로 넘어간 긴 손가락이 뺨을 건드렸지만 정단의 신경은 온통 그가 하는 말에 쏠려 있었다.

"어제 있었던 일. 없었던 걸로 하고 싶습니다."

그렇게 말하며 사빈은 정단을 똑바로 쳐다봤다. 귓불을 만지며 잘 들으라는 듯 또박또박 입술을 움직인다.

"네. 최대한 빨리……."

정단은 그 입술만 응시했다.

"이쪽은 제가 해결하겠습니다."

그 시선에 홀린 것처럼 사빈도 정단의 동그란 턱 선을 쓸어내렸다.

"그럼, 지금 출발하겠습니다."

언제 다가왔는지 모르게 가까워진 입술은 정단에게 속삭이듯 말했다.

그리고 유난히 크게, 전화기를 내려놓는 소리가 들렸다.

"이제 됐나?"

꽉 잠긴 목소리가 입술을 핥았다. 등 뒤로 전화를 끊은 손이 정단의 턱을 끌고 왔다.

"만족해?"

간지럽고 따가운 숨이 정단을 장악한다. 얼굴을 돌리고 싶어도 시선을 틀어 잡혀 고개를 끄덕일 수밖에 없다.

그러나 사빈은 알 수 없다는 표정이다. 여전히 눈빛을 읽을 수 없다. 무슨 생각을 하는지 머릿속이 보이지 않는다. 자신의 손을 잡고 고개만 주억거리는 여자. 볼일은 정말 그뿐이었던 듯, 이내 손을 풀고 품을 빠져나가는 정단을 사빈은 멍하니 바라보고만 있었다. 긴 머리를 흐트러뜨리며 나가는 것을 붙잡지 않았다.

정말로 안도한 것처럼 보인 얼굴 때문이었다. 기뻐하는 것도, 만족한 것도 아닌 안심한 표정. 낯선 타인에게 자신의 모든 것을 맡기고야 나오는 평온함. 그것에 사빈의 방어선이 무너졌다.

멍하던 정신이 돌아온 다음에야 정단이 나간 문으로 나갔지만, 자리를 비운 정 대리를 대신해 대기하고 있는 강 실장만 보인다.

"돌아갔나?"

"다시 모셔올까요?"

강 실장의 물음에 사빈은 난처한 얼굴로 답했다.

"아니……. 됐습니다."

서둘러 답하며 당황한 자신을 느꼈다. 이용하기 전에 이용당한 쪽은 자신이라는 사실에 괘씸함을 느꼈다. 그러나 그보다 앞선 감정은 혼란스러움이었다.

가만히 자신의 손을 내려다본다.

남겨진 것은 차가웠던 손의 감촉뿐이었다.

그로부터 일주일. 성진과 영빈의 상견례 자리가 잡혔다. 사빈과 정단이 만난 지 한 달이 되지 않은 무렵이었다.

모든 것이 다 결정된 결혼에는 형식적인 대화도 없었다. 기억에 남는 건 사빈의 제수씨, 은정이 가슴에 꽂고 나온 커다란 보라색 꽃이나 정단 언니의 부러질 듯 높았던 구두굽 정도. 그 별거 아닌 상견례가 지나고 사빈과 정단의 결혼은 어느새 닷새 앞으로 다가와 있었다. 사빈과 정단이 처음 만났던 때를 따져 보면 길게 꼽아도 두 달이 되지 않는 기간이다. 그야말로 결혼식 그 자체를 위한 결혼이었다.

그것에 정단이 할 일은 없었다. 보통은 바쁘고 정신없어야 할 준비였지만, 웨딩드레스조차 직접 고르지 않았다. 그러니 사빈을 만날 일은 더더욱 없었다. 상견례 이후 마주친 것은 딱 한 번, 드레스 샵에서였다. 그나마도 가봉을 끝낸 정단이 나왔을 때 사빈은 없었다. 혼자 예복을 맞추고 돌아가 버렸다.

알고는 있었지만, 그것은 생각보다 쓸쓸하고 무서운 느낌이었다. 혼자서 결혼하는 기분. 하지만 정단은 지금 자신이 왜 여기에 있는지를 생각했다. 류 회장 집에서의 오랜 생활이 모든 것을 잊게 만들었지만 그런 마음조차 정단에겐 허영이었다.

무엇이든 한다고 했다. 할 수 있다고 했다. 그러니까 해야 한다. 혼자인 것은 마찬가지. 그와 결혼했다는 것을 잊으면 된다. 누군가 옆에 있다 생각하지 않으면 기대할 것도 없다. 의지하고 싶은 약한 마음도 사라진다.

그때 전화벨이 울렸다. 정단의 휴대폰이었다. 아니, 정단은 마음대로 받을 수 없으니 정단의 것이라 할 수 없겠다. 희미하게 전화를 받는 김 비서의 목소리가 들렸다. 들리지 않게 몇 마디 대화를 나누더니 방문을 두들긴다.

"성 이사님입니다. 받으세요."

그녀의 허락이 있어야만 받을 수 있는 전화. 정단은 그것을 조심스레 받아 들었다.

「집 앞이야.」

깜짝 놀라 보이지 않는 창문 밖을 내다보는데 통보가 떨어졌다.

「나오지.」

그리고 전화는 끊겼다. 정말 끊은 게 맞나 정단은 액정을 확인한다.

"집 앞이라는데요."

멍하니 있던 정단이 전화를 돌려주자 방으로 들어갔던 김 비서가 코트를 건넸다.

"다녀오세요."

물론 검은색 카디건을 걸친 그녀도 정단의 뒤를 따랐다.

"나오십니다."

강 실장의 말에 정단을 기다리던 사빈이 차에서 내렸다. 곧 문이 열리고 정단이 나오지만 눈에 들어온 사람은 정단만이 아니었다.

정단 뒤에 서 있는 그림자. 자신을 향해 깍듯이 고개를 숙이지만, 사빈은 언짢은 빛으로 시선을 돌렸다.

"무슨 일로……."

정단이 묻는데, 말없이 차 문을 연다.

"타."

즉흥적이었다. 입을 빠끔거리는 그림자를 뒤로하고 정단을 뒷좌석으로 밀어 넣었다.

"이사님! 아가씨!"

당황한 김 비서가 쫓아오지만 차를 출발시킨다.

"어디로 모실까요."

"아무 데나요."

저 여자가 없는 곳이라면 어디든. 멀리 허둥거리는 그림자를 보는 사빈의 눈에는 알 듯 모를 듯한 웃음이 걸렸다. 몸을 돌린 정단은 그녀를 안쓰럽게 바라봤지만 이내 고개를 돌린다. 그러게 휴대폰 정도는 가지고 있게 해주면 좋았잖아.

사빈과 함께 사라진 것이니 큰 문제가 되진 않을 것이나 김 비서에게 한순간이라도 정단의 위치가 파악되지 않는 것은 큰일이었다. 류 회장은 언제나 정단이 도망치지 않을까 전전긍긍이었으니까.

그러나 도망갈 생각이 없는 정단은 느긋하게 시트에 등을 기댔다. 어쩐지 웃음이 나오려 했다. 그런 기적을 눈치챈 사빈도 덩달아 한쪽 입꼬리를 올렸다. 그러는 사이 차가 멈춘 곳은 인적없는 공원이었다.

먼저 차에서 내린 사빈이 공원으로 들어갔다. 정단도 그 뒤를 따라 들어갔다.

한겨울의 컴컴한 공원에는 아무것도 없었다. 가로등만 하얗게 비치는 아래 마른 잔디와 커다란 나무의 잔가지만 보였다. 정단과 사빈의 뒤로 길게 이어지는 하얀 입김 외에는 큰 움직임은 보이지 않았다.

차갑게 스미는 바람에 어깨를 웅크린 정단은 사빈과 나란히 걷지는 못하고 계속 뒤를 따라가고 있었다.

그렇게 얼마나 걸었을까. 앞서 가던 사빈이 돌아섰다. 덩달아 제자리에 멈춘 정단의 목에 자신의 목도리를 감아준다.

"뭘 잘못했길래."

정말로 궁금하다는 얼굴이다.

정단은 무슨 소린지 모르겠다는 표정을 지어 보이지만 다 알고 있다는 눈이다.

"전화도 못 받잖아?"

일순 정단의 입술이 팽팽해졌다.

"다른 일…… 하고 있었어요."

변명해 보지만 소용없다. '그래?' 하고 피식 웃는 웃음 속엔 확신이 서려 있다.

하긴 눈치채는 것도 당연했다. 내내 정단의 전화를 받는 김 비서는 당당했다. 정말 보란 듯한 감시였다. 마치 나쁜 짓을 저지르고 외출금지당한 아이가 된 격이었지만, 그리 믿는다면 그것도 괜찮았다.

"추운 것 같아요."

정단은 돌아서며 말했다. 더는 얘기하고 싶지 않다는 뜻이었다. 계속 눈을 마주하고 있다가는 다른 것까지 추궁당할 것 같았다.

"다른 하실 말씀 없으면 돌아가요."

이번엔 정단이 앞서 갔다. 어두운 공원 길을 돌아와 사빈을 기다리지 않고 차 문을 연다. 하지만 그 순간이었다. 뒤에서 뻗어온 손이 문을 닫았다. 흠칫. 정단이 숨을 삼키는 소리는 닫히는 문소리에 묻혔다. 잠깐의 정적. 사빈은 생각을 고르는 것처럼 조용히 정단 뒤에 서 있었다.

"익숙하지 않은 사람은 불편하다고 했던가."

아직까지 문을 잡고 있는 정단의 숨이 가빠졌다. 손이 떨린다. 사빈의 목소리가 뒷머리를 간질였다.

"아직도?"

어느새 뒤로 바짝 다가온 사빈이 고개를 기울이며 물었다. 좀처럼 반응하는 일이 없던 정단의 눈이 커졌다.

익숙해지면 어떤 얼굴일지 궁금했는데, 아직인 것 같군. 사빈의 얼굴이 위에서 내려다보며 애석하게 웃는가 싶더니 가까워진다.

"……!"

갑작스런 접함에 정단의 몸이 굳는다. 온몸이 얼어붙어 움직이지 못한다.

촉촉한 기운과 함께 숨이 부딪혔다. 입술이 닿아 움직인다.

무슨 일이 일어난 거지? 정단은 눈만 크게 뜨고 있다.

따뜻한 살덩이가 입술을 핥았다. 윗입술을 빨고 아랫입술을 핥아 내린다. 몸을 움츠리며 거부의 뜻을 보이지만, 그럴수록 움직임은 집요해졌다. 작은 입술을 내리눌러 깊숙이 파고드는 힘에 '쿵' 하고 밀린 몸이 차에 부딪쳤다. 강 실장이 있을 운전석을 돌아보지만 사빈에게 그런 걱정 따윈 없다. 떨어지려는 몸을 더욱 가까이 끌어당긴다. 등 뒤로 팔을 감아 머리카락 깊이 손가락을 묻는다. 움직이지 못하게 머리를 움켜쥐고 속삭인다.

"눈 감고, 입 벌려."

입을 벌려? 어떻게? 살짝 넓혔던 입술은 외려 벌리고 들어오는 혀의 감촉에 앙다물어 버렸다. 바짝 긴장해 문을 닫았다. 결국 굳게 다문 입술 아래, 문턱만 더듬다 물러난 사빈은 입술을 떼지 않고 말했다.

"모두…… 라고 하지 않았나?"

참을 만큼 참은 목소리는 거칠었다. 무거운 숨이 정단의 입술로 떨어진다. 잔뜩 굳은 정단이 고개를 끄덕인 것도 같았으나, 여전히 운전석을 힐끔거린다. 계속 강 실장을 신경 쓰며 바르작댄다. 사빈은 긴 머리칼을 잡아채며 다시 말했다.

"입, 열어."

자신을 밀어내는 손을 무시하고 떨리는 입술을 빨아올린다. 말을 듣지 않고 고집스레 닫고 있는 입술을 깨문다.

"으응……."

드디어 조금의 틈도 보이지 않던 입술이 벌어졌다. 아프다고 쏟아내는 신음이었지만, 사빈은 그것을 놓치지 않고 파고들었다.

"아……."

부드러우면서도 날카로운 살 끝이 정단의 입안을 쓰다듬었다. 흠칫 떠는 몸을 조여 안고 점막을 더듬는다. 자신의 혀를 찾듯 쓸어올리는 움직임에 정단이 입속을 웅크렸지만, 결국 붙잡히고 말았다. 숨어 있던 것을 찾아낸 사빈이 말캉한 것을 휘감아 자신의 입안으로 빨아들인다. 끈적하게 감싸고 핥는다. 젖은 소리가 정단과 사빈의 입술 사이로 새어 나왔다.

정단의 얼굴이 뜨거워진다. 뒤엉키고 빨리는 감각에 숨이 막힌다. 쓸리는 감촉에 머릿속이 따끔거렸다. 강 실장에 대한 걱정도 잊어버렸다. 무서운 건가? 혼란스러운 건가? 어느 순간 사빈의 혀가 치열을 핥고 빠져나갔다.

붉어진 얼굴로 숨을 몰아쉬는 정단과 달리 정단을 내려다보는 사빈은 평소와 같았다. 여유로운 시선이 야박할 정도. 어느새 다시 느껴지는 차가운 밤공기에 정단은 하얗게 질렸다. 잊었던 강 실장이 생각났다. 하지만 사빈은 그것도 상관없었다.

어차피 보여주기 위한 것이었다. 이 정도는 해둬야 진 여사도 선

불리 건드리지 못할 테니까. 벌써 영빈에 대해 알아냈을 거라 생각했지만, 아직은 모르는 모양이었다. 아니, 어쩌면 다른 꿍꿍이가 있는지도. 강 실장이 가볍게 알아낸 것을 진 여사가 모를 리는 없다. 그보다 더 많은 것을 알고 있을 것이 분명했지만 그렇더라도 소용없게, 이것은 일종의 시위였다. 어머니가 뭐라 하든, 무슨 일이 일어나도 헤어지지 않겠다는 선전포고. 그리고 그녀의 조종에 놀아나지 않겠다는 경고.

사빈이 느슨해진 목도리로 정단의 얼굴을 덮었다.

"돌아가지."

정단을 먼저 태우고 자신도 차에 오른다. 다 보고 있었으면서 티 내지 않는 강 실장이 더 민망한 정단의 얼굴을 베이지색 목도리가 가려주었다.

"돌아가죠, 강 실장님."

말없이 고개를 끄덕인 강 실장은 그저 묵묵히 차를 몰았고, 사빈도 굳이 말을 걸진 않았다. 집 앞에는 김 비서가 서성이고 있었다.

"아가씨……!"

정단은 차가 멈추기 무섭게 내렸다. 안도한 김 비서의 목소리가 들렸지만, 돌아보지 않고 집으로 들어갔다. 김 비서는 안으로 사라진 정단을, 그리고 사빈을 바라봤다.

사빈은 차에서 내리지 않았다. 차 안에서 도망치듯 들어가는 정단을 보고 있었다.

3

"이로써 두 사람은 완벽히 아름다운 하나의 부부가 되었습니다."

하얀 눈이 내리던 날, 정단과 사빈은 결혼했다.

모두들 신랑, 신부에게서 눈을 떼지 못하는 가운데, 정단은 자신의 부케만 내려다보고 있었다. 아름다운 하나의 부부. 그렇게 들린 듯도 하고 아닌 것도 같고. 뭐라던 상관없었지만, 정단은 빨리 이 식이 끝나기를 바랐다.

부케가 너무 무거웠다. 그래서인지 다른 누구보다 아름다워야 할 신부는 색이 바랜 것처럼 창백했다. 신랑과 팔이 얽혀 있으나 어색하게 맞댄 어깨가 부자연스러웠다. 신부를 유심히 보고 있는 사람이라면 알 수 있었을 것이다. 그녀의 오른손이 부케 아래 왼손을 쓰다듬고 있음을.

하지만 그것을 눈치챈 사람은 없었다. 화려함 속에 파묻힌 정단은 잘 보이지 않았다.

　그나마 사혁이나 얼마 전에 있었던 사영의 결혼식보다는 간소한 예식이었다. 이상하리만큼 간결하고 정제된 분위기다. 그래도 정단에게는 숨이 막힐 정도로 호화롭고 웅장하기만 했다. 그 속에서 정단은 종이인형이었다. 류 회장이 원하는 대로 옷을 입고, 진 여사가 움직이는 대로 움직인다. 똑같은 표정으로 웃고, 그 얼굴로 말한다. 그래서일까. 너무 일찍 지쳐 버렸다. 긴장이 풀린 몸으로 나른함이 밀려왔다. 까만 눈이 힘없이 기울어졌다. 그것이 사빈의 눈엔 불성실함으로 비쳤을지도 모르겠다. 대놓고 불행한 결혼을 했다 말하는 것처럼 보였을지도.

　신혼 첫밤. 혼자 침대에 남겨진 정단은 그것이 사빈이 돌아오지 않는 이유일 거라 생각하고 있었다. 예쁘게 웃지 않는 신부는 싫은 거라고, 사근사근하지 못한 여자는 재미없는 거라고. 하다못해 애교있는 성격이라면 좋겠지만 낯가림이 심한 정단에겐 그런 재능조차 없었다. 남자를 즐겁게 해줄 방법을 모른다.

　함께 있어주길 바라서는 아니었다. 그래도 첫날밤인데 혼자인 것이 서글픈 한편, 안도하는 마음이 든 것도 같다.

　사빈과 침대에 드는 것이 어색했다. 무서웠다. 하지만 이상하다. 그를 기다리고 있다. 이 결혼에는 아무 의미가 없다는 듯 신혼여행을 출장 일장으로 바꿔 버린 그였지만, 자신을 방으로 들여보내고 함께 출장 온 성묵과 사라진 그를, 지금껏 돌아오지 않는 그를 정단은 기다린다. 고단함에 잠이 들면서도 깨어 있는 귀만큼은 문을 향해 쫑긋 서 있었다.

다음날, 눈이 떠진 건 아침 일찍이었다. 사빈이 없다는 것은 보지 않아도 알 수 있었다. 한 번도 깨지 않고 잘 수 있었던 것은 그 때문이었다.

덕분에 또다시 하루를 버틸 기력이 생긴 몸을 일으킨다. 어제부터 문 옆에 놓여 있는 캐리어를 한 번 바라보고 욕실 문을 연다. 오늘은 부글부글 거품이 끓는 욕조를 지나쳐 샤워부스 안으로 들어갔다. 물속에 잠기면 마음도 잠길 것 같았다.

쏟아지는 물줄기에 구불거리던 머리가 풀렸다. 길게 쏟아진 머리카락은 엉덩이까지 내려왔다.

웃음이 나온다. 새삼 자신의 생활이 바뀌었음을 느끼는 것은 매번 이 머리를 감을 때였다. 이렇게 긴 머리, 예전엔 꿈도 못 꿨는데. 단발로도 감당하기 힘든 샴푸값은 둘째치고 수도꼭지 한 개가 고작인 화장실에서 이런 길이는 거의 빨래를 빠는 수준이었다. 대야 한가득 머리카락을 넣고 고개 숙여 머리를 빨아야 한다니, 누가 돈을 주고 시킨다면 모를까 샴푸에 물세까지 들여가며 할 짓은 못 된다. 고작 머리를 기르는 것뿐이었지만, 정단에겐 이것도 나름 부의 상징이었다.

물론 지금도 모든 것이 신세계다. 제주도 바다가 보이는 별장이나, 가방 한가득 명품이 넘치는 기이한 현상은 류 회장이 아니었다면 없었을 일이다.

"회장님의 딸이 되어주시지 않겠습니까?"

정단에게 그렇게 물어왔던 중년의 남자. 모든 것은 그날에 시작되었다.

"살리고 싶으십니까?"

하나뿐인 가족. 할머니의 투병에 약값을 마련하는 것도 버거웠던 정단 앞에 그는 갑자기 나타났다. 그리고 말했다.

"저희가 고쳐 드리지요. 수술을 받게 해드리겠습니다."

그러나 대가없는 득은 없다. 정단에게 그렇듯 눈부신 빛을 보여준 남자는 조건을 말했다.

"저희 회장님의 따님이 되어주시면 됩니다."

그리고 잠시 말이 없던 남자는 다시 말했다.

"아니……. 저희 회장님의 딸이 되어 회장님께서 정해주시는 상대와 결혼하는 겁니다."

회장님. 결혼. 정단에겐 모두 먼 얘기였지만, 할머니의 얼굴에 죽은 엄마의 얼굴을 겹쳐 본 정단은 선택할 수밖에 없었다. 진통제 한 알 구하지 못해 몸속이 썩어들어 가는 고통을 그대로 견뎌야 했던 어머니. 그 처참한 모습을 기억하는 정단은 그의 손을 잡았다.
키다리 아저씨 같은 동화가 아니라는 것은 느꼈으나, 그것이 잡지 말아야 할 손이었음을 깨달은 것은 너무 늦은 후였다. 그들이 고른 남자가 어느 집안의 누구인지 알게 되었을 때, 자신을 혈육으로 만들어 정략혼이라는 것을 하고자 함임을 알았을 때, 정단은 도망쳤지만 이미 늦었다. 남자에게 붙잡혔다.

"그런 건 못해요. 내가 정말 회장님 딸인 줄 알고 있잖아요. 어떻게 속여요. 난 못해요. 무서워요, 아저씨."

자신을 속이는 건 할 수 있어도 남을 속이는 건 할 수 없었다.
그렇게 큰 거짓말, 들통 나면 어떻게 되는 거지?
정단은 겁을 먹고 물러났으나 남자는 덤덤히 말했다.

"아가씨가 맞습니다. 아가씨가 회장님 따님입니다."

말도 안 되는 소리였다.
저들이 원하는 것은 법적인 관계가 아니었다. 혈육, 류 회장과 핏줄로 이어진 진짜 딸을 원하고 있었다.

"그렇게 말한다고 되는 게 아니잖아요."

있을 수 없는 일에 고개를 저었지만 그런 정단에게 남자는 잔인한 사실을 알려왔다.

"아니요. 아가씨는 회장님의 생물학적 혈육이 맞습니다."

할 말을 잃은 정단에게 말했다.

"회장님이 아가씨의 친아버지이십니다."

거짓말.
믿을 수 없었다. 엄마도, 할머니도 죽었다 말한 아버지였다.
그렇다면 왜, 어째서. 살아 있었다면 엄마를 찾지 않았던 거야?
할머니를 살릴 수 있다면 엄마도 살릴 수 있었잖아. 그런데 왜 엄마
를 버려둔 거야. 왜 이제야 나타난 거야?
혼란 속에 흔들리던 눈동자가 뿌옇게 흐려졌다.

"나를 찾은 게 아니었어요. 그렇죠?"

딸이라서가 아니었다. 딸이기 때문에 찾은 게 아니다. 필요했기
때문이다. 쓸데가 생겼기 때문에.
그럼에도 정단이 아버지 밑에 남은 것은 남자의 말 때문이었다.

"회장님이 할머님을 낫게 해드릴 겁니다."

그래, 적어도 할머니와 헤어지진 않아. 그래도 아버지니까 나쁜
짓은 시키지 않을 거야. 그렇게 믿었던 것이지만, 류 회장은 정단을
두고 진 여사와 흥정했다. 거짓의 옷을 입혀 팔아버렸다.
류 회장의 종범이 된 정단은 그를 비난할 수도 없었다. 류 회장이

아무것도 모르는 그녀를 이용했듯 그녀는 사빈을 이용하게 됐으니까.

그러나 자신을 끌어들인 남자를 원망하지는 않는다. 자신을 찾아내 류 회장에게 데려간 남자를 탓할 수 없었다. 힘들어하는 것을 알고 있었다. 그는 애초 류 회장 밑에서 일할 수 없는 사람이었다. 정단을 보며 점점 어두워져 가던 그가 이별을 알린 것은 갑자기였다.

"언제든 묻고 싶은 게 있으면 전화하세요."

아직은 사빈과 만나기 전이었다. 정단이 류 회장의 딸이 된 지 반 년이 지날 때쯤이었다.

그는 그렇게 전화번호 하나를 남기고 사라졌다. 그 빈자리에 들어온 사람이 김지유, 김 비서였으나, 그녀는 그의 대신이 되지 못했다. 차갑고 무감각한 그녀는 그처럼 정단을 지탱해 주지 못했다. 오히려 정단을 고립시켜 버렸다.

그 고립감을 느낄 때마다 몇 번, 정단은 그에게 전화를 걸었다. 번번이 말 한마디 못한 채 끊고 마는 전화였지만, 샤워를 하고 나온 정단은 오늘도 그 번호를 잊지 않기 위해 다이얼을 누른다. 금색의 숫자판 위에 검은 점들을 꾹꾹꾹. 그 박자에 맞춰 누군가 노크를 했다.

"사모님, 일어나셨습니까."

문을 열자 무뚝뚝한 얼굴의 강 실장이 보였다.

"편히 주무셨습니까."

정단은 말없이 웃었다.

"아침 드셔야지요. 시간이 늦었습니다."

사빈을 대신해 온 것이 분명했다.

"식당은 1층에 있습니다."

정단은 고개를 끄덕였다.

문을 열고 나온 복도는 언젠가 엽서에서 본 그리스 마을 사진처럼 하얗다. 커다란 창문으로 들어온 볕이 군데군데 노란 물을 들이고 있었다. 정단이 조심스레 강 실장 뒤를 따라가는데, 앞서 가던 그가 슬며시 정단의 옆에서 걷는다. 별로 정단을 신경 쓰는 표정은 아니었지만 다른 느낌이었다. 조금 전이 '데리고 간다'의 개념이었다면 지금은 '모시고 간다'의 느낌이다.

내내 긴장을 풀지 못했던 정단의 마음이 편안해졌다. 가끔 보이는 그의 이런 상냥함이 좋다. 엄격한 얼굴에 목소리도 무심했지만, 그에겐 왠지 모를 포근함이 있었다.

"실례하겠습니다, 사모님."

계단을 내려오자 조심스럽게 어깨에 숄을 걸쳐 준다. 카디건만 걸쳐도 훈훈한 정도라 고개를 갸웃하는데, 거실 끝 문을 연다. 식당으로 가는 줄 알았더니 밖이었다.

대리석으로 연결된 바닥은 곁채 앞까지 연결돼 있었다. 곁채 문을 두드린 강 실장은 정단을 돌아봤다. 비켜서 문을 열며 말했다.

"깨우십시오."

'뭘요?' 하는 얼굴로 정단이 발을 내딛자 문이 닫힌다. 놀란 정단의 어깨에서 숄이 흘러내렸다. 뒤에서 닫힌 문보다 더 놀란 것은 거실에 잠들어 있는 사빈 때문이었다. 서류 사이에 파묻힌 사빈은 소파에 누워 자고 있었다. 옷도 어제 입은 그대로다. 두어 개 풀려 있는 셔츠 단추가 지난밤의 고단함을 보여준다. 냄새는 남아 있지 않으나 술병이 놓여 있는 것이 술기운에 잠든 듯하다. 가까이 다가가도 깨지 않는다.

강 실장이 기다리고 있었지만 모포를 덮어주다 잠들어 있는 사빈의 얼굴을 가만히 응시한다. 작게 들리는 숨소리가 어린아이 같았다. 눈을 감고 있으니 딱딱해 보이는 인상도 사라졌다. 찢어진 눈매라 그런지 모르겠다. 정단은 한쪽 문이 열리는 것도 모르고 구경에 빠져 있는데 갓 샤워를 마치고 나온 성묵은 얼음이 되었다. 정단을 보고 놀란 얼굴이 사빈을 발견하고는 '이런' 하는 신음을 삼켰다.

"저……."

뭐라고 말하려 입을 떼는데 그를 돌아본 정단이 손가락을 든다.

'쉿─!'

입 모양으로 들리는 소리에 성묵은 입을 다물었다. 정단은 만족한 듯 다시 고개를 돌렸지만 성묵은 그 모습에 '꿀꺽' 하고 침을 삼키는 자신의 소리를 들었다.

뭔가 위험했다. 웨딩드레스를 입었을 때는 느끼지 못했는데, 무거운 화장을 지우니 드러난 앳된 얼굴에 가슴이 두근. 왜 남의 여자에게 두근거림을 느끼는지. 난감하게도 긴 머리를 늘어뜨린 채 사빈을 관찰하고 있는 정단이 예뻐 보인다. 사빈 앞에 반듯하게 무릎 꿇고 앉은 모습에 절로 입가가 늘어졌다. 정신 차려라. 친구 부인이다. 친구 부인이니라.

그러나 그 순간, 정단을 보던 성묵의 얼굴이 이상하게 굳는다.

긴 갈색 머리. 부드러운 얼굴선. 생각지 못한 사람이 떠오른 성묵은 당황한다.

설마…… 착각이겠지.

그럴 리 없었다. 잘못 본 것이다. 여기서 튀어나와서는 안 될 사람이었다. 정단에게 떠올려서는 안 되는 사람이다.

괜한 생각이라고 성묵이 고개를 저을 때쯤 문 두드리는 소리가 난다.

"사모님, 여긴 좀 찹니다."

강 실장의 목소리가 들렸다. 그제야 문밖의 그가 생각난 정단이 자리에서 일어났다.

"저기……."

지난밤, 본의 아니게 사빈을 빼앗은 처지가 된 성묵은 더듬더듬 해명을 시도해 보지만, 날카롭게 돌아보는 정단의 '쉿—!'에 다시 입을 다물 수밖에 없었다.

"강 실장님이랑 식사하러 가는데 같이 가시겠어요?"

정단은 그의 옆을 지나며 소곤소곤 물었다. 아무리 봐도 사빈은 일어날 수 있을 것 같아 보이지 않았다. 덩달아 성묵도 소곤소곤.

"아닙니다, 사모님. 저는 이사님 일어나시면……."

정단의 카리스마에 어느새 호칭도 바뀌었다. 거기다 문을 열자 보이는 강 실장의 굳은 얼굴. 그를 노려보는 듯하다.

"죄송해요. 깨우지 못했어요."

곤란하게 말하는 정단을 한 번 쳐다보고 성묵에게 시선을 돌린다. 정단의 임무 불이행의 책임을 애초 사빈의 탈선을 도운 성묵에게 돌리고 있었다.

"괜찮습니다, 사모님. 이쪽은 목성묵 씨가 책임질 겁니다."

그에게 수습하라는 뜻이었다. 문을 닫으며 날카롭게 주시하는 눈빛이 예사롭지 않다.

성묵은 잠자는 숲 속의 공주처럼 곤히 잠들어 있는 사빈을 원망스럽게 바라봤다. 어째서 자신이 표적이 되어야 하는지 억울하다. 적당히 안채로 돌아갈 줄 알았지 여기서 자고 있을 줄 누가 알았겠나. 엄밀히 따지면 수행비서인 강 실장의 책임이 아니던가.

비행기 안에서도 연수원 설계 계획안만 본 사빈이다. 별장에 도착하고 나서도 시공현장 답사 전에 점검해야 할 것들을 확인했다. 이미 자정이 넘은 시각, 정단은 혼자 방치된 채였다. 그것만으로도 문제는 충분했지만 자연스럽게 술을 꺼낸 사빈은 잔까지 두 개를 세팅했다. 본의 아니게 신혼여행에 끼어오게 된 성묵은 그렇지 않아도 민망하기만 한데 냉큼 안채로 들어가지 않고 뭐 하는 짓일까. 성묵은 대작해 주지 않을 작정으로 위스키잔 하나를 얼른 입안에 털어 넣었다.

"Cheers!"

빈 잔을 소리 나게 내려놓고 방으로 들어갔다. 들고 있던 공사 원가 자료까지 그대로 가지고. 괜히 잡히기 전에 자리는 뜬 것이나 사빈이 나가는 것을 확인하고 들어갔어야 했다.

좀처럼 눈을 뜰 기운이 아닌 사빈을 노려보다 정단이 덮어준 모포를 치우고 창문을 연다. 금세 몰려든 찬 공기에 꿈틀거리던 사빈이 눈을 떴다.

"제정신?"

성묵은 소파 반대편에 앉아 물었다. 몇 번 눈을 깜빡인 사빈은 그제야 상황을 파악한 모양이다.

"……아닌 것 같아."

멍한 머리를 누르며 말한다.

"제수씨, 강 실장님하고 다녀갔어. 아침 식사하러 가신다더군."

"그래?"

당황하지는 않는다. 그들에겐 그다지 의미있는 여행이 아니었으니까. 주위를 두리번거리다 일어나 창문을 닫는다.

"빨리 가봐. 아직 식당일 거야."

성묵은 한가하게 창문이나 닫고 앉아 있는 사빈이 어이없는 눈치지만 사빈은 여유롭게 담배를 찾아 문다.

"신혼여행도 여기로 왔으면 제대로는 해줘야지."

여기? 제주도? 집에서부터 들었던 논쟁에 사빈의 눈이 가늘어졌다.

"제주도?"

사영은 잘못 들었다는 얼굴로 다시 물었다.

"……제주도? 설마 남원별장?"

부정하지 않는 묵묵부답에 사영의 표정이 고약해졌다.

"형. 그럼 고생한다?"

그렇게 말하는 것도 무리가 아니었다. 사빈보다 먼저 결혼한 사영은 꽤나 신경 쓴 준비에도 불구, 지금까지도 시시한 신혼여행이었다는 은정의 투덜거림에 시달리고 있었다.

"그럼 큰형 빌라는 어때? 제주도보단 낫다."

사영은 센느 강 근처에 있는 사혁의 빌라를 떠올렸다. 번잡한 여행이 싫다면 적당히 즐길 수 있는 파리가 좋지 않을까? 하지만 사빈은 다리를 꼬고 앉아 있는 자세만큼이나 시니컬했다.

"파리? 거기까지 가서 뭐 하게. 어차피 가서 하는 건 똑같잖아."

그에게 제주도냐 파리냐는 중요치 않았다. 바깥을 돌아다닐 계획은 없었다. 그러나 사영은 볼을 붉히며 말했다.

"그건 너무 극단적이다. 그러면 형수 싫어한다니까?"

"상관없어. 말, 잘 들으니까."

그렇게 딱 잘라 말하는 사빈을 사영은 그저 부럽다는 듯 쳐다보았다.

순종적이란 뜻은 아니었다. 그와 정단의 사이에 우위를 차지하고 있는 것은 그였고 결정과 선택도 그의 것이었다. 정단에게 호불호를 말할 권리는 없다. 그것에 불만을 가질 정도라면 그와 정단은 괜찮은 관계일지 모른다. 결정적으로 그 순종이란 것도 고분고분함이 아닌 무관심이었다. 아무래도 상관없다는 냉담함의 표현이다.

"그런데 말이야, 제수씨."

그때 성묵이 말을 꺼냈다. 하얀 담배 연기 사이에서 사빈이 그를 쳐다봤다.

"누구 닮지 않았어?"

성묵은 나름 비장하게 묻지만 한쪽 눈을 치켜뜬 사빈은 웃었다.

"또 어느 걸그룹?"

정 대리를 걸그룹 멤버와 닮았다 놀리던 성묵을 이번엔 사빈이 놀리듯 되물었다.

그에 성묵은 허탈하게 웃었다. 모른다면 굳이 말할 필요는 없겠지. 자신 혼자 그렇게 느끼는 것인지도 모르고.

대신 사빈을 재촉했다.

"혼자 낯설 거 아냐. 빨리 가봐."

사연이 있는 건 확실했다. 사빈의 모친이 뒤에 있으니 놀랄 일도 아니나 그들 사이에 끼인 정단이 불쌍했다. 있다, 하는 집에서 오신 아가씨니 그렇고 그런 여자를 기대했는데 아직 아무것도 모르는 아이에 불과했다. 영악함이 느껴지지 않는다.

하지만 길게 담배 연기를 내뱉은 사빈은 말했다.

"낯설어?"

웃는 것처럼 입술 끝을 흐린다.

"그런 거 모르는 여자야."

그러면서도 곁채를 나선다. 차가운 바람이 담뱃재를 '툭' 털고 지나며 그의 인상을 찡그리게 했다.

사빈이 식당에 들어섰을 때, 식탁은 깨끗하게 정리되어 있었다.

"어디 갔습니까?"

식당을 둘러보며 묻자 접시를 정리하던 중년 부인이 뒤를 돌아봤다.

"어마! 우리 이사님 오셨네?"

별장을 관리하는 남원부인이었다.

"사모님은 벌써 올라가셨는데, 왜 같이 안 오시고."

빵빵하게 웃는 얼굴이 그를 놀리는 낯이다. 간밤에 뭘 하다 이제 일어났는지 다 알고 있다는 표정이다.

하지만 사빈은 눈을 가느다랗게 접었다.

"올라…… 갔다고요?"

샤워를 하고 내려왔지만 정단은 없었다. 침대 옆에는 그의 짐가방만 놓여 있었다.

"얼마나 놀랐는지 아세요? 나는 아직 학생인가 했다고."

남원부인은 국에 불을 올리며 말했다.

"막내 사모님보다 어리시죠?"

달걀을 풀며 묻는다. 정단이 맛있게 먹던 것을 흐뭇하게 떠올리며 사빈의 상을 차리는데, 사빈은 돌아섰다.

"이사님……? 아침은 어쩌시구!"

뒤에서 남원부인의 목소리가 들렸지만, 2층으로 올라가며 전화를 건다.

'왜 안 받아.'

계속되는 연결음에 짜증이 날 때쯤 방에서 벨 소리가 들렸다. 돌아온 건가 문을 열지만, 두고 간 휴대폰뿐이다. 화장대 위에서 울리고 있는 전화를 확인하고 이번엔 강 실장에게 전화를 건다.

"어디 있습니까."

「사모님, 말씀이십니까?」

순간 입을 닫은 건 그렇다고 인정하고 싶지 않아서였다.

「잠깐 둘러보신다고 해서 모시고 나왔습니다.」

이상한 짜증이 치민다.

「지금 들어가겠습니다.」

신경질적으로 끊은 전화를 침대에 집어 던진다. 머리를 쓸어 넘기며 돌아서는데 어제 놓아둔 대로 서 있는 짐가방이 눈에 들어온다. 아까부터 느낀 위화감의 정체였다. 정작 덩그러니 남겨진 건 그라는 사실이다.

얼마나 지났을까. 다급한 발소리가 들리고 정단이 들어왔을 때, 털구멍이 바짝 조이는 열이 치솟은 것은 그 때문이었다.

"일어나셨어요?"

그렇게 묻는 정단은 남원부인과 같았다. 그의 아내가 아닌 고용원이다.

"피곤하신 것 같아서……."

조심스럽게 목도리를 벗으며 하는 말이 마음에 들지 않는다.

"아침은…… 드셨어요?"

두 뺨과 코가 빨갛다. 갈색 머리가 바닷바람에 잔뜩 헝클어져 있다.

"잘 놀다 왔나?"

대답 대신 비꼬인 물음이 튀어나온다. 불편한 심기를 감추려 하지만 음습한 기운이 느껴지는 목소리다. 신문을 접고 일어난다.

"재밌었어?"

움츠린 정단의 머리카락을 만지작거리며 묻는다. 그 속엔 웃음기가 스며 있으나 정말은 웃지 않는다.

불쾌했다. 머리에 묻혀온 바다 냄새. 차가운 공기. 자신이 모르는 곳에 다녀온 흔적이다. 흘러내린 정단의 머리를 거칠게 쓸어 만진다.

조금 전과 달리 방 안을 꽉 채운 긴장감에 정단은 움직일 수 없었다. 사빈을 바라보는 것 외에는 아무것도 할 수 없다.

조용히 그의 움직임에 귀 기울이는 사이 입술이 가까워진다. 숨이 닿는다. 곧 입술이 빨리는가 싶었지만 사빈은 정단의 손을 잡고 침실로 갔다.

특정 용도를 상징하는 공간에 단둘이 되는 것이었으나 찬찬한 걸음걸이에 정단은 두려움을 느끼지 못했다. 지금은 아침이었고, 그에게서도 그런 기운은 느껴지지 않았다.

하지만 침실 문을 넘는 순간 상황이 바뀌었다. 정단을 데리고 들어간 손이 옷을 벗긴다. 코트를 벗기고 카디건 단추에 손을 댄다. 파란색 모직원피스가 바닥으로 떨어지자 정단을 침대에 눕힌다.

그때까지 정단은 담담했다. 말간 눈으로 사빈을 올려다본다. 의사에게 벗은 몸을 보이는 것과 다르지 않았다. 마치 임무를 수행하는 것 같은 사빈의 손놀림에 성적인 느낌은 없었다. 다급하지도, 열정적이지도 않다.

가슴이 덜컥 내려앉은 것은 그의 무게에 시트가 기울어졌을 때다. 침대로 몸을 기울인 사빈이 캐미솔의 얇은 어깨끈을 끌어내리며 정단의 목에 입을 맞췄다. 힘이 들어간 어깨를 잡아 누르고 입술을 내리누른다. 캐미솔이 허리까지 끌려 내려가고 맨가슴을 잡히고 나서야 정단은 이것이 진짜라는 것을 깨달았다.

팔을 뻗지 못할 정도로 몸이 굳었다. 무섭다. 도망치고 싶다. 키스 하나에 벌벌 떠는 정단이 감당할 수 있는 상황이 아니었다. 젖은 소리로 두들기는 키스에도 입을 열지 못한다. 가슴 끝을 쓰다듬는 감각에 소름이 돋는다. 마지막 남은 옷을 끌어내리는 스침에 감은 눈을 더 질끈 감는다.

이상할 정도의 떨림에 작은 가슴에 입을 맞추던 사빈이 몸을 일으킨다. 목이 꺾일 듯 고개를 돌린 정단이 부들부들 떨고 있었다. 잡아먹으려는 것도 아닌데 그렇게 떨 건 뭐야. 사빈은 정단을 이상하게 내려다보지만, 정단은 그가 자신에게 가진 냉소를 느낄 수 있었다.

지난번 공원에서도 지금도 그는 자신을 구경하고 있었다. 지금도 그때도 정단을 대하는 태도가 완벽한 타인이다. 키스를 하고 섹스를 하는 상대가 아닌 관찰자다. 마치 자신의 은밀한 행위를 평가하는 듯하다. 입을 맞추고 몸을 더듬어도 아무런 감정이 담겨 있지 않다. 인스턴트식품을 조리하는 것처럼 일련의 방법으로 입을 맞추고 몸을 만진다. 그것에 먹고 싶다든지 재미있다든지 하는 마음은 없다. 단지 순서에 따라 몸을 움직일 뿐. 그 건조함이 정단은 무서웠다. 자신을 비웃는 차가움이 싫다.

하지만 사빈도 그랬다. 정단의 아무것도 들어 있지 않은 시선과 자포자기의 평온함, 공허한 눈빛이 불쾌했다. 그래서 자신을 두려워하는 지금이 마음에 들었다.

가학 성향은 없었을 텐데. 뺨을 쓰다듬자 흠칫 떠는 것에 손끝이 터질 것 같은 희열을 느낀다. 산 채로 바쳐진 제물 흉내를 내고 있는 모습이 어쩐지 애처로워 상냥해지고 싶은 마음도 들지만 물러날 생각은 없다. 움켜쥔 빈주먹에 손가락을 집어넣어 깍지를 낀다. 돌린 고개를 바로잡아 다시 입술을 부딪친다.

조금은 뜨거워진 사빈의 숨결에 정단의 떨림이 잦아들지만 그래도 여전히 꽉 닫힌 입술을 사빈은 억지로 벌리지 않는다. 부드러운 머리카락이 감싼 뒷목을 쓰다듬으며 입술을 빨아들인다. 그러면서 틈을 노린다. 입새로 숨이 느껴지는 것을 놓치지 않고 파고든다. 비집고 들어가 문질러 휘감는다. 잡았다 놓아주고 떨어졌다 다시 접한다.

어느새 정단의 호흡은 달라져 있었다. 공포를 느끼던 대상에게 안도감을 느낀다.

사빈이 쓰다듬는 머리카락이 저렸다. 빨리는 혀가 아리다. 입안 깊이 핥아오는 감각에 몸이 떨린다. 두려움과는 다른 의미였다. 얽혀오는 혀를 마주 문지르며 수줍게 자신의 혀를 내민다.

사빈의 숨도 거칠어졌다. 조심스럽지만 거세게 정단을 빨아올린다. 여유는 사라지고 몸이 달아오른다. 깍지를 푼 손으로 정단의 가슴을 움켜잡는다. 동그란 모양을 뭉개며 쓸어 만진다.

정단이 무서워하는 기색은 없다. 모든 신경이 입술에 집중돼 있다. 다른 감각은 무뎌졌다. 하지만 입속을 더듬던 살덩이가 빠져나가자 다시 굳는다. 아래로 입술을 내려뜨리는 사빈의 팔을 움켜잡고 더는 내려가지 못하게 버틴다.

다시 느껴지는 경련에 사빈이 고개를 들었다. 동그랗게 뜬 눈이 그를 쳐다보고 있었다. 겁을 집어먹은 눈빛이다. 이제야 제가 무얼하는지 깨달은 걸까. 그저 키스로 끝날 거라 생각한 건 아니겠지. 곤란한 표정을 지은 사빈이 정단의 눈가에 입을 맞춘다. 난폭한 흥분은 감췄다. 긴장한 미간이 풀어지더니 그를 잡은 손이 느슨해졌다.

그 묘한 변화에 사빈의 입가에 미소가 잡힌 것 같다. 저도 모르게 기뻐한 것 같다. 부드럽게 늘어진 입술로 정단에게 입을 맞춘다. 입술을 부비고 점막을 빨고, 조심스럽던 소리가 끈적해졌다. 빨고 빨리며 젖은 소리가 엉겨 붙는다.

"응……!"

소리를 내며 떨어진 입술이 뺨을 물고 귀를 베어 물자 신음 소리가 새어 나온다. 조금이라도 아래로 내려가려 하면 팔을 붙잡는 손에 사빈은 안심시키듯 정단의 입술을 덮는다. 몸을 내리지 않고 머리를 쓰다듬던 손을 내려 맨가슴을 만진다. 윤곽을 쓰다듬다 작게 잡히는 것을 잡아 문지른다. 조그마하게 만져지던 돌기가 단단해지는 게 느껴졌다. 뾰족하게 솟는 것을 손가락 사이에 끼워 감촉을 즐기다 당기듯 비틀자 감겨오던 혀가 움츠러든다. 순간 사빈은 아플 정도로 정단의 혀를 빨아들였다. 집요하게 핥아댄 탓에 주르륵, 타액이 새어 나왔지만, 목구멍까지 핥을 듯 혀를 밀어 넣은 사빈은 사납게 정단의 입천장을 문지르고 치열을 쓸어갔다.

"으...... 응......."

삼키는 방법을 모르는 정단이 한숨 같은 소리를 흘렸지만 사빈은 먹이를 앞에 둔 늑대와 같았다. 타액이 넘쳐 난다. 손안의 것을 빨고 싶은데, 맛보지 못하는 안타까움에 끈질기게 빨아올린다.

만지게는 해줘도 다른 건 안 된다는 건가?

사빈은 지독히 흥분했다. 가슴 끝을 만지던 손이 더 아래로 내려간다. 그를 잡은 손에 힘이 들어가지만 거부하는 느낌이 아니다.

상태를 확인한다. 이것이 처음인지 알 수 없으나, 이대로는 안으로 들어갈 수 없다. 아직 열리지 않았다.

"처음인가?"

뺨으로 입술을 옮기며 묻지만, 반쯤 몽롱해진 얼굴의 정단은 무슨 말인지 모른다.

안 되겠군. 겁먹지 않게 눈을 바라보며 손가락을 집어넣는다. 이물감을 느낀 얼굴이 굳었다. 온몸에 힘을 주고 밀어내지만 압박을 거슬러 움직인다. 괜찮다고, 달래듯 입을 맞추자 조금씩 그의 혀에 매달려 온다. 혀를 밀어 넣고 빨아들이며, 사빈은 조금씩 젖어드는 사이를 조심스럽게 문질렀다.

어느덧 그의 움직임에 따라 조이는 다리를 벌리고, 그 사이에 자리를 잡는다. 뜻밖에 잔뜩 흥분한 몸을 정단에게 맞춘다. 뜨겁게 닿아오는 감각에 사빈에게 잡힌 정단의 다리가 펄쩍 튀어 오르지만, 서서히 몸을 굽힌다. 극심한 인내로 굳은 얼굴로 정단을 내려다본다.

처음이라면 안됐지만, 익숙해질 시간을 줄 생각은 없다. 익숙해질 시간? 얼만큼 줘야 하는데. 어차피 해야 될 일, 조건 맞춰 결혼한 사이에 감정을 배려할 시간은 없다. 긴장한 몸을 품어 안고 허리를 밀어 넣는다.

"……!"

경악한 눈이 커지며 그의 팔을 움켜잡는다. 다시 몸이 떨리고 배에 힘이 들어가는 것이 보인다. 꽈악 조이는 압력에 사빈도 인상을 찡그렸다.

"힘…… 빼."

그렇게 말해도 혼란스럽게 올려다보는 정단은 제 몸을 다룰 줄 모른다. 눈동자를 버둥이며 그의 팔만 세게 그러쥔다. 턱 끝으로 덜덜 떨며 힘을 주는 통에 사빈은 이를 악문다.

"괜찮으니까……. 다치지 않게 할 테니까…… 힘 빼."

자신이 느끼는 고통보다 관자놀이에 핏줄이 도드라지도록 힘을 주는 정단이 안쓰러워 말하지만 소용없다.

처음인 것이다. 아주 조금 들어갔을 뿐인데 이 정도인 것을 보면 이것이 처음이다. 몸이 열리는 아픔보다 처음 겪는 일에 대한 충격이 더 크다. 크게 뜬 눈으로 어쩔 줄을 몰라 하며 그의 팔에 매달린다. 그가 주는 고통이지만 그에게 의지한다.

어쩐지 사빈의 배 한쪽이 따끔거렸다. 뜨거운 느낌이다.

더 이상 건조한 눈이 아니었다. 온 세상에 그밖에 없는 것처럼 깊게 그를 주시하고 있다.

도와달라 말하고 있었다. 물에 빠져 허우적대는 사람처럼 어딘지 알 수 없는 곳에서 자신을 꺼내달라 손 내밀고 있다.

사빈의 눈에 정단의 숨겨진 두려움이 보인다. 불안을 감추기 위해 필사적으로 숨은 아이의 눈이 보였다.

누가 이 아이를 이렇게 떠민 것일까. 누가 여기까지 오게 만들었을까. 집안? 그녀 자신?

동그란 이마에 입술을 누른다. 잘게 떠는 몸이 안쓰럽다. 부드러운 접합에도 그와 이어진 몸이 흠칫 떨렸다. 사빈은 곧 울음이 터질 것 같은 눈을 들여다보며 움직였다. 아직도 정단의 눈은 겁먹은 빛을 띠고 있지만, 밀어내지는 않는다.

제대로 준비시키지 못한 몸을 사빈도 거칠게 몰아붙이진 않는다. 깊게 집어넣지 않는다. 천천히 움직이며 무언가로부터 정단을 지키듯 품어 안는다. 자신이 보여야 안심하는 정단의 입술을 훑었다.

그러나 그 무언가가 어떤 존재인지는 그도 확신하지 못하고 있었다. 그와 그녀의 집안, 아니면 그녀의 욕심? 어쩌면 그일지도 모르는 일이었다.

정신을 놓은 것처럼 잠들었던 정단이 눈을 떴다. 등 뒤로 자신을 안고 있는 사빈의 숨소리가 느껴진다. 정말 깜빡이었던 듯 시간은 얼마 지나지 않아 있었지만, 정단의 얼굴은 그야말로 당혹 그 자체. 맨살의 감촉에 허리에 둘러져 있는 팔을 푼다. 사빈의 셔츠 자락이 맨살에 스쳐 소리가 나올 뻔했다. 바닥에 발을 딛고 벗어둔 옷을 찾았으나, 멀리 떨어져 있는 옷이 야속하기만 하다. 결국 시트 자락을 가슴께에 그러쥐고 사빈의 눈치를 살피며 침대를 건너간다.

사빈은 벌써 깨어 있었지만, 잠든 척 눈을 뜨지 않고 있었다. 보지 않아도 초조한 움직임이 들렸다. 어찌나 다급한지 안쓰러울 정도. 겨우 코트를 찾아 걸친 정단이 욕실로 종종걸음 칠 때서야 실눈을 뜨고 뒤를 바라봤다.

좀 더 누워 있을 것이지, 잽싸게도 도망쳐 버린 정단을 향해 사빈은 혀를 찼다. 그리고 일어나 구겨진 셔츠를 벗고 곁방 욕실로 들어갔다.

먼저 나온 건 그였다.

아직도 희미하게 들려오는 물소리를 들으며 셔츠를 꺼내 입는다. 머리에 맺힌 물기를 털어내다 정단이 미처 치우지 못한 옷가지와 말려 올라간 시트를 정리한다. 남원부인이 점심을 재촉하며 벌컥 들어오기라도 하면 큰일이었다.

그녀는 사빈이 쉬러 올 때마다 불쑥불쑥 들어온 전적이 있었다. 결혼 전과는 상황이 달라졌다지만, 또 알 수 있나. 사빈은 정단을 당황시키고 싶지 않았다.

그즈음 정단도 욕실에서 나왔다. 사빈을 보고 왜 벽 뒤로 숨는지 모른다. 무의식중에 숨어서 사빈을 훔쳐본다.

대충 쓸어 올린 머리가 그의 눈을 가렸다. 물기가 남아 있지만 사빈은 그것으로 충분한 듯했다. 그에 비해 한껏 물을 머금은 정단의 머리카락은 바닥으로 차가운 물기를 떨어뜨리고 있었다. 그것도 모르고 고개만 내밀어 그를 보고 있는 정단을 사빈이 돌아봤다.

"그렇게 흘리고 있을 건가?"

심드렁한 어조로 묻는다.

그 지적에 자신의 발아래를 내려다본 정단은 얼른 머리를 말아 잡았다. 언제부터인지 작은 웅덩이가 만들어지고 있었다.

"이리 와."

당황한 정단에게 사빈이 말했다.

고개를 들자, 타월을 들고 침대에 앉아 있는 그가 보인다.

"이리 와. 해줄게."

사빈은 머뭇거리는 정단에게 다시 말하지만, 동그란 눈은 그의 손의 타월만 쳐다봤다. 그러나 사빈의 오라는 듯한 손짓에, 이내 그 앞에 자리를 잡는다.

"엄청 길군."

사빈이 정단의 머리를 감싼다. 감상처럼 말하고 타월로 문지르는데 제 의지로 기른 머리가 아닌 정단은 말없이 고개만 끄덕였다.

순간 머리를 만지던 사빈의 손에 힘이 들어갔다. 다시 완전무장의 무표정으로 돌아온 정단의 뒷모습에 발끈했다. 하지만 이내 그에게 머리를 맡긴 정단의 몸은 그의 손을 따라 이리저리 흔들렸다. 고양이처럼 등을 말고 그에게 몸을 기댄다. 그것에 사빈의 손은 다시 부드러워졌다.

"배고픈가?"

은은히 맴도는 샴푸 향을 즐기며 묻는다.

"점심은 나가서 먹는 게 좋겠어."

남원부인에겐 미안하지만, 아침에 건너뛴 요리는 점심에도 먹지 못하겠다.

"목장을 하는 친구가 있는데……."

그러나 한적한 곳을 떠올리던 사빈은 말을 멈췄다.

"아…… 시시한가?"

머리를 만지던 손을 거두며 묻는다.

"……."

정단이 그를 돌아봤다. 이해하지 못한 듯, 두 눈을 깜빡인다.

"여기. 비난을 너무 많이 받아서 말이야."

그렇게 말한 사빈은 코로 웃었다.

"요즘은 신혼여행, 오지 않는다더군."

"아……."

그제야 그의 말을 알아들었지만, 정단은 말이 나가기 전 혀를 웅크렸다.

위험했다. 자신은 처음이라고, 말이 나올 뻔했다. 류 회장의 딸인 자신이 처음이라니, 말이 안 됐다. 의심을 살 뻔했다.

사빈은 그런 정단의 말을 기다리고 있었다. 입을 열다 만 정단을, 한쪽 눈썹을 치켜세우고 쳐다본다.

"……그러니까."

그를 보고 있는 게 어색한 정단은 고개를 돌렸다. 목욕가운을 만지작거리며 말한다.

"저는 결혼해 주신 것만으로 충분히 감사하고 있어요. 그러니까……."

괜찮아요.

이어질 말은 수줍은 중얼거림 속에 묻혔지만, 정말 괜찮았다. 제주도가 처음이 아니었대도, 그래서 시시한 동네처럼 느껴졌어도, 그가 이런 신혼여행쯤 아예 무시해 버렸대도 상관없었다. 그는 이미 원하는 걸 줬으니까.

하지만 등 뒤가 싸늘했다. 머리를 만지던 손이 사라졌다. 조용한 사빈을 돌아보는데, 섬뜩한 기운이 느껴진다. 쭉 뻗은 시선이 일그러져 있는 것 같았다.

4

정단은 멍하니 바깥을 바라보고 있었다.

창밖의 고즈넉한 풍경을 즐기는 것은 아니었다. 여유를 즐기는 것은 더더욱이 아니다.

'오늘이 몇 일이지?'

반복된 매일에 시간을 가늠하기도 어려웠다. 어제가 오늘이고 오늘이 내일이다.

신혼여행을 다녀온 내내 그랬다. 적막하고 외롭고 무료했다.

사빈의 얼굴을 보는 때라곤 그가 출근을 준비하는 아침이나 잠자리에 드는 시간뿐. 간혹 집으로 일을 가지고 오는 날엔 약간의 시간이 더해지지만, 정단이 그와 얼굴을 마주하는 시간은 거의 없었다.

"저녁은 준비하지 않아도 돼. 집에서 먹을 일은 없으니까."

처음으로 그의 출근을 배웅하는 정단에게 그가 던진 말이었다. 그

때 정단은 고개를 끄덕였지만, 그것이 정말 매일이 될 줄은 몰랐다.

어지른 흔적이 없는 집 안을 청소하고 얼마 되지 않는 세탁물을 돌리고 나면 할 일이 없었다. 류 회장의 딸이 되기 전의 과거는 숨겨야 했으니, 의심 살 외출이나 친구를 만나는 것도 할 수 없었다. 필요 이상으로 큰 집, 아무도 없는 공간에 혼자 남겨져 버렸다.

그래도 처음엔 외로움을 느끼지 못했다. 그보다는 자신의 집이 생긴 기쁨이 더 컸다.

얼마 전까지는 이유없이 월세가 오를 때면 새 집을 찾아 더 높이, 혹은 더 낮은 곳을 찾아 다녀야 했던 정단이다. 여름에는 높은 곳이 좋았고 겨울은 낮은 곳이 좋았다. 반지하의 낮은 집은 여름 때마다의 물난리와 눅눅한 곰팡이가 문제였고, 하늘과 닿을 듯 높은 꼭대기는 눈이 내리는 겨울마다 가파른 계단을 오르내리기 힘들었다. 철마다 골라 살면 좋겠지만, 언제나 집세에 밀려 어느 곳이든 방을 얻는 것이 겨우였다. 어디든 세 식구가 들어갈 공간이라면 가릴 처지가 못 됐다.

그에 비한다면 지금은 천국이다. 적어도 집을 구하기 위해 마음 졸이지 않아도 된다. 더 이상 쫓겨나지 않아도 되는 것이었지만 그렇다 해도 혼자 있기엔 너무 큰 집이었다. 사빈 없는 공간이 더 크게 느껴지는 것도 그 때문일 것이다.

다정하게 머리를 말려주던 그는 더 이상 없었다. 따뜻했던 그가 거짓이었던 것 같다. 시간도 공간도 공유하지 않는 그들은 완벽한 타인이었다.

뭔가 잘못되었음을 느끼지만 따질 수는 없다. 결혼만 해준다면 다른 건 아무래도 상관없다고 생각했으니까. 그가 자신을 없는 사람으로 여기고 싶다면 자신은 아무것도 아닌 존재여야 했다. 류 회장의 뜻에 동조한 순간, 정단은 이미 사라졌다.

　성진그룹의 본체, 성북동은 기제사 준비로 분주했다. 보름에 한
번, 사빈 형제들이 문안을 드리는 날과는 비교도 되지 않았다. 성진
그룹의 창업주, 사빈 증조부님의 기일이었다.

　그런 만큼 집안 분위기는 더욱 정단을 주눅 들게 했다. 행동거지,
손놀림 하나하나를 평가당하는 느낌에 언제나처럼 정단의 몸은 굳
었다. 근엄한 가풍 탓도 있으려니와 정단에 대한 진 여사의 태도가
제일 큰 이유였다.

　큰며느리 효원은 원래부터가 흠 잡을 데 없는 며느릿감이었던데
다 은퇴한 지금도 정계에 막강한 힘을 휘두르는 친정이 있어 그렇
다 친다 해도 천방지축, 안하무인 막내며느리 은정도 엄하게 대하
지 않는 그녀가 정단에게는 유난히 냉정했다. 누구에게나 엄격한
사람이었지만, 정단에 한해서라면 도를 넘는 냉대였다.

　내로라하는 집안 외동딸로 태어나 제멋대로인 성격의 은정조차
시어머니의 처사에 고개를 갸웃할 정도다. 그렇다고 정단의 편을
들어줄 생각은 없었지만.

　성 회장도 집안일에는 입을 떼지 않는 시아버지였고, 효원이나
다른 사람도 상관할 수 있는 일이 아니었다. 정단 혼자 참고 견뎌야
한다. 그나마 곁을 지켜줄 사람은 사빈이었으나, 그는 형제들 중에
서도 제일 늦었다.

　아직 학생인 사영은 일찍부터 은정을 찾아 앉아 있었고, 성 회장
과 같이 들어온 사혁도 효원의 옆에 앉았다. 사빈이 도착한 것은 저
녁 식사가 시작된 후다. 자정 넘어 올리는 제를 위해 평소보다는 이

른 시간의 퇴근이었다.

"이사님 오셨습니다."

거실에 있던 진 여사의 비서, 양 실장이 사빈의 도착을 알렸다.

"도련님, 오셨어요?"

효원이 제일 먼저 그를 반겼지만, 그보다 먼저 사빈을 알아본 것은 정단이었다. 긴장했던 입꼬리가 풀린다.

"죄송합니다. 늦었습니다."

성 회장은 눈으로 사빈의 인사를 받았다.

"어서 와 앉아. 먼저 시작했다."

진 여사가 자리를 주도한다.

"왜 그리 바빠. 혼자 꾸려가는 것도 아닌데."

어울리지 않게 어머니 같은 말을 하는데, 사빈의 눈은 가족들 사이를 살핀다.

'어디 있지?'

"뭘 하고 있어, 챙기지 않고."

진 여사가 누군가를 향해 말하자 이어지는 목소리에 고개를 돌린다.

"네, 어머님."

순간, 눈이 흔들렸다.

'……뭐야.'

정단은 가족들 사이에 없었다.

"……."

당혹한 눈은 곧 제자리를 찾았지만, 사빈의 시선은 다이닝바로 향하는 정단을 쫓았다. 살짝 돌아보는 눈과 마주치는데, 감정이 읽히지 않는다.

다른 도우미들과 다를 바 없이 무표정한 얼굴로 그의 식사를 챙기고 있던 자리로 돌아간다. 그의 시선에도 눈을 내리깔고 더는 그를 보지 않는다. 꿋꿋하게 자리를 지키고 서 있는다.

그 의연함에 사빈의 속이 뒤집힌다. 정단이 받는 박대를 자신도 당하는 것 같아 불쾌함을 참을 수 없는데, 태연한 정단 때문에 더 화가 난다. 정단으로 인해 자신까지 바닥으로 떨어진 기분이다.

하지만 그는 보았다. 그의 앞에 식기를 내려놓으며 가느다랗게 떨던 손을. 짧은 순간, 그를 바라보며 불안하게 흔들렸던 눈동자를.

누구를 향한 두려움일까. 진 여사를 바라보는 사빈의 눈에 힘이 들어간다. 식사는 얼마 하지 않고 손을 놓는다. 그래, 네가 자초한 일이잖아? 측은함을 느끼기엔 그녀가 원한 삶이었다. 애정 없는 상대에게 무얼 바라? 그렇게 냉소하다가도 혼자 서 있는 정단을 보면 분이 치솟는다.

정단을 며느리로 들인 것은 어머니 자신이 아니었던가.

아무리 해도 진 여사에겐 정단을 사빈 옆에 앉힐 생각이 없는 모양이었다. 식사가 끝나도 마지막까지 서 있던 정단에게 말한다.

"나올 거 없다. 남아서 도와."

어차피 도울 일이란 없었다. 남은 일은 다섯 명의 도우미로 충분하다. 거기다 벌써 20년째 주방을 책임져 온 임 여사가 임신으로 몸이 불편한 효원의 자리까지 채우고 있었다.

"동서⋯⋯. 내가 몸이 이래서⋯⋯."

안쓰럽게 바라보는 효원에게 정단은 희미하게 웃었다.

"괜찮습니다, 형님."

외려 다행이었다. 시어머니의 눈초리에서 벗어날 수 있으니까.

그러나 식당 주변을 두리번거린다. 이미 사빈은 없었다.

사빈 앞에 놓인 차는 그대로였다. 임 여사가 만든 모과차는 기관지가 좋지 않은 성씨 집안 사람에게 인기만점이었지만, 목구멍을 뜨겁게 하는 것이 지금의 사빈에게는 불을 붙이는 격이었다. 모두의 신경이 출산을 앞둔 효원에게 쏠려 있는 사이 찻잔을 놓고 일어난다. 옆자리의 사혁이 기척을 느끼지만, 아는 척하지는 않는다.

조용히 일어난 그가 향한 곳은 주방이었다.

"앉으시라니까요, 사모님. 저희가 한대도."

정단과 도우미들의 실랑이가 한창이었다.

"큰마님도 참. 이런 일은 우리끼리 해도 되는데, 새 사모님까지……."

"괜찮아요. 누가 하든 할 일이잖아요."

정단의 고집에 임 여사도 두 손을 들었다.

"저녁도 못 드셨잖아요. 일 끝나려면 아직 한참이나 남았는데."

다른 도우미도 말을 거들지만, 정단은 놋그릇에서 손을 놓지 않는다. 모두들 민망한 눈치나, 사람 부리는 데 익숙지 않은 정단으로서는 구경만 하고 있는 게 더 못할 노릇이었다.

"아주머니도 안 드셨잖아요. 별로 배 안 고프니까 같이 하고 먹어요."

반짝하게 잘 닦은 것을 내려놓으며 말하는데, 입구에서 그릇을 정리하던 박 여사의 화들짝 놀란 목소리가 들린다.

"……어마? 작은도련님 오셨어요?"

그녀의 반색에 모두 뒤를 돌아보았다.

"잘 오셨네. 그렇지 않아도 도련님을 불러야 하나 하던 참인데."

그를 제일 반긴 건 임 여사다.

"사모님 모셔가서 저녁 좀 드시게 해요. 아침부터 점심도 잘 못 드시고 계셨어요."

사빈을 꼬맹이 시절부터 보아온 그녀는 스스럼이 없었다.

마침 선화가 주방 테이블에 상을 차렸다.

"얼른 오세요, 사모님."

그 앞으로 걸어간 사빈이 테이블 위를 둘러본다. 그가 먹은 저녁에 비해 가벼운 차림이었다.

"이리 와……."

마음에 들진 않지만 의자를 빼고 정단을 바라본다.

"이리 와 앉아."

명령 같은 목소리에 정단은 쭈뼛쭈뼛 움직였다. 사빈이 서 있는 의자로 걸어가 앉는다. 사빈이 그 앞에 앉자 도우미들은 키득거림을 숨기며 고개를 숙였다.

"그럼 못써들!"

자신도 입술을 늘이고 있으면서 그들에게 눈치를 준 임 여사는 초무침을 꺼냈다.

"온종일 기름 냄새 맡아서 입맛이 나시려나 모르겠네요."

이런 날엔 고기반찬의 진수성찬보다 더 나은 찬이었다.

"이건 도련님 몫."

그때 웃샤, 하고 나타난 박 여사가 사빈 앞에 커다란 잔을 내려놓는다.

"사모님이 식사를 안 하셔서 만들었는데, 이젠 필요 없으니까 도

런님이 드셔야지."

달달한 냄새에 사빈은 미간을 찌푸리지만, 박 여사는 마주 앉은 사빈과 정단을 바라보며 흐뭇한 표정이다. 정단 대신 놋그릇 사이에 자리를 잡고서는 빙그레한 눈으로 주시한다.

막내 도령 짝과 다르게 소박한 정단이 마음에 들었다. 너무 물러진 여사 같은 시어머니를 어찌 모실지 걱정이지만.

진 여사도 벌써 그런 순함을 알아봤는지 다른 며느리들을 대하는 것과는 사뭇 태도가 달랐다. 간혹 큰사모님이 주방을 살핀 적은 있어도 직접 손에 물을 묻히는 일은 없었다. 따로 식사 시중을 드는 일 또한. 웬일인지 몰라도 그 노골적인 차별이 마음에 걸렸는데, 은근히 제 각시를 챙기는 작은도령을 보니 다행이었다.

다리를 꼬고 앉아 심각하게 밀크티를 마시는 사빈을 보니 또 웃음이 나오려 한다. 사빈은 냄새만큼이나 달짝지근한 맛에 인상을 쓰며 머그를 내려놓았다. 잔을 멀리 밀어놓고 정단을 바라본다.

못 알아볼 만도 했다. 긴 머리를 틀어 올려 느낌이 달랐다. 단아한 실크블라우스 차림이 어른스러워 보이는 듯하지만, 다시 보니 어린 게 맞다.

그가 보고 있어서일까. 먹성이 시원치 않다. 아직 집안 분위기에 적응을 못한 탓인지, 여느 때에도 조신했던 몸가짐이 더욱 조심스럽다. 입안에 넣은 밥알을 굴리고만 있다. 다른 음식엔 손도 대지 않고 그나마 임 여사가 꺼내준 초무침만 되씹는다.

"아직 내외하시나?"

제기를 닦던 박 여사가 놀리듯 말했다. 정단의 귀가 빨개진 것도 같은데, 사빈이 여전히 깨작거리는 정단에게서 밥공기를 빼앗는다.

"형수님 드시던 거 있습니까?"

제가 뭘 잘못했나, 정단은 눈을 동그랗게 떴다.

"큰사모님이요?"

임 여사도 무슨 소리냐는 듯 묻는데, 박 여사가 냉장고 문을 연다.

"아아, 이거 말씀하시는 거지?"

입덧은 가셨어도 배가 불러 잘 먹지 못하는 효원이 종종 식사 대신 먹는 것을 꺼낸다. 박 여사가 만든 순두부였다.

"먹어."

"……"

정단은 멍하니 하얗게 데워진 덩어리를 내려봤다. 안정된 마음과 달리 가슴이 두근거렸다. 떨리는 손을 따라 숟가락도 떨렸다. 지켜보는 시선이 여전히 부담스러웠다. 그래도 밥을 먹는 것보단 나았다. 적어도 얹힐 것 같은 두려움은 없다.

사빈은 정단의 오물거리는 입술만 바라봤다. 내심 만족스럽게 한숨을 내쉬고 손을 머그잔으로 향한다. 정단을 보며 무심코 한 모금 삼켰다 인상이 굳는다.

뭐가 이렇게 달아?

내내 지켜보고 있던 박 여사에게서 숨죽인 웃음이 터져 나왔다.

제사가 끝난 것은 2시 즈음이었다.

새벽 시간, 사영 내외는 분가 전 지내던 방에서 자고 가겠다며 번잡스럽게 침대 시트를 갈게 했지만, 사빈은 옷을 챙겨 입었다.

"자고 가지 그러니. 오늘도 나가야 할 텐데, 잠 시간 깎아먹을 게 뭐 있어."

진 여사의 말에도 머뭇거림이 없이 답한다.

"집이 편합니다."

언제부터 거기가 집이었다고. 진 여사는 발끈한 표정을 지었지만, 전부터 성북동은 살 곳이 못 되는 것처럼 굴던 그였다. 정단의 코트를 집어 걸칠 시간도 주지 않고 팔을 잡아끈다.

"아버지, 이만 가보겠습니다."

복도 끝, 열려 있는 문 앞에서 말한다. 옷을 갈아입은 성 회장이 편안한 자리를 고르던 참이었다. 사빈 옆에 정단도 허리 숙여 인사하는데, 고개를 끄덕인다. 바깥에선 엄한 부친일지 몰라도 장성한 아들 잠자리에까지 관여하는 성격은 아니었다. 진 여사만 못마땅한 얼굴로 사빈을 배웅했다. 마뜩치 않게 쳐다보는 눈빛 속에는 정단을 조련질하지 못한 아쉬움이 남아 있었다. 밟아도 밟히지 않는 정단을 바라보는 눈초리가 날카롭다. 그 시선으로부터 보호하듯 사빈은 정단을 데리고 나왔지만, 진 여사에게서 완전히 벗어날 방법은 없었다.

그날 아침. 얼마 눈을 붙이지 못하고 출근한 사무실로 정단의 전화가 온 것은 나온 지 얼마 되지 않은 시간이었다.

「오늘 늦으세요?」

"무슨 일인데."

아직 피곤이 가시지 않은 사빈은 의자에 기대며 답했다. 조금은 무성의한 목소리였을지 모르는데 기울어졌던 몸은 정단의 말에 튕겨나듯 일어났다.

「지금 성북동이에요.」

"성북동?"

튀어나갈 것처럼 묻는다.

잘못 들었나 싶었다. 그 집에서 돌아온 게 오늘 아니었던가?

「어머님이 부르셨어요. 후원회모임이 있으시다고.」

차분한 목소리에 또 짜증이 치민다.

「좀 늦을 것 같아요.」

"얼마나."

묻는 목소리에 그것이 고스란히 묻어났다.

「모르겠어요.」

이런 식은 곤란하다. 이렇게 정단을 휘두르는 것은 그를 손아귀에 쥐겠다는 것이나 마찬가지였다. 어머니의 수가 빤히 읽힌다. 그러나 그의 삐딱한 태도를 정단은 자신에 대한 것으로 오해했다.

「전화…… 잘못한 것 같네요. 퇴근하시기 전엔 갈 거예요. 이따 뵐게요.」

"잠깐……."

도망쳐 버린다.

「가봐야 돼요. 어머님이 찾으세요.」

그리고 끊긴 전화를 사빈은 수습할 수 없다. 한참이나 들고 있다 진 여사의 번호를 누르지만, 이내 수화기를 내려놓는다.

어머니가 주도하는 후원회는 한두 개가 아니었다. 모두 친목 이상의 의미는 없는 것들이나, 형수의 몸이 불편한 지금 정단을 불러들이는 데 이상할 것은 없었다. 거슬리는 것은 성북동에서 돌아온 지 하루도 지나지 않은 시간이라는 사실이다. 자는 둥 마는 둥 하고 나온 회사였지만, 사빈의 정신은 반쯤 성북동으로 가 있었다.

그리고 9시. 평소라면 어림도 없는 시간부터 퇴근을 서둘렀다.

"정 대리, 퇴근하세요."

평소보다 빠른 퇴근에 정 대리도 자신의 귀를 의심했다.

"먼저 나갑니다."

옷을 갖춰 입은 사빈이 사무실을 나서는 것을 보고 나서야 컴퓨터 작업 목록을 내린다.

'웬일이지?'

요즈음 야근수당이 기본급보다 많아지는 한이 있어도 11시 전의 퇴근이 불가능하던 비상사태가 이제야 정상으로 돌아가나 정 대리는 기대를 품어보지만, 불행히도 오늘은 또 다른 종류의 비상사태였을 뿐이다.

지하주차장으로 내려가며 사빈은 정단에게 전화를 건다.

「지금 고객님의 핸드폰 전원이 연결되지 않아…….」

집으로 전화를 돌려도 받는 사람은 없다. 급한 마음에 내키지 않는 번호를 누른다.

「네, 성북동입니다.」

다행히 효원이 전화를 받는다.

"접니다, 형수님."

「서방님?」

그의 목소리에 놀란 듯하다.

"그 사람은요?"

곤란한 기색이 느껴진다.

「동서, 조금 전에 갔는데. 장 비서 차는 싫다고 혼자서요.」

"조금 전이요?"

시계를 보며 묻는다.

「서방님 오시기 전에 가야 한다고 서둘렀어요. 혹시 데리러 오기로 하셨던 거예요?」

"아니요. 그런 건 아닙니다."

여지없는 말에 효원의 한숨이 느껴진다.

「동서 오늘 힘들었어요.」

저도 모르게 핸들을 쥔 사빈의 손에 힘이 들어갔다.

「고생했다고 전해주세요.」

마치 그에게 들으라는 말 같았다. 그러니까 잘하라고, 좀 봐주라고.

"네, 그렇게 전하겠습니다. 나중에 뵙겠습니다, 형수님."

효원과 전화를 끊으며 다시 시간을 확인한다.

조금 전에 나갔다고?

회사나 성북동이나 집에서 비슷한 거리였다. 잘하면 먼저 들어갈 수도 있겠다. 사빈은 잘 바꾸지 않는 차선을 이리저리 돌려가며 집으로 향했다.

사빈이 도착한 집엔 불이 꺼져 있었다.

빨리 온 건가. 집으로 들어온 사빈은 생수 한 병을 꺼냈다. 옷도 갈아입지 않고 소파에 앉았다. 서둘러 돌아온 기색을 보이고 싶지 않았다. 별로 다급하지 않았다는 듯 TV를 켠다. 뉴스에서는 꽃샘추위에 대한 예보가 나오고 있었다.

목이 말랐지만, 생수를 조금씩 흘려 넣으며 시간을 잰다. 어느새 뉴스가 끝나고 드라마 타이틀 화면이 잡히고 있다. 계산한 시간이 지나고 있었지만 정단은 오지 않는다. 성북동에서 집까지 30분. 지체된다 해도 한 시간을 넘을 수 없는 거리다. 시계를 보며 거실을 서

성인다. 다시 전화를 걸어도 핸드폰은 여전히 꺼진 채. 초조해진다.

어떻게 된 거지?

문밖에 지나가는 차 소리만 나도 신경이 곤두선다. 머리가 따끔거렸다. 조금만 더 기다려 보겠다고 한 것이 10분이 지나고 또 30분이 지났다. 밖에서 희미한 소리가 들린 건 사빈이 막 밖으로 나가려던 때였다. 벌떡 일어나 뛰어나갔다.

자꾸 아래로 떨어지는 고개에 밝혀진 불을 인식하지 못한 정단은 계단을 올라가고 있는 중이었다. 조명 몇 개가 전부인 정원에 사람의 형체가 나타난 것은 갑자기였다.

손목을 세게 틀어 잡힌다. 휘청거리는 다리가 꺾였지만 강한 힘은 정단을 움켜잡고 집으로 향했다. 큰 보폭을 맞추지 못한 정단은 끌려가듯 안으로 들어갔다.

그대로 소파에 앉혀진 정단 앞에는 사빈이 있었다. 신경질적으로 머리를 쓸어 올린다.

"일찍…… 오셨네요. 언제, 오셨어요?"

있을 거라고 생각지 못했다. 그의 퇴근은 언제나 자정을 넘기기 전, 깜빡 잠이 쏟아질 때였으니까.

하지만 머리가 아픈 것처럼 이마를 문지른 사빈은 조용히 말했다.

"입, 다물어."

단호함을 넘어 무서운 목소리에 정단은 눈만 동그랗게 떴다. 무엇 때문에 화가 났는지 짐작조차 할 수 없는데, 잠시 떨어져 머리를 만지던 사빈은 감정없는 어조로 물었다.

"어디서 오는 거야?"

조용히 숨만 쉬고 있는 정단을 내려다본다.

"성북동 전화. 형수님이 받으시더군."

변명의 여지를 주지 않는다.

"9시에 나갔다고?"

내려다보는 시선이 차갑다.

"그런데 지금 몇 실까?"

날카로운 눈이 정단을 보며 확인시킨다.

"10시…… 10시 반이야."

그는 분명 정단에게 화나 있었다.

대답이 없자 정단의 턱을 끌어당긴다. 억지로 잡아 올려 눈을 마주친다.

"한 시간 반이야. 30분이면 충분할 거리를 한 시간 반이나 걸렸다고."

그는 진지했다.

"말해봐, 한 시간 동안 뭘 했는지."

하지만 정단은 이해할 수 없다. 자신은 그저 집에 왔을 뿐이다.

"성북동에서 오는 길이에요. 단지……."

단지?

답을 재촉하는 눈에 말을 잇는다.

"그러니까 차를 잘못 타서…… 버스가 조금 돌아왔어요……. 처음 타는 거라."

이번엔 사빈이 이해하지 못하겠다는 표정이다.

"……버스? 잘못 타?"

도무지 이해하지 못할 말이다. 도대체 어떻게 생겨먹은 머릿속이란 말인가.

"당신, 혼자선 택시 탈 줄 모르나? 버스?"

기가 막힌다.

"형수님이 내주신 차는 왜 안 타고."

그러나 모든 게 정단에게는 익숙지 않은 호강이었다. 기사 딸린 차나, 아무렇지 않게 타는 택시나, 네가 누릴 사치가 아니라고 누군가 말하는 것 같았다.

일자리도 찾을 수 없을 정도로 궁핍했던 동네. 그곳에서 정단의 어머니는 주방보조 자리라도 얻기 위해 열댓 정거장이 되는 거리를 매일같이 걸어야 했다. 얼마 되지 않는 버스비를 아끼기 위해 한 시간을 걷고 또 걸었다.

그런 어머니에 대한 기억 때문일까. 택시를 타는 여유 따윈 부리지 못한다. 사빈 같은 사람에겐 별거 아니겠지만, 지금의 정단에게도 별거 아닌 일이 되었지만, 마지막까지 그 먼 길을 걸었던 어머니를 생각하면 그 별거 아닌 것조차 죄가 되었다.

어쩌면 익숙해지는 게 무서운 것인지도 모르겠다. 이미 정단의 뼛속 깊이 가난이 스며 버렸다. 이제 와 바꾸긴 쉽지 않다. 정해진 환경이 그럴 수밖에 없었던 탓이나 그 정해진 삶이 너무 달랐던 사빈은 그런 사정을 이해하지 못한다.

"전화는 어떻게 된 거야."

정단의 가방을 뒤져 핸드폰을 꺼낸다.

"꺼졌어요. 어머님 전화 받고 바로 나가느라……."

정단은 전원을 확인하는 사빈에게 말했다. 갑작스런 진 여사의 호출에 핸드폰을 충전할 시간은 없었다.

"잘못했어요. 다음에는 내주시는 차, 타고 올게요."

왜 이런 변명까지 해야 하나, 화가 나려 했지만 말싸움을 하기엔 너무 지쳐 있었다. 하루 이틀 밤을 새고 몸이 고단한 건 별게 아니었으나, 이런 식의 싸움은 너무 힘들었다. 이미 정신은 몰릴 때까지 몰린 상태였다.

마치 때가 되면 제 풀에 지쳐 떨어지게 만들려는 것처럼 진 여사는 독하게 굴었다. 굳이 정단을 불러놓고는 후원회 사람들이 있는 거실로는 한 발짝도 나오지 못하게 했다. 정단을 호출한 것은 몸이 무거운 효원을 대신해, 그림 같은 고부 사이를 보여줄 며느리가 필요하다는 명목이었으나 정단을 도우미 이상으로는 취급하지 않았다.

기실 그런 시어머니는 견딜 수 있었다. 그것을 이상히 여기는 박 여사나 임 여사의 눈빛이 정단은 더 두려웠다. 안타까운 마음 한편, 수상한 눈초리를 담고 있는 효원의 시선에도 숨이 막혔다. 대체 무슨 흠이 있기에 그럴까. 자신을 꿰뚫어 보는 것 같았다. 정체가 밝혀질까 무서웠다. 그들을 경계하느라 바짝 날이 선 신경은 하루 종일 시달릴 대로 시달린 상태였다.

"먼저 오실 줄 몰랐어요. 빨리 온다고 온 건데."

그렇지 않아도 지친 몸에, 처음 보는 사빈의 모습에 놀라 정단은 턱을 쥔 손에서 벗어나려 했다. 무심해도 이렇게 난폭한 적은 없었다. 그러나 그것은 사빈을 더욱 화나게 만들었다. 문득 자신의 손을 밀어내는 차가움에 아래를 내려다본다. 빨갛게 얼어 있는 손이 보였다.

순간, 화가 치솟았다.

"일어나."

턱에서 손을 떼고 팔을 잡아 일으킨다. 정단을 끌고 침실로 간다.

"뭐든 시키면 할 수 있지?"

사근사근 속삭이며 블라우스 소매를 빼낸다. 억지로 벗기는 손은 거칠었다.

"그래, 이 집에서 살고 싶으면 말 잘 들어야지."

비꼬는 말이다. 정단의 얼굴이 하얗게 질린다.

"그게 당신이 원하는 거잖아?"

뻣뻣하게 굳은 고개를 꺾어 입을 맞춘다. 뼈가 늘어나는 충격에 벌어진 입술 사이로 사나운 혀가 들어온다. 꽉 막힌 신음에도 고개를 숙여주지 않는다. 작은 정단에게 허리를 낮추는 대신 들어 올린다. 내리누르는 힘을 버티기 위해 정단이 단단한 어깨를 움켜잡지만, 더 깊이 파고든다. 떨어지고 부딪히기를 반복한다. 혀를 말아 올리고 휘감는다.

"응······."

몸을 비틀며 거부하는 뜻을 보이자 허리를 틀어잡는다. 움직이지 못하게 단단히 움켜쥐고 입술을 내린다. 목덜미를 핥고 봉긋한 선이 시작되는 가슴에 입 맞춘다.

"오늘은······."

다리를 더듬는 감각에 입을 열지만, 거부의 말은 시작도 하기 전에 잘려 나간다.

"······오늘은?"

어깨를 깨물며 묻는 목소리에 정단의 말을 들어줄 마음은 없다. 긴 스커트 밑으로 손을 넣어 허벅지를 쓰다듬는다. 힘주어 오므리는 다리 사이에 무릎을 넣어 벌린다. 그제야 정단의 얼굴이 바뀌었다.

"아······!"

스타킹을 헤집고 들어온 감촉에 놀라 밀어내지만, 안으로 들어온 손은 다리가 맞닿는 중심을 문질렀다. 위아래를 오가며 말랑한 배를 쓸어 만지고 손바닥 전체로 아래를 쓰다듬는다. 스타킹 사이에 꽉 끼인 손은 정단에게 빈틈없이 달라붙었다. 둥글리듯 움직일 때마다 당겨지는 밴드가 허리를 자극하고 정단을 그에게로 더 가까이 잡아당겼다. 그러다 속옷까지 벌리고 들어온 손은 맨살을 비비고 훑았다.

"시…… 싫어."

정단은 작게 소리 질렀다.

"피곤해요. 하지 말아요. 싫어요. 오늘은……."

젖은 몸을 문질러 오는 사빈의 가슴을 밀치지만, 사빈은 정단을 가슴 사이에 가뒀다. 손가락을 앞뒤로 움직이며 훑어내는 것을 멈추지 않는다. 어쩔 줄 몰라 하는 얼굴을 주시한다.

"아…… 아…… 아!"

정단의 신음이 높아졌다.

"그만……."

움직임을 멈추려 팔을 붙잡으나 사빈은 외려 입술을 밀어붙인다. 머리카락을 거칠게 잡아 젖히며 혀를 밀어 넣는다. 그대로 침대로 밀어 눕히고 바르작대는 몸 위에 올라탔다.

우는소리 한 번이면 봐주려고 했는데……. 그랬는데, 안 되겠다. 이 상황이 무척이나 당겼다.

스타킹과 속옷을 한꺼번에 잡아 내리고 한쪽 무릎을 접어 올린다. 벌어진 다리, 열린 몸으로 점령해 들어간다. 집어넣는 만큼 길이 열리고, 벌리는 만큼 그를 감싼다. 조금도 봐주지 않고 치고 들어가는 허리에 비정상적으로 안을 조이지만, 억지로 자극당한 몸은 원치 않아도 열렸다.

"아…… 아!"

깨문 입술 사이로 희미한 신음이 새어 나왔다. 그의 움직임에 묻히던 소리가 그것을 역전해 공간을 맴돈다. 거칠게 살이 부딪히는 소리와 정단의 앓는 소리가 섞인다.

"하아…… 으응…….."

삽입해 들어갈 때마다 가쁜 비명을 토하는 입술을 사빈의 손가락이 쓰다듬었다. 울 것 같은 얼굴을 빠진 듯 내려다보며 허리를 쳐올린다.

자신이 들어갈 때마다 자지러지는 몸이 마음에 들었다. 자신의 팔에 매달려 오는 악력이 사랑스러워 참을 수 없다. 거친 신음을 내뱉는다.

어머니가 끌어내리려 해도 흐트러짐없는 태도가 싫었다. 아무도 뚫고 들어갈 수 없는 표정이 싫었다. 힘들단 말 한마디, 내색조차 보이지 않는 것이 짜증나 아무것도 느끼지 못하는 얼굴에 흠집을 내주고 싶었다. 그것을 깨뜨리고 싶었을 뿐인데 그가 먼저 무너지고 말았다. 자신이 주는 움직임에 반응하는 정단이 애틋해 견딜 수 없다. 그에게만 몰두하는 작은 몸이 그의 흥분을 키운다. 붉은 기운을 띠기 시작한 가슴에 입을 맞춘다.

더 울어봐. 매달려.

자신에게 매달리듯 동그랗게 들어 올린 어깨를 내리누르며 거칠게 입술을 집어삼킨다. 정단의 뜨거운 신음을 집어삼키고 움직임을 빨리한다. 자신의 혀에, 자신의 허리에 매달리는 정단을 사랑스럽게 내려다본다.

아득해지는 의식 속에 자신을 바라보는 그 시선을, 정단은 꿈이라고 생각했다.

그럴 리 없었다.

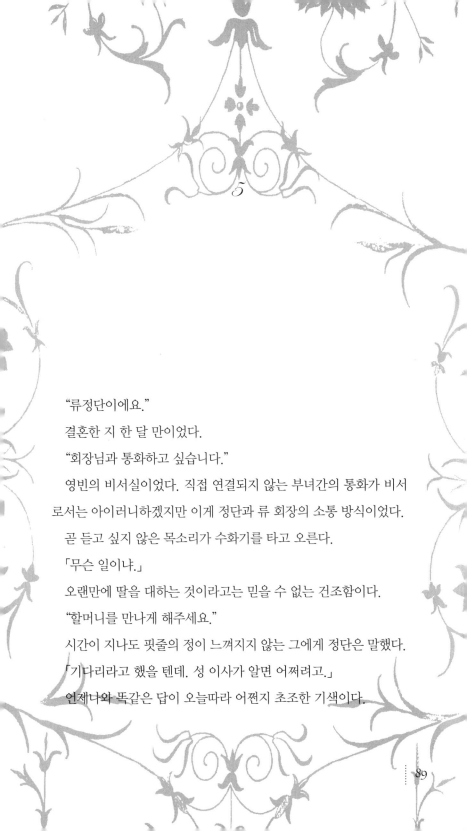

5

"류정단이에요."

결혼한 지 한 달 만이었다.

"회장님과 통화하고 싶습니다."

영빈의 비서실이었다. 직접 연결되지 않는 부녀간의 통화가 비서로서는 아이러니하겠지만 이게 정단과 류 회장의 소통 방식이었다.

곧 듣고 싶지 않은 목소리가 수화기를 타고 오른다.

「무슨 일이냐.」

오랜만에 딸을 대하는 것이라고는 믿을 수 없는 건조함이다.

"할머니를 만나게 해주세요."

시간이 지나도 핏줄의 정이 느껴지지 않는 그에게 정단은 말했다.

「기다리라고 했을 텐데. 성 이사가 알면 어쩌려고.」

언제나와 똑같은 답이 오늘따라 어쩐지 초조한 기색이다.

"그럼 목소리라도 들려주세요. 전화는 괜찮잖아요."

이상한 느낌이었다.

「결혼한 지 얼마나 됐다고. 아직은 때가 아니야!」

정단에게 외려 화내듯 소리친다.

"결혼했잖아요! 시키는 대로 했잖아요!"

정단도 계속되는 류 회장의 발뺌에 더는 참지 못한다. 목소리가 높아진다.

"지금, 당장 만나게 해줘요. 그렇지 않으면……."

「그렇지 않으면?」

하지만 통하지 않는다. 류 회장은 뱀같이 소름 끼치는 목소리로 반문했다.

「어쩌겠다는 거지?」

어쩔 거냐고?

아무런 말도 할 수 없다.

「성 이사가 알면 어떨 것 같니.」

끝이 나겠지. 그와의 결혼생활도 류 회장이 바라는 성진과의 결탁도, 그리고 자신이 구하던 것도.

「할머니 치료가 끝났다 생각하진 않겠지?」

그것을 아는 류 회장이 정단을 구슬린다. 협박이었다.

「의심이라도 사면, 그땐 다 끝이다.」

실수라도 하는 날엔 할머니도 죽는다 말하는 것이었다.

「알아들었지?」

고개를 끄덕인다.

벌써 석 달째 만나지 못한 할머니를 생각했다. 류 회장이 받게 해준 수술 경과는 좋았지만, 정단은 할머니 곁에 있어드리지 못했다.

어느 날 찾아간 병실에는 아무도 없었다.

류 회장의 짓이었다.

"네 과거를 들킬 만한 일은 하지 말아야지."

그때도 정단은 고개를 끄덕였다. 순진하게 다시 만날 수 있으니까, 라고 생각했다. 자신을 마음대로 움직일 도구. 인질. 그제야 류 회장이 할머니를 쥐고 놓지 않은 이유를 깨닫지만, 지금은 너무 늦었다. 결혼하면 할머니를 만나게 되리란 믿음은 깨지고, 기약도 없다.

얼마나 더 기다리라는 거지?

류 회장은 아직 원하는 것을 받지 못한 것이 분명했다. 그들을 결혼시킴으로써 얻을 수 있는 그 무엇이 진 여사에게 남아 있는 것이다. 그것을 류 회장이 손에 쥘 때까지 정단은 그대로 있어야 했다. 거짓이라도 속아줘야 한다.

지금은 할머니가 살아 계시다는 게 더 중요했다. 살아 계시면 언젠가 만날 수 있으니까.

그래, 살아만 계신다면.

참았던 눈물이 터진다. 삼키려 할수록 넘치는 눈물이 눈을 아프게 찔렀다.

사빈이 퇴근한 것은 늦은 시간이었다.

"오셨어요."

정단이 다가가 코트를 받는데, 얼굴이 별로 좋지 않다.

"무슨 일…… 있으세요?"

저도 모르게 묻고 만 것이지만 괜한 짓을 한 모양이었다. 아무 말 없이 바라보는 시선에 한 발짝 물러선다.

"……죄송해요. 전 그냥……."

하지만 커프스단추를 풀다 만 사빈은 정단을 끌어당겼다. 품에 안는다.

영문도 모르고 안기게 된 정단의 어깨가 굳는다. 몸을 잔뜩 움츠리고 눈치를 살핀다.

정단의 걱정대로 사빈은 머릿속이 복잡했다. 그러나 무거운 몸과 달리 정신은 또렷했다. 한숨을 내쉬는 대신 정단을 세게 끌어안는다.

'당신을 어떡하면 좋을까.'

자신보다 정단이 문제였다.

이제 곧 일이 터진다. 영빈의 부도. 전대 회장의 연줄로 이어진 정계의 힘을 믿고 무리하게 확장한 건설이 문제였다. 다른 사업이 호조를 맞았어도 영빈 전체가 무너지는 것을 막지 못했다. 영빈의 이름으로 이어지던 회사는 조각조각 나눠져 처분될 것이다. 류 회장이 바라는 것은 그 토막 난 것 중 하나겠지만, 성진을 등에 업은 사빈도 바람막이가 되기엔 역부족이다. 물론 사빈의 부친이 나서준다면 얘기가 달라질 것이나, 사업에 있어 정을 두지 않는 성 회장이 손을 잡아줄지는 의문이었다. 굳이 사돈을 맺은 모친과는 모종의 밀약이 있는 것이 틀림없으나, 얼마나 힘이 되어줄지는 알 수 없다.

사빈은 이렇게 고심하는 자신이 한심했다. 애초 이것 때문에 결혼을 피하려 하지 않았던가. 뻔히 알고도 뛰어든 자신을 이해할 수 없었다.

아마 이 여자 때문이겠지. 자신의 팔 안에 굳어 있는 여자. 지금의 사빈에게는 그 누구보다 안쓰러운 사람. 정체를 알 수 없었던 정단에 대한 감정이 이제야 정리되는 것 같았다. 순진한 얼굴로 결혼을 흥정하는 것에 기가 막혔지만 결국엔 나약한 여자였을 뿐이다. 누군가를 대신해 벌줄 희생양으로 데려왔지만, 사빈은 생각보다 빨리 정단이 그녀와 다르다는 것을 알아버렸다.

허물어져 가는 집안 대신 자신을 잡은 것이라 생각했다. 모든 것을 잃기 전에, 지금까지처럼 부유한 생활을 계속하기 위해 자신을 선택했다 믿었다.

하지만 그런 계산을 하기에 정단은 너무 물렀다. 그의 주변에 있는 여자들과는 달랐다. 생활도, 버릇도, 그를 위하는 것조차 생각할 수 없을 정도로 소박했다. 사치를 누리려 그와 결혼한 것치고는 화려한 생활에는 조금도 관심이 없었다. 요구도, 푸념도 없다. 자신의 존재를 주장하지도 않는다. 어머니에게 그만큼 시달리고도 불평 한마디 없었다. 그것이 사빈을 더욱 신경 쓰게 만들었는지 모른다.

이제는 아무것도 모르겠다. 그녀에 대한 그의 예상은 모두 빗나가 버렸다. 대체 정체가 무얼까. 지금은 그녀가 왜 자신과 결혼했는지조차 모르겠다.

"류정단."

가만히 이름을 부른다. 정단은 아직 그가 안은 대로 굳어 있었다.

"오늘 뭐 하고 있었을까."

그의 물음에도 고개를 숙인 채 반응이 없다 꼬물꼬물 움직이기 시작한다.

"……청소."

그렇게 답하고야 편하게 몸을 기대온다.

"그리고?"

포근한 기운에 사빈은 옅은 미소를 지었다.

"그리고 또?"

그게 뭐 그리 궁금하다고, 집요하게 묻는 자신이 우스워 이번엔 '쿡' 하고 웃는데, 들려온 답은 같았다.

"청소…… 요."

하루 종일? 사빈은 정단 모르게 인상을 찡그렸다.

그러고 보니 지금껏 정단 혼자 살림을 하고 있었다. 적당한 사람을 찾아보마 했던 모친에게서는 벌써 두 달째 아무 소식이 없었다. 집 안에 아무나 들일 수는 없다는 것이 그녀의 지론이었으나, 다분히 의도적인 미적거림이다. 원래 있던 도우미마저 효원의 임신을 핑계로 거둬가지 않았던가.

"사람을 찾아봐야겠군."

"어머님이 보내주신다고 했는데요?"

정단은 난처한 기색이지만, 사빈이 그러기로 마음먹은 이상 소용없다. 누구에게 알아보게 할까, 조용히 머리를 굴린다.

"저녁은 먹었어?"

아닌 척 생각을 감추며 묻는데, 고개를 끄덕이는 기척에 목소리가 짓궂어진다.

"난 아직이야."

지금 시간이 몇 시라고. 거기다 저녁은 혼자 해결하라고 말한 건 자신이면서, 씁쓸히 웃는 것이 정단을 추궁하는 것 같다.

"지금 준비할까요?"

정단이 허둥지둥 사빈에게서 빠져나간다. 서둘러 주방에 가려다 손에 들린 코트를 보고 침실로 걸음을 옮긴다. 뒤에서 종종거리는 움직임을 보고 있던 사빈은 졸졸졸 그 뒤를 따랐다.

이튿날, 사빈은 정단에게 과제를 내주었다.
"주말에 모임이 있어. 정 대리 보낼 테니까 준비해."
긴장되는 주문이었다. 류 회장의 딸이 되었대도, 정단은 한 번도 그럴듯한 자리에는 참석해 본 적이 없었다. 다급한 대로 김 비서에게 도움을 청해보지만 그녀는 언제나와 같았다.
「그냥 가만히 계십시오. 이사님이 보낸 사람이 알아서 할 겁니다.」
더는 말을 잇지 못하고 전화를 끊어야 했다.
그러나 다행히 그녀 말대로였다. 정 대리를 따라나선 정단은 예쁘게 앉아만 있어도 됐다. 정 대리 혼자 이 옷 저 옷을 휘젓다, 정단을 한 번 돌아보고 고개를 절레절레, 블라우스를 들었다 원피스를 들었다, 드디어 드레스 몇 장을 추렸다.
"입어보세요, 사모님."
골라준 대로 고상한 검은색 미니드레스를 입고 나오자 매의 눈으로 정단의 자태를 훑는다. 뭔가 마음에 들지 않는 눈초리다. 그의 불만족스러운 눈빛에 디자이너는 냉큼 푸른색 원피스를 대령하지만 결국 그가 선택한 것은 핑크빛이 도는 살구색 원피스였다.
공식적인 자리에서라면 검은색 미니드레스가 딱이나, 그런 옷을 입히고 싶었다면 사빈도 그를 보내지 않았을 것이다. 알고 보면 전도유망했던 미술학도로, 산업디자인을 전공한 그의 심미안으로는 그런 정해진 규칙을 용납할 수 없었다.

"허리가 살짝 남는데, 조금만 줄이시면 되겠네요."

귀여우면서도 단아한 소매에, 무릎까지 살짝 퍼지는 원피스 차림의 정단을 이리저리 둘러보며 만족스러운 표정을 짓는다. 거기에 샴페인색과 어두운 잿빛 원석으로 장식된 슈즈를 신기자 완벽 그 자체. 오래간만에 재능을 발하게 된 정 대리는 혼자 고개를 끄덕였다. 제 일을 빼앗긴 디자이너도 따라서 고개를 끄덕이지만, 거울을 바라보던 정단은 작게 소곤거렸다.

"너무 화려하지 않을까요?"

파티가 아니라 모임이라고 한 것 같은데, 색은 둘째치고 이렇게 드러나고 파인 옷이라니. 애써 골라준 정 대리에게 실례가 되지 않을까 조심스러운 표정이나, 걱정 가득한 얼굴이 완벽하다 자부하던 정 대리에게는 이만저만한 굴욕이 아닐 수 없었다.

"다들 그렇게 오시는 모임입니다, 사모님."

그렇게 말해도 모임이라고는 친구들과의 다과모임이 전부인 정단에겐 익숙지 않은 차림이었다. 춥진 않을까, 하는 걱정마저 드는 정단이었으니 길게 말해 뭐할까. 허리 사이즈를 수정하는 중에도 정단의 얼굴엔 못 미더운 기운이 남아 있었다.

그리고 그 근심은 모임 당일까지 계속되었다. 정 대리가 지시한 대로 화장을 받는 정단은 불안했다.

"옷 색깔이 분홍이에요."

"그래?"

정단의 눈엔 영락없이 핑크인 색깔에 미리 얘기해 봤지만, 사빈은 별로 상관없는 듯했다. 막상 보면 생각이 달라질 텐데, 내내 불안한 마음이었으나 정단의 걱정은 민망할 정도로 기우였다. 머리를 땋아 올린 정단이 샵을 나왔을 때, 차에서 기다리고 있던 사빈은 어깨만 으쓱해 보였을 뿐이다.

마음에 든다는 표시였다. 얌전히 묻히는 색감에 작게 반짝이는 다이아몬드 귀걸이만 한 것이 그의 취향이다.

새삼 정 대리의 전공이 떠올랐다. 큰형, 사혁의 회사를 나와 혈혈단신으로 처음 성묵과 일을 시작했을 때 뽑은 정 대리였다. 성묵은 비서로서 아무 연관이 없을 것 같은 그의 특성을 의심했지만, 사빈에게 다른 능력은 중요치 않았다.

"문서 작성을 보기 좋게 하거든."

그 말 한마디에 성묵도 토를 달지 않았다. 기준이 남다른 그에 비해 지극히 상식적인 성묵은 할 말이 없었다. 비서로서의 할 일은 그뿐만이 아니었지만, 지금껏 질리지 않고 정 대리를 착취하고 있는 것을 보면 그에겐 묘하게 정확한 안목이 있는 것이었다.

"무슨 모임이에요?"

만족스럽게 혼자만의 생각에 빠진 사빈에게 정단이 물었다. 지금은 비서라는 직책에 100퍼센트 씽크로율을 보이고 있는 정 대리를 생각하며 한쪽 입꼬리를 늘이고 있던 사빈의 얼굴이 묘하게 굳었다.

"연주회? 독주회? 자선모임?"

미간을 좁히고 허공을 쳐다보는 것이 그도 잘 모르고 있는 표정이다.

"뭐…… 중요한 건 아니니까."

사실 그도 별로 내키지 않는 모임이었다. 참석하는 이유는 단지 두견이 주체자로 나섰기 때문.

두견은 성묵처럼 어려서부터의 친구이자 유학 시절 같이 어울린 무리였다. 집안끼리도 돈독한 편이었고 성격도 잘 맞았다.

일단 오늘의 모임은 겉으로 보기에 두견 집안에서 시작한 문화사업이었다. 나흘간은 소외 계층을 위한 무료 연주회를 열고 마지막 날에는 VIP를 초대한다. 주된 목적은 자선 모금이겠으나, 결국 연중행사로 굳은 사교 활동이나 다름없었다. 그것에 적당한 금액을 전달하는 데에 의의를 두는 사빈은, 아직도 그 모임의 정체를 모르고 있었다. 두견만 아니었으면 굳이 참석할 필요가 없는 자리였다.

문화관 홀에 들어서자 연주 시작에 앞서 인사를 하고 있는 두견이 보인다. 사빈에겐 손을 흔드는 것으로 끝냈지만 정단에게는 공손하게 허리를 굽힌다. 그것에 그저 피식 웃은 사빈은 멀리 보이는 성묵에게 다가갔다.

"안 올 줄 알았는데?"

어제까지만 해도 반응이 없더니 두견이 난리를 친 게 분명했다.

"말이라고."

아니나 다를까, 성묵은 질린 것처럼 고개를 저었다. 한 번 물면 놔주지 않는 두견[犬]에게서 벗어날 수는 없었다.

"안녕하세요?"

그래도 정단이 인사를 건네자 기분 좋게 고개를 끄덕인다. 낯가림이 심한 그녀가 남편의 배냇친구이자 동업자인 자신에게만큼은 친근한 것이 성묵에겐 특권처럼 느껴졌다.

"먹을 만할 겁니다. 괜찮은 파티쉐가 만들었거든요."

그 마음에 대한 표현으로 케이크를 건네는데, 하트 모양 장식을 본 사빈의 얼굴이 딱딱해진다.

"그 녀석, 한국에 있어?"

심각하게 주위를 한 번 둘러보고 묻는다. 식전 음식으로 준비된 케이크와 쿠키의 작은 하트 모양 장식은 분명 빈스 컬렉션이었다.

과연 머리 하나 위로 시선이 다가왔다.

"사빈?"

살짝 새어 나가는 발음이 그를 부른다.

"빈센트?"

사빈이 뒤를 돌아봤다.

빈센트 이베륀. 시원한 미소를 보이고 있지만, 그의 결혼에 안 좋은 시선을 드러낸 유일한 사람이었다.

[언제 들어왔지?]

[어제?]

사빈의 물음에 살짝 눈동자를 굴리며 답하는 것이 매력적이다.

[어느 분이 친히 전화를 하셔서 말이야.]

곤란하다는 듯 말을 잇는데, 여기도 집요한 두견[犬]에게 물린 사람이 한 명 있군, 성묵은 다시 고개를 저었다.

금빛 섞인 옅은 갈색 머리의 이 미남은 사빈과 성묵이 영국 유학 중 만난 세계적인 부동산 재벌 3세였다. 뭐에 정신이 나갔는지 어느 날부터 빵을 굽기 시작하더니 돌연 학교를 그만둔 그가 사빈과 친해진 것은 오묘한 일이지만, 탄수화물 중독자 두견과 절친한 사이가 된 것은 시간문제였다.

절대미각의 혀로 날카로운 지적을 해대는 성묵은 아직도 가까이 하기엔 너무 먼 당신이라도, 밀가루 음식을 그다지 좋아하지도 않는 사빈을 그는 유독 좋아했다. 세계 곳곳에 제과 지점을 가진 그가 굳이 한국까지 진출한 것도 사빈에게 자신의 케이크를 사게 하고 말겠다는 욕심 때문이었다. 결혼에 대한 격렬한 반대도 그만큼 각별히 여기고 있기에 가능한 것이었다.

[그래서, 나 없는 사이 홀랑 팔리셨다고?]

사빈을 바라보더니 정단에게로 시선을 낮춘다. 결혼 무렵 모국에 돌아가 그때는 어쩔 수 없었다지만 어김없이 짚고 넘어간다. 비웃는 말과 다르게 해맑은 얼굴이 위협을 줄 정도는 아니나, 어디 얼굴이나 한번 봐주겠다는 눈빛에 정단은 사빈의 뒤로 물러난다. 사교성있는 성격도 아니거니와 사빈보다도 큰 그의 접근이 부담스러웠다.

사빈도 어깨를 틀어 그에게 드러난 시야를 가렸다. 빈정 섞인 그의 속내를 정단이 알게 할 필요는 없었다. 그것을 빈센트는 놓치지 않았다. 조금 움직였을 뿐이지만, 사빈과 정단 사이에 흐르는 말랑말랑한 분위기를 감지했다. 큰 입을 늘여 씨익 웃는다. 한국에 들어오면서부터 내내 좋지 않았던 기분이 조금은 풀린 것 같았다. 그제야 정단이 제대로 보였다.

이거 참, 꽤나 쁘띠한 여성이군. 턱을 괴고 정단을 바라본다. 정단에게 적의가 없어진 것은 다행이었으나 달라진 그의 표정에 사빈의 입술이 씰룩 움직였다.

단정한 빈센트의 얼굴이 기울어지며 묘한 신음을 내뱉었다.

[흐음~]

그가 이런 반응을 보이는 때를 알고 있다.

꽂혔을 때.

"La bella."

역시. 목소리에 감정이 듬뿍 묻어난다.

그것을 프랑스 남자의 매너쯤으로 받아들인 정단은 작은 입술을 오므려 발음했다.

"Merci."

불어 특유의 귀여운 발음에 빈센트의 눈이 커졌다. 사빈도 정단을 쳐다봤다.

[오?]

한 번도 위험한데 두 번이다. 빈센트는 반짝이는 것을 발견한 듯 안절부절못한다.

[그만두지, 빈센트?]

성묵도 위험을 감지했다.

친구 부인이니라, 유부녀라고.

뭔가에 꽂히면 절대적이 되는 빈센트를 성묵도 알고 있다. 성묵만큼이나 빈센트를 알고 있는 사빈의 굳은 얼굴은 회복불능상태.

그도 그럴 것이, 빈센트가 타국에서 모국어를 쓰는 일은 매우 드물었다. 영국 유학 시절에는 얄미울 정도로 영국식 악센트를 발음했고, 한국에서는 특유의 바람 빠지는 소리는 어쩔 수 없대도 귀신같이 한국말만 썼다. 대신 프랑스에 입국하는 순간부터 야멸차리만큼 불어 외의 말은 하지 않지만. 그런 그가 불어를 중얼거렸다는 것은 정신이 나갔다는 뜻이었다. 어느 날 하트에 꽂힌 뒤로 이곳저곳에 하트를 남발하고 있는 것처럼, 정단에게 그 마음이 꽂히면 곤란했다. 한 번에 꽂히는 성격은 그의 집안 내력이었으니까.

빈센트의 모친은 원래 이베륀 회장이 아닌 다른 남자의 아내였다. 어린 나이 애정 없는 결혼을 했던 그녀에게 빈센트의 부친이 꽂혀 버렸고, 결국 그녀를 이혼시킨 그가 그녀의 두 번째 남편이 되었다. 그 사이에서 태어난 빈센트가 사랑의 절대 신봉자가 된 것은 지극히 당연한 일. 사빈의 결혼을 비웃었던 것도 그 때문이었다.

어째 비슷한 일이 일어날 것 같지 않은가. 이베륀 가라면 정단을 기꺼이 받아들여 줄 것이었다. 빈센트가 정단에게 꽂혀 정단의 두 번째 남자가 된다면 2대에 이은 순애의 실현이다.

하지만 정작 정단은 동요하지 않는다. 이유 없는 찬사를 진심으로 받아들일 성격도 아니었고, 동양 여자에 대한 외국인의 환상을 모르는 바도 아니었다. 정단이 지금 이 순간 걱정하는 것은 괜한 대꾸를 했나 하는 것이었다. 불어라고는 고등학교 수업 시간에 배운 것이 전부인데, 다시 말을 걸면 어쩌나 걱정이었다. 영어도 능숙하지 않은 그녀에게 닥친 위기였다.

그것도 모르고 한 발 뒤로 물러서는 모습을 빈센트는 수줍다 여겼다. 그것에 한 번 더 꽂히고 말지만, 얄궂게도 착석 벨이 울린다.

[이런…….]

안타까움의 한탄을 쏟아봤자 소용없다. 부인의 일이라면 거의 신앙 수준인 두견이 별도의 행동을 용납할 리 없었다. 그는 부인의 요구대로 미남 파티쉐, 빈센트 이베륀에게 꽃다발을 증정하게 만들어야 했다. 특별히 무대와 가깝게 위치한 특별석으로 끌려가는 빈센트의 얼굴은 애통했지만 이게 끝은 아니니까. 끌려가는 그의 표정에는 행사 후를 기약하는 기대가 남아 있었다. 그러나 그에게 다음이란 없었다.

조명이 꺼진 자리에서도 밝게 빛나는 빈센트의 뒤통수를 바라보며 성묵이 속삭였다.

"전형적인 바람둥입니다. 동양 여자를 좋아하죠."

무슨 말인가 싶어 동그랗게 뜬 정단의 눈이 성묵의 시선을 좇았다.

"진짜예요?"

이내 정단도 빈센트를 바라보며 묻는데, 성묵이 시작한 괴담에 사빈의 역할은 확인사살이었다.

"……프랑스 남자는 바람기가 많지."

잠시 망설이는 듯하다 결국 입을 연다.

서른 살이 되도록 단 두 명의 여자밖에 없었던, 그들 한정으로 무한 애정을 바쳤던 순정남 빈센트 이베륀의 순애가 무참히 짓밟히는 순간이었다.

그것으로 제 할 일을 다한 성묵은 조용히 무대를 주시했다. 피아노 솔로가 뛰어나달 수는 없어도 게스트로 섭외된 바이올리니스트와 기타리스트의 음색이 좋았다. 여러 가지로 감각이 섬세한 성묵은 듣는 귀도 남달랐으나, 정단에겐 모든 것이 대단할 뿐이다.

물 흐르듯 유려한 소리를 따라 같이 흘러 다니다 뚝 떨어지는 부분에선 숨을 멈춘다. 클라이맥스로 치닫는 마디마디에 가슴 조이고, 웅장한 내리침 하나하나에 감동받는다. 차가운 뺨의 감각이 눈물 때문이라는 것은 모른 채 무대 위 다른 세상을 바라본다.

그곳은 다른 세계였다. 정단은 들어갈 수 없는, 정단과는 다른 사람들이 사는 곳.

지금 정단의 가슴이 아픈 것도 피아노가 때리는 감동 때문만은 아니었다.

새삼 자신의 어제가 생각났다.

얼마 전까지만 해도 정단의 자리는 이곳이 아니었다. 마지막 날의 VIP 초대가 아니다. 저들이 베푸는 은혜를 받아 어제나 그제나 왔을 무료 관람자가 그녀였다. 좁고 높은 동네에 갇혀 기본적인 의식주 외에는 다른 어떤 것도 할 수 없는 무력한 아이였다.

그런 과거가 처량해서일까. 알 수 없는 눈물이 흐르는데 무심코 고개를 돌리던 사빈이 정단을 본다.

얼굴이 보이지 않을 정도로 어두운 시야는 아니었다. 정단의 눈가에 매달린 것이 감동에 젖은 눈물이 아님을 눈치챈다.

이유가 뭐지? 건드릴 수 없는 서러움에 꼼짝없이 바라보기만 하는데, 왠지 모를 화가 난다. 어쩌다 보이는 얼굴. 울 것 같은 눈도 지금과 같은 건가?

도통 재미없는 피아노 소리는 들리지 않는다. 잠자코 지켜보다 손을 뻗는다.

"그렇게 감동받을 정도는 아닌 것 같은데."

깜짝 놀라 고개를 돌리는 정단의 뺨을 쓸어 올리며 속삭인다. 보이지 않을 것이라 믿었던 모양. 당황하며 물러서지만, 모르는 척해주기로 했다. 눈물이 나는 이유를 묻지 않는다.

다행히 프로그램은 세 개나 남아 있었다. 그 정도면 젖은 눈을 가라앉히기엔 충분한 시간이었다.

연주회 뒤의 홀은 두견 부인의 몫이었다. 일일이 인사를 드리며 옮겨 다니는 것이 한 마리 학이 날아다니는 것 같았다. 남편 대신 빈센트를 대동하고 다니는데, 시원하게 뻗은 미남미녀가 참 잘 어울렸다. 아무래도 모금액을 키우기 위한 얼굴 마담인 듯했다.

그것이 빈센트는 못마땅한 얼굴이다. 그나마 정단을 보자 별이라도 따줄 기세로 반짝반짝 다가왔지만, 그 앞을 두견의 부인에게 가로막혔다.

"결혼식에서 뵙고 처음이죠?"

타고난 성격인지 후천적으로 습득한 사교성인지 두견의 부인은 자연스럽게 정단에게 손을 내밀었다. 거의 초면이나 다름없는 만남. 그것도 정단에겐 익숙지 못한 이곳 사람과의 접촉이었으나 상냥한 태도가 정단의 긴장을 없앴다. 가지런한 손끝에 자신의 손을 포갠다.

"그럼 성 이사님, 즐기다 가세요. 양껏, 소신껏."

정단과 악수하는 그녀의 얼굴은 사빈을 향하고 있었다. 마지막 말에 힘을 주는 것으로 보아 5단으로 쌓여 있는 빈센트의 컵케이크를 두고 하는 말은 아니었다.

빈센트는 계속 머물고 싶은 기색이나 두견의 위협에 발을 옮긴다. 똥은 무서워 피하는 것이 아니라고, 집요하게 응시하는 두견의 눈은 피하고 보는 게 상책이었다.

자신을 향해 손을 흔드는 빈센트에게 정단은 작게 고개만 숙였다. 별로 그와 인사까지 나누고 싶지 않은 사빈은 얼른 시선을 돌린 듯했다. 그 모습이 어딘지 여유로워 보이는데, 여전히 자리가 어색한 정단은 치맛단만 만졌다.

묘하게 인기가 많은 성묵은 벌써 다른 무리와 어울리고 있었다. 정단이 없다면 사빈도 함께였겠지만, 지금은 별로 섞이고 싶지 않은 사람들이었다. 정확히는 정단을 보이고 싶지 않았다.

성묵이나 두견과는 다른 부류였다. 질 나쁜 성격들이다.

과연 성묵이 어색하게 그를 쳐다본다.

무언가 정단에 대해 얘기하고 있는 모양이다. 안 되겠군. 사빈은 들고 있던 칵테일잔을 내려놓고 정단에게 셔벗을 들려준다. 부담스러운 하트투성이, 빈센트의 케이크는 패스였다.

"기다리고 있어, 금방 올 테니까."

불안하게 쳐다보는 정단을 한 번 돌아보고 거대한 풍선이 있는 곳으로 간다. 보통이라면 조금 더 자리를 지켰겠지만, 정단을 힐끔거리는 사람들이 마음에 들지 않는다. 두견의 처가 바라는 대로 거액의 모금액이 걸린 서명란에 소신 있는 사인만 하면 될 것이었다.

그러나 그 시간이 정단에겐 너무 길었다. 초조하게 사람들 사이에서 사빈만 좇는다. 그녀가 던져진 이곳에 의지할 사람은 사빈뿐이었다. 다른 사람과는 얼굴도 마주치지 못한다. 자신이 누군지 아는 것 같은 눈빛이, 자신을 주시하는 시선이 두려웠다. 사빈이 떠나자 숨을 곳 없이 완전히 드러난 시야가 무서웠다. 발끝을 종종거리며 그의 움직임만 주시한다. 곧 돌아오는가 싶던 그가 중년 여자에게 붙잡혔을 때는 입술을 잘근 씹으며 잔을 내려놓았다. 앞으로 발을 내딛는데, 누군가 다가온 것은 그때였다.

"안녕?"

처음 보는 사람이었다.

"모르는 사람이지?"

정단의 마음을 읽은 듯 묻는다.

정단은 말없이 한 걸음 떨어졌다. 사소한 행동 하나가 사빈에게는 폐가 될 자리. 자신은 모르는 사람이, 자신을 아는 듯하는 게 이상했다. 그렇지 않아도 조심스러운 정단은 그를 무시했다. 드러내놓고 별로 얘기하고 싶지 않다 시선을 돌린다.

그러나 그는 괘념치 않았다. 더는 가까이 오지도, 그렇다고 자리를 옮기지도 않은 채 히죽 웃으며 정단을 바라본다.

지남은 내내 지켜보고 있었다. 홀에서 정단을 발견한 순간부터 연주회가 끝난 지금까지.

정단의 시선은 줄곧 자신의 남편에게 연결된 실처럼 그를 따라다녔다. 이곳에 존재하는 것은 남편밖에 없는 것처럼, 다른 것에는 관심을 보이지 않았다. 마치 잘 길들여진 애완동물과 같았다. 주인을 기다리며 주인만 바라보고 있는.

지남은 그런 정단에게 전율을 느꼈다. 등 뒤가 서늘해질 정도의 흥분을 느꼈다. 어쩌면 자신의 것이 되었을지도 모르는 무조건적인 순종이었다.

"부럽네."

진심으로 탐이 났다. 정단에게도 들렸을 중얼거림이지만 정단은 그 뜻을 알아차리지 못한 듯했다.

"그거 알아?"

여전히 사빈에게 집중하고 있는 정단에게 다가가 묻는다. 그제야 정단은 그를 돌아본다.

"류 회장님 사윗감 후보에 나도 있었다는 거?"

동그란 눈동자가 커진다.

아아. 이렇게 예쁜 강아지인 줄 알았으면 거절하지 않는 건데.

"신랑이 바뀔 뻔했어."

애석하다는 듯 바라본다.

"나였어도 좋았을 텐데. 그지?"

진심으로 안타까워하는 목소리였지만, 정단은 피해야 한다는 것을 알 수 있었다. 본능적으로 느낄 수 있었다. 집요한 눈빛이 경고하고 있었다.

거리를 재며 그에게서 떨어진다. 경계하는 것을 알면서도 재미있는 것을 구경하는 눈이었다.

하지만 그 눈이 커지는가 싶더니 억센 힘이 정단의 팔을 끌어당긴다.

"뭐 하고 있어."

머리 위로 사빈의 목소리가 들렸다.

"안녕하세요, 성 이사님?"

지남은 사람 좋은 얼굴로 인사를 건네지만, 정단을 뒤에 끌어다 놓은 사빈은 고개만 까딱 움직였다.

"류 회장님 사위가 되셨다는 소문은 들었습니다."

듣지 못했을 리가 없지. 재경그룹 박지남. 그도 류 회장이 저울질하던 사윗감 중 한 명이었으니까.

사빈은 마음에 들지 않는다는 얼굴로 그를 바라봤다. 정단에게 그랬던 것처럼 그에게도 친근한 태도나 상대할 필요를 느끼지 못한다.

"가지."

정단의 팔을 끌어당긴다. 정단의 잘못은 없다지만, 손에 힘이 들어가는 건 어쩔 수 없다.

멀리서도 알 수 있는 눈빛이었다. 정단을 바라보는 시선이 노골적이었다. 한때 결혼 얘기가 오갔던 것은 사실이라도, 마치 정단에 대한 지분이 있는 듯 관심을 두는 게 불쾌했다.

그런 사빈에게 정단은 끌려가는 모양새였지만, 이 자리에서 벗어날 수 있다는 사실만으로 마음이 놓였다. 안도할 일이었다. 그러나 얌전히 끌려가던 몸은 뒤에서 속삭이는 목소리에 멈췄다.

"그렇게 걱정할 필요 없는데. 곧 공중분해될 영빈엔 관심없으니까요."

순간, 주변의 눈이 자신에게 쏠리는 것 같은 착각이 들었다. 아무 말도 하지 못하고 지남을 바라본다.

공중…… 분해?

정단은 모르고 있었다. 처음 사빈에게 들은 게 있대도 그사이의 일은 모르고 있었다.

어째서?

위태로운 상황이었지만, 괜찮아질 거라 믿었다. 그 때문에 결혼한 것이니까. 류 회장이 사빈에게 바란 것도 그것이었다. 그런데 어떻게 된 거지? 정단은 움직이지 못한다.

주위 사람들도 눈에 띄게 파래진 정단에게 시선을 돌렸다. 걱정보다는 호기심이었다. 무슨 일이 생긴 건가, 침묵에 동조해 귀를 기울인다.

그 고요함 속에 사빈도 정단을 돌아봤다. 크게 들썩이는 가슴이 눈에 들어온다. 고요하게 몰아쉬는 숨소리가 서늘했다. 하얗게 질린 얼굴은 보지 않아도 알 수 있었다.

짜증스러움에 미간이 굳어들려 했지만, 사빈은 애써 한숨을 삼켰다. 의도적이었는지 아닌지 알 수 없는 남자를 향해 느긋한 얼굴을 만든다.

"……가자."

손에 잡힌 가느다란 팔이 선명한 떨림을 전하고 있었지만 허리를 감싸며 속삭인다. 고개 숙여 속삭이는 모습이 다정한 남편이다. 그것에 무슨 일일까, 궁금해하던 눈들이 다시 제자리로 돌아갔다. 더는 호기심 어린 눈초리로 정단을 공격하지 않는다.

하지만 사빈의 팔엔 힘이 들어갔다. 아무 표정 없이 비틀거리는 정단을 끌어안듯 걷게 한다.

"정신 못 차려?"

사람들에게서 돌아서자 부드러움이라고는 없는 목소리로 말한다.

"제대로, 똑바로 걸어."

주저앉으려는 몸을 억지로 일으킨다.

"괜찮아. 아무것도 아니니까."

정단의 귀를 막는 데 실패한 사빈이, 정단을 보호할 마지막 방법이었다.

"아무 일도 없을 테니까……"

말하기 좋아하는 사람들 앞이었다. 무너지게 할 수는 없었다.

"아무것도 아니니까"

터져 나갈 것처럼 뛰는 심장 소리가 사빈의 귀에까지 들리고 있었다. 희미하게 떨리는 몸이 차갑게 식고 있었다.

하지만 사빈의 손에 끌려 집으로 돌아온 정단은 아무렇지도 않았다. 돌아오는 차 안에서 부들부들 떨던 손도 거짓말같이 차분해졌다. 아무것도 듣지 못했다는 듯 원래대로 돌아온 얼굴이 기가 막힐 정도다.

그런 정단을 묵묵히 바라보던 사빈이 입을 열었다.

"물어봐. 얘기, 해줄게."

더 이상 숨길 수 없었다. 언제까지 감출 일이 아니었다.

"듣고 싶은 거 없어? 당신 집, 아버님……."

그러나 사빈을 바라보는 얼굴은 평온하기만 하다. 외려 그것이 더 위태로워 보인다.

"조만간 류 회장님, 회사일 손떼야 하실 거야."

사빈은 어떻게 해야 할까 고르던 말을 꺼냈다.

"걱정하진 않아도 돼. 다는 어렵더라도 하나는 막을 수 있으니까. 류 회장님 경영권, 유지할 수 있어."

하지만 정단에겐 그리 중요치 않은 사실이었다.

류 회장이 어찌 되든 관심없었다. 걱정이 되는 것은 오로지 할머니. 영빈이 잘못되면 할머니도 잘못될지 모른다는 생각에 머릿속이 하얗게 질렸다. 확인하고 싶은 마음에 온몸이 발끈거리지만 터질 것 같은 울음을 다스려 마음을 감춘다. 무감각한 얼굴을 만든다.

"내 말, 듣고 있는 건가?"

아무래도 상관없다는 얼굴에 사빈이 묻는다. 자신의 얘기를 제대로 들은 건지, 듣고서도 받아들이려 하지 않는 것인지 의심스러웠다.

"대답해. 제대로 들었어?"

정단에게 몸을 기울이며 채근한다.

"류정단."

도망치고 싶은 것일까? 믿고 싶지 않아서?

그러나 눈을 내리깐 정단이 대답하는 순간, 사빈은 그 평온함의 이유를 알았다.

"네, 들었어요."

차분한 대답. 사빈의 속이 뒤틀린다.

"괜찮다고 했을 텐데."

좀 전의 안쓰러운 마음과 다르게 거친 목소리가 나온다.

"류 회장님. 당신 집. 그대로 두지 않아. 버리지 않는다고! 알아들어?"

지금의 고요함은 회피가 아니다. 믿고 싶지 않아, 알고 싶지 않아 고개 돌려 버린 것이 아니다. 무표정한 얼굴이 그에게 말하고 있었다. 당신은 나한테 아무것도 아니야, 당신이 해줄 건 없어, 라고.

"상관없어요, 아무것도 해주시지 않아도."

목소리는 얼굴만큼이나 냉정했다.

"애쓰실 필요 없어요. 아버지가 해결하실 일이에요."

오싹할 정도로 싸늘한 말에 할 말을 잃는다. 몸이 물러앉는 것 같다. 정단과 함께 있는 자신이 보이지 않는다.

'그럼 왜……'

내내 가져왔던 의문이 떠오른다.

"그럼, 당신은 왜 나와 결혼했지?"

까맣게 흐려진 시야 속에 자신의 목소리가 들렸다. 안 되는데. 많이 놀랐을 텐데. 자신까지 무섭게 굴면 안 된다 생각하지만, 떠오르는 생각이 얼굴을 사납게 만든다.

'상관없다? 너는 나를 잡았으니까?'

차가운 웃음이 나온다. 집안을 위해 조건에 팔려 결혼한 것보다 더 형편없었다.

"들어가."

비웃고 싶은 마음을 억누르며 말한다.

"방으로 들어가, 류정단. 들어가서 자."

담담한 얼굴을 보고 싶지 않았다. 그 차가움을 견딜 수 없다.

그러나 순순히 들어가는 것에는 더 화가 났다.

정단이 들어가고 없는 거실로 '쾅!' 하고 나무 내려치는 굉음이 울렸다. 누구를 향한 것인지 모를 분노였다.

다음날. 사빈이 눈을 뜬 곳은 2층 침실이었다. 쓸모없다 생각하던 손님방이 꽤나 유용했다. 6시. 시계를 확인하고 욕실로 들어간다.

주말이라도 사빈에게 정해둔 휴일이란 없었다. 어김없이 출근을 서두르는데, 아직 날이 밝지 않은 어둠 속에 불빛이 보였다.

주방이었다.

"일어나셨어요?"

입구에 들어서자 정단이 뒤를 돌아본다.

"식사하셔야죠."

마침 찌개가 끓고 있었지만, 사빈에게 아침을 챙길 생각 따윈 없었다. 어제와 달라지지 않은 분위기가 의아했다. 조금도 흐트러지지 않은 담담함에 지난밤의 감정이 되살아난다.

그와는 아무것도 나누지 않겠다는 단호함. 자신의 슬픔이나 걱정, 불안이나 두려움이 그와는 상관없다는 단단한 방어벽. 여전히 그가 나설 자리는 없었다.

징그럽군, 정말. 사빈은 싸늘하게 둘러보고 주방을 나왔다. 커다란 공간에 닫히는 문소리만 크게 울렸다. 따라 나가지 못한 정단은 죄를 지은 사람처럼 주인 없는 식탁을 지켰다. 끓던 찌개를 그대로 두고 한참을 그대로 서 있었다.

어차피 조건뿐인 결혼이었다. 그들 사이엔 그것밖에 없었다. 사빈의 조건은 집안과 집안의 조건이겠지만 정단은 달랐다. 정단이 원하는 것은 사빈에게 있지 않았다. 사빈에겐 바랄 게 없다. 전화기를 든다. 매번 다시는 누르고 싶지 않은 번호를 누른다.

정단의 상대는 사빈이 아닌 류 회장이었다.

"류정단이에요."

이젠 목소리가 익숙해진 구기동 사람에게 묻는다.

"지금…… 계시죠?"

류 회장을 말하는 것이지만, 며칠째 집을 비우고 있다는 답만 되돌아온다.

"아니요, 전하지 않아도 돼요. 제가 회사로 하겠습니다."

그러나 비서실도 마찬가지.

「지금 자리에 계시지 않습니다. 전하실 말씀 있으면 올려 드리겠습니다.」

류 회장의 위치를 잡을 수 있는 사람이 없다.

뭔가 잘못된 느낌에 정단은 옷을 챙겨 입는다. 되는대로 차려입고 집을 나서며 김 비서에게 전화를 건다.

「무슨 일이십니까.」

"그분, 만나야겠어요. 만나게 해주세요."

언제나 단도직입적인 그녀에게 정단도 단도직입적으로 말했다. 자신과 류 회장 사이를 오가던 그녀라면 류 회장이 어디 있는지 알고 있을 것이었다.

그런데 이상했다.

「회장님은 자리에 계시지 않습니다.」

비서실과 똑같은 반응이다.

「연락드리겠습니다. 기다리고 계세요.」

불길한 기운에 정단은 고개를 저었다.

"아니요. 지금 회사로 들어가요. 회장님 만나겠어요."

그렇게 말하고 전화를 끊는다.

「아가씨……!」

전화를 끊고 전원까지 끈다.

더 이상 기다릴 수 없었다. 확인해야 했다. 오늘은 무슨 일이 있어도 할머니가 계신 곳을 알아야겠다. 정단은 그렇게 결심했다.

"아가씨!"

토요일이라 한산한 로비로 들어가자, 기다리고 있던 김 비서가 정단을 잡았다.

"연락드린다고 했을 텐데요?"

작은 목소리지만 화가 돋아 있다. 화장을 하지 않은 정단의 얼굴에 보이지 않게 미간을 찌그린 것 같다.

"이렇게 오시면 안 됩니다."

차림은 단정해도 부족했다. 류 회장 딸로서 남들에게 보여지는 정단은 언제나 완벽해야 한다. 태생은 죽은 부인과의 사이에서 얻은 딸이 아니라도 겉모습만큼은 영빈에서 자란 완벽한 아가씨여야 한다.

하지만 그녀의 걱정과 달리 이젠 꾸미지 않아도 귀티가 나는 정단이었다. 보안요원도 정단을 알아봤다.

"아가씨 나오셨습니까."

김 비서와 정단를 향해 모두 고개를 숙인다.

"회장님과 약속이 있으신가 봅니다."

회장실로 연결되는 엘리베이터로 이끄는데, 김 비서는 말했다.

"소용없으십니다. 회장님은 계시지 않습니다."

그래도 입을 꾹 다문 정단은 엘리베이터에 탄다. 주말에도 대기 상태인 비서실과 바로 연결된다.

"오셨습니까, 아가씨."

상석에서 한 남자가 일어났다. 천 실장이 구기동 집을 나가기 전 자주 보았던 박 실장이다.

"회장님은요?"

정단의 물음엔 답하지 않고 김 비서를 보며 말한다.

"안으로 모시지."

"네, 실장님."

김 비서는 정단을 접빈실로 데리고 들어갔다. 다른 아가씨들에겐 익숙하나 정단은 처음인 비서들이 늦게서야 예의를 갖췄다. 그중 제일 앳된 얼굴의 비서가 케이크와 과일, 차를 준비해 들어가는 것을 박 실장이 막았다.

"내가 들어가지."

지금의 상황엔 어울리지 않는 대접이었다. 아무도 관심을 보이지 않는데 정단 앞에 잔을 내려놓는다.

"오늘 들어오신다는 말씀은 없으셨습니다."

첫 잔은 버리고 우린 차를 따른다.

"그래도 기다리시겠습니까?"

절도 있게 차를 따르고 한 걸음 물러선 그에게 정단은 가만히 고개를 끄덕였다. 류 회장과 다른 접점이 없는 정단이 할 수 있는 일이라고는 기다리는 것뿐이었다. 의도적인 피함이 아니라면 그를 만날 수 있는 곳은 구기동보다 이곳이 먼저였다.

"그럼 밖에서 대기하고 있겠습니다."

김 비서와 다르게 박 실장은 순순히 접빈실을 나갔다.

점심때가 되자 회장실 직속 주방장이 도시락을 올렸지만, 손이 가지 않았다. 시계 소리도 들리지 않는 곳에서 시간은 더디 지났다. 마주 앉은 김 비서도 지겨울 법한데, 흐트러짐없이 앉아 있는 사이 창밖이 어두워졌다.

"돌아가세요."

7시쯤 되었을 때였다. 자동으로 들어온 조명에 시계를 올려다본 김 비서가 말했다.

"그만 가셔야 합니다, 아가씨."

류 회장이 돌아오지 않는 한, 비서진도 퇴근을 준비할 시간이었다. 더불어 사빈이 집으로 돌아올지도 모르는 때다. 어디 기다리고 싶은 만큼 마음껏 기다려 보라고 방관하고 있었지만, 팔짱을 끼고 있던 김 비서는 처음 앉은 그대로 굳어 있는 정단과 눈을 마주했다.

"지금, 상황이 나쁘다는 건 알고 계시죠?"

심각한 목소리로 말해봤자 평소와 다를 건 없었다. 언제나 진지한 그녀가 그렇게 말해도 놀라지 않는다.

"회사가 있어야 회장님도 있습니다."

하지만 그녀가 옳다.

"회장님이 계셔야 할머님도 무사하시고요."

그녀 말이 맞다.

"제 말, 아시겠습니까?"

고개를 끄덕인다.

"돌아가서 기다리세요. 지금은 아가씨를 챙길 수 있는 상황이 아닙니다. 기다리고 계시면 회장님이 연락하실 거예요."

김 비서의 말대로 정단이 지금 해야 할 일은 류 회장을 기다리는 것이 아니라 사빈을 붙잡는 것이었다. 그가 류 회장 바람대로 움직여야 할머니를 만날 수 있었다.

정단에겐 아직 그가 필요하다.

김 비서의 차로 돌아온 정단은 집에 아무도 없는 것부터 살폈다.

다행히 여느 때와 다름이 없다. 사빈은 아직이었다.

주방 한쪽에 옷을 벗어두고 밥부터 올린다. 냉장고 문을 열고 갖가지 채소를 꺼낸다. 사빈은 모르겠지만, 정단은 이렇게 매일 저녁 새로 밥을 지었다. 필요 없다 했어도 찾으면 언제라도 준비할 수 있게.

그중에 나물반찬과 계란찜은 단골 식단이었다. 작은도령이 잘 먹는 것이라고 임 여사님이 찍어준 찬이다. 계란찜은 언제나 사빈의 뱃속엔 들어가지 못하고 김빠진 공처럼 볼품없이 쭈그러들지만, 오늘도 정단은 달걀을 푼다.

우습게도 사빈에게 잘 보일 수 있는 유일한 재주였다. 원하는 모든 것을 가질 수 있는 그에게 정단이 해줄 수 있는 것이란 고작 이 정도다. 아무리 웃으려 해도 웃어지지 않는 얼굴에 예쁘게 보이고 싶어도 예쁘게 태어나지 않은 생김새는 소용이 없다. 품에 안겨서도 바르작대는 것밖에 하지 못하는 몸도 아무런 재미가 없을 것이다. 진심을 가져 봤자 자신의 관심이 필요치 않은 그에게는 통하지 않는다. 매일 그와 함께 오붓이 둘러앉는 식탁을 상상하지만, 이 넓은 집 거실 너머 주방의 사정을 그가 알고나 있을까.

과연 자정이 넘은 시간에서야 돌아온 사빈은 서재 반대편에는 관심도 두지 않았다.

"바로 잘 거야."

평소보다도 늦은 퇴근에 더 깨어 있을 시간도 없었다. 옷을 갈아입은 그가 욕실로 들어간 후 정단은 식탁을 치운다. 또 냉장고 안으로 들어가는 계란찜은 정단의 차지다. 주방 불을 끄고 나오지만, 사빈은 아직 나오지 않았다.

잠옷을 챙겨 2층 욕실로 올라간다. 세수를 하고 이빨을 닦는다. 자신이 나가기 전 그가 잠들어 있기를 기도하나 침실 문을 열자 아직 머리에 물기가 남은 그와 눈이 마주친다. 날카로운 시선이 꼭 째려보는 것 같아 얼른 고개를 숙이는데, 사빈은 관심 없다는 듯 침대에 누웠다. 정단도 그 옆에 눕지만 넓은 침대 위, 둘의 사이는 멀었다.

사빈은 더 이상 손을 뻗지 않았다. 자꾸 움찔거리는 손은 말랑말랑한 몸의 감촉을 원하고 있었지만, 정단을 원하는 것이 아니었다. 여자를 원하는 것뿐. 정단이 침실에 들어온 순간부터 흘러넘치는 풋사과 향에 잠이 오지 않는 것도 그 때문이라고 사빈은 생각했다.

정단은 그런 그에게 가까이 갈 수 없었다. 처음부터 다정한 사이는 아니었대도 문득 서늘해진 사빈이 무서웠다. 그가 필요한 만큼 더, 정단은 어찌할 바를 모르고 방황한다.

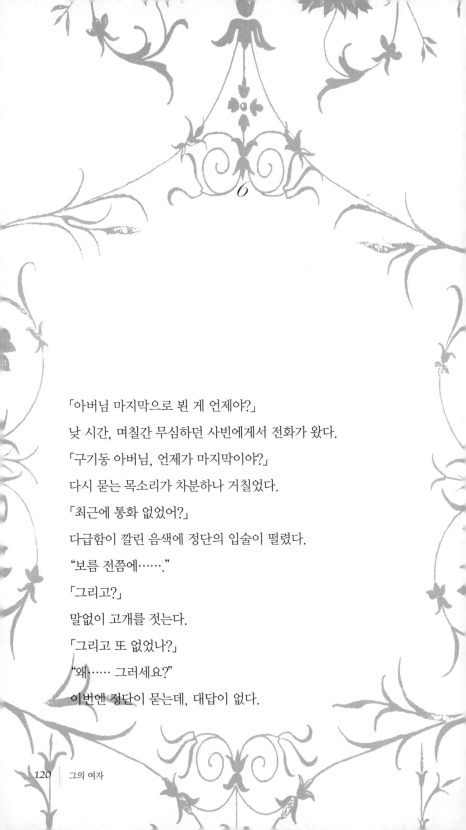

6

「아버님 마지막으로 뵌 게 언제야?」

낮 시간, 며칠간 무심하던 사빈에게서 전화가 왔다.

「구기동 아버님, 언제가 마지막이야?」

다시 묻는 목소리가 차분하나 거칠었다.

「최근에 통화 없었어?」

다급함이 깔린 음색에 정단의 입술이 떨렸다.

"보름 전쯤에……."

「그리고?」

말없이 고개를 젓는다.

「그리고 또 없었나?」

"왜…… 그러세요?"

이번엔 정단이 묻는데, 대답이 없다.

"무슨 일……."

「아니야, 아무것도.」

딱 잘라 말하지만, 정단은 바보가 아니다.

「지금 들어가는 중이니까 집에 있어.」

"……왜요?"

여느 때와는 다른 퇴근에 떨리는 음조로 묻는다.

왜 이렇게 일찍 들어오는 건데? 아무 일도 없다면서, 왜?

「휴가야. 며칠 쉴 거야.」

거짓말.

거짓말이라는 것을 알지만 더는 따지지 않는다. 대신 전화를 끊자마자 구기동 번호를 누른다. 설마 하며 신호를 기다린다.

아니야. 아니지?

그러나 아무도 받지 않는다.

설마, 그럴 리가.

두 번은 시도하지 않고 뛰쳐나간다. 뛰어가면서도 핸드폰은 손에서 놓지 않았다.

아닐 거야.

불길한 생각을 외면하고 뛴다. 택시를 어떻게 잡았는지, 가지고 있는 돈이 얼마였는지는 생각나지 않는다. 거스름돈을 셈하는 기사를 두고 택시에서 내렸다. 계속 전화해도 받는 사람이 없는 집으로 향한다.

제발.

하지만 쓸데없는 노력이었다.

모두 사라져 버렸다. 벨을 눌러도 반응이 없다. 철문을 두드려도 아무도 나오지 않는다.

열어. 열어줘!

류 회장이 없대도 다른 사람은 있어야 한다. 이쯤이면 경호 아저씨들이 나와야 하는데. 무서운 일이 벌어진 게 아니라면 누구라도 나와야 한다. 아무 일도 없다고 확인시켜 줘야 한다.

나와줘, 제발.

그러나 나타나는 사람은 없다. 몇 번을 두드려도 거대한 철문은 열리지 않는다.

어째서? 어째서……!

차가운 쇠창살을 흔들던 정단이 문 앞에 주저앉는다.

아래로 떨어진 시선이 사방으로 흩어졌다. 어지러이 흔들리는 시야가 검은 돌계단을 비췄다 반짝이는 철문에 부딪혔다.

안 돼. 생각해야 돼. 생각해. 생각해!

머리까지 울리는 심장 소리를 진정시키며 생각하려 애쓰지만 아무것도 떠오르지 않는다. 무슨 일이 생긴 건지 상상도 할 수 없다. 아득해지는 머릿속에 남은 사람은 김 비서뿐이었다.

떨리는 손가락으로 버튼을 누른다. 남은 것은 기다림이지만 손끝이 차가워진다. 신호가 계속되는 동안 세상이 회색으로 변한다. 점점 굳어간다. 다행히 전화 너머로 들려온 목소리는 침착했다.

「네, 김지유입니다.」

다시 정단의 주변이 제 색을 찾는다. 그녀도 사라지지 않았다는 것에 안도한다. 그래도 가슴은 계속 뛰었다.

"어떻게 된 거예요? 회장님, 어디 계세요?"

묻지만 대답이 없다. 망설이는 법이 없는 김 비서인데 이상하다.

"네?"

다시 묻는데 역시나 이상했다.

「전화…… 없으셨나요?」

대답 대신 고개를 흔든다.

"이상해요. 집에 사람이 없어요. 다들 어디 갔어요?"

믿고 싶지 않아 묻는다.

"회장님, 계시죠?"

기만이었다. 자신을 향한 눈속임.

그것을 김 비서가 확인해 준다.

「더 이상 회장님 회사가 아닙니다. 류 회장님 지분은 남지 않았어요.」

"그럼 어디에……?"

그래도 믿지 않는 정단에게 그녀는 냉정했다.

「저도 모릅니다.」

가슴을 잡고 있던 정단의 손이 떨어진다.

"그럼……."

「…….」

김 비서는 더 이상 아무 말도 하지 않는다.

"야…… 약속……."

가르릉가르릉 가슴이 떨린다.

"약속…… 했잖아요. 기다리고 있으면 된다고 했잖아!"

꾹꾹 눌러 담았던 소리가 비명이 되지만, 김 비서와는 상관없는 일이었다.

「저는 분명 전했습니다. 아가씨가 기다리고 계신다고 회장님께 말씀드렸습니다.」

원래부터 친절한 사람이 아니었다. 필요 이상의 일은 하지 않는 사람이다. 알고 있었으면서 그녀만 믿은 정단의 잘못이다.

"그럼 어떡해? 우리 할머니?"

아득하게 중얼거린다.

"할머니, 어디 있어?"

그녀에게 묻는 것이 아니었다. 자기 자신에게, 어딘가에 있을 류 회장에게 묻고 있다.

「저도 모릅니다, 그분이 어디 계신지.」

"비서님도…… 몰라?"

넋이 나간 목소리로 말하며 몸을 일으킨다.

"정말?"

정말…… 아무도 없어?

바닥으로 떨어지는 손에서 핸드폰도 떨어진다.

아무도 모르는 거야?

차가운 철문 뒤, 거대한 집을 올려다본다. 그녀의 마지막 희망을 품었던 모래성이 무너져 내린다. 아무것도 남지 않은 껍데기가 정단을 내려다보고 있다.

그럼 어떻게 해?

처지는 몸을 끌어 올린다. 질질 끌리는 발을 들어 올려 앞으로 나아간다. 이제 남은 곳은 그곳밖에 없었다. 류 회장의 그림자라도 찾을 수 있는 마지막 장소.

어떻게 찾아갔는지는 의식에 없다. 없다는 것을 알면서도 확인하지 않고는 견딜 수 없는 덧없는 희망을 끌어안고 정단은 영빈 앞에 섰다.

이미 건물 앞은 회사에서 쏟아져 나온 직원들로 가득했다. 회사를 빚더미에 올려놓고 잠적한 류 회장에 대한 고발과 고용 승계를 요구하는 시위가 한창이다.

정단은 그들을 아득하게 바라봤다. 처절한 얼굴, 절실한 몸짓. 그들은 정단과 닮았다. 정단과 똑같이 자신을 버린 사람을 찾는다.

흐느적거리는 다리가 움직였다. 무너져 가는 것 중 무엇이라도 부여잡으려는 아우성 속으로 뛰어든다. 정단에게도 영빈은 마지막 보루였다. 아무것도 붙잡을 것이 없는 정단은 그들이 알고 있는 것에라도 의지해야 했다.

하지만 성난 사람들 사이엔 그녀가 있었다.

"이제 넌 못 들어가."

김 비서였다.

"말했잖아, 회장님 회사가 아니라고."

정단의 앞을 막는다. 그녀에게 정단은 더 이상 아가씨가 아니었다.

"그렇게 봐도 소용없어."

류 회장의 딸을 돌볼 이유는 없었다. 하루아침에 실업자가 된 것은 지유도 마찬가지였으니까. 자신의 것을 챙겨야 한다. 빤히 쳐다보는 정단의 손을 쳐낸다.

"망신당하지 말고 돌아가."

그러나 정단에게 남은 것은 없다.

돌아가? 어디로?

망연한 얼굴로 묻는데, 지유의 입 끝이 비웃듯 휘어진다.

"네 남편한테 가."

적어도 넌 그 남자가 있잖아, 짜증스럽게 말한다. 혼자만 세상 다 끝난 듯 구는 정단이 지유는 역겨웠다.

이제 이혼해도 되잖아? 그런 남편이라면 그 정도 위자료쯤 주지 않겠어? 그 돈이면 할머니를 지킬 수 있을 거야. 그런 속마음을 내뱉는 대신 지유는 혀를 차며 돌아섰지만, 기울어진 고개로 류 회장이 마지막까지 있었을 곳을 올려다보는 정단은 그 자리를 떠나지 못했다. 이제 기다리고 있을 수만은 없는 처지에 뭘 해야 할지 모른다. 갈 곳을 잃었다. 할머니를 찾지 않고는 아무 데도 가지 못한다. 갈 수가 없다. 어디로 가야 하는지 모르겠다. 류 회장을 찾으려면 어떻게 해야 하는지 막막하다.

그렇게 멍하니 서 있는 정단을 몇몇 사람이 힐끔거리기 시작했다. 돌아보며 수군거린다. 가늘게 뜨고 쳐다보던 시선이 점점 확신에 찬 증오로 바뀌고, 덮칠 듯 무리 지은 발걸음이 정단을 향해 온다. 그때 정단의 팔을 잡은 것은 지유였다.

"이리 와."

땅이 꺼질 때까지 서 있을 것 같은 정단을 지하주차장으로 끌고 간다.

"찾으려거든 다른 데서나 알아봐. 네가 누군지 모를 거라고 생각해?"

휘청거리는 정단을 차에 태우고 회사를 벗어난다.

"다신 여기 오지 마. 돌아올 사람이었으면 그렇게 가지도 않았어."

이게 마지막이었다. 자신보다 불쌍한 아이에 대한 동정은 이걸로 끝이다.

"내려."

지유는 아무나 들어올 수 없는 동네, 꽃 같은 집 앞에 차를 세우고 말했다. 마치 끝내야 할 일을 처리하는 것 같다. 그 냉정함에 정단이 차에서 내린다. 그러자 눈길 한 번 주지 않고 차를 출발시킨다. 정말 골치 아픈 일거리였나 보다. 마지막 인사를 나눌 시간도 주지 않고 떠났다.

돌아올 리 없는 지유였지만, 정단은 그 자리에 그대로 서 있었다. 한참을 그렇게 서 있다 낯선 주위를 돌아본다. 차가운 하늘을 올려다본다.

여기는 어딜까.

몇 달을 살았어도 이곳은 미지의 세계였다. 이곳에서 정단은 이방인이었다. 길을 보여주지 않는다. 곁을 내어주지 않는다.

숨이 막혔다. 이제 갈 곳이 없다. 어디에도 아는 사람이 없다.

도와줘……. 도와줘, 제발.

손을 뻗어보지만, 잡히는 것은 차가운 바람뿐. 비틀거리는 시야가 돌아간다.

누구라도, 제발…….

자신이 알고 있는 문으로 향한다. 이 또한 정단의 것이 아니나, 이제 정단에게 남은 것은 이곳뿐이었다. 어느새 손가락이 움직인다. 손끝이 외워 버린 번호를 누른다.

"회사엔 정 대리가 갔습니다. 강 실장님은 구기동으로 가세요."

남자의 목소리가 들려온다.

"출국자 명단은…….”

다급한 목소리였으나 상대가 보이지 않는 대화는 이내 멈췄다.

정단을 발견한 눈이 커졌다. 들고 있던 전화를 끊는다.

"집에 있으라고⋯⋯!"

문 앞의 정단에게 다가오며 소리치지만, 험악하던 얼굴은 정단 앞에서 굳는다.

헝클어진 머리. 곧 사그라질 것 같은 눈빛. 아침과 다른 모습의 정단은 하늘처럼 높은 곳에 서 있는 그를 올려다봤다. 허망하게 바라본다.

"찾아주세요⋯⋯."

매달리듯, 슬프게 웃는다.

"찾아주세요. 회장님⋯⋯."

사빈은 알 수 없다는 표정이지만, 이제 정단에겐 그밖에 없었다.

"회장님 찾아주세요."

하나밖에 남지 않은 구원자에게 손을 뻗는다. 그의 손을 잡는다.

사빈은 하얗게 질린 얼굴을 향해 물었다.

"연락, 안 돼?"

그를 응시하는 눈은 슬프게 웃기만 했다.

"어디 계신지 몰라?"

믿을 수 없다. 정단의 팔을 움켜잡는다.

"정말⋯⋯ 몰라?"

알고 있을 거라 생각했다. 모르는 척, 상관없는 척하고 있어도 류 회장이 있는 곳을 알고 있으리라 믿었다.

딸이니까. 류 회장이 자신의 딸을 그냥 두고 떠났을 리는 없으니까.

하지만 아련히 웃기만 하는 정단의 얼굴은 슬펐다.

"찾아주세요."

떨리는 입가가 무너진다.

"찾아주세요."

참았던 눈물이 쏟아진다.

"찾아주세요."

할머니를…….

그가 잡아주지 않는다면 갈 곳이 없다. 이제 아무도 없다.

"제발……."

그렇게 애원하는데, 사빈의 가슴이 꽉 틀어 막힌다.

숨기고 있던 정단의 진짜 얼굴이 드러났다. 온 세상에 그밖에 없는 것처럼, 두 눈 가득 그를 바라보는 얼굴은 버림받은 아이의 얼굴이었다. 작은 입술이 내뱉는 울음은 혼자 남은 세상이 두려워 서럽게 우는 어린아이의 울음소리였다.

"찾아주세요, 제발……."

사빈이 가만히 손을 뻗는다. 두 팔로 단단히 정단을 감쌌다.

"찾아줄게. 찾아…… 줄게."

쏟아져 내릴 것 같은 몸을 세게 끌어안는다.

언제나 무표정한 얼굴을 깨고 싶었지만, 이런 걸 보고 싶었던 것은 아니다. 흐느낌에 끊어지는 목소리가 가슴을 찌른다. 허물어진 것을 보니 어찌해야 할지 모르겠다. 어떻게 해야 이 울음을 그칠지, 방법을 모른다. 작은 몸을 누르고 있는 두려움이 얼마나 클까. 그저 품에 안아준다.

정단은 이제야 목청껏 울 수 있었다. 무서워도 무섭다 말할 수 없던 가슴이 숨을 쉰다.

"괜찮아."

사빈이 감싸 안고 속삭였다.

"괜찮아……."

그의 목소리와 함께 한숨 같은 날이 진다. 어둠이 깔려왔지만 정단에겐 사빈의 온기만 느껴졌다. 그의 목소리만 들린다. 눈물이 나도록 따뜻한 목소리였다.

새벽녘. 눈을 뜬 사빈은 자신을 향해 잠들어 있는 얼굴을 내려다본다.

아직 앳된 얼굴. 스무 살이 지났대도 아직은 아무것도 모르는 아이. 류 회장은 이런 딸을 두고 잠적했다. 이젠 LN그룹 사람인 처형은 남겨두었지만, 이혼한 작은처형을 동반해 한국을 떠났다. 그것을 안 것이 어제 아침이었다.

그래서 서둘러 집으로 돌아왔다. 정단도 데리고 갈지 모른다 생각했다. 역시나 정단은 사라지고 없었다. 정말로 류 회장 뒤를 따른 것인가 했다. 그러나 정작 정단은 류 회장이 사라진 사실도 모르고 있었다.

한숨이 나온다기보다 어이가 없었다. 류 회장은 자신의 친딸을 버리고 떠났다. 피가 섞이지 않은 딸은 품어 안고, 제일 어린 자신의 핏줄만 버렸다.

매정한 아비는 떠났고, 남겨진 아이는 울었다. 지켜줄 보호막 하나 없이 버려진 아이는 아무것도 없었다. 남아 있는 의붓자매도 그녀에겐 가족이 아니었다. 뭐 그렇고 그런 얘기겠지만 LN그룹 처형이 정단을 볼 때마다 드러내는 적의를 보면 알 수 있었다. 몇 번 되지 않아도 느낄 수 있는 것이었다.

사빈은 그런 아이를 안아줄 수밖에 없었다. 찾아주겠다 할 수밖에 없었다. 머리가 생각하기 전에 손이 움직였다. 입술이 움직였다. 아무것도 모른 채 버려진 아이의 울음소리가 아파 다른 것은 생각할 수 없었다.

자신의 손을 잡고 잠든 정단을 지켜보다 조심스럽게 내어준 팔을 거둔다. 완전히 날이 밝은 무렵이었다. 거실로 나와 성묵에게 전화를 건다.

"찾을 수 있겠어?"

지난밤 내, 류 회장의 뒤를 조사했을 그에게 묻지만, 처음부터 쉽지 않은 일이었다.

「영국인 건 확실한데, 아무것도 없어. 완벽히 숨어버렸단 말이지. 캐나다나 아일랜드 쪽도 눈속임이었던 것 같고.」

생각보다 류 회장은 주도면밀했다. 반드시 찾아야 할 이유가 생겼는데 낭패다.

"보낼 만한 사람은 있나?"

이제는 장기전이었다. 시간이 걸리더라도 사람을 보내 찾는 수밖에.

"몇 명이든 상관없어. 필요하면 현지 사람도 붙여."

하지만 류 회장에게만 집중하기엔 밤이 너무 길었다. 무슨 일이 일어난 듯 성묵이 사빈의 눈치를 살핀다.

「것보다…… 들은 거 없어?」

알 수 없는 물음에 미간을 좁히지만, 사빈이 인상을 쓰는 사이 말한다.

「영빈, 계열사까지 정리됐어. 인수도 정해졌고.」

"무슨 소리야?"

그제야 사빈도 심각해진 목소리로 물었다.

「제일 큰 덩치가 큰형님한테 갔어. 뒤에 누가 있을진…… 알고 있지?」

큰형?

사혁을 떠올리는 사빈의 눈매가 날카로워진다. 형이 전면에 나섰을 리는 없는데. 무엇보다 아무런 낌새도 없었다. 불길한 낯으로 침실을 한 번 쳐다보곤 자리에서 일어난다.

"들어갈게. 가서 보자."

눈 한 번 붙이지 못한 성묵의 한숨이 들리지만, 전화를 끊은 사빈은 드레스룸으로 들어간다. 옷을 갈아입지만, 타이까지 챙길 여유는 없었다. 단추를 채우다 신경질적으로 벽장문을 닫는다. 윗옷을 들고 나서는데, 침실 앞에 정단이 서 있다.

"일어났어?"

고개를 끄덕인 정단은 말끔히 차려입은 그를 갸웃하며 바라봤다. 무슨 일이냐는 표정이다.

"휴가를 냈는데 말이지……."

어떤 핑계를 대야 할까 고민하다 말을 꺼내지만, 끝을 맺진 못한다. 실긋 올라간 입꼬리가 떨렸다. 심각한 때에 웃음이 나왔다.

부은 눈에 살짝 뻗친 앞머리까지, 정단은 완전히 무방비한 상태였다. 평소 단정했던 만큼 흐트러진 모습이 귀여워 당황스럽다.

"분명 휴가를 냈는데, 정 대리가 일을 만들어서 말이야."

겨우 웃음을 참고 핑계를 대지만, 정단의 눈가에 붙은 눈썹을 떼어주며 히죽 웃고 만다.

"그렇게 늦진 않을 거야."

잘 떠지지 않는 눈을 껌뻑인 정단은 사빈이 만진 곳을 만지작거

렸다. 그 멍한 표정에 사빈은 다시 싱긋 웃었지만, 돌아선 얼굴은
차가웠다.

"나오지 마."

목소리는 부드러운데, 보이는 등이 냉정했다.

그 한기에 정단이 몸을 움츠린다. 창가로 돌아가 그를 지켜본다.
멀리 보이는 얼굴이 어두웠다. 거칠게 출발하는 차가 다급함을 알
린다. 그렇게 급한 건 류 회장 일밖에 없겠지? 말은 안 해도 곤란한
지경일 것이었다.

이제 아무도 없는 밖을 바라보는 정단의 얼굴이 희미했다. 창문
에 비치는 자신이 잘 보이지 않는다. 조금 전 자신은 어떤 얼굴로
그를 바라봤을까. 불쌍한 표정? 애원하는 얼굴? 발이 끌리는 대로
걸어가 거울을 보지만, 하나도 재밌지 않았다. 그가 웃은 건 우스워
서였을 것이다.

뻗친 머리를 빗어 내리다 빗을 내려놓는다. 욕실로 들어가 물을
맞는다. 그제야 뿌연 시야가 걷혔지만 머릿속은 아직도 멍했다. 어
제가 생각난다.

무슨 짓을 한 거지?

우는 걸로 해결할 수 있는 상황이 아니었다. 누군가에게 의지하
려 해서는 안 되는 일이다.

류 회장 다음으로 할머니에게 근접해 있는 것은 자신이었다. 그
누구보다 자신이 잘 알고 있다. 할머니에 대해 모든 것을 다 알고
있는 자신이 찾지 못할 이유는 없었다.

류 회장 외에 누가 있지?

쏟아지는 물줄기 속에서 자신을 다그친다.

김 비서?

그녀는 몰라도 누군가 아는 사람이 있다, 반드시.

수술을 집도했던 병원장, 아니면 간병을 맡았던 아주머니?

물기가 뚝뚝 떨어지는 머리로 욕실을 나온다.

생각해 봐. 생각해.

머리카락 사이로 정단의 눈이 까맣게 빛났다.

옷을 입으며 류 회장 집에서 마주쳤던 사람들을 생각해 낸다. 김 비서나 박 실장, 장 변호사…… 주치의였던 김 선생님. 한 명, 한 명 얼굴을 떠올리는데, 머리카락을 정리하던 손이 멈춘다. 고개를 들어 거울을 쳐다본다.

"언제든 묻고 싶은 게 있으면 전화하세요."

눈을 크게 뜬 여자가 정단을 주시하고 있었다.

천 실장님……. 아저씨?

골몰한 여자는 그 안에 남겨두고 정단은 전화기를 든다. 떨리는 손으로 외우고 있던 번호를 누른다.

연결음은 요란한 심장 소리에 묻혔다. 그리고 곧 들린 목소리에 숨이 멎는 듯하다.

「잘 지내셨습니까.」

안심되는 목소리지만 그 속에서 느껴지는 위화감. 마치 자신을 기다리고 있었던 듯한 응대가 이상하다.

"……아세요? 어디 계신지, 아세요?"

어쩐지 전화기 저편의 그는 웃고 있는 것 같았다.

「제가 가지요. 모시러 가겠습니다. 할머님, 만나게 해드리겠습니다.」

순간 눈앞이 하얘졌다. 가슴을 묶고 있던 끈이 풀어졌다.

"아세요?"

'툭' 하고 터지는 한숨을 내쉰다.

"할머니 계신 곳, 알아요?"

눈물이 흘렀다.

"우리 할머니…… 괜찮아요?"

조급하게 묻는 것에 그가 고개를 끄덕이는 것이 느껴진다.

「네, 기다리세요. 뵈러 가는 겁니다.」

이번엔 정단의 차례. 고개를 끄덕이자 보고 있는 것처럼 웃는 기척이 전해져 온다.

「준비하고 계십시오.」

이번에도 고개를 끄덕.

그리고 통화는 끊겼지만 정단은 전화기를 손에 쥔 채 움직이지 못했다. 시간이 멈췄다.

기뻤지만 이상하게 불길한 기운이다. 아무 데도 없을 것 같던 할머니를 쉽게 찾은 것에 안도감보다 무서운 감정이 더 크다.

그러나 이내 정신을 차리고 얼굴을 닦는다. 넋 놓고 있을 시간은 없었다. 씩씩한 손으로 젖은 눈가를 문지르고 예쁘게, 제일 예쁘게 화장을 한다.

고작 몇 달이 지났을 뿐인데 몇 년이 지난 듯했다. 정말로 오랜만에 만나는 것처럼 할머니를 만나는 것에 공을 들였다. 그리고 길가가 보이는 거실로 나가, 목을 빼고 밖을 쳐다본다. 얼마 지나지 않은 시간에도 한없이 오래 기다린 듯 입술이 말랐다.

은색 세단이 집 앞에 선 것은 30분 남짓 시간이 지난 후였다. 차에서 내린 미안의 중년이 집을 올려다본다. 천 실장이었다. 구르듯 내려가자 커다란 키의 남자가 정단을 돌아본다.

"안녕하셨습니까."

따뜻한 얼굴이 정단을 바라보자, 잔뜩 굳어 있던 어깨가 내려간다.

"아저씨……."

견고하던 경계가 풀렸다. 울 것 같으면서도 환하게 웃는, 묘하게 엉클어진 얼굴로 그에게 다가간다.

따지자면 류 회장의 사람이었으나, 그는 정단이 믿는 유일한 사람이었다. 류 회장도, 사빈도 마음 놓고 대할 수 없는 정단에겐 실로 넉 달 만에 느끼는 안도감이었다.

하지만 이상했다. 반가움과 기대감에 밀려가던 걸음이 멈춘다.

왜지? 왜 얘기해 주지 않았지? 알고 있었으면서, 왜?

이제야 이상함을 느낀다. 자신을 기다릴 필요는 없었을 텐데. 전화하지 않았다면, 언제쯤 알려주려던 것일까. 굳은 얼굴로 응시한다.

그가 류 회장을 떠난 것은 넉 달 전이었다. 할머니 일을 어떻게 알고 있지? 그의 표정을 살피듯 바라보지만, 아무것도 읽히지 않는다.

"가시지요. 할머님께서 기다리고 계십니다."

그렇게 말하는 천 실장은 편안한 얼굴이었다. 할머니라는 말에 정단도 더는 허비할 시간이 없었다. 서둘러 천 실장의 차에 탄다. 할머니만 만날 수 있다면 다른 건 아무래도 상관없었다.

그러나 불길한 기운은 다시 정단의 뇌 속을 파고들었다.

"아…… 안 갈래요."

서울을 벗어난 차가 낯익은 길로 접어든 순간이었다. 정단은 문을 열고 나갈 듯 차 문을 더듬었다.

"지금은 안 만나요. 나중에 뵐게요."

공포에 젖은 목소리가 어눌하다.

"싫어요. 가고 싶지 않아……."

그렇게 보고 싶어했으면서 이제 와 몸을 뺀다. 불안한 눈초리로 창밖을 살핀다.

"어디 가는 거예요? 아저씨!"

이 길을 알고 있다.

"내려주세요! 안 갈래요. 안 갈 거예요!"

조용하던 목소리가 커지더니 어깨에 둘러맨 안전벨트를 움켜쥐고 소리 지른다.

"안 가요. 내릴 거예요!"

추운 겨울날, 어머니를 묻고 돌아온 길이었다. 어머니를 두고, 앙상한 할머니와 둘이 돌아온 그 길이다.

"아가씨."

벨트를 억지로 잡아 뺀다.

"싫어!"

차를 세운 천 실장이 붙잡지만 뿌리친다.

"어디로 가는 거예요. 싫어요, 아저씨!"

작은 몸에서 나오는 힘이 다부지다. 천 실장도 감당하기 벅찬 몸부림이나 고집스러운 움직임도 소용없다.

"진정하세요. 할머님이 기다리고 계십니다."

그 말에 온몸을 결박당한다.

"보고 싶다고 하셨습니다. 지금, 아가씨를 기다리고 계십니다."

꼼짝없이 바라보기만 한다.

"기다리고 계셔……. 나를?"

어쩌면, 이라는 생각이 정단의 가슴에 자리 잡았다.

"네. 많이 보고 싶어하십니다."

그의 말이 정단의 눈을 가린다.

"여기…… 계세요?"

언젠가 할머니는 말씀하셨다. 정단이 시집을 가고 나면 이곳에 터를 잡을 것이라고. 어머니를 남겨둔 이곳에서 살다 갈 것이라고.

"빨리 뵙고 싶지 않으십니까?"

멈추지 않는 눈물을 닦으며 고개를 끄덕인다. 할머니는 정말로 여기서 기다리고 계시는지도 모른다. 안전벨트를 고쳐 매주는 천 실장의 손을 고분고분 받아들인다.

차가 다시 움직였다.

얼마 지나지 않아 햇살에 반짝이는 호수가 나타났다. 인적이 드문 길의 끝이었다.

"여깁니다. 할머님은 여기 계십니다."

아무것도 없는 주위는 고요하기만 했다. 잔잔하게 흔들리고 있는 물결만이 정단을 반기고 있었다.

차에서 내린 정단은 가만히 그 주변을 바라본다.

금방이라도 사람의 그림자가 비칠 듯 수면이 어른거렸다. 저쪽 밭둑 너머, 흔들리는 풀들의 움직임이 할머니 같은데, 그것이 점점 자신을 향해 다가오는 것 같아 숨을 죽인다. 이제 곧 다정한 목소리가 들리겠지. 할머니가 자신을 부를 것을 기다린다. 그때까진 뒤돌아보지 않겠다, 호수만 바라보고 있었지만 그 바람은 고요를 가르는 바람 소리에 무너졌다.

작게 풀을 헤치는 소리에 박힌 듯 서 있던 정단이 돌아섰다. 갈색의 긴 머리칼이 오후의 햇살이 번진 호수를 향해 날렸다. 세상의 모든 행복을 담은 얼굴이 뒤를 돌아본다. 하지만 그곳엔 아무도 없었다. 얄궂게 나부끼는 바람만 갈잎을 흔드는데, 정단은 그것을 공허히 바라본다. 알알이 떨어지는 눈물 속에 시야가 뿌옇게 흐려졌다.

"……언제였어요?"

울고 있는 목소리다.

"언제였어요, 아저씨?"

바람 같은 물음에 천 실장이 입을 연다.

"작년이었습니다."

동그란 눈이 그를 돌아봤다.

"작년…… 이요?"

이해할 수 없다는 눈빛이다.

"12월입니다."

"12월…….”

날짜를 되뇌는 얼굴이 굳는다.

"결혼…… 전에?"

천 실장은 가만히 고개를 끄덕였다.

정단이 사빈과 결혼하기 전이었다. 아니, 그들이 만나기도 전이다.

"돌봐 드린다고 했잖아요. 수술만 하면…… 수술하면 나을 수 있다고 했잖아!"

정단은 멍하니 중얼거리다 소리쳤다. 원망스럽게 천 실장을 바라본다.

"그런데 왜요……. 왜 돌아가셨어요? 결혼했잖아요. 결혼하면 살려준다고 했잖아요!"

천 실장은 그 눈을 피하지 못한다. 침묵한 것은 그도 마찬가지였다.

"왜 알려주지 않았어요? 왜, 지금…… 지금! 알고 있으셨잖아요!"

정단의 말이 맞다. 그는 알고 있었다.

류 회장이 정단과 할머니를 떼어놓았을 때 이미 정단의 할머니는 가망이 없었다. 혼수상태에 빠진 직후였다. 그때 류 회장은 입을 다물었다. 정단의 할머니와 관련된 모든 사람의 입을 막았다. 류 회장은 임종 날에조차 이제 곧 완쾌될 수 있다며 정단을 구슬렸다. 그나마 이곳을 찾은 것은 양심이 남아 있던 천 실장이었다. 화장한 유골을 정단 모르게 처리하라는 류 회장의 말이 있었지만, 언젠가 마지막 인사 정도는 하게 해주고 싶었다.

처음부터 늦은 상태였다. 정단의 할머니는 수술을 한다 하여 살수 있는 단계가 아니었다. 곧 그가 류 회장에게 데려온 아이에게는 아무도 없게 되는 것이었다.

생물학적인 아버지 류 회장은 없는 거나 마찬가지였다. 천 실장만큼은 류 회장이 왜 자신의 친딸을 찾으려 하는지 그 이유와 목적을 정확히 알고 있었다. 무엇을 위해, 무엇에 쓰려 함인지 말이다.

그런 아버지 밑에 정단이 혼자 남겨지는 것을 볼 수 없었다. 만난지 얼마나 됐다고, 연민처럼 쌓인 정이 무서웠다. 아비에게 이용만당할 뿐인 정단이 안쓰럽고 애틋하여 곧 아무도 없게 될 아이 옆에 누군가라도 만들어줘야 했다. 할머니를 대신할 사람이 필요했다.

아무것도 가지지 못한 정단을 지켜주기를, 세상에 숨 붙일 곁이 되어주기를 천 실장은 바랐다.

류 회장이 정한 상대가 성 이사였기 때문이다. 그라면 그렇게 해줄 수 있다 믿었다.

그러기 위해 정단은 몰라야 했다. 할머니라는 짐을 진 채 나아가야 했다. 그렇지 않다면 아무것도 붙잡지 않을 테니까. 류 회장의 뜻대로 움직이지 않았을 테니까.

하지만 정단은 히스테릭하게 묻는다.

"아직이었으니까? 내가 말을 듣지 않을까 봐?"

아무 말도 하지 못하는 그의 가슴을 때린다.

"똑같아, 아저씨도…… 아저씨도 나빠. 할머니 혼자 가시게 했어. 혼자…… 혼자!"

살리지 못한 원망보다 마지막을 지킬 수 없었던 죄책감이 더 크다.

"어떡해…… 어떡해!"

얼마나 외로우셨을까. 얼마나 쓸쓸하셨을까.

"이젠 안 계시잖아. 볼 수 없는 거잖아!"

시간을 되돌리라는 듯 천 실장을 흔든다. 류 회장을 향한 분노까지, 그에게 쏟는 원망은 거셌다.

"그 사람 어디 있어요. 그 사람. 회장님!"

자신을 버린 아비를 이제야 찾는다.

"이렇게 도망친 거야? 이렇게 해놓고?"

자신을 버려서가 아니었다. 태어나기도 전 이미 버림받은 정단은 애초 그와 함께하는 미래 따위 기대하지 않았다. 그가 아비로서 자신을 찾은 게 아님을 알고 있었으니까. 언젠가 다시 버려질 것을 알고 있었다. 그럼에도 여기까지 온 것은 그래도 상관없다 생각했기 때문이다. 그의 뜻대로 움직여 주겠다 각오했기 때문이다. 하지만 할머니는 아니다. 자신을 이용하는 것은 허락했어도 할머니까지 허락한 적은 없다.

"찾아내. 돌려달라고 해!"

악에 받쳐 소리 지른다.

"할머니 살려내!"

천 실장을 붙잡은 채 오열하다 무너진다.

"아가씨⋯⋯."

그것을 천 실장은 묵묵히 받아낸다.

"어떡해⋯⋯. 어떡해."

입을 꾹 다물고 자신의 잘못을 받아들인다.

"어떡해⋯⋯."

변명할 수는 없다. 후회의 말은 담지 못한다. 그저 자신의 등을 내어놓는다. 그럴 사람은 그밖에 없었다. 그런 그의 마음을 읽은 것처럼 모든 것이 잠잠해졌다. 매달려 있던 몸이 그에게서 떨어졌다.

"⋯⋯아가씨?"

비칠거리는 걸음을 돌려 물가를 바라본다. 멍하니 서 있던 몸이 물속으로 빨려들어 간 것은 순간이었다.

"아가씨!"

천 실장이 막지만, 뭔가가 정단을 끌어당기고 있는 것 같았다. 이미 허벅지까지 물이 깊다.

"싫어⋯⋯! 여기 엄마랑 할머니가 있어. 할머니가 있다구!"

끌어내는데 버티는 힘은 정단의 것이 아니었다.

"같이 있기로 했어. 같이 산다고 했어. 할머니 여기 있잖아!"

감당하지 못할 만큼 무섭게 버둥댄다.

"아가씨…… 아가씨!"

겨우 밖으로 끌어내나 그를 밀치고 다시 앞으로 향한다.

"아가씨!"

그 몸을 천 실장이 끌어안지만, 물로 기어들어 간다. 텅 빈 머리 대신 가슴이 정단을 움직이고 있다.

"진정하십시오. 진정하세요!"

정단을 주저앉힌 것은 천 실장의 힘이었다.

"이제 됐습니다. 그만하세요."

팔 안에서 바르작대는 몸을 잡아 누른다.

"제발…… 부탁입니다, 아가씨."

그제야 그를 잡아 뜯던 손이 떨어졌지만, 포기한 듯 기대오던 몸은 앞으로 기울어진다. 파랗게 질린 입술이 알 수 없는 신음을 흘린다. 그를 매단 채 땅을 기어다닌다.

"아가씨……!"

우는 것도, 소리 지르는 것도 아닌 끙끙대는 소리로 꿈틀거린다. 천 실장이 잡아 올리지만, 바닥에 쓸린 다리는 생채기로 가득하다. 갈 곳 없이 바닥을 헤매는 손톱은 피처럼 검은 흙이 차올라 있다.

"흐으으으으으…… 으…… 아. 아……."

비명을 지른다.

"아아아아아!"

천 실장이 어깨를 그러안으나, 불을 삼킨 것처럼 부들부들 떨기만 한다.

"흐아아아아아…… 아아아……!"

가슴이 타들어가 숨을 쉬지 못한다.

"ㅎㅎㅎㅎ흑…… 흑."

소리 되어 나오지 않는 울음이 정단을 집어삼키는데, 천 실장은 부서지는 것 같은 정단이 무섭다. 동그랗게 굽은 등을 쓰다듬는다. 자신을 움켜쥔 손을 마주 잡는다.

"그냥 우십시오. 차라리 우세요!"

땅을 더듬거리는 몸을 끌어안는다. 타닥타닥 오그라드는 어깨를 움켜잡는다.

그제야 거센 통곡이 정단의 몸을 찢고 나왔다.

"흐아아아아아아앙—!"

눌러 담았던 울음이 터진다.

"아가씨……."

천 실장은 흔들리는 몸을 더 세게 움켜 안는다.

사라질 듯 끊어지는 소리가 아팠다. 서럽고 또 서럽게 운다.

"괜찮습니다. 괜찮습니다, 아가씨……."

보듬어주지만, 위로받을 수 있는 아픔이 아니었다. 아니라고 고개 저어도 부정할 수 없는 이것은 벌이었다. 할머니를 지키지 않은 벌. 할머니를 살릴 수 있다 부렸던 욕심, 할머니 혼자 쓸쓸히 돌아가시게 만든 죄, 타인을 이용한 것에 대한 대가.

정단의 몫은 조용히 할머니의 마지막을 지키는 것이었다. 손을 잡아드리는 것이었다.

그러나 욕심이 그것을 막았다. 할머니에겐 마지막까지 정단과 손잡는 것이 행복이었을 텐데 혼자 버려두었다. 차갑고 쓸쓸한 곳에서 돌아가시게 만들었다. 따뜻이 보살펴 주는 사람 없이, 누구 한 명 눈물 흘려주는 사람 없이 떠나보냈다.

다른 누구의 탓으로 돌릴 수 없었다. 자신의 잘못이었으니까.

정단은 자신을 두고 멀어져 가는 배를 바라보듯 흔들리는 수면을 바라보며 하염없이 울었다.

이른 오후의 볕으로 밝게 빛나던 나뭇잎과 하얗게 흔들리던 물결이 짙은 푸른색으로 변했을 때 정단은 기절한 듯 천 실장에게 안겨 있었다.

조용히, 잦아진 떨림으로 하늘을 올려다본다. 이제 그녀가 있어야 할 곳은 없다. 그녀가 있어야 할 이유는 없다. 지금 당장 사라진다 하여 슬퍼할 사람이 남지 않았다.

"이사님이 계십니다. 혼자가 아닙니다."

천 실장의 말에 아련히 고개 젓는다.

이제 모든 것은 끝났다. 그를 이용하는 것도 여기까지다.

할머니가 아니라면 잡지 않는다. 버려도 된다.

"돌아가요."

움직이지 않는 다리를 끌어 억지로 일어난다.

"돌아갈래요."

순간 '어디로?'라고 묻는 소리가 들렸지만 언제나처럼 의연함의 가면을 쓴다.

"데려다 주세요."

아직도 울고 있는 목소리는 떨렸다. 어디론가 사라질 것처럼 가느다랗게 흐느끼고 있었다.

정단의 뒤로 반짝이는 수면의 흔들림이 마치 방울져 엉키는 정단의 눈물 같았다.

7

명진호텔. 그곳의 주인, 진 여사가 있는 곳에 사빈이 발을 들인다.

"오셨습니까."

양 실장이 그를 맞는다.

"어머니 계시죠."

언제나 사람 같지 않은 무표정함이 거슬렸던 사빈은 그의 인사를 무시하며 묻는데 문 앞을 비켜서며 하는 말이 이상했다.

"귀한 손님들이 계시지만⋯⋯ 들어가시지요."

계시지만 들어가라?

시선을 돌려 그를 한 번 쳐다보고 들어간다. 과연 진 여사 혼자가 아니었다.

서일그룹 부사장과 DL전자 사장, LN그룹 회장까지, 평소 모친과 친분 있는 인사들이 아니었다. 양 실장이 순순히 문을 열어준 것을 보면 사업상 회동도 아닐 테고, 모여 있는 사람들의 구성, 면면의 얼굴을 보니 알 것 같았다. 모두가 영빈에 발을 담그고 있던 사람들이다.

잘도 나눠 드셨군.

둘러보는 사빈의 얼굴에 혐오의 빛이 흐른다.

"우리 성 이사가 이 어미랑 점심을 하러 왔나 봅니다."

각별한 애정을 과시하는 진 여사의 말에 우아하게 차를 기울이고 있던 DL 사장이 찻잔을 내려놓는다.

"벌써 시간이 이렇게 됐습니다."

시계를 힐끗 내려다본 LN그룹 송 회장도 더는 할 얘기가 없다는 듯 슈트 매무새를 바로잡았다.

"명진호텔 차 맛이 깊다는 소문이 자자하더니⋯⋯ 바짝 긴장해야겠습니다."

서일그룹 부사장도 예의상 인사를 건네며 일어나는데, 진 여사는 그들을 배웅하지 않는다.

"멀리 나가지 않겠습니다."

그저 나갈 때까지 지켜보다 사빈에게 시선을 돌린다.

"웬일일까, 여긴 잘 오지 않더니."

포획한 사냥감에 아주 만족한 모양이다. 배불리 식사를 마친 맹수처럼 나긋한 표정으로 사빈을 바라본다.

"나를 보러 온 건 아닐 테고⋯⋯. 뭔가 할 말이 있나 보구나."

정말 무슨 일인지 모르겠다는 반응이지만 정말은 알고 있다. 아들이 찾아온 이유를 그녀가 모를 리 없다. 모든 것에 답을 준비하고 있는 사람처럼 차분하다.

"처음부터 이럴 생각이셨습니까?"

사빈이 묻는데 진 여사는 고개만 기울였다.

"제 결혼 말입니다. 이러려고 시키셨어요?"

성묵이 알아낸 몇 가지만으로도 상황을 파악할 수 있었다. 결론은 모든 일의 뒤에 어머니가 있다는 것이었다.

부러 영빈의 부실을 초래하진 않았어도 그다음은 그녀에게 유리하게 돌아갔다. 실제 류 회장이 해외에 부동산을 사들인 자금은 그녀 손에서 나온 것이었다. 류 회장이 경영에서 손을 떼는 과정에도 사돈인 그녀의 입김이 크게 작용했음이 분명하다. 채권단을 움직인 것 또한 그녀일 것이 뻔한 상황. 어떤 모종의 거래가 있었는지 몰라도 영빈의 마지막에 그녀가 개입해 있음에는 의심의 여지가 없었다.

그러나 진 여사는 외면할 셈이었다. 부정하지도 않으면서 그것에 무슨 문제라도 있느냐 묻는 시선에 외려 사빈이 허를 찔린다.

어쩐지 이상하다 했다. 강 실장도 아는 사실을 모친이 몰랐을 리 없는데. 영빈에 문제가 있음을 알면서도 정단을 며느리로 정한 것에는 처음부터 영빈을 삼키려는 의도가 있었다. 그것도 모르고 사빈은 매달리는 정단의 손을 덥석 잡았다. 류 회장이 모친에게 별로 달갑지 않은 사돈일 것이라는 짧은 생각에서였다.

어차피 독신주의자는 아니었다. 그렇다고 모친이 고른 여자와 결혼할 생각도 없었다. 비록 정단, 모친이 선택한 여자였으나 딱 떨어지는 여자라고 생각했다. 곧 아무것도 남지 않을 영빈에 진 여사의 마음이 바뀔 것이라 믿었다.

때늦은 반항이었다. 반대할 것을 기대하며 결혼했다. 진 여사 뜻을 거스르는 것에 통쾌했다. 그것을 위해 정단을 이용했다.

이젠 그때의 자신을 비웃으며 묻는다.

"장인어른 지분, 받기로 하셨나요?"

덩치로는 1, 2위를 다투는 영빈을 이렇게 소리 소문 없이 분해시킬 수는 없었다. 정단과 자신을 사이에 두고 무엇을 주고받았는지 묻지만 돌아온 것은 진 여사의 어이없다는 반문이다.

"장인어른?"

웃음을 터뜨리며 혀를 찬다.

"그래, 그 아이 아비긴 하지."

마치 하찮은 존재를 떠올리는 것 같다.

이제는 쓸모없어진 류 회장. 더 이상 그는 그녀와 같은 부류가 아니었다. 자신의 아들이 그 딸과 살고 있다 해도 그와 한데 묶이는 것은 사양이다. 사빈이 그를 대하는 깍듯한 태도가 거슬려 차가운 웃음을 짓는다.

그 비릿한 태도에서 사빈은 깨닫는다. 자신의 결혼은 모친의 목적을 위한 눈속임이었음을. 영빈을 집어삼키기 위한 예쁜 포장. 다른 이들에게는 집안과 집안의 결합으로 보일 그럴듯한 묶음. 그것이 그들의 결혼이었다.

"어차피 누군가 갖게 돼 있었어."

사빈은 질린 얼굴이지만 진 여사는 냉정했다.

"결국엔 네가 물려받을 사업이다."

"어머니!"

외려 이해할 수 없다는 표정이다.

"그 사람, 제 안사람이고 어머니 며느립니다."

'그런데?' 라고 묻는 듯 사빈을 바라본다.

"안 되는 거였습니다. 그렇게 탐이 나셨다면, 저와 결혼시키는 게 아니셨어요."

아들에게 추궁당하는 데에 조금의 동요도 없다. 가만히 바라보다 인자한 미소를 보이며 말한다.

"그래서가 아니냐. 어차피 그 아이 아비가 하던 사업이야. 네가 물려받아도 이상할 게 없지. 조금 앞당겼을 뿐이다. 그 아이도 영빈이 다른 사람에게 넘어가느니 네가 물려받는 게 좋겠지."

웃음이 나왔다.

"저를 위해서였단 말씀은 아니죠?"

비꼬듯 묻지만, 진 여사는 만족스러운 얼굴로 답을 대신했다. 다른 이에게는 보이지 않는 부드러운 표정이었다.

그러나 사빈의 얼굴은 굳는다.

기분 나쁘게 진득한 기운이 온몸을 휘감았다. 저 얼굴. 저 표정. 아직 무언가 남아 있을 때의 얼굴이다. 아직 끝나지 않았다는 의미다.

그것에 왜 정단이 떠올랐는지 모른다. 불현듯 정단이 생각났다.

"헤어지지 않습니다."

어머니를 향해 말한다. 여전히 무슨 소리인지 모르겠다는 얼굴이지만 속지 않는다.

"이게 끝입니다. 더 이상은 없습니다."

그는 이미 알고 있었다. 모친이 얼마나 고약한 짓을 할 수 있는지. 4년 전에도 그랬으니까.

지금껏 조금의 흔들림도 보이지 않던 진 여사도 손끝을 움칫 떨었다. 실로 오래간만에 느끼는 가슴 철렁한 감각이었다.

나직한 아들의 목소리가 그때와 똑같았다. 같이 살고 싶다던 여자를 쫓아버렸을 때의 모습. 그때가 처음이자 마지막이라고 할 정도로, 이후로는 볼 수 없었던 섬뜩했던 아들의 목소리.

"끝?"

관심 없다는 듯 동요를 감추는데, 그녀가 멈칫한 것은 그런 아들의 얼굴 때문이 아니었다.

"무엇이?"

사빈이 그녀를 알고 있는 것처럼 그녀도 자신의 아들을 알고 있었다. 이 아들이 다른 자식처럼 편치 않은 것은 자신 마음대로 움직일 수 없음을 알고 있기 때문이다.

사혁은 이미 그 자리를 자신의 것으로 받아들인 자식이었다. 그 자리에 있는 것, 그렇게 사는 것. 그것이 자연스럽고 당연한 것이라 그녀에게 순응하는 자식이었고 사영은 성진이 주는 후광 따위 필요 없다 외치면서도, 한 번 길들여진 달콤함에서 벗어나지 못할 아들이었다. 반항해 봤자 언제나 그 자리. 종국엔 윤택함을 찾아 그녀 앞에 무릎을 꿇는다. 성진과 그녀의 테두리를 벗어날 수 없다.

하지만 사빈은 달랐다. 정말로 그녀를 벗어난다. 성진이 주는 모든 것을 버리고 혼자 일어설 수 있다. 진 여사의 기준에서는 잘못된 자식이나 그래서 더 놓지 못하는 아들인데, 그녀의 애증 어린 아들은 말했다.

"이혼하는 일 없습니다. 어머니가 데려온 사람, 건드리지 마세요."

그녀를 향해, 오래전 그 눈빛으로 말한다.

"헤어지지 않습니다, 저."

그리고 돌아서 나간다. 아직 진 여사는 시선을 거두지 않았으나, 먼저 등을 돌린다. 이제 인자하게 웃을 수 없는 진 여사는 차가운 얼굴로 그런 아들을 주시했다. 문이 닫히고도 아들이 나간 뒤를 노려본다.

확실히 그녀의 아들은 까다로운 아이였다. 자신의 자식을 마음대로 할 수 없는 상황이 짜증스러울 만도 했지만 그녀는 굳었던 입술을 부드럽게 휘었다.

"그럴 필요는 없지……."

소파에 기댄 그녀의 눈이 묘하게 반짝였다. 정단을 떠올리는데, 차가운 마음과 다르게 포근한 얼굴이다.

아무리 생각해도 마음에 들지 않는 물건이었다.

진 여사를 뒤로한 사빈이 향한 곳은 자신의 사무실이었다. 벌컥 문을 열고 들어가는데, 성묵이 의외의 빛으로 돌아본다.

"뭐야. 제수씨는?"

묻지만, 어쩐지 복잡한 얼굴의 사빈은 성큼성큼 걸어와 의자에 앉는다.

"집엔? 안 갔어?"

성묵에겐 답하지 않고 류 회장의 부동산 매입 서류를 들여다보는데, 몇 번 종이 넘어가는 소리가 들린다 싶더니 멈춘다.

"어떻게 됐어?"

보고 있던 서류를 던지며 묻는다.

"어떻긴. 똑같지."

일을 당한 건 그였으나 수염이 거뭇거뭇, 어째 성묵이 더 초췌해 보인다.

"사람은. 풀었어?"

"영국 셋. 캐나다 둘. 뉴욕에 둘?"

성묵은 그 정도면 되겠다 싶었지만, 사빈은 뭔가 부족하다는 표정이다.

"이번 달 내로 일정 잡아야겠어."

'무슨?' 이라고 생각하는 사이 비서실 라인을 연결한다.

"정 대리, 출장 잡으세요. 이번 달 안으로."

영국에 갈 셈이다. 류 회장이 부동산 매입에 열을 올리던 캐나다나, 데리고 간 작은 딸이 아파트를 가지고 있는 뉴욕, 모두 사람을 심어둘 만했으나 류 회장의 마지막 출국지인 영국에서 단서를 잡을 가능성이 제일 높았다.

"가서 뭐하려고. 여기나 거기나 우리가 할 건 없어."

듣고 있던 성묵이 혀를 차지만 사빈은 자리에서 일어난다.

"찾아주기로 했어."

이상하게 배 뒤쪽이 따끔거렸다. 자꾸만 정단의 얼굴이 떠올랐다.

탐탁지 않은 표정의 성묵을 두고 나오며 핸드폰을 꺼낸다.

"어디세요."

뒤를 쫓는 데엔 역시 사냥개가 필요했다.

사빈이 만나러 온 사람은 강 실장이었다. 진 여사가 신뢰해 마지않아 이 아들, 저 아들에게로 돌려가며 붙이는 그는 최근 사혁의 뒤를 봐주는 중이었다.

"오셨습니까, 이사님."

돌아가는 상황이 심상치 않은 만큼 사빈의 호출에도 놀라지 않은 눈치다.

"무슨 일이라도……."

사혁의 접대실 마호가니 소파에 몸을 묻으며 사빈은 그렇게 묻는 그를 빤히 쳐다봤다. 누구보다 깊숙이 개입해 있는 그가 모를 수 없을 텐데. 진정 모른다면 지금까지 모친의 오른팔 노릇을 하고 있진 못하지.

그때 눈치 없이 들어온 사혁의 비서가 차를 내어놓는다.

"부사장님은 용인센터에 가셨습니다. 한 시간이면 돌아오실 겁니다."

하기야 사혁의 개인실이었다. 부사장 동생이 부사장을 만나러 온 것이 아니면 무엇 때문에 왔을라고.

"대기하고 있겠습니다."

목소리만큼이나 정중하게 허리를 숙인 그가 사라지고 나서야 사빈은 몸을 일으켰다.

"강 실장님."

조용히 입을 연다.

큰형 사혁보다 더 성 회장을 닮은 눈으로 강 실장을 바라보며 묻는다.

"지금 어머니께서 바라고 계신 일이 뭡니까?"

하지만 그는 꿈쩍도 하지 않는다. 진 여사 다음으로 그녀의 속내를 알고 있을 사람이 그였으나 가만히 사빈의 기척만 살핀다. 결국 먼저 치고 나간 건 사빈이었다.

"그 사람 치우고 싶으면 협조하세요."

자신을 조종하는 데 최전에 세워질 그가 모르고 있다는 것은 말이 되지 않았다.

"류 회장님 찾아오세요."

그를 똑바로 응시하며 말한다.

"적어도 류 회장님께는 돌려보내야 하지 않겠습니까."

제법 먹음직한 미끼다. 진 여사에게 충성하고 있대도 그녀만큼 악랄하지는 못한 그에겐 좋은 타협안이었다.

어차피 지금의 진 여사에겐 류 회장을 찾고 못 찾고는 그리 중요치 않다. 정단이 그에게 가건 그렇지 않건 사빈에게서 떼어내기만 하면 그만. 오히려 제 가족에게 딸려 보내는 것이 보기도 좋다. 말처럼 사빈이 정단을 쉬이 보낼 것이라 믿진 않지만, 진 여사가 그러겠다 결정한 이상 정단은 떨어져 나가게 돼 있었다. 그렇다면 류 회장을 찾아주는 게 낫겠지.

눈빛 하나 흐트러지지 않고 서 있는 강 실장의 머릿속이 그렇게 돌아가고 있음을 사빈은 믿어 의심치 않는다. 그라면 진 여사의 루트를 이용해 쉽게 류 회장을 찾아낼 수 있을 것이다. 물론 찾아낸다 해도 정단을 보낼 생각은 없지만.

늦은 시각. 집으로 돌아온 사빈의 몸은 무거웠다.

"뭐 좀 먹었나?"

언제나와 똑같이 자신을 맞은 정단에게 묻지만 대답이 없다. 쓸데없는 물음이긴 했다. 사빈도 오늘 뭔가를 입에 넣은 기억이 없으니. 답지 않게 살뜰한 말을 붙였나 싶은데, 기운이 이상했다. 아침과 공기가 다르다.

타이를 풀다 말고 정단을 살핀다. 아직도 부어 있는 눈이 아침과 다르게 조금도 귀엽지 않다. 묘하게 태도가 변해 있었다. 그에게 매달리던 기색은 사라지고 언제 그를 붙잡았냐는 듯 한 걸음, 두 걸음 떨어진 곳에 서 있다.

'이제 오세요', '식사는 하셨어요.'

물어봐야지, 안 물어봐?

삐딱한 시선으로 언제나와 같은 물음을 재촉하지만, 아무것도 없다. 기울어진 고개로 쳐다봐도 거리를 두는 고요함뿐. 정단은 그를 보지 않는다. 급기야 두어 번 고개를 갸웃거리던 사빈의 기척이 험악해졌다.

"달라진 건 없어."

가만히 정단을 바라보며 말한다.

"그대로야."

류 회장이 없어도 정단은 그의 아내였다. 영빈이 아니더라도 성진의 사람이다. 지금까지와 똑같이 누릴 수 있다. 전과 다르지 않게 보호해 준다. 류 회장 대신 그가 그렇게 할 테니까.

하지만 정단에겐 이미 모든 게 달라져 있었다. 자신을 숨길 이유가 사라졌다. 더는 할머니를, 어머니를, 자신의 과거를 감추지 않는다. 그가 용서한다면, 허락해 준다면 돌아갈 것이다. 예전으로.

선택은 그의 것이었다. 세상 이목에 갇혀 이대로 가야 한다면 그렇게 해주겠다. 그의 아내로 남아야 한다면 이대로 있는다.

거짓에서 벗어날 수 있기만을 바란다. 류 회장이 씌어놓은 덫에서 벗어나고 싶다. 그렇게 결심한 정단이 고개를 드는데, 사빈의 주먹에 힘이 들어간다. 정단을 바라보는 눈가가 노여움으로 꿈틀거린다.

올려다보는 눈빛에서 사빈은 벌써 정단의 머릿속을 읽었다. 아무것도 바라지 않는, 타인을 대할 때와 같은 정중함. 그 모든 것이 그를 떠나겠다는 의지였다.

감히 놓겠다고? 나를?

정단은 아직 입을 열지 않았지만, 용서하지 못한다. 날렵한 눈동자가 검게 번뜩인다. 망설이듯 말을 고르는 입술을 가느다랗게 노려보다 하얀 목으로 손을 뻗는다.

"할 말이⋯⋯!"

몇 번이나 자신을 채근해 말을 꺼낸 정단의 입술을 틀어막는다. 순식간에 입안을 침범해 들어간다.

"잠⋯⋯ 깐⋯⋯."

머리를 움켜잡은 힘에 정단은 고개를 돌리지 못한다. 목을 움츠려 도망치지만, 으르렁거리는 숨소리가 입술을 빨아들인다.

"하⋯⋯ 지⋯⋯."

조여 안은 팔을 밀쳐도 내리누르는 것을 버틸 수는 없다. 바르작거리는 몸은 차가운 대리석으로 밀렸다.

"아⋯⋯!

벽에 부딪힌 등이 아팠지만, 움켜잡는 힘은 견고해진다. 아프게 입술을 비비고 깨문다. 어깨를 더듬는 손이 뜨겁다. 잔뜩 몸이 단 움직임이다.

하고 싶어? 하고 싶은 거야?

혀를 휘감는 타액을 느끼며 눈을 감는다. 왠지 슬펐다.

그럼, 해. 이 정도 권리 있으니까.

사빈의 손을 잡아 뜯던 손에서 힘이 빠져나간다. 자신을 놓아버린다.

정단은 포기한 듯 숨을 삼키지만, 밀어붙이는 움직임은 사그라지지 않았다. 집요하게 입술 언저리를 빨고 귓불을 흡착한다. 귓가를 맴도는 숨소리가 거칠다. 목줄기를 헤매는 입술이 필사적이다.

난폭하리만치 집요한 몸놀림이나 흥분해서가 아니었다. 그에게 정단을 흔들 방법은 이것밖에 없다. 어떻게 주저앉힐 수 있을까 생각해 보지만 다른 방법은 생각나지 않는다. 자신을 똘똘 말아 안은 정단의 손이 풀리는 것은 이 순간뿐이었다.

거칠게 입술을 벌리고 들어간다. 옷 속을 파고들어 여린 살을 더듬는다. 베스트를 벗어 던지면서도 입술을 놓아주지 않는다. '슥.' 실크타이가 떨어지는 소리가 들리고, 이젠 정단 차례였다. 커다란 손이 머리 위로 스웨터를 잡아 뺀다. 가슴을 움켜잡은 손이 블라우스를 벗기지만, 조급함은 짜증을 부른다. 성급히 정단의 입술을 찾아 혀를 섞으며 단추를 뜯는다. 난폭함에 놀라 가슴이 덜컹 튀어 오르나, 정단의 아랫입술을 세게 빨아들인 사빈은 벌어진 블라우스 사이로 고개를 내린다.

가만히 심장 소리를 듣는 듯했지만, 덜컥 입을 맞추는 감각에 정단의 다리가 꺾였다. 단단히 죄인 속옷을 밀어 올리고 흔들리는 가슴 끝을 빨아들인다. 살살 달래듯 입을 맞추고 말랑한 살을 문다. 지나는 곳마다 발갛게 피가 몰린다.

"……아!"

결국 빨간 입술에서 한숨이 터진다. 사빈의 어깨에 지탱하고 있던 몸이 벽을 타고 내린다.

포근한 융단의 감촉을 느낄 새는 없었다. 스커트 속을 파고든 손이 실크스타킹과 속옷을 끌어 내린다. 잡아 뜯겨지듯 한쪽 다리에서 스타킹이 떨어져 나간다. 휜히 드러난 다리 사이로 한기를 느끼지만, 그것은 아무것도 아니었다. 옅은 하늘색 스커트를 끌어 올린 사빈이 다리 사이에 얼굴을 묻는다.

"……!"

비명도 지르지 못했다. 생각해 본 적 없는 곳에 숨이 닿았다. 정단의 몸보다 더 뜨거운 것이 그녀에게 입 맞췄다. 기겁하며 도망가도 물러나지 않는다. 굳은 정단의 몸을 벌리고 파고든다. 뒤로 숨어드는 것을 쫓아 안으로 들어온다.

아직 수줍음을 벗어버리지 못한 정단은 매번 그랬지만, 이번엔 달랐다. 자신의 다리 사이에 왜 그가 있는지 모르겠다. 그의 혀가 어디 있는지, 지금 자신의 몸을 헤집는 것이 무언지 모른다.

그의 타액으로 젖어드는 살점과 달리 몸은 뻣뻣하게 굳는다. 바닥을 짚은 손이 밀어내듯 사빈의 머리카락을 잡아당기지만, 약했다. 이내 사빈이 몸을 일으키나, 덜덜 떨리는 정단의 손 때문이 아니었다.

버티는 다리를 잡아당긴다. 정단의 몸이 주욱 미끄러지자 그 위에 몸을 숙인다. 동그랗게 뜬 눈에 두려움이 보였지만 도망칠 틈을 주지 않는다. 다리 사이에 손을 넣어 확인하듯 젖은 살을 문지른다. 갑자기 들어온 마디 모양에 정단의 허리가 움찔 튀어 오르는데 귓불을 핥으며 속삭인다.

"숨…… 쉬어."

그리고, 들어왔다.

"아…… 아!"

정단의 발작 같은 신음. 그렇지 않아도 좁은 몸은 '싫어' 라고 거부의 뜻을 보였지만, 밀어내는 힘을 거슬러 넣는다. 눈을 동그랗게 뜬 얼굴을 주시하며 허리를 내린다. 끝까지 파고들자 그를 움켜잡은 손에 힘이 들어간다.

순간 사빈의 인상이 굳는다. 아픔 때문이 아니었다.

"……류정단."

목 안쪽으로 으르렁거리며 정단을 노려본다.

아직도 버릇이 고쳐지지 않았다. 이어진 몸으로 숨을 참는 게 느껴진다. 크게 찔러 넣는 것에 온 힘을 다해 조여온다. 안쓰러운 반응이나 오늘은 사빈도 달래주지 못하겠다. 점막을 잡아 뜯듯 거칠게 몸을 뽑는다.

"숨, 쉬라고 했지."

허리를 붙잡고 세게 부딪히며 말한다. 벌을 주는 것처럼 다그친다. 그제야 참았던 숨을 내지르지만, 이미 늦었다. 자꾸 밀어내는 것에 심사가 꼬여 드나드는 움직임은 거칠기만 하다.

아무리 해도 익숙해지지 못한 감각 때문이었다. 뜨거운 질량이 몸을 넓히고 들어오는 자극이 정단은 무섭다. 몸이 벌어지는 느낌에 숨을 쉴 수가 없다.

그러나 치고 들어오는 움직임에는 조금의 배려도 없다. 아랑곳하지 않고 정단의 안으로 파고든다. 숨 막히는 교합을 피해 달아나 보지만, 금세 잡히고 만다. 뒤로 물러나는 어깨를 붙잡는다. 주르륵 끌려간 몸을 거친 손이 내리누른다. 도망치지 못하게 팔 아래 가둔다.

정단의 겁먹은 시선이 위를 향했다. 내내 피하던 눈과 마주치는데, 아이러니하게도 그 속에 흥분은 없었다. 탐함의 빛도.

그저 붙잡을 뿐이었다. 아무 데도 가지 말라고.

순간 정단의 눈이 흔들린다. 혼란스럽게 움직인다.

붙잡고 매달려야 할 사람은 자신인데. 버려질 사람은 그녀였고, 버림받을 짓을 한 사람 또한 그녀인데. 그가 굽힐 이유는 없었다.

그럼에도 팔다리를 옭아맨 힘이 거세다. 집요하게 바라보는 시선에 고개를 돌리지 못한다.

죄를 지은 것처럼 그가 애원하고 있다. 이어진 끈을 놓지 않으려 안간힘이다. 이것이 그가 가진 상냥함이었다. 차가움으로 감춘 따뜻함이다.

그 다정함에 눈물이 나오려 했다. 먼저 내밀어준 손이 참으로 따뜻하고 포근했다.

하지만 돌아서겠지. 사실을 안다면 이렇게 잡아주지 않겠지.

눈물이 솟는다.

당신은 왜, 나는 왜…….

누구를 위한 것인지 모르겠다. 그의 따뜻함에 눈물이 나는 것인지, 그와의 마지막이 슬픈 것인지.

뿌옇게 흐려진 눈으로 사빈을 올려다본다. 빨개진 코끝으로 그의 체취를 외운다. 그의 냄새, 손길, 목소리를 잊고 싶지 않다. 오래도록 그의 다정함을 기억하고 싶었다.

그런 정단에게 사빈이 몸을 숙인다. 따뜻한 입술이 다가온다. 젖은 뺨에 입 맞추고, 긴 속눈썹을 빨아들인다. 그래도 눈물을 삼키지 못하는 정단을 밀어 올리는 움직임이 어린아이를 어르는 것처럼 살랑살랑해졌다.

외려 그것에 정단은 어깨를 움츠린다. 편안하게 느껴지는 감각이 이상했다. 이것은 언제나 무섭고 두려운 순간. 옆에 있는 남자가 무서웠고 그가 가진 모든 것이 무서웠다. 모든 게 무섭기만 한 그와의 접함은 공포이자 두려움이었으니, 언제나 이 순간이 빨리 끝나기만을 기도했다. 혀를 삼키며 두려움을 참았다.

하지만 더 큰 두려움 앞에 그는 아군이었다. 혼자 남겨질 공포 속에 그는 유일한 정단의 편이었다. 아무도 남지 않은 현실에 그가 있었다.

가지 마. 있어줘.

정단 안의 누군가 애원했다.

잡아줘.

정말은 버려지고 싶지 않았다. 잃고 싶지 않다.

버리지 마.

허공을 움켜잡던 손이 흘러내린다. 망설이던 손끝이 그를 잡는다. 이내 스치는 입술이 숨줄인 것처럼 달라붙는다. 짧게 부딪혔다 떨어지는 접함을 놓지 않는다. 의아한 기색으로 몸을 일으키는 사빈에게서 떨어지지 않는다. 엄마 젖을 문 아이처럼 그를 따라 둥글게 몸을 말아 올린다.
떨어지고 싶지 않았다. 하나로 남아 있고 싶었다.

"달라진 건 없어."
"그대로야."

그러나 모든 게 달라졌다.

정단에겐 그가 필요하다. 이제 그밖에 없다. 그를 움켜잡는다. 놓아주지 않는다.

묘하게 뜨거워진 숨에 사빈의 움직임도 사나워졌다. 살살 달래던 입술이 거칠어진다. 자신의 가슴을 타고 내리는 손을 잡아채 손가락 사이를 파고든다. 깍지 낀 손을 끌어당겨 떨어지지 않으려는 몸을 끌어 올린다. 달라붙는 작은 무게를 무릎에 앉힌다.

"응……!"

거친 몸놀림에 뜨거운 숨이 쏟아지는데, 그 사이에도 정단의 입술은 떨어지지 않는다. 사빈에게 휘감긴 머리카락처럼 뒤엉키고 달라붙는다. 쫓아가고 쫓아오며 부딪힌다.

그 여유 없음에 사빈은 입술을 깨물리면서도 설핏 웃음을 흘렸다. 이제 처음 시작되었을 때의 냉정함은 잊었다. 자신의 귀에 신음을 쏟아내는 몸을 움켜잡는다. 다급하게 허리를 쳐올린다. 그 거센 기운에 중심을 잃은 정단이 쓰러지지만, 받쳐 안은 손이 무색하리만치 난폭한 움직임은 멈추지 않는다. 초점을 잃은 정단의 눈으로 다시금 두려운 기색이 스미지만, 그것이 자신을 향한 공포가 아님을 알고 있었다. 점점 가까이 다가오는 낯선 감각. 그것에 맞서는 정단의 젖은 머리카락을 쓸어 올린다. 빨갛게 부푼 입술을 집어삼킨다.

조금도 느려지지 않은 몸의 부딪힘에 떨어진 입술 사이로 숨이 새어 나온다. 미처 먹히지 못한 신음 소리가 사빈의 등을 핥았다. 순간 허리를 조이는 흥분을 참았으나 소용없다. 작은 혀를 빨아올리며 거칠게 파고든다. 한 번, 두 번 이어지는 충격에 튀어 오르는 몸을 커다란 손으로 붙잡는다. 움직이지 못하게 잡아채 자신을 모두 집어넣는다.

그 순간 정단에게서 신음이 터졌지만, 우는 듯 크게 울린 소리를 정단 자신은 듣지 못했다. 저릿한 귓속으로는 이상한 진동만 울렸다. 간헐적으로 와 닿는 숨결을 느낀 것은 한참이 지난 후. 희미하게 눈을 뜬 정단의 시야로 사빈이 들어온다.

흐린 눈앞에 굽어보는 표정이 잘 보이지 않는다. 가만히 머리를 쓰다듬던 그가 고개를 숙였다. 눈가로 와 닿는 입술에 정단은 눈을 감는다. 이마로 뺨으로 내려오는 감각에 숨을 참는다. 귓속을 파고든 혀가 뇌까지 핥는 느낌이었다. 머리 구석구석을 휘감는 자극이 간지럽다. 나른해진 손끝이 날카로운 떨림으로 굳었다. 귀가 저리는 이명이 다시 들려오는데, 한숨 실린 사빈의 무게가 사라진다. 짜증스럽게 고개를 든 그가 바닥 이곳저곳으로 시선을 돌린다. 계속 울리는 진동을 무시하지 못하고, 멀리 밀려간 재킷을 향해 몸을 일으킨다.

"뭐야."

전화를 받는 목소리는 잔뜩 가라앉아 있었다. 내키지 않는 티가 역력하다. 그래도 끊지 않고 응대하는 사빈을 정단은 멍하니 바라봤다. 흐릿한 정단의 눈에 반쯤 벗은 사빈의 몸이 보였다. 가슴이 드러난 셔츠에 풀어진 혁대, 흐트러진 앞머리. 이발해야겠네, 베시시 웃는데, 화들짝 놀란 눈이 커진다.

천천히 정신이 돌아오고 있었다. 모든 게 또렷이 보이기 시작했다. 점점 선명해지는 시야 속에 자신의 헝클어진 머리카락이 있다. 벗겨진 속옷과 허리 위로 말려 올라간 스커트도.

그제야 단추가 떨어진 블라우스를 앞으로 당기며 일어난다. 당혹스러움에 몸을 가리려 하지만 얼마 남지 않은 조각으로는 잘 가려지지 않는다. 스커트 자락을 아래로 끌어 내려 허벅지를 가리는 것이 고작이다.

"2주? 더 빠른 일정은?"

발치에 떨어져 있는 팬티를 막 뒤로 숨겼을 때 사빈이 고개를 돌렸다. 어느새 눈을 뜨고 바르작대는 정단을 발견했다.

"연기해."

통화를 끝내지 않고 다가온다. 정단에게 손을 내민다. 눈을 마주칠 수 없어 시선을 돌린 정단도 마치 정해진 순서인 것처럼 그 손을 잡았다.

"그래, 그렇게."

가뿐하게 정단을 잡아 일으킨 사빈은 손을 놓지 않았다. 아직 끊지 않은 핸드폰을 귀에 대고 정단의 손을 잡은 채 침실로 걸어간다. 먼 길을 가는 것도 아닌데, 정단은 앞서 가는 사빈에게 이끌려 갔다.

"그건 알아서 해도 되니까."

침실 안으로 들어가서야 정단을 잡은 손은 수줍게 떨어졌다. 놓고 싶지 않은 것을 놓아주는 것처럼 뜸을 들이다 기다란 실에 묶인 듯 천천히, 천천히. 아직도 끝이 이어진 간지러운 느낌에 정단은 손을 오므렸지만, 늘어진 실은 풀리지 않았다. 뭐라도 갈아입고 싶은 마음에 드레스룸 앞을 서성대는데, 침실 문이 닫힌다. 욕실로 들어갈 줄 알았던 사빈이 핸드폰을 사이드 테이블에 내려놓았다.

"이번엔 진짜 휴가야."

반은 풀어진 셔츠를 벗으며 그는 말했다. 나른하게 늘어진 눈이 정단을 바라보고 있었다.

8

"오늘부터 일하는 사람 올 거야."

월요일. 휴가라고 했지만, 휴가랄 것도 없는 주말을 보낸 아침이었다. 그것도 아침이라기보단 새벽, 식탁으로 시선을 기울이고 있던 정단이 고개를 들었다.

처음부터 이 큰 집을 정단 혼자 책임지는 것은 무리였다. 할 수있다 해도 그럴 필요는 없었다.

"한 분은 건물 관리를 하실 거고, 한 분은 집안일을 맡아주실 거야."

어쩐지 곤란해하는 정단과 다르게 사빈은 또렷하게 말했다.

차일피일 사람 들이는 것을 미루는 진 여사 모르게 적당한 사람을 알아본 참이었다. 일이 있을 때마다 성북동 사람을 부르는 것도그렇고, 철이 바뀌는데 정원을 맡아줄 사람도 필요했다.

그러나 젓가락을 내려놓는 정단의 손끝은 파르르 떨린다.

"하지만 아무 말씀도……."

집 안에 아무나 들여선 안 된다. 그것이 시어머니로부터 들은 주의였다. 아니, 그러기만 해보라는 엄포였다. 기실 정단이 다른 며느리처럼 누리며 사는 꼴을 봐주지 못하겠다는 심사였지만, 그 이유를 모르지 않는 정단으로서는 난처한 일이었다.

"성북동에는 내가 말씀드릴 거야. 불편한 건 이쪽이니까."

사빈도 정단이 왜 곤란한 표정을 짓는지 알지만, 이번만큼은 단호하다. 미리 어머니를 누를 사람을 포섭해 놓은 터였다. 큰어르신이라 불리는 그의 아버지, 성 회장님. 당신의 회사 외엔 무심한 분이나, 큰아들 사혁의 2세 계획이 힘들었던 탓에 손주 보는 일에는 관대해진 기운이었다. 그분의 암묵적 허락이라면 어머니도 정단에게 입을 떼지 못할 것이었다.

"당신 거야."

이제 필요 없어진 근심은 제쳐 두고 느긋하게 갈색 봉투를 내민다.

정단은 그것을 선뜻 확인하지 못하고 사빈을 쳐다봤다.

크기나 모양만으로 짐작이 되는 물건이었다. 봉투를 집는데, 잡히는 질감이 확실했다. 과연 접힌 종이 아래 검은 모서리가 보인다.

"이런 건…… 주시지 않아도 돼요."

제대로 꺼내보지도 않고 밀어낸다. 얄미우리만치 단호한 거절이다.

평소와 다르지 않은 정갈한 태도에 사빈의 눈은 가늘어졌다.

어느 정도 류 회장에게 나오는 돈이 있대도 전과 같진 못할 것이었다. 그게 아니라도 그의 입장에서는 충분히 해줄 수 있는 것을, 자신을 대하는 이런 깔끔한 태도가 사빈은 마음에 들지 않았다.

"가지고 다녀."

거부당한 것을 다시 정단 앞으로 밀어놓는데, 손이 닿는다.

화들짝 놀라 손끝을 빼내는 정단의 귀 끝이 빨갰다. 어쩔 줄 몰라 피하는 시선이 어지럽다.

뭐가 그렇게 당황스럽지?

그 모양에 사빈도 당황스러워졌다. 낯선 남자도 아닌데, 몸을 사릴 건 또 뭐야.

"자꾸 그러면 계속 하고 싶을 거야."

담백한 목소리에 욕구는 담겨 있지 않았다. 하던 대로 식사에 집중하며 말한다.

동그란 눈으로 갸웃거리던 정단은 한 박자 늦게 그 속에 담긴 뜻을 눈치챘다. 화들짝 손을 감추며 고개를 숙인다. 붉어진 기운에 머리카락까지 빨개 보였다.

언제까지 그럴 건데.

"부족해?"

절묘한 물음. 젓가락을 내려놓고 정단을 바라본다.

뭐가? 프레스티지 급 카드가? 아니면 다른 쪽이?

의도를 알 수 없다. 놀리는 기운은 조금도 느껴지지 않는 목소리다. 거기다 빤히 쳐다보는 시선까지, 정단은 무릎 위에 손가락만 꼼지락거렸다.

"그 정도면 적당했다고 보는데……. 아닌가?"

그러니까……. 뭐가?

울 것처럼 달아오른 정단의 얼굴이 안쓰럽다. 정말 의도한 것인지 사빈은 그제야 만족한 것처럼 피식 웃음을 흘렸다. 물잔을 내려 놓고 일어나자 정단도 다급히 따라 일어났다.

"그럼 일하는 분은 나중에 들여요."

불그레한 얼굴을 하고도 제 할 말은 다한다.

지금 협상하자는 건가? 돌아보는 사빈의 눈이 날카로웠다.

"이건 받을 테니까."

사빈은 가늠해 보는 것처럼 잠시 생각에 잠겼다. 묘한 표정으로 정단을 바라본다.

나중이라고 했겠다. 웃는 듯 마는 듯 입꼬리가 올라갔다 내려간다.

닷새든 일주일이든 지나면 나중인 거지? 혼자 셈을 마친 사빈은 고개를 끄덕였다.

거래 성립이었다.

성북동에서 호출이 온 것은 그 주 끝이었다. 아직 예정일까지는 한 달이나 남아 있었으나 생각보다 빨리 탄생일을 맞은 조카의 부르심이었다. 다행히 팔삭둥이는 면한 아이, 인큐베이터행은 아니었다. 축복받은 아버지와 어머니 유전자를 물려받아 부족한 달수에도 충분히 자라 태어난 아이는 말 그대로 왕관을 쓰고 탄생하셨다. 태어난 곳은 할아버지가 가진 의료재단 귀빈 병동에, 그 작은 몸을 둘러싸고 있는 의사만 해도 여덟이다. 태어나자마자 주치의가 정해지다니, 사빈 형제들도 일찍이 경험해 보지 못한 호강이었다. 뿐이던가. 한자리에 한 시간 이상은 머물지 못할 정도로 바쁜 숙부들이 녀석 얼굴을 한 번이라도 보겠다고 대기 중이었다.

"늦었어, 형."

제일 먼저 도착한 것은 막내 숙부. 사영 부부가 사빈과 정단을 맞았다.

"아직 아무도 들어오지 말래, 부정 탄다고."

산모실이 눈앞에 있으나 출입은 금지였다. 모두 호텔과 별반 다르지 않은 병실 거실에 앉아 성 회장을 기다린다. 유럽 전략회의를 위해 스위스로 떠났던 성 회장은 첫 손주 소식에 다시 날아오고 있는 중이었다.

전용기로 돌아오는 성 회장 배웅을 나간 것은 외가며 친가를 다 돌려보낸 진 여사다. 북적이던 병실이 한가해졌다.

느지막하게 계열사 호텔 쉐프의 도시락을 먹은 사빈, 정단들은 소파에 앉아 디저트부에서 보낸 초콜릿과 과일을 꺼냈다. 말랑해서 자르기 힘든 망고를 정단은 예쁘게도 잘라냈다.

사영의 아내 은정은 가만히 앉아 있다 그것을 입에 넣었다. 노란 덩어리를 빨간 입술로 베어 물다 갑자기 생각났다는 듯 묻는다.

"전공이 뭐예요?"

입가에 묻은 망고즙을 잘 관리된 손이 닦아낸다.

"학교가 어디라 그랬지? 결혼 때문에 휴학한 건가?"

은정은 먹이를 노리고 있던 맹수처럼 정단을 관찰하고 있었다. 처음부터 자신보다 여섯 살이나 어린 형님을 모셔야 함이 못마땅했다.

"학교…… 안 다녔어요. 몸이 안 좋았거든요."

'건강상의 문제로 학업을 잇지 못했다.'

정단의 배경에 대해서는 진 여사와 류 회장이 입을 맞춰둔 터였지만, 은정은 의심스러운 눈치다.

"얼마나 안 좋았길래?"

그도 그럴 것이 아무나 될 수 없는 성진, 진 여사의 며느리였다. 사소한 것 하나라도 모자람이 없어야 할 자리. 그것에 격이 떨어지는 교육 수준도 모자라 그리 좋지 않은 몸 상태로 들어앉았다는 것이 납득되지 않는다.

옆에서 여유롭게 초콜릿을 입에 넣고 있던 사영도 귀를 쫑긋 세웠다. 성격 좋아 보이는 그에게도 자신과 타인의 위치에 대한 선 긋기는 중요한 일이었다.

"수술…… 했어요."

마지못해 답하는 목소리에 그제야 관심이 생겼다는 것처럼 돌아본다.

수술?

사빈도 정단을 쳐다봤다. 처음 듣는 얘기였다.

그러나 정단은 대수롭지 않다는 얼굴이다.

"별거 아니었어요. 이젠 다 나았고."

수술이라 하니 거창하게 들리지만, 불에 굽은 살을 편 것뿐이었다. 다른 살을 붙이고 이어서. 그것이 류 회장 집으로 옮겨와 제일 먼저 한 일이었다. 당장 눈에 보이는 것이었으니 학교나 다른 문제보다 급박하게 처리되었다. 정단이 사빈과 만나기 직전이었다.

그러나 이미 진 여사와 류 회장의 동맹은 깨진 상태였다. 더 이상 진 여사가 정단의 비밀을 지켜줄 이유가 없었다. 이제 정단이 류 회장의 혼외자라는 사실은 알 만한 사람이라면 모두 아는 공공연한 비밀이었다. 그럴듯한 대학은커녕 그 근처에도 가지 못했다는 것을 은정은 알고 있었다. 그래서 노골적으로 비웃는 표정으로 정단을 바라보는데, 그것이 정단에게도 느껴진다. 모든 걸 다 알고 있다는 시선에 등 뒤가 서늘해진다. 들켰다는 사실에 사라져 버리고 싶다. 천천히 망고를 자르던 칼을 내려놓는다. 도망치듯 욕실로 들어갔다.

사영은 '알고 있었어? 수술한 거?' 라고 묻는 것처럼 사빈을 쳐다봤지만, 서늘한 사빈의 시선은 동생을 가만히 노려봤다. 날카로운 눈이 더 날카롭게 찌그러져 있었다. 뭔가 잘못했나 사영이 눈을 굴릴 때쯤 로비에서 전화가 들어왔다.

「회장님 들어오십니다.」

"아버지?"

사영에게는 다행한 일이었다. 사빈의 시선을 피해 벌떡 일어나 병실 문으로 향한다.

"빨리 오셨네요."

다리를 꼬고 앉아 있던 은정도 일어나 남편을 따라 나갔다. 하지만 사빈이 더 빨랐다.

"조금 조심해 주셨으면 합니다."

은정의 뒤로 다가가 말한다.

"사영이 제게 말을 놓는 것과 제수씨가 그 사람에게 말을 놓는 건 다른 거지요."

낮은 목소리에 은정은 그 자리에서 얼어붙어 버렸다.

사영과 결혼한 지 2년. 사혁은 사혁대로 대하기 어려운 큰아주버니였으나, 정말로 친해지기 힘든 시댁식구는 사빈이었다. 그들과 동종이되 동류가 아닌 그는 그녀의 속물적 근성을 비웃을 수 있는 유일한 사람이었다.

"배울 만큼 배우셨을 텐데요."

은정의 얼굴이 굳는다. 생각지도 않은 지적이었다. 좀처럼 꾸짖는 사람이 없었던 그녀에게는 굴욕적인 일이었다. 그러나 지금 은정보다 더 무서운 얼굴을 하고 있는 사람은 사빈이었다. 은정을 지나쳐 욕실로 간다. 문을 두드린다.

"나와. 도착하셨어."

가만히 안에서 들려오는 기척을 살핀다. 물소리에 섞인 정단의 목소리가 들렸다.

"네, 지금 나가요."

정단은 한껏 틀어져 있던 물을 잠그며 답했다. 끈적끈적한 손은 이미 씻은 후였다.

"잠깐만 기다리세요."

나가기 전 다시 한 번 거울을 보고 중얼거린다.

상처받지 않았다. 아프지 않다.

처음부터 조소를 각오하고 들어온 집이었다. 무시당할 것을 알고 있었다. 이제 지킬 것이 없다 하여 아픔을 느낀다면 비겁한 것이었다. 알고 시작한 이상, 감당하기로 한 이상 불쌍한 척은 하지 않는다. 숨지 않는다.

정단은 크게 숨을 들이쉬고 문을 열었다. 문 앞에 기대서 있던 사빈이 내려다보고 있었다.

문턱을 벗어나자 마치 팔짱을 끼라는 것처럼 어깨를 내밀지만 결코 그런 뜻이 아니는 것을 안다. 정단은 그저 한 발짝 거리를 두고 쫓아 나갔다. 병실 밖에는 막 엘리베이터에서 내린 성 회장과 진 여사가 마중을 받고 있었다.

정단도 그 속에 섞여 인사를 올리는데, 곱지 않은 시선이 느껴진다. 언제나와 같은 진 여사의 눈빛이다.

피하고 싶냐 물으면 고개를 끄덕일 것이다. 싫으냐고 묻는 것에도 대답은 하나다.

그러나 도망가지 않은 것은 정단이었다. 스스로 내린 결정이었다.

놓아야 했지만 놓지 않았다. 말해야 했지만 하지 않았다. 버려지고 싶지 않았으니까. 그가 버릴 때까지 기다리기로 했다. 버려지면 떠나리라 욕심을 가졌다.

그러니 이것은 자신의 선택에 대한 결과였다. 짓밟겠다면 밟혀주겠다. 비웃는다면 조롱거리가 되어준다. 정단은 그렇게 다짐하며 허리를 숙였다.

그런데 사빈이 그 앞을 막은 것은 의외였다. 정단보다 큰 그의 옆이라면 당연한 일이었으나 좁아진 시야가 정단에겐 익숙지 않다. 사빈을 바라보는데, 그의 등은 움직이지 않는다. 정단에게 진 여사가 보이지 않는다. 아니, 다른 누구도 정단의 시야에 들어오지 않았다. 그리고 그들 눈에도 정단이 보이지 않는다.

다행히 지금 진 여사의 관심도 정단에게 있지 않았다. 정단을 끌어내 수모를 주는 일은 다음으로 미루고 첫 손주를 보는 기쁨에 흠뻑 빠져 있다. 그러나 다음이란 없을 것이다. 산모실 문이 열리고, 사람들의 시선이 갓 태어난 아기에게 집중되고 나서야 사빈은 정단의 시야를 열어주었다.

그의 조카는 결코 예쁘다는 말은 나오지 않는, 쭈글쭈글한 아기였다. 아직 누굴 닮았는지도 분간되지 않는 원숭이 같은 얼굴이다. 그럼에도 눈길이 가는 것은 같은 피가 섞였다는 이유뿐이었다.

사빈에겐 정말 그뿐인 듯했다. 외려 뒤에서 고개를 뺀 정단이 아기에게서 눈을 떼지 못한다. 아기가 거기서 거기지, 덤덤한 사빈과 달리 신기하게 쳐다본다. 남들 다 낳는 아기 처음 보나 싶은 그와 다르게, 그래도 우리 집 아이잖아요, 하며 고개를 기울인다.

사영과 은정도 나름 경이로운 표정을 하고 있었지만, 그것은 그들과 같은 수준의 아이에게만 한정된 감정이었다. 어쩌면 자신보다 높은 등급이 매겨진 아이에 대한 경배일 수도.

돌아오는 길은 그래서 씁쓸했다. 갓 태어난 아기의 눈도장이라도 받아보겠다 병실 밖에 모여든 사람들이 우스우면서 불쌍했다. 어차피 기억도 못할 텐데. 괜한 줄타기에 힘쓰는 사람들 속에 사빈의 신경은 조카가 아닌 다른 데 쏠려 있었다.

운전대를 잡고 있는 지금도 눈이 간다. 다소곳하게 무릎 위에 올려져 있는 정단의 손을 쳐다본다.

듣지 않아도 알아보는 것은 쉬웠다. 조카의 모습이 공개되는 동안 짧은 전화통화만으로도 가능했다. 의료재단 지분은 그냥 가지고 있는 게 아니었다. 진료 공유는 되지 않는다지만, 서너 명 건너다 보면 원하는 것은 금방 나온다.

왼쪽이라고 했던가. 피부이식을 받았다는 손을 자꾸 보게 된다. 가리려는 것처럼 오른손으로 덮은 소매 아래 살짝 드러난 분홍색 상처가 보인다. 듣지 않았다면 몰랐을 정도로 옅은 자국이다.

화상으로 인한 피부이식이라고 했지만, 어쩌다 입은 상처인지 알 수 없다. 2년? 3년? 꽤나 오래된 상처라고 하는데, 어째서 그리 오래 방치했는지 모르겠다. 거기다 시기가 이상했다. 정단의 말과 맞지 않는다. 수술을 받은 건 1년 전이었다. 대학과는 상관없다.

부위가 넓지도 않고 심각한 사고는 아니었다고 해도 자꾸 신경이 쓰이는 것을 어쩌지 못한다. 애써 운전에 집중하며 관심을 돌려도 기분은 좋아지지 않았다.

정단이 화방을 발견한 것은 우연이었다. 백화점에서 장을 보고 돌아오던 길이었다. 집 근처 미술관 앞에서 발길이 멈췄다. 방금 물을 받은 나뭇잎이 방울방울 물기를 비추고 있었다. 석고상과 미술 도구가 보이지 않았다면 화방인 줄 몰랐을 곳이다.

워터코인이 싱싱하게 얼굴을 내밀고 있는 계단을 따라 안으로 들어간다. 어차피 한 보따리나 되는 짐은 배달을 시켰고, 급하게 정리해야 할 일도 없었다.

들어가자 물감 냄새가 진동을 한다. 그림을 잘 그리는 것도, 좋아하는 것도 아니면서 물감 냄새는 왜 좋아하는지 모르겠다. 그냥 기분이 좋아진 정단은 따뜻한 색의 나무진열대 앞을 이리저리 돌아다녔다. 그중 정단의 시선이 고정된 것은 크레파스 앞이다. 알록달록 늘어서 있는 것을 보는 표정이 아련하다.

크레파스를 처음 가졌던 때의 기억이 떠올랐다. 엄마가 사주었던 크레파스. 그 안에 담긴 색이 참으로 신기했다. 노란색, 파란색, 빨간색. 색색의 것이 초등학생이었던 정단에겐 이 세상 모든 빛인 듯했다. 그렇다고 믿었다.

그러나 그 세계의 일인자는 75가지 색의 일본제였다. 자랑하듯 같은 반 친구가 보여준 것은 크기부터가 충격적이었다. 오묘한 색깔의 흐린 초록색이나 연한 보라색은 그때껏 본 적 없는 색이었다. 굉장한 것을 가졌구나 감탄했다.

지금 생각해 보니 그것은 열등감이었다. 가난해서 더 많은 색깔의 크레파스는 살 수 없다고 생각했나 보다. 아빠가 사다 준 것이라며 자랑하는 친구를 질투했나 보다. 별거 아닌 크레파스에 자신의 처지를 투영했다.

어렸기 때문이다. 몰라서였다.

하지만 이제는 그렇지 않다. 40색 크레용을 잡는다. 더 많은 색은 필요 없다.

"9만 원입니다."

지갑을 열다 사빈에게 받은 카드를 보고 망설인다. 여기서 한 번 써줄까. 하지만 정단은 자신의 카드를 꺼낸다.

그렇지 않아도 김 비서가 모든 걸 해결해 주던 정단에게 류 회장이 잠적한 지금, 돈이라고는 결혼 전 품위 유지조로 받은 용돈이 다였지만, 딱히 큰돈이 들어갈 일은 없었다. 사빈이 준 카드까지 손댈 일은 없다. 어쩐지 확인이 들어갈 것 같은 예감에 미리 개시도 해둔 상태였다. 무엇에 개시했는지가 문제였지만.

"누가 그 카드 갖고 식품매장 가랬어."

카드명세서를 확인한 사빈은 어처구니가 없었다.

─꽁치 5

돈육 600g

파프리카 3

광천수 5

오렌지(특가)

햇살 달걀 12구

실눈을 찌푸리고 정단에게 뺏은 영수증을 읽는다. 사용한 장소도 장소고 그 씀씀이가 참 소박하기도 하다.

"장 보는 건 성북동에 맡기라고 했잖아."

사람을 쓸 게 아니라면 집안일에 관련된 것은 성북동 사람에게 맡겨라. 백화점 구경을 갈 때는 윤 대리를 불러라. 그도 싫으면 운전면허증을 따서 운전을 해라. 여러 가지로 잘 달래놓았지만, 하나도 지켜진 게 없었다.

뭐하자는 거지? 사빈의 시선이 변한다. 매의 눈으로 정단을 추궁한다.

"아이스크림도 사 먹었는데요?"

섣부른 말대답이 오히려 화를 돋웠다. 안 그래도 찢어진 눈이 정단을 노려본다.

이렇게 나오시겠다?

소파 깊이 등을 기대앉은 사빈 거만하게 다리를 꼬았다.

"내일부터 부를까?"

정단 무슨 소린지 모르겠다는 표정인데, 핸드폰을 꺼내 든다.

"아주머니?"

신호음을 기다리다 불쑥 말한다. 누군지 모르겠다.

"둘째입니다."

둘째? 귀를 쫑긋하고 듣지만 목소리가 잘 들리지 않는다.

"전에 말했던 입주도우미 말인데요."

사빈은 불안하게 더듬이를 세우고 있는 정단을 한 번 쳐다봤다. 그제야 정단의 눈이 커졌다.

성북동, 임 여사님?

그제야 정단은 돌아가는 상황을 읽었다. 지금 사빈은 협상이 결렬된 데 대한 보복을 하고 있었다.

"내일……."

다급해진 정단이 팔에 매달려 사빈의 입을 막는다.

"이, 있어요. 있어. 살 거."

사빈은 '그게 뭔데?' 하는 얼굴로 쳐다봤다.

"과일. 먹고 싶은데 참았어요."

누군가를 부리는 것도 익숙지 않지만, 시어머니 눈에 거슬릴 짓도 절대 하고 싶지 않았다.

'그러니까 뭐?' 하고 확인하듯 바라보는 그에게 말한다.

"드래곤 후르츠……. 많이."

엊그제 백화점에서 본 것이었다. 주먹만 한 게 꽤나 비싼 몸값을 가져 놀라 돌아섰던 놈이다.

하지만 사빈은 표정을 찡그렸다.

용과? 그걸?

먹어보고 하는 말인가 싶었다. 그보다 먹고 싶은 걸 왜 참았나 싶다. 이해할 수 없는 취향이나 정말 먹고 싶은 거라면, 고개를 끄덕인다.

"……그러니까 부르면 바로 되는 거죠?"

협상의 줄은 끝까지 놓지 않았다. 정단에게 들려주듯 임 여사에게 확인한다. 자꾸 그러면 입주관리자들을 불러들이고야 말겠다는 의지였다.

"네. 그럼 안사람과 상의해서 다시 연락하겠습니다."

정단은 고개를 끄덕였다. 안심하여 소파에 엉덩이를 붙인다. 하지만 임 여사와 통화를 끝낸 사빈은 또 다른 곳으로 전화를 걸고 있었다.

"보내주실 게 있습니다."

단도직입적인 명령이었다.

"용과. 제주도 특송으로 열 상자."

열…… 열 상자? 그렇게까지야. 당황한 정단은 손사래 쳤지만, 전화를 끊은 사빈은 말간 목소리로 말했다.

"왜? 먹고 싶다며. 먹고 싶은 걸 왜 참은 건데."

복수인 거야? 보복인 거야? 모호한 의심이 생겼으나 정단은 아무 말도 할 수 없었다.

그 답이 밝혀진 것은 드래곤 후르츠가 배달된 사흘 뒤. 용과의 반을 쪼갠 정단은 하얀 속살에 검은 씨가 알알이 박힌 과육을 한입 물고 인상을 구긴다.

잘못 걸린 건가?

이다지도 맛이 없을 줄이야. 어깨로 한숨을 쉬며 뒤를 돌아본다.

용과는 아직 아홉 상자나 남아 있었다.

9

이른 오후. 주방을 정리하고 나온 정단이 정원에 물을 준다. 스프링클러가 돌아가고 있었지만, 직접 호스를 잡은 것은 엊그제 문 씨 아저씨가 심어주고 간 모종 때문이었다.

성북동 정원을 관리하고 있는 문 씨는 병충해를 잡기 위해 들렀으나 정단이 관심을 가진 것은 차 한구석에 실려 온 토마토였다. 문 씨가 자신의 집 베란다에서 키울 요량으로 농원에서 가져온 것이다.

정단은 그 파란 이파리에서 눈을 떼지 못했다. 아직 엄마가 살아 계실 적 작은 스티로폼 상자에 담아 키우던 토마토가 생각났다. 빨갛게 익을 때면 할머니 한 알, 엄마 한 알, 정단 한 알. 궁핍한 처지를 알았는지 물만 주면 쑥쑥 자라는 것은 이른 여름부터 탱탱한 과실을 먹게 해주었다. 없는 살림에 그것은 꽤나 값진 간식거리였다.

그 사실을 깨달은 정단과 엄마는 봄마다 모종을 심었다. 정단이 중학생이었던 15살부터 19살까지. 그러나 엄마가 돌아가시던 해 그것은 노란 꽃을 매단 채 시들어 버렸다. 잦은 구토로 병원을 찾은 엄마가 암 진단을 받은 해였다. 정단도, 할머니도 말라 죽어 있는 그것을 돌아볼 여유는 없었다. 마른 가지로 얼어붙어 있는 것이 눈에 들어온 것은 엄마의 장례를 치르고 돌아온 추운 겨울날이었다.

그것을 모르는 문 씨는 정단을 보며 빙긋이 웃고는 정원 한쪽에 토마토 세 모를 심었다. 보통 자신의 일에는 관심을 두지 않는 다른 사모님들과 달리 내내 곁에서 집중하고 있는 작은사모님이 여간 기특한 게 아니었다. 토마토 따위라니, 정원목의 조화를 중요시 여기는 큰마님이 본다면 기겁할 일이었지만, 조금쯤은 괜찮겠지. 문 씨는 반송에 가려 잘 보이지 않는 귀퉁이에 모종을 심고 비료를 덜어 두었다.

사빈이 출장 간 동안이었다. 기간은 닷새. 그사이 쑥쑥 자란 초록은 당당히 정원 한쪽에 자리를 잡았다.

흙이 파이지 않게 약하게 물을 뿌리던 정단이 하늘을 올려다봤다. 비행기가 보일 리 없었다.

영국이라……. 한 덩이 떠가는 구름을 바라보며 시간을 가늠해 본다. 오전 비행기라고는 했지만, 집으로 바로 오지는 않을 거야. 사빈이 언제 돌아올까 눈을 굴리며, 물줄기가 만드는 옅은 무지개를 구경한다.

왠지 맑은 햇살이 슬펐다. 한가로운 시간이 슬픔을 기억나게 했다. 여기저기 물을 흩뿌리며 무지개를 만들던 손이 힘없이 아래로 떨어진다. 솜털이 보송보송한 토마토 잎을 보니 엄마가, 할머니가 생각났다. 보고 싶다.

땅으로 흩어진 물 분자가 다리를 적신다. 검은 웅덩이가 점점 커지며 연노란색 운동화를 흙색으로 물들였다. 물이 분사되는 소리에 다른 소리가 섞여든 것은 그것이 아주 가까워졌을 때였다. 바퀴 소리와 함께 들려온 인기척에 정단이 고개를 돌렸다. 누군가 정원 입구로 갈라지는 돌길에서 정단을 빤히 바라보고 있었다.

사빈이었다.

"가방은 어디에 둘까요?"

정 대리의 목소리가 들렸다. 정단을 향했던 시선이 잠시 옮겨갔지만 금세 다시 고개를 돌린 사빈은 심드렁하게 답했다.

"거실. 아무 데나."

그의 말에 냉큼 가방을 들어 올린 정 대리는 회양목 사이의 정단에게 꾸벅 인사를 하고 걸음을 옮겼다. 이제 정원에는 정단과 사빈만 어색하게 남겨져 있다.

마중할 타이밍을 놓친 정단은 그저 서 있었다. 바로 올 줄이야. 아무런 준비도 하지 않은 것이 난처했다. 그때 '질척'. 정단이 있는 울타리 사이로 한 발을 들이던 사빈이 아래를 쳐다본다. 그와 함께 시선을 내린 정단이 서둘러 물을 잠그지만, 바짝 날이 선 검은 구두가 얼룩졌다. 어째 자신이 그의 구두를 망친 것 같아 정단은 당황스러운데, 자신의 발아래를 내려다본 사빈이 고개를 들었다.

물이 뚝뚝 떨어지고 있는 정단의 손을 쳐다본다. 운동화까지 젖은 다리를 보고 정원을 한 번 둘러본다. 봄이라지만 물이 아직 찼다. 뭐가 급해 호스까지 꺼냈나 주위를 찾아보나 마땅한 게 없었다.

정단의 손을 잡고 정원에서 나온다. 돌아오는 날인 줄 알면서 어디 간 거야, 시근덕거렸던 마음은 쓸데없는 짓을 하고 있었던 것에 조금도 나아지지 않았다. 손으로 헤치고 나온 오죽이 검게 흔들렸다.

"그럼 들어가 보겠습니다, 이사님. 편히 쉬십시오."

짐을 올리고 나오던 정 대리와 마주치지만 고개만 까딱할 뿐이다. 젖은 손의 차가움을 참을 수 없었다.

"씻고 나와."

침실 안쪽 욕실로 들여보내며 말한다.

더럽다는 뜻은 아니었다. 몸을 따뜻하게 하고 나오란 말이었다. 알아들었는지 못 알아들었는지 고개를 주억거리는 정단의 손을 놓고 자신은 2층 욕실로 올라가는데, 정단은 알아듣지 못한 게 분명했다. 여유를 주려 부러 천천히 내려온 그 앞에 물기 흐르는 머리를 묶어 올린 정단이 서 있었다.

"늦게 오실 줄 알고……."

일찍 올 줄 알았으면 무얼 하려고. 조금 전, 도어벨의 무반응에는 기분이 상했으면서 면목 없어하는 얼굴은 또 싫다.

"점심은."

"먹었…… 어요."

뭐가 그리 어려울까. 쭈뼛쭈뼛 서 있는 정단을 두고 주방으로 들어간다. 정 대리가 스툴에 놓고 간 종이백을 건넨다.

"내 취향이야. 연구해."

눈도 입도 고급인 정 대리 입에 맞다는 것을 공항에서부터 사온 샌드위치였다. 계면쩍음에 나간 소리는 괜한 말이었으나, 그 속을 정단이 알 리 없었다.

접시를 가져다 샌드위치를 맛보는 태도가 진지하다. 양상추 한 장, 크림치즈 한 겹을 분석한다. 한입 베어 물다 빵 사이를 확인하고 샐러드 소스에 섞인 땅콩 한 알, 유자조각 하나를 놓치지 않는다.

정단에겐 그것이 최선이었다. 자신에 비한다면 모든 것을 가진 사빈에서 해줄 수 있는 건 많지 않으니까. 무엇이든 온 힘을 다한다.

하지만 그런 것이 사빈은 달갑지 않았다. 엄숙하게 입으로 가져다 대는 샌드위치를 잡는다.

"맛, 있어?"

정단은 단호하게 고개를 끄덕이나, 어렸을 때부터 단련된 눈치는 날카로웠다.

"표정은 아닌데?"

눈을 접으며 노려본다. 정단은 목구멍에 뭉쳐 있던 빵조각을 꿀떡 넘기며 고개를 저었다.

그러나 사실 맛은 중요치 않았다. 그의 취향이라니 맛있을 게 당연했다. 정단에겐 그것을 완벽히 재현해 내야 할 의무가 있었다.

사빈의 진심은 오도되고 말았다. 부적합한 단어를 활용한 그의 잘못이었다. 뒤늦은 깨달음에 인상을 구기며 일어난다.

"뭐 필요하세요?"

"물."

꼬인 상황에 퉁명스러운 목소리가 나와 버렸다.

"나도 따를 수 있어."

따라 일어나는 정단에게 말한다.

맛은 아무것도 모르겠다는 얼굴이 자신 때문인가 싶었다. '맛있게 먹기나 하라고'라는 말은 하지 못한 채 주방에 들어와 정 대리의 입맛을 의심한다. 그 녀석, 너무 마니악한 거 아니야? 물잔을 들고 냉장고 앞을 오가며 고민에 빠진다. 그러다 슬쩍 고개를 내밀어 거실을 훔쳐본다. 꽤 떨어진 거리를 사이에 두고 오물오물 먹고 있는 모습이 보인다. 단정한 뒤태로는 맛있게 먹고 있는지 무미건조한 섭취 중인지 알 수 없다.

탄산수 한 병을 꺼내 나간다. 정단 앞에 내려놓는다. 그래도 아주 못 먹을 것은 아니었나 보다. 샐러드만 조금 남아 있는 것에 기분이 좋아진다. 여전히 맛에 골몰해 있는 정단의 입가에 묻은 빵 부스러기를 떼어준다. 그답지 않게 돌보는 손길이다.

그제야 정단의 시선이 돌아왔다. 가운데로 몰린 두 눈이 빵조각을 집은 그의 손가락을 주시하더니 정색을 하며 얼굴을 굳힌다. 또 모르는 남자 대하듯 서먹서먹하게 군다. 그 어색함에 사빈까지 굳어버렸다.

뭐, 사실 정단이 그러는 건 어제오늘의 일이 아니었다. 잘 자고 일어나 옆에 누워 있는 사빈을 보고 화들짝 놀란 게 한두 번이 아니니까. 새삼 놀라 하는 것이 신기할 따름. 그럴 때마다 사빈은 모르는 척 눈을 감고 있었지만 오늘은 이상했다.

왜 그까지 어색해지는 걸까. 며칠 떨어져 있었기 때문인가? 뻣뻣하게 고개를 돌린다. 정단도 따라서 고개를 돌리고 부자연스러운 침묵이 이어진다.

"회사 안 들어가셔도 돼요?"

목을 가다듬은 정단이 묻는데, 사빈이 묘하게 긴장한다.

"뭐, 오늘은."

책을 읽는 것처럼 단조롭게 대답한다.

어깨 위 공기가 무겁다 느껴질 정도로 고요했다. 무소음 시계의 초침 소리가 들리는 것 같았다.

"가방…… 정리하고 올게요."

결국 먼저 도망친 것은 정단이다. 샌드위치 접시를 들고 일어나는 정단을 사빈은 눈으로만 좇았다.

돌돌돌. 두 개의 캐리어를 끌고 방으로 들어간다. 짐을 옮겨줄까도 싶었지만, 애써 피해 들어가는 것이니 그냥 두는 게 좋았다. 어차피 조심해야 할 만큼 중요한 물건도 없었다. 말 그대로의 출장은 아니었으니까. 출장지가 영국이었던 것은 류 회장의 출국 흔적이 남은 마지막 행적지였기 때문.

괜한 걸음이라는 걸 알면서도 다녀와야 했다. 빠듯한 일정 중 겨우 시간을 냈지만 류 회장이 어디에 있는지는 알아내지 못했다. 서유럽 내 다른 나라로 갔는지도 알 수 없는 일이었다. 잠적이라는 걸한 만큼 아마 한동안은 찾기 힘들 것이었다.

그러다 문득 짐 안에 챙겨온 것이 생각나 몸이 들썩하지만, 쫓아 들어가는 것을 포기한 채 소파에 기대앉는다. 벌써 물건은 다 꺼냈을 것이다. 쿠션에 몸을 묻었다 2층으로 올라간다. 영사기가 있는 방으로 들어가 필름은 돌리지 않고 반응을 기다린다. 곧 찾아 올라오는 소리를 기다리는데, 아무런 기척이 없다. 하릴없이 전원만 켰다 껐다, 쌓여 있는 필름만 뒤적인다.

기다리다 지쳐 내려온 것은 어두운 방에서 잠깐 기대 있는다는 것이 눈을 붙인 다음이다. 정말 잠깐이었는지 밖은 아직 밝았다.

거실로 내려오니 주방에서 움직임이 들려온다. 침실을 슬쩍 들여다보니 짐정리는 다 끝났다. 세탁물까지 말끔히 정리하고 저녁을 준비하는 모양이다. 그런데 왜 아무 말이 없지? 턱을 문지르며 서재로 들어간다.

별게 아니긴 했다. 형 사혁이 결혼 후 첫 출장에서 들고 온 것은 영국 고성의 방 하나였다. 독실한 가톨릭 신자인 형수를 위해 스테인드글라스로 장식된 기도실 전체를 뜯어 갖고 왔다. 그 얘기를 들은 막내의 부인은 남편에게 유럽식 정원을 갖고 싶다는 요구를 했고, 덕분에 사영은 이탈리아에서 천연 대리석으로 만들어진 큐피드 분수대를 뽑아와야 했다. 그때엔 코웃음을 흘린 사빈이지만, 지금은 자신도 뭔가 하나 뽑아왔어야 했나 후회하는 중이다.

책상 위에 놓인 검은색 포장상자를 들고 허탈하게 쳐다본다. 서류 파일과 함께 조심스럽게 올려져 있는 것이 제 것이라고는 조금도 생각지 않은 모양새다. 이 나이에 어머니 선물이라도 사왔을까봐? 분가한 남자 형제 선물이라도? 그렇지 않으면 이런 작은 선물 따위는 보이지도 않는다는 항의? 이런저런 생각을 하며 다시 주방으로 나와 조분조분 움직이고 있는 정단을 바라보고 선다.

허리를 가로질러 묶은 앞치마 매듭이 오늘도 완벽한 나비 모양이다. 왠지 풀러보고 싶어지는 모양인데, 기척을 느낀 정단이 뒤를 돌아본다.

"시장하세요?"

사빈은 아무 말 없이 검은색 상자를 자신의 팔에 톡톡 두들겼다. 몸을 세우고 주방 안으로 들어간다.

"풀어봐."

정말 몰랐던 눈치다.

어쩌시라는 건지. 이번에도 과제를 수행하는 표정으로 선물을 받아 든다. 사빈의 얼굴을 살피며 갈색 리본 끝을 잡아당기다 허락을 구하는 것처럼 다시 사빈을 쳐다본다. 사빈은 어서 열어보라는 듯 고개를 끄덕였다.

우아한 로고가 휘감긴 케이스 안에는 담황색 장갑이 들어 있었다.

"장갑…… 이에요."

아직도 그것이 자신의 것이라고는 생각지 못하고 상자째 들어 보이며 말한다. 보고를 하는 것 같다. 보다 못한 사빈이 장갑을 집어 들었다.

"낀 채로 신문도 볼 수 있다는 장갑이지. 동전도 셀 수 있어."

겨울도 다 지난 마당에 장갑은 왜? 라는 표정의 정단에게 끼워주며 말한다. 반쯤 웃는 목소리 속에 싱글거림이 느껴졌다.

"처음엔 좀 꽉 끼지만 지금은 불편해도 손에 맞게 늘어날 거야."

사빈을 피해 허리를 뒤로 빼고 멀뚱히 바라보던 정단은 손을 이리저리 돌려보며 손가락을 구부려 본다. 꽉 조이는 가죽 아래 포근한 감촉이 손을 감쌌다. 보송보송한 느낌이 좋았다.

노란빛이 감도는 페커리장갑은 정단에게 꽤 잘 어울렸다. 멧돼지 비슷한 동물의 가죽이라는 것은 말하지 않는 게 좋겠지. 그래도 발그레 붉어진 볼을 보니 바쁜 틈에 매장까지 방문한 것이 괜한 짓은 아니었다. 류 회장에 대해서는 별 소득이 없었던 영국행이나, 아예 아무것도 건지지 못한 건 아닌 듯하다. 말은 없어도 손등을 쓰다듬는 손길이 나긋나긋. 마음에 드는 눈치다. 사빈의 눈에도 안도의 빛이 스친다.

"안이 따뜻해요."

정단은 두 손을 마주 잡으며 중얼거렸다.

아빠가 사준 크레파스. 이제 그것을 잰 체 자랑하던 친구의 기분을 알 것 같았다. 말하고 싶고, 자랑하고 싶어 참을 수 없는 간지러움. 뱃속이 묵직하고 입술이 간질간질, 바르르 떨린다. 발아래가 두둥실 떠오를 듯 말랑말랑하다.

"불편한가?"

사빈이 확인하듯 손을 잡아왔다. 손가락 마디마디를 눌러보며 묻는 것에 정단은 살짝 고개를 저었다. 그가 잡은 손이 간지러워 저도 모르게 고개를 숙이는데 사빈의 입새로 곤란한 한숨이 새어 나온다.

겨울은 벌써 지나 있었지만 정단의 손은 언제나 차가웠다. 빨간 손끝을 소매 끝에 감추고 접근을 허락하지 않았다. 지금도 그저 손을 잡았을 뿐인데, 푹 숙인 고개를 들지 못한다. 장갑을 사이에 두고서도 말이다.

안타까운 마음에 손을 놓아주어도 얼굴을 보여주지 않는다.

"부드러워요."

박음선을 매만지며 그가 아닌 장갑에게 말한다.

그와 눈을 마주할 수는 없었다. 가끔 보이는 그의 이런 다정함이 무서웠다. 남아 있는 양심을 잡아 비튼다.

"올해는 못 쓰겠다, 벌써 봄이니까."

그렇게 말하며 장갑을 잡은 손에 힘을 준다. 저린 손끝을 감춘다.

사빈과 정단이 함께 지낸 첫 번째 겨울은 저만큼 멀어져 있었다.

다음날. 출근한 사빈은 난감한 표정으로 자신의 자리를 바라본다. 파일이 가득 쌓인 책상은 원래의 높이보다 한참 올라가 있었다.

영국 출장의 여파였다. 며칠간 밀린 일이 고스란히 남아 있었다. 성묵도 대신할 수 없는 일이었다.

"몇 명이나 되지?"

강원도 펜션 단지 설계를 직접 뽑겠다 한 것은 그였다.

"1차 선별로 남은 참가자가 모두 쉰두 명입니다, 이사님."

제출자 명단을 정리한 정 대리가 답했다.

"언제까지 연락 주기로 했지?"

"목요일까지입니다."

오늘이 화요일. 적어도 모레 점심까지는 끝내야 한다는 얘기다.

"그렇게 닷새는 무리라고 하지 않았습니까."

갑작스러운 출장으로 꽉 찬 사빈의 일정을 조정해야 했던 정 대리가 투덜거렸다. 더하여 어제 오후 혼자 비서실을 지켜야 했던 것도 충격이었다. 공항에서 집으로 간 것은 이해한다 쳐도 예정에도 없는 공백을 만들어놓고 회사로 돌아오지 않을 줄이야.

"어제도 안 들어오시고."

말이야 바른말이었으나 제대로 된 말을 하고도 사빈의 눈치를 본다. 사빈이 그 입 다물지, 라는 눈으로 바라보고 있었다.

"인터뷰는 이번 주 내로 하도록 하지."

이내 파일로 시선을 옮긴 사빈은 여전히 불편한 심기를 드러냈지만 정 대리도 지지 않고 대꾸했다.

"네. 일단 명단을 주시면요."

사빈이 면접 대상을 선별하는 게 일이지 면접을 준비하는 거야 아무것도 아니라는 뜻이었다. 의미를 눈치챈 가느다란 눈이 그를 노려보는 듯했지만 새침한 표정을 지은 그는 이사실을 나갔다.

더는 지체할 시간이 없는 사빈도 얼른 책상에 얼굴을 묻었다. 쌓여 있는 파일을 하나하나 줄여갔다. 점심도 도시락으로 때우고 도면에 집중한다. 비죽 얼굴을 보인 성묵도 상대하는 둥 마는 둥, 서류 거르기에 몰두한다. 여느 때와 같은 밤샘인가, 정 대리는 한숨을 쉰다. 어깨를 돌리며 각오를 다진다. 그러나 자리를 정리한 사빈이 그를 호출한 것은 7시가 조금 지난 때였다.

"정 대리, 남은 거 차에 실으세요."

그가 들어가자 사빈은 서류상자 하나를 가슴에 안고 있었다. 그걸 왜, 라고 묻고 싶었지만, 입에서 움찔거리던 물음은 곧 이어진 말에 묻혔다.

"그리고 퇴근하세요."

무슨 소리란 말인가. 이틀 밤낮을 달려도 모자랄 판에 퇴근이라니!

"싫으면 계속 있든가."

저도 모르게 미간을 찌푸린 모양이다. 사빈의 말에 퍼뜩 정신을 차린다.

"집으로 가십니까?"

못 믿겠다는 물음에 사빈은 째려보는 눈으로 돌아봤다.

어쩔 수 없는 의심이었다. 그가 결혼할 무렵, 회사 안은 그의 결혼으로 말이 많았다. 그들끼리의 정략결혼. 그리고 꼬리를 문 불화설. 한창 신혼인 남자가 회사를 배회하고 있으니 그럴 만도 했다.

최측근으로서 그의 일정을 관리한 정 대리야말로 제일 잘 아는 사실이었다. 이따금씩 사모님도 참 심심하시겠군, 걱정을 했으니까.

하지만 막상 새신랑 기분을 내는 사빈을 보니 약이 올랐다. 야근은 기본이요, 주말에도 사람을 달달 볶아치더니 이젠 콧노래를 부르며 칼퇴근을 하시겠다? 그간 98%의 비율로 실행된 야근의 고단함을 달래준 것은 높은 수당이었으나, 그 돈을 쓸 시간도 없는 비극적 상황에 무의미함을 느끼던 참이다. 내심 취미생활을 하고 싶던 차였다. 그런 의미에서 사빈의 이른 퇴근은 어깨춤이 절로 나오는 일이었지만, 아침부터 야근을 각오한 자신의 결의가 억울했다.

그러거나 말거나 사빈의 차는 그를 두고 떠났다. 그 뒤에 남겨진 정 대리는 소매를 걷어붙인 자신의 팔을 내려다본다. 겉옷은 비서실에 고이 모셔두고 나온 채였다. 왠지 모르게 억울하고 서러운 그는 한참을 주차장에 서 있었지만, 정단의 마중을 고대하는 사빈이 그의 마음을 헤아려 줄 리 없었다.

"오셨어요?"

차분한 정단의 목소리는 언제 들어도 좋았다. 집 안으로 들어서는 사빈은 늘어지는 입술 끝을 애써 감췄다.

잘못된 것은 그 뒤에 붙은 잡음이었다.

"왔어요, 형?"

문 앞에 서 있는 정단 뒤로 검은 셔츠의 성훈이 얼굴을 내민다.

"못 보고 가는 줄 알았어요."

사빈은 고개를 갸웃했다. '너는 누구냐' 묻는 듯했다.

"에이, 형. 놀러 오라면서요."

"학원에 있을 시간일 텐데?"

별로 반가워하지 않는 목소리가 사빈의 입술을 비집고 나왔다. 정단이 주방으로 들어가는 것을 눈으로 좇으며 묻는다.

"가끔은 쉬어줘야죠."

사빈의 달갑지 않은 기운에도 아랑곳하지 않고 샐쭉 웃은 그는 사빈을 따라 바Bar에 앉았다. 검은색 긴 대리석 위에는 떡볶이 접시가 놓여 있었다. 이제 막 먹기 시작한 모양. 아직 김이 나고 있는 떡볶이를 사빈은 차가운 눈으로 바라보지만, 그 불쾌한 기색이 성훈에게까지 드러나진 않는다.

애초 사빈은 스무 살이 넘도록 소년 티를 벗지 못한 이 외사촌이 마음에 들지 않았다. 음악을 하겠다 설치다 올해 재수학원에 들어간 사촌은 작은이모의 아들이었다. 나이 차이가 많다 보니 얼굴을 본 것도 손에 꼽을 정도. 형수가 조카를 낳던 날, 병원에서 만난 것이 몇 년 만인지 기억도 나지 않는다. 단식수행을 위해 인도에 간다든지, 득음을 하겠다며 폭포 아래서 굉음을 지르다 익사 직전 구출된다든지 하는 기이한 행각을 벌이는 사촌에게 관심을 둘 이유는 없었다. 하지만 고백하듯 쑥스러운 중얼거림에는 눈썹이 꿈틀 움직였다.

"뭐, 형수도 다시 보고 싶었고."

사빈은 정단에게까지 들렸을까 정단을 쳐다봤다. 이유 없는 초조함에 짜증이 스몄다. 괜히 좋은 사람 놀이를 했나 보다. 애초 얼씬도 못하게 할 것을. 놀러 와도 되냐는 물음에 고개를 끄덕인 것이 실수였다. 그냥 해본 말이겠거니, 귀찮기도 했고 신경도 쓰지 않았다. 정단에 대한 관심을 느끼지 못했기 때문이다. 아무래도 그의 어린 사촌은 자신의 사교장에 정단을 끼워 넣고 싶은 눈치다. 다행히 정단이 있는 곳은 불이 튀는 팬 소리로 요란했다.

정단은 긴 나무젓가락을 연신 저어대고 있었다. 뭘 저렇게 만들까, 미간을 찌푸린 사빈이 다시 성훈을 돌아봤을 때, 성훈은 그런 정단을 턱을 괸 채 바라보고 있었다.

사빈은 기분 나쁜 낯빛으로 성훈과 정단을 번갈아 쳐다봤다. 대체 언제부터 이러고 있었던 거야.

"밥은 집에 가서 먹지?"

유치한 말이 튀어나오지만 성훈은 농담으로 받아친다.

"밥 먹는 거 아냐. 떡볶이 먹는 거지."

"집에서 떡볶이 사 먹을 돈도 안 주나 보지?"

사빈은 예고도 없이 들이닥친 사촌이 마음에 들지 않아 트집만 잡고 있었다.

"에이~ 사 먹는 거는 아니지. 궁중떡볶이인데."

성훈은 쫄깃하고 통통해 보이는 떡볶이 하나를 포크에 찍어 올리며 말했다.

"형도 먹어봐. 형수가 얼마나 맛있게 했는데?"

어느 순간부터 말도 짧아졌다. 언제부터 형, 동생 하며 살갑게 지냈다고. 사빈이 풍기는 언짢은 심기를 모르는 것인지, 아니면 무시하는 것인지 떡볶이를 한입에 덥석 무는 표정은 해맑았다.

"형수님! 그거, 그거!"

이리 당당하게 정단을 불러대는 것을 보면 사빈을 무시하는 게 맞는지도 몰랐다.

"조금만 드세요, 식전이니까."

정단은 성훈 앞에 물잔을 놓았다. 투명한 액체 속에 기포가 솟아오르는 것을 보면 정단이 좋아하는 탄산수가 분명했다.

"역시 떡볶이엔 탄산이지!"

성훈은 맥주 마시듯 '크하—!' 하고 들이켰다. 정단은 그런 성훈을 어린 동생 보듯 보며 서 있었다.

다시 한 번 사빈의 눈썹이 꿈틀, 움직인다. 어느덧 정단과 성훈 사이에는 광천수로 통하는 공감대가 형성되어 있었다.

"그만 먹고 식사하세요. 배 다 차겠어요."

또 한 점, 떡볶이를 찌르는 성훈에게 정단은 다정하게 말했다. 밥까지 먹여 보낼 참이라고? 사빈의 얼굴은 이제 미간뿐 아니라 턱까지 굳었지만, 돌아서 불고기를 담아내는 접시는 한가득이다. 떡볶이 냄새에 가린 식탁 위는 벌써 성훈과 사빈을 맞을 만반의 태세를 갖추고 있었다. 사빈으로서는 더 이상 성훈을 쫓아낼 구실이 없다. 저녁까지만이라고 체념하며 자리에 앉는다. 하지만 성훈이 정단 옆에 앉는 것을 보며 또다시 눈썹이 조여든다.

언제나 정단과 사빈이 앉는 자리는 여섯 개의 의자 중 중간의 마주 보는 쌍. 하필 나란히 세팅된 자리가 사빈의 반대편이었다. 그가 먼저 앉자 성훈은 자연스럽게 수저가 나란히 놓여 있는 정단의 옆에 앉는다.

"형수님, 고기가 반짝여요!"

눈치 없는 목소리가 거슬리나 성훈은 그저 남은 자리에 앉았을 뿐이다. 먼저 자리에 앉은 것은 사빈 자신이었으니 눈치를 줄 명목이 없다. 곱지 않은 시선을 거둘 수밖에. 그래도 자꾸 붙어 앉은 두 사람에게 신경이 가는 것을 어쩌지 못한다.

새삼 정단과의 나이 차를 생각하게 하는 그림이다. 창백한 얼굴은 그와 비슷했지만 앳된 티가 확연한 성훈은 그와 다른 남자였다. 보고 있자니 여동생이 데려온 남자를 마주하고 있는 기분이다.

쓸쓸함에 밥알이 곤두선다. 젓가락이 접시 위를 겉돈다. 혼자 서두른다고 되는 일은 아니나 빨리 돌려보내야겠다는 생각에 되지도 않는 젓가락질을 빨리하는데, 맨밥만 밀어 넣던 손이 멈춘다.

"근데 형수, 대학 안 갔다면서요?"

순간 정단의 얼굴도 싸늘하게 굳었다.

"……"

사빈과 눈을 마주치지 못하고 고개를 숙인다.

"소문…… 났나 보네."

아무렇지 않은 척 대꾸하지만 목소리 끝이 떨렸다. 젓가락을 고쳐 잡으며 동요를 감춘다.

그러나 성훈에게는 정단이 왜 대학에 못 갔는지는 중요치 않았다.

"그럼 나랑 같이 학원 다니자. 우리 학원 빡세지 않고 좋아. 거기선 형수라고 부르며 안 되겠지?"

궁금해하지도 않는다. 그저 자신과 같은 처지라는 것에 신이 난 모양, 입안 가득 버섯을 물고 웅얼거린다. 정단의 관심이 있는 것도, 사빈의 허락이 떨어진 것도 아닌데 저 혼자 곤란해하다 좋은 생각이 난 것처럼 머리 위로 시선을 올렸다 정단을 쳐다본다.

"누나라고 해야겠다."

정단의 얼굴로 난처한 빛이 스민다.

"형수도 도련님이라고 부르면 안 돼요."

정단의 눈이 사빈과 성훈 사이를 불안하게 오가지만, 사빈의 젓가락질은 조금 전과 달리 느긋해졌다. 연어를 입에 넣으며 말한다.

"성북동 이모 허락 받아 오든지."

직구였다. 성훈이 얼굴을 찡그린다. 천방지축 성훈이라 해도 진 여사와의 대면은 고개를 저을 일이다. 벽창호 작은이모를 상대하는 것은 불가능했다.

"자신 없으면 학원이나 가지? 얹히기 싫으면."

생각만 해도 속이 막혔다. 음악을 하던 시절, 성훈은 성북동 이모의 눈빛을 잊지 못한다. 뜯어말리는 어머니와 달리 훈계 한마디 없던 진 여사는 '천박하기는' 하는 눈으로 그를 훑어볼 뿐이었다. 쓸데없는 것에는 말 한마디 보탤 필요도 느끼지 않는 그의 이모는 이번에도 노골적으로 없는 사람 취급일 것이 뻔했다.

"학원…… 가야지. 갈 거야."

탄산수로 메이는 목을 달랜 성훈은 조용히 일어날 수밖에 없었다. 그전에 해야 할 일이 있었지만.

사빈은 무거운 파일박스가 그대로 실려 있는 차로 성훈을 데리고 갔다.

"밥값은 하고 가야지."

밥값치곤 싼 편이었다.

"어머니께 안부 전해 드리고."

기별 없이 왔던 성훈은 그렇게 쫓겨갔다. 평생 결혼식에서나 한번 보고 말 줄 알았던 사촌의 뒤를, 사빈은 별 섭섭지 않은 눈으로 주시했다. 그리고 씁쓸한 표정으로 돌아섰다.

"왜 연락 안 했어?"

들어와 정단을 추궁한다. 그릇을 정리하던 정단이 돌아봤다.

"미리 알았나?"

고개를 젓는 얼굴이 난감하다.

정단도 알고 있던 상황이 아니다. 성훈이 도어벨을 눌렀을 때에는 자신도 놀랐다. 모니터에 비치는 얼굴이 누군지도 잘 기억나지 않았다. 한 살 차이 시사촌을 알아본 것은 그가 한참이나 자신을 설명한 다음이었다.

그런 그를 돌려보낼 수는 없었다. 시댁식구의 방문을 반기지 않는 듯 보일까 사빈에게 연락하는 것도 망설였다. 회사로 전화를 돌린 시점은 이미 퇴근한 후였다. 곧 오겠구나, 핸드폰으로 전화하는 것도 아니다 싶었지만 경솔한 생각이었다. 정단에게 성훈은 낯선 사람, 사빈 외의 남자였다.

"정 대리님이 퇴근하셨다고 알려주셨어요. 곧 들어오실 테니까 전화는 따로 안 했는데."

시댁식구를 반긴 것으로 정단이 비난받을 이유는 없었다. 화가 난 것은 정단 때문이 아니다. 정단 옆에 있는 성훈 때문이었다. 나란히 서 있는 다른 남자.

초조하고 당혹스러웠다. 짜증스러우면서 아뜩했다. 무엇보다 불쾌한 것은 이렇게나 도발당한 자신 때문이었다.

"잘못했다는 게 아냐."

괜스레 주눅 들어 서 있는 정단에게 말한다. 성훈이 대학 운운하던 것을 떠올리니 다시 위가 굳는 것 같았다. 은정이 처음 그 말을 꺼냈을 때와 같은 위협을 느끼게 하고 싶지 않았다. 다행히 성훈의 머릿속은 그들과 달랐으나, 그것은 그것대로 문제였다.

학원? 누나?

빈 웃음이 나온다.

버릇없기는.

"다음엔 먼저 알려. 다시 올 일은 없겠지만."

벌을 서는 것처럼 주방을 정리하다 말고 서 있는 정단에게서 뾰족한 눈을 거둔다. 이유도 모르고 추궁당한 정단을 남겨두고 파일이 쌓여 있는 서재로 올라간다.

수능에 입시라······.

한 번도 생각해 본 적 없는 문제였다. 정단이 대학을 졸업했느냐는 그에게 중요지 않았으니까. 하지만 정단에겐 다르겠군. 너무 가볍게 생각했어. 사빈은 곰곰이 정단의 학업에 대해 생각하며 계단을 올라갔다.

그러나 성훈과 같이 학원에 보낼 생각은 없다. 과외선생을 붙이고 말지, 학원에 보낸다고?

덕분에 어렵지 않게 밤을 샐 수 있었다. 정단을 부르던 성훈의 목소리가 짜증스러울 정도로 귀에 남았다. 몇 번이나 파일을 거칠게 덮어도 화는 사그라지지 않았다.

"인터뷰는 토요일로 하지."

의기양양하게 정 대리에게 도면 파일을 넘기면서도 사빈의 기분은 썩 좋지 않았다.

"다섯인가요?"

정 대리는 혹시나 고문들이 내놓은 평가와 비교한다. 하루 사이 결정하기 어려운 일이었을 텐데 취향이 더해졌을 뿐 큰 차이는 보이지 않았다.

무책임하게 자리를 비웠다 핀잔은 줬지만, 뭐, 놀랄 일은 아니었다. 가끔씩 드러내는 독단을 인정하는 것은 그의 이런 성실함 때문이니까.

"명단 비교해서 통보하겠습니다."

주말 출근이 확실시되는 상황은 별로였으나 정 대리는 다시 한번 파일을 확인했다.

그리고 토요일. 그날이 왔다.

사빈이 선택한 설계자 중 마지막이었다. 들어온 여자는 데스크 위를 바라보며 읊조렸다.

"성…… 이사님?"

사빈의 이름이 새겨진 명패.

"성사빈 이사님?"

의외라는 듯 웃는 목소리에 사빈도 고개를 들었다.

그녀였다. 그의 앞에서 고개를 갸웃하며 빙긋 웃고 있는 여자는 사빈의 그녀, 채영이었다.

10

"잘 지냈어?"

채영이 인사를 건넨다. 조금의 어색함도 없다. 그동안의 시간이 거짓이었던 것처럼 달라진 게 없다. 입술을 늘이지 않아도 웃는 얼굴에, 어디에 있어도 양지의 냄새가 나는 따뜻한 갈색 머리. 부드럽게 구불거리는 머리칼이 창으로 투과해 들어오는 햇살에 반짝인다. 정말 그대로다. 그래서일까.

"그런 것 같지?"

사빈도 담담했다.

너무 오랜 시간이 지나서인지 모르겠다. 상상했던 것과 달랐다. 화가 나지도, 놀라지도 않는 자신에 사빈도 놀랐다.

마치 어제 헤어진 사람을 오늘 만나는 것처럼 아무렇지가 않다. 모든 게 멈추어 버렸다. 그 많던 질문도, 하고 싶던 말도 사라졌다.

묘한 정적만이 남았다.

정 대리가 있는 것도 잊었다. 보통의 사이가 아니라는 것은 그도 알 만한 분위기였다. 그 속에 섞인 위화감도 감지할 수 있을 정도의 것이다.

조심스럽게 채영과 사빈을 번갈아 쳐다본다. 자리를 비켜야 할 타이밍을 가늠해 보지만 사빈의 얼굴에서는 아무것도 읽을 수가 없다. 금세 사무적으로 돌아와 말한다.

"인터뷰 끝났습니다, 정 대리."

질문 하나 던지지 않고 파일을 덮는다.

"정채영 씨? 가도 됩니다."

토를 달 수 없는 단호함이다.

"이사님?"

상황을 따라가기 힘든 건 정 대리뿐이었다. 채영도 놀란 기색이 아니다. 예의 미소로 입술을 늘인다. 유감이라는 표정을 짓는다.

"네, 그러죠."

굳이 오늘일 필요는 없었다. 마지막이 아니니까. 자신이 돌아온 이상 자신을 외면하지 못할 것을 그녀는 알고 있었다.

"그럼, 다음에."

늘어뜨린 핸드백을 고쳐 메며 돌아선다.

"최종연락은 다음 주 내로 갈 겁니다. 비서실에서 일정 알려 드릴 거고요."

자리에는 앉아보지도 못한 채영에게는 필요 없는 설명이었으나 따라 나온 정 대리가 말했다.

"인터뷰도 못했는걸요?"

되려 채영이 안쓰러운 미소를 보였다.

"괜찮아요, 익숙하니까."

그런 채영을 정 대리는 기묘하게 쳐다봤다. 문을 열고 나가는 단정한 뒷모습이 찜찜함을 남겼다.

익숙하다? 누구한테?

기분이 좋지 않았다. 은연중 사빈과의 관계를 드러낸 것이 의도적인지 아닌지 알 수 없다. 은근히 흘리고 간 말이 앞으로에 대한 선전포고 같았다. 정단을 알고 있는 정 대리로서는 유쾌할 수 없는 일이다.

사빈도 서류를 보며 표정을 굳히고 있었다.

빌어먹을 블라인드. 춘천 사옥 증축 비리가 불거진 이후, 본사에서 내려온 사칙이었다. 어차피 현장 설계만 보고 뽑겠다, 이력을 보지 않아도 상관없다 생각했던 것이 잘못이었다.

그 정채영이 나타날 것이라고는 생각하지 못했으니까. 이런 식으로는 더더욱.

갑자기 사라진 건 그녀였다. 찾아도 나타나지 않았던 것도. 그런데 이렇게 돌아오는 것은 비겁했다. 떠나는 것도 돌아오는 것도 마음대로.

한때는 채영이 돌아오기를 간절히 바랐던 적이 있다. 돌아오라고, 돌아만 와준다면 왜 떠난 것이었냐 묻지도, 원망하지도 않겠다고. 정말 돌아와 준다면 더 잘하겠다고. 미친 것처럼 찾아 헤맸다.

그렇게 2년을 보냈다. 그때는 채영이 없으면 안 될 것 같았다.

하지만 지금은 아니다. 헤어진 것을 사실로 받아들인 지금은 너무 늦었다. 돌아갈 수 없다.

무엇보다 지금의 그에겐 정단이 있었다.

"나머지는 다음 주에 처리하겠습니다. 정리하고 퇴근하세요."

인터뷰 결과를 추리던 정 대리에게 통보한다. 책상 위에 벌여놓은 파일을 그대로 두고 나간다.

어째서 집으로 가려 하는지 모른다. 무슨 배짱으로 정단의 얼굴을 보려 하는지.

정단을 봐야 할 것 같았다. 지금의 자신이 누군지, 지금 자신의 현실이 무언지 확인해야 했다. 흔들리지 않기 위해. 다시 돌아가지 않게.

그러나 착각이었다. 땅 끝으로 꺼지는 기분.

정단의 얼굴을 본 사빈의 기분이 그랬다.

"일찍 오셨네요."

자신을 바라보는 까만 눈이 싫었다.

"저녁은……."

사근사근한 목소리에 짜증이 난다.

"됐어."

옷도 갈아입지 않고 2층으로 올라간다.

정단과 상관없는 혼란인데 이상했다. 정단을 보고 싶지 않다. 정단을 보자 이상한 화를 누를 수가 없다.

서재에 앉아 팔을 기댄다. 책상 위에 아직 치우지 않은 도면 파일을 신경질적으로 밀어버린다. 후드득 무거운 소리를 내며 떨어진 파일이 바닥에 깔렸다. 그 속에는 채영의 파일이 섞여 있었다.

왜 지금인데. 이젠 다시 돌아갈 수도 없는데.

그것은 사빈이 시작한 관계였다. 5년에 가까운 시간은 그의 선택이었다. 그가 시작하지 않았다면 만들어지지 않았을, 그에 의해서만 시작될 수 있었던 시간이다.

처음 만난 순간부터 채영에게 관심이 있었다. 아니, 그때껏 다른 사람에게는 가지지 못한 관심 이상의 감정이었다.

그것을 인정하기까지 오랜 시간이 걸렸다. 그사이 채영에게 다른 남자가 생길 수도, 그의 마음이 변할 수도 있었지만, 시험해 보았다. 정말 채영이어야 하는지. 그 떨림에 그만한 가치가 있는지.

이미 20대가 되기 전 많은 것을 해본 사빈이었다. 연애도 그중 하나. 못하는 것보단 잘하는 게 낫겠지. 스무 살이 되었을 때엔 감정 소모에 관심이 없어졌다. 어차피 끝까지 갈 수 있는 것도 아니잖아? 어머니 진 여사를 설득시키는 성가신 일을 하면서까지 연연하고 싶지 않았다. 여자에 그만한 의미를 느끼지 못했다.

하지만 채영은 달랐다. 그럴 마음이 들었다. 어머니와의 싸움, 자신이 누리는 모든 것을 포기할 각오, 모든 것이 완벽하게 준비되었을 때 사빈은 시작했다. 그렇게 5년이었다. 악착같이 떼어내려는 진 여사에게 지지 않았다. 버텼다.

그러나 진 여사가 자신의 아들까지 해할 리 없었다. 사빈에게는 겁만 줄 뿐 매번 당하는 것은 채영이었다.

그런 채영을 사빈도 완전히 지켜주지 못했다. 진 여사에게 겁먹을 그는 아니었지만 힘이 없었다. 막아내기엔 역부족이었다. 채영이 번번이 회사를 옮겨 다닌 것도 그 때문이었다. 6개월도 채우기 전 자리가 없어진 것에는 진 여사의 입김이 작용했다.

그것은 채영뿐 아니라 전적으로 채영이 책임지고 있는 채영의 가족을 향한 공격이었다. 오래전 혼자가 된 채영의 어머니는 아직 고등학생인 동생 채원과 채은을 부양할 수 없었다. 가능했다 해도 진 여사가 그냥 놔두진 않았을 것이다.

그럼에도 채영은 포기하지 않았다. 오래 다니지 못하는 회사를 전전하면서도 사빈과 헤어질 생각은 하지 않았다.

그것이 진 여사를 더 화나게 만들었을지 모른다. 그렇게 버티면 황금알을 낳는 거위를 손에 넣는 거니까.

그것이 채영의 본심이었는지 아닌지는 사빈도 알 수 없었다. 그것조차 각오하고 있었다. 채영이 자신의 배경을 더 갈망했다 할지라도 그 관계를 받아들인 것은 자신. 그것에 대한 책임은 그에게 있었다. 채영을 선택한 자신을 탓하기로 했다.

채영의 집안은 떨어뜨리려야 떨어뜨릴 수도 없는 바닥이라는 진 여사의 말에도 사빈은 웃으며 수긍했다. 사실이었다. 그래서 다행이었다. 잃을 것이 없는 채영은 겁날 것도 없었다. 그녀 자신만 스스로를 다잡으면 됐다.

갑작스러운 잠적이 충격이었던 것은 그래서였다.

아무런 말도 없었다. 낌새도 없었다. 채영이 그를 떠난 것은 어느 날이었다.

사라져 버렸다. 언제부터 준비했는지 모르게 집도 이사를 끝낸 다음이었다. 어찌나 감쪽같이 숨었는지 채영의 어머니도 동생들도 흔적이 남아 있지 않았다.

이해할 수 없었다. 그렇게 잘 견뎌냈으면서 어째서 포기한 것인지 이유를 알 수 없었다. 더는 어머니를 이길 수 없었던 거라면 적어도 제대로 된 이별은 해야 됐다. 함께 지낸 시간을 생각해서라도 그 정도 예의는 갖춰야 한다.

도망치듯 사라진 이유를 알게 된 것은 얼마 지나지 않아서였다. 강 실장으로부터 채영이 진 여사에게서 거금을 수령한 것을 확인했다.

그것을 처음에는 인정하지 않았다. 뭔가 사정이 있었을 것이다, 절박한 상황이었을 것이다, 어쩌면 받지 않고는 견딜 수 없게 만든 것인지 모른다 스스로를 달랬다. 채영의 변심을 믿고 싶지 않은 몸부림이었으나 1년이 지나고 2년이 지나며부터는 조금씩 현실이 보였다. 채영이 독일로 출국했다는 사실을 확인한 후였을 것이다. 돈을 돌려주었는지, 정말 그것이 그들이 헤어지는 대가가 되었는지 알 수 없지만 결국 남겨진 것은 채영이 돌아오지 않을 거란 사실이었다.

사빈은 2년이 지나서야 그것을 확실히 깨달았다. 채영이 돌아오지 않은 현실을 받아들였다.

그것이 2년 전이었다. 정상이 되었다 할 만큼 아무렇지 않게 된 것은 1년도 채 되지 않는다.

그렇기에 오늘의 재회는 상상하지 못했다. 이렇듯 아무렇지 않게 나타난 채영을 용서할 수 없다. 쫓겨간 옛 연인에 대한 측은함이나 애틋함은 남아 있지 않았다. 채영이 그 모든 감정을 그에게서 가져갔다. 그래 놓고 다시 돌아온 것은 무슨 뜻인지 알 수 없다. 이제 와 뭘 어쩌자고.

그때 묵직한 노크 소리가 들렸다. 흐트러진 바닥을 차갑게 내려다보고 있을 때 정단이 들어왔다. 어질러진 바닥을, 사빈을 쳐다보더니 연갈색 트레이를 내려놓는다.

"뭐라도 드셔야죠."

단호박타르트와 민트차였다.

성북동 여사님들 작품인가? 한참 그가 잘 먹던 음식을 전수해 주나 싶더니 이젠 간식 리스트까지 뽑았나 보다.

"생각 없으면 그대로 두세요."

무심하게 그것을 쳐다보는 사빈에게 정단은 말했다. 그리고 펼쳐진 파일을 치울 듯 허리를 숙이지만 이내 손을 멈춘다. 잠시 멈칫하다 그대로 일어난다.

"일하세요. 방해해서 죄송해요."

어디까지 건드리고 건드리면 안 되는지 정단은 기가 막히게 알고 있었다. 더는 그의 영역을 침범하지 않겠다는 듯, 한 걸음 뒤로 비켜서 돌아선다. 숨이 막힐 정도로 조심스러운 움직임이다.

그러나 사빈은 돌아서가는 정단의 팔을 잡았다.

"말해봐."

움켜잡는 악력에 놀란 정단은 동그래진 눈으로 사빈을 돌아본다. 무엇이 그의 기분에 거슬렸나 살피는데 그는 차갑게 바라보며 물었다.

"날 사랑해?"

정단의 눈이 커졌다.

그들 사이에는 있을 수 없는 물음이었다. 물어볼 이유도, 필요도 없다.

정단은 곤란하다는 듯 시선을 피했다. 고개를 돌렸다. 하지만 순간 팔을 움켜쥔 힘이 세졌다. 대답을 채근한다.

자. 말해봐. 그렇다고 할 수 있어?

정단이 대답하지 못할 것은 알고 있었다.

그렇다고 거짓말을 할 수는 없겠지. 아니라고 진심을 말할 수는 더더욱 없겠지. 그 마음을 가지고 흥정한 사람은 정단이었으니까. 감히 진심을 말하지 못한다.

화풀이였다. 채영에게 받은 상처를 누군가에게라도 돌려주고 싶은 분풀이다. 채영 대신 정단에게 되갚으려는 못난 짓이다.

그러나 그것으로 상처받은 사람은 그였다. 결심한 듯 흔들리지 않는 눈을 들어 올린 정단은 말했다.

"알고 계시잖아요."

단호한 얼굴에 사빈은 전의를 상실한다.

그들의 만남에 진심은 없었다. 그도 정단도 진짜는 아니었으니까. 중간에 진심이 생겼다 한들 진짜가 될 리 없었다. 처음부터 거짓이었다면 아무리 진심을 덧씌워도 그 맨 밑자락엔 거짓이 있다. 달라질 수 없다.

사빈도 자신의 실수를 인정했다. 이렇게 정단을 공격하는 것은 자해나 다를 바 없었다. 정단의 손과 마주쳐 손뼉을 친 것은 그의 손바닥이었다.

"됐어. 나가봐."

한쪽 입술을 비틀어 웃곤 정단을 놓아준다.

그에게서 벗어난 정단은 천천히 서재를 나왔다. 도망치는 것처럼 보이고 싶지 않았다. 담담한 걸음은 계단에서 멈췄다. 난간을 붙잡고 기대선다. 속이 뒤틀렸다. 토기가 올라왔다.

지금의 그녀는 거짓이었다. 이 집도 남편도 시댁도 모두 거짓, 거짓뿐이다. 심지어 그녀 자신조차 실제가 아니다.

그럴듯하게 보이는 것은 연기다. 서로가 서로의 치부를 들출 수 없어 알면서 속고, 속으면서 속인다. 처음부터 그렇게 만들어진 규칙은 더욱 복잡하고 견고해졌다. 부수기엔 너무 늦었다.

애초 사빈에게 보여줄 진심은 가지고 있지 않았다. 류 회장에게 떠밀린 결정. 자신의 의지가 없으니 마음이 따라올 리 없었다.

그러나 그에게 웃는 눈만큼은 진심이었다. 그를 향해 다정하게 말하는 목소리는 진짜였다.

그러겠다고 마음먹었다. 그를 위해 최선을 다하겠다고 다짐했다. 그가 곁에 있어주는 한, 옆에 있게 해주는 한, 진심이 되겠다고 자신과 약속했다.

하지만 그것이 사랑이냐 묻는다면 대답하지 못한다. 그것은 감히 담아선 안 될 마음이었다. 입 밖에 내어서는 안 되는 말이다. 그의 앞에서 정단은 목부터 치맛단까지 단추를 빼곡히 채운 값비싼 창부였다. 시작부터 자격이 없었다.

'할 수 있는 한, 행복하게 해줄게요.'

그것이 정단이 할 수 있는 전부였다. 자신의 빚을 갚을 유일한 방법. 남아 있는 모든 것이었다.

"정채영. 얼마 전 독일에서 나왔을 겁니다."

누군가와 통화하는 사빈의 얼굴이 무표정하다. 이미 익숙해진 일이지만 매번 누군가의 뒤를 캐는 것은 별로 내키지 않았다.

밤새 생각한 것에 대한 결론이었다. 제대로 끝내기 위해선 알아야 했다. 채영이 왜 떠나야 했는지, 어떻게 돌아왔는지. 그가 납득할 만한 설명이 필요했다.

"가족도 모두 같이 있었을 겁니다. 어머니, 여동생 두 명이요."

벌써 몇 번 실패한 일이었다. 처음은 채영이 떠나고, 아니, 정확히는 사라지고 나서였다. 그때의 사빈은, 성진의 모든 것을 버린 그로서는 할 수 있는 일이 얼마 되지 않았다. 채영이 한국을 떠났다는 것을, 독일에 있다는 것을 알아낸 것도 반년 만이었다. 뒤를 쫓아 독일까지 갔지만 그것으로 끝이었다. 독일 어디로 숨었는지는 흔적도 찾지 못하고 돌아와야 했다.

"김 사장님만 믿고 있겠습니다."

그때는 돈으로 사람을 부릴 줄 몰랐다. 누구를 통해야 정확한 사실에 근접할 수 있는지도 몰랐다. 이제는 다르다는 사실에 안도할 뿐이다.

성묵을 통해 알게 된 김 사장은 진 여사의 손을 타지 않아 꽤나 돈독한 관계를 유지해 오고 있었다. 아마도 오늘이 아니면 내일, 늦어도 모레까지는 원하는 것을 모두 털어올 것이었다.

어느 정도 힘을 가지고 나서 다시 시도한 일이지만 그때는 아무것도 찾을 수 없었다. 당시엔 참 감쪽같이도 숨었다 야속해하기만 했다.

그러나 지금은 알 수 있다. 그것이 진 여사가 막고 있었기 때문이라는 것을.

채영이 돌아왔는데 아무 행동이 없는 어머니가 이상했다. 채영이 그에게 접근하는데 손을 놓고 있었던 것부터 무언가 잠금해제가 된 느낌이다.

과연 그 느낌이 맞았다. 사빈이 기대해 마지않던 대로 김 사장은 다음날로 묵직한 파일을 들고 왔다. 채영이 한국을 떠날 무렵부터의 내용이었다.

사빈은 몰랐어야 하는 사실, 그러나 진작 알아야 했을 과거가 그 안에 있었다.

그것을 확인하는 사빈의 얼굴은 굳는다.

단단히 잘못되어 있었다. 한국에서의 채영도, 독일에서의 채영도 모든 게 뒤죽박죽이다. 파일을 넘기는 손이 빨라진다. 채영과 채영의 동생이 병원에 입원했던 기록이 남아 있었다. 독일로 나가기 전이다.

분쇄골절과 관절막, 삼각인대 파열, 신경, 혈관 파열. 교통사고로 인한 수술과 입원. 사빈은 모르는 일이었다. 이미 연락이 끊겼을 때다. 거기다 채영과 채원이 입원해 있던 병원은 진 여사가 이사장으로 있는 진명의료재단 산하의 병원이었다. 진료비 또한 모친의 비서실을 통해서 처리되어 있었다.

무슨 일이 있었던 거지?

사빈도 모르는 채영의 교통사고와 어머니. 어머니가 관련된 사고가 아니라면 진명이 나설 리 없었다. 어머니가 아니라면 채영이 사빈에게 연락하지 않았을 리 없다. 채영이 사라진 때와 맞물리는 시기까지. 웃음이 나올 정도로 완벽한 조합이었다.

파일을 던져 놓고 일어난다.

"정 대리, 인터뷰 서류 어디다 뒀지?"

정 대리가 꺼내는 홀더를 낚아 챈 사빈은 채영의 지원서를 찾았다.

"시간 되면 퇴근하세요, 난 신경 쓰지 말고."

대답할 새도 없이 고개를 끄덕이는 정 대리를 두고 나온다. 사빈이 엘리베이터를 타고 내려가며 눈으로 외운 것은 채영의 주소였다.

채영의 집은 상가아파트가 즐비한 역 근처의 오피스텔이었다.

"직접 면접 결과 통보하러 온 거야?"

채영은 기다리고 있었던 것처럼 사빈을 맞았다. 인터뷰 자리에서 문전박대당한 날로부터 사흘째였다.

"들어와, 오늘도 날 내쫓을 셈이 아니라면."

사빈의 날카로운 눈엔 이미 익숙했다. 노려보는 시선도 능히 받아칠 수 있었다. 채영의 그 여유로움에 사빈도 순순히 안으로 들어갔다.

아이보리색 침대와 화장대, 작은 소파와 옷장 외에는 아무것도 없는 집이었다. 깔끔하다 할 수도 있겠지만 앞으로 계속 살 생각이 없어 보이는 살림이다. 김 사장의 조사대로 입주한 지 몇 달 되지 않은 느낌이다.

"정말 떨어졌다고 말해주려고?"

거실과 연결된 주방에서 오렌지주스 비슷한 것을 들고 나온 채영이 물었다.

"마셔."

채영이 건넨 주스는 오렌지보다 색이 조금 더 진했다. 약간 더 붉은 기가 강한 당근주스쯤.

"나이 들면 이런 거 마셔야 해. 잘 챙기고 있지?"

태평스럽게 건강이나 챙기는 채영 앞에 사빈은 가져온 종이 한 장을 내밀었다.

"무슨 일이 있었던 거야."

지금이라도 확인해야 했다. 정확히 무슨 일이 있었는지, 자신이 모르고 있는 건 무언지 전부 알아야겠다.

눈이 좋지 않은 채영은 얼굴을 가까이 해 종이를 살폈지만 멀어지는 표정은 뚱했다. 이게 무슨 상관이냐는 표정이다.

"그전에 그걸 물어봐야지, 너희 어머니가 준 돈. 그 돈 받았냐고."

나름 신랄한 비꼼이었으나 사빈의 가면은 채영이 알던 때보다 더 단단해져 있었다. 동요하지 않는 하얀 얼굴에 재미없다는 듯 코를 찡긋하며 말한다.

"응, 받았어. 쓰다 보니 얼마 안 되더라. 처음엔 벌벌 떨 만큼 큰돈이었는데. 돈도 그렇고, 이제 너희 어머니 나 신경 안 쓰시는 것 같아서 들어왔어."

그러나 사빈이 묻는 건 그런 게 아니었다. 그 사고는 무엇이었고, 어째서 알리지 않았는지. 그리고 왜 떠났는지.

"네 입으로 말해. 전부."

자칫 목숨이 위험할 뻔했던 교통사고가 어떻게 일어났는지, 그것에 어머니는 무슨 역할을 했는지. 그것도 중요했지만 사빈에겐 왜 그것을 자신에게 말하지 않았는가가 더 중요했다.

적어도 그가 할 수 있는 일이 있었을 것이다. 알았다면 말이다.

하지만 고개를 갸웃 기울인 채영은 반문했다.

"뭘?"

따지듯 묻는다.

"그럼 너랑 나, 끝인데. 그걸 말하라고, 지금?"

"무슨 말이야. 무슨 일이 있었던 거야, 대체."

채영은 얼굴을 돌렸다. 사빈의 시선을 피해 고개를 숙인다. 긴 머리로 표정을 가리는 것은 감추고 싶은 것이 있을 때의 습관이다.

"어머니가 어떻게 하신 거야? 뭐야, 정채영. 말해."

손이 닿기엔 너무 멀어진 사이. 차마 손을 대진 못하고 한 발자국 다가가며 묻는다.

"모르면 됐어. 몰라도 돼. 그때는 그냥 돈이 필요했을 뿐이야. 그래서 그랬어."

하지만 그렇게 얼버무리기엔 늦었다. 눈치챌 만큼 감이 왔다. 가느다랗게 눈을 접은 사빈이 주머니에서 핸드폰을 꺼낸다.

"강 실……."

막 통화가 연결됐지만 채영이 전화를 빼앗는다.

"그만해. 하지 마! 아무것도 아니라고 했잖아."

신경질적인 반응이다. 그것에 의심은 확신이 되었다.

"아무것도 아니라면서. 아니니까 상관없잖아."

사빈은 내놓으라는 듯 손을 내밀었다. 정말 아무것도 아니라면 이렇게 펄쩍 뛸 일도 아니지 않겠느냐 떠보는 것에 채영은 새파랗게 질려 소리 질렀다.

"하지 마. 그럼 너하고 나 정말 끝이야!"

히스테릭하게 변한 목소리에 사빈은 손을 거둔다.

어차피 다시 시작할 수 없는 사이였다. 이미 끝. 이젠 끝날 것도 없는 관계다.

"듣고 오면 돼? 얘기하기 싫은 거면 내가 듣고 올게. 너 말고도 아는 사람 있을 거야. 그렇지?"

세상 다 끝난 것 같은 표정이 그 말을 인정하고 있었다.

"기다려. 오래 안 걸릴 거야."

사빈은 채영에게 내밀었던 종이를 챙겨 오피스텔을 나섰다.

"정말 끝날 거야, 성 사빈."

도어락이 자동으로 잠기는 소리가 들리고 채영은 소파에 주저앉는다.

"강 실장님 수배해 주세요. 지금 들어갑니다."

사빈은 차 안에 있던 보조핸드폰으로 큰형 사혁에게 전화를 걸었다.

진 여사가 사혁에게 족쇄처럼 묶어준 강 실장은 본사에 있었다. 원래 사빈의 보모나 마찬가지였던 그를 떼어온 것이 내심 마음에 걸렸던 사혁은 두말할 이유가 없었다. 바로 그를 대기시켰다.

"무슨 일이십니까, 이사님."

그렇지 않아도 이상하게 끊긴 전화에 접대실에서 기다리고 있던 그는 사빈을 보자 자리에서 일어나지만, 사빈은 인사나 나누러 온 것이 아니었다.

"강 실장님은 알고 계시죠, 어머니가 채영이한테 어떻게 했는지. 왜 100만 달러나 쥐어주고 독일로 날려 보냈는지."

들어가자마자 묻는다. 이 정도면 놀랄 만도 한데 그의 얼굴엔 아무런 변화가 없다.

"모르지 않으실 텐데요. 제 일이지 않습니까, 실장님."

사빈과 관련된 일 중 그 모르게 이루어지는 것은 없었다. 사빈이 고등학교에 입학한 순간부터 지금까지. 처음으로 사귄 여자부터 지금의 정단까지. 어쩌면 진 여사보다 더 많은 것을 알고 있을 강 실장이었다. 그러니 강 실장 모르게 진 여사 혼자 일을 처리할 가능성은 없었다. 거기다 이제 채영의 일은 진 여사의 측근이라면 비밀이라 할 수도 없었다.

"듣고 싶으십니까?"

그렇게 찾아도 나오지 않던 채영의 과거가 지금에서야 풀린 것은 우연이 아니었다.

"저와 관련된 일 중 제가 몰라도 되는 일은 없습니다."

"모르는 게 더 나은 것도 있지요."

무미건조하게 말하지만 그의 눈에는 염려의 빛이 스며 있었다. 성진을 위해 일하면서도 피붙이처럼 여기는 것은 아들처럼 키운 사빈뿐이었다. 마지막 끝에 끝까진 내몰고 싶지 않은 존재였다. 그러나 이젠 끝까지 가야 하나 보다. 여기까지 온 이상 물러날 곳은 없다.

"굳이 실장님께 확인하지 않아도 된다는 걸 아시지 않습니까. 다른 방법으로도 알 수 있어요, 시간이 걸릴 뿐이지."

어차피 알아내고야 말 것이라는 선전포고였다. 사빈이 그러고자 하면 자신이 함구해도 소용없다는 것을 강 실장은 알고 있었다.

"그럼 선택할 수 있으시겠습니까."

꽁꽁 묶어두었던 것을 풀어버린 사람은 진 여사였다. 어쩌면 사빈이 알기를 바라고 있을지도 모르니 사빈의 말대로 알아내는 것은 시간문제였다. 그럼에도 말리고 싶은 것은 그것을 감당해야 할 사빈이 안쓰러워서일까, 버려질지도 모르는 정단이 애처로워서일까. 아니면 이 모든 것의 중심에 서게 될 채영의 과거가 아파서일까.

"사모님이 다치실지도 모릅니다. 이사님이 막아드리지 못할 수도 있어요."

사빈으로서는 알아들을 수 없는 말이었다. 이 일에 정단은 관계 없다. 과거를 안다 하여 정단을 버릴 일은 없다. 무언가를 바꾸겠다는 게 아니었다. 알고 싶을 뿐.

그러나 강 실장이 입을 연 순간, 사빈은 선택할 수밖에 없었다.

"그럼 너랑 나, 끝인데?"
"선택할 수 있으시겠습니까."

그들이 옳았다. 진실은 더 이상 사빈의 자의를 용납하지 않았다.

하나의 사업을 보고하듯 그가 4년 전 일을 요약하는 데에는 정말 오랜 시간이 걸리지 않았다.

"끝이라고 했잖아. 그만두라고 했잖아, 내가."

강 실장을 만나고 돌아간 사빈에게 문을 열어주는 채영의 얼굴은 달라져 있었다. 요 전날이나 조금 전 보았던 낯과는 다르다. 비밀을 감추기 위해 잔뜩 화장을 하고 색을 입힌 얼굴이 아니다.

안쓰럽게 사빈을 바라본다. 이제 사빈과 채영은 서로에게 가해자이며 피해자였다. 붉게 젖은 사빈의 눈은 이미 모든 것을 알고 있었다.

"아무 일도 없었다고 했잖아. 그렇다고 믿으면 좋았잖아."

당차고 씩씩했던 채영이 울고 있었다. 어머니에게 당하면서도 눈물 한 방울 보이지 않았던 채영이 울고 있다.

4년 전 그날, 진 여사는 사람을 샀다. 그렇고 그런 거래를 하는 사람들이었다.

그 거래라는 뻔하고 뻔한 것이었다.

'죽여도 상관없다. 겁을 먹고 떨어지게 만들어라.'

그것이 진 여사가 강구한 최후의 방법이었다. 아들에게서 떨어지지 않고 버티는 채영을 털어낼 마지막 수단이었다.

그래서 죽일 수도 있는 방법을 썼다. 사고로 위장할 수 있는.

동생 채원까지 같이 덮친 것은 일부러였다. 멀쩡히 살아남더라도 겁을 먹게, 말을 듣지 않으면 죽는 건 너 혼자가 아니다, 협박한 것이다.

그리고 친절하게 특실로 입원시킨 채영을 찾았다. 하얀 백합을 한 다발 안은 비서와 함께 들어온 진 여사는 채영을 훑어보곤 말했다.

"다행이구나. 멀쩡해서."

다리와 팔이 부러지고 살이 찢어진 상태가 생각보다 만족스럽지 않은 모양이었다.

"다음엔 어떻게 해줄까. 아예 걷지 못하게 만들어줄 수도 있는데."

웃으며 채영을 바라봤다.

"아니면 그냥 묻어줄까?"

얼마든지 가능하다는 듯 가볍게 말했다. 조금 번거로운 일이라 웬만하면 하고 싶지 않았지만 질기게 버티겠다면야 못할 것도 없지. 진 여사의 얼굴은 차갑게 변해 있었다.

"겁먹지 않아도 돼. 꼭 채영 양을 그렇게 한다는 건 아니니까."

비서에게 받아든 꽃을 직접 꽃병에 꽂았다. 문병 온 사람처럼 다정한 손놀림이나 채영에게 하는 말은 엄청난 것이었다.

"다음엔 다른 아이가 어떨까. 같이 입원한 아이는 둘째라지?"

막내 채은을 암시하듯 말했다.

침대에 기대 있던 채영의 몸이 벌떡 일어났다. 돌아보는 진 여사의 눈은 공허했다. 사람의 감정이 느껴지지 않았다. 능히 일을 저지를 수 있는 사람의 눈이었다.

채영은 차가 자신을 향해 달려온 순간 확실히 느낄 수 있었다. 죽을 수도 있다는 공포를. 자신 때문에 정말 가족이 잘못될 수도 있다는 두려움을.

"비서실에서 사람이 올 거다. 가족 모두 함께 움직이는 게 좋겠지?"

진 여사의 이번 조치는 확실했다. 힘없이 고개 숙인 채영에게 말하고 돌아섰다.

그리고 채영은 떠났다. 진 여사의 비서가 보낸 비행기티켓을 손에 들고 사빈에게서 사라졌다.

자신은 내어놓을 수는 있어도 가족까지 제물로 바칠 순 없었다. 자신을 향한 위협은 감수할 수 있지만 동생들은 아니었다.

"무서웠어. 정말 죽을 수도 있구나 생각했어."

채영에겐 아직도 그날이 생생했다. 자신을 향해 달려오는 차와 눈을 찌르듯 밝았던 불빛, 아스팔트를 긁는 타이어 소리. 그리고 단단한 차체에 부딪혀 뼈가 부서지는 통증을 느끼며 본 것은 공중으로 치솟는 동생의 몸이었다. 아직도 소름이 끼치는 기억이다.

"채원이가 그러더라. 내 탓이라고. 내가 욕심 부려서 그런 거라고."

사실 채영이 독일까지 간 것은 돈 때문만이 아니었다.

"내 동생이 보기에도 그랬나 봐. 내가 돈 때문에 너한테 붙어 있다고. 자기가 너희 어머니라도 절대 허락하지 않는다고. 내 동생인데 말야."

자신을 원망하는 동생의 눈을 볼 수 없었다. 그렇지 않아도 각박한 살림에 채영의 연애는 숨통을 조이는 시한폭탄이었다. 자신들의 생활을 위협하는 언니의 욕심이었다. 실현도 불가능한 관계, 동생들은 채영을 비난하기 시작했다.

채영은 그런 가족에게서 숨을 곳이 필요했다. 진 여사의 돈으로 채영의 엄마와 동생 모두 독일로 갈 수 있었지만 그곳에서도 채영은 가족과 함께 있을 수 없었다. 한 번 틀어진 관계는 회복되지 않았다. 돈은 넉넉해도 한국을 떠난 생활은 쉽지 않았으니까.

"그땐 그게 최선이었어, 널 떠나는 거. 그냥 사라지는 거."

긴 속눈썹이 젖어들고 있었다. 사빈을 보며 무거운 눈물 한 방울이 떨어졌다.

이 모든 것을 함묵한 것은 진 여사를 위해서가 아니었다. 사빈과 끝이고 싶지 않아서였다. 온전히 자신에게 돌아오게 하고 싶어서다. 죄책감이나 망설임 없이, 흠 없이 예전으로 돌아가려 했다. 이젠 다 틀려 버렸지만.

"기다릴 거라고 생각하진 않았어. 4년이었으니까."

그러나 이젠 확실히 사빈을 잡을 수 있었다. 이제 사빈은 자신을 버리지 못한다.

정말 조금씩 다가오는 채영에게 사빈은 거리를 두지 못한다. 조금 전까지 지키던 선을 지킬 수 없다.

"그래도 상관없어. 너한테 다른 여자 있어도, 결혼했어도 상관없다고 생각하고 나온 거야."

자신의 가슴에 얼굴을 묻는 채영을 사빈은 밀어내지 못한다.

"이젠 네 옆에 있으려고 돌아온 거야. 같이 있고 싶어서."

사빈이 간절히 바라고 원했던 일이었다. 채영이 돌아와 자신의 곁에 있어주는 것.

하지만 그것은 2년 전의 소망이다.

이제 와 무엇을 해줘야 할지 모르겠다. 무엇으로도 보상해 줄 방법이 없다.

"너한테 그 여자 버리라고 하지 않아. 그냥 옆에 있게만 해줘. 그렇게 해줘, 성사빈."

지금도 사빈은 아무것도 할 수 없다. 여전히 나약한 자신에 눈을 감는다. 현실에서 고개 돌린다.

눈을 감자 정단의 얼굴이 떠올랐다. 채영을 가슴에 안고 머리로는 정단을 생각하고 있다.

어떡하지?

너를 어떡하면 좋지?

이것이 강 실장이 말한 선택이었다. 정단을 다치게 하는 것은 바로 그 자신이었다.

"어머니, 계시죠."

채영의 집을 나온 사빈이 찾아간 곳은 성북동이었다. 진 여사가 호텔에서 자택으로 돌아갔다는 소리를 듣고 온 참이다.

일찌감치 식사를 끝내고 차를 마시고 있는 진 여사의 서재로 들어간다. 명진호텔 제주도 개관 기획안을 보고 있던 진 여사는 아들의 방문이 반갑지 않은 눈치다.

"이 시간에 무슨 일로."

사빈을 한 번 쳐다보고 다시 서류로 시선을 내리는데, 사빈은 들고 온 파일을 들이밀었다.

"왜 그러셨어요."

몇 글자만 봐도 알 것이었다.

"그래서 만족하셨어요?"

흘깃. 첫 장을 본 진 여사는 안경을 벗었다.

"만족?"

그녀는 별일 아니라는 듯 무심하게 아들을 바라봤다.

"만족하고 안 하고의 일이 아니지. 애초 일어나지 말아야 했을 일이었으니까. 설마 진짜 어떻게 하기야 했겠니."

그렇게 말하는 얼굴은 장난을 쳐봤다는 것처럼 가벼웠다.

"정말이었다면 그 정도에서 끝나지도 않았다."

그날의 일은 넘보지 말아야 할 것을 넘본 것에 대한 대가였다. 사빈의 걸림돌만 되지 않았어도 아무 짓도 하지 않았다.

"지키지 못한 건 그 아이야. 정말 내가 무서워서였다고 생각하니? 결국 돈을 받은 건 그 아이였어."

사빈이 사실을 알게 된 것에 거리낌은 없다. 진 여사에겐 너무나 당연한 일이었고 적절한 대응이었다. 실패한 프로젝트를 되짚듯 아무렇지 않게 그때의 일을 회상한다.

"그 아이, 타협을 한 거다. 머리 좋게."

물론 그럴 거라고 생각했다. 어머니 때문에 채영이 떠난 거라고 생각은 하고 있었다. 아무런 증거가 없어도 의심할 여지가 없었다.

이제 와 그것이 사실이라는 확인에 놀랄 것은 없다. 그러나 그것을 알게 한 것은 진 여사의 실수였다.

지금의 사빈은 그때와 다르다. 가만히 앉아서 당하지 않는다. 이길 수는 없대도 조금은 타격을 가할 수 있다.

차갑게 웃으며 어머니를 내려다본다.

"그럼 이번에는 어머니께서 타협을 하셔야겠군요."

진 여사는 자신에게 대적하려는 아들을 꼿꼿하게 응시했다.

"타협?"

진 여사의 물음에 사빈은 고개를 끄덕였다. 아직 적당한 선은 정하지 못했으나 방법은 있었다. 어머니가 가르쳐 주었다.

"기다리세요, 즐겁게 해드릴 테니까."

알 수 없는 얼굴로 웃고 돌아선다. 희미한 미소다.

진 여사는 감히 자신을 꺾겠다 하는 아들의 등을 노려봤다. 웃음 나오는 상황이 아닐 수 없었다. 감히 네가? 감히 네 녀석이?

그래 봤자 자신이 낳은 아들이었다. 그녀를 넘어서려면 멀었다. 뭘 얼마나 알고 있는지 모르지만 이것이 끝은 아니었다. 그녀의 작업은 아직도 실행 중이다.

그렇게 찾아도 나오지 않던 채영의 흔적이 갑자기 쏟아져 나온 건 왜라고 생각하는가. 4년 동안 독일에서조차 종적을 감췄던 그녀가 어떻게 아무 조건 없이 귀국할 수 있었지?

그것을 의심하지 않는 사빈은 이미 진 것이었다.

진 여사의 계획은 착실히 진행되고 있었다. 어둡고 은밀하게, 교묘하고 간사하게.

사빈은 아직 아무것도 모르고 있었다.

"오셨어요? 저녁은요?"

다른 날보다 일찍 퇴근한 사빈에게 정단이 물었다.

"됐어."

차갑게 대답한 사빈은 눈도 마주치지 않고 2층으로 올라갔다.

죄책감 때문이었다. 자신이 한 짓에 대한 거리낌 때문에 정단과 얼굴을 마주할 수 없었다.

맹목적으로 자신을 바라보는 눈을 보고 싶지 않았다. 변덕스러운 자신에게 변함없이 상냥한 미소에 숨이 막혔다.

채영을 위해 싸우기로 한 그에게 정단은 없었다. 그렇게 결심한 순간 그는 정단을 버렸다.

그런 그가 정단을 아무렇지 않게 대할 자신은 없었다. 감히 눈을 바라보지 못한다.

그가 올라간 계단 아래 움직이지 못하고 있는 정단도 그가 달라 졌음을 느낀다. 갑자기 변한 그에게 두려움을 느낀다.

며칠 전 장갑을 끼워주었던 남편은 이제 없었다. 용과를 10상자 나 주문하고 입주도우미를 들이겠다 으름장을 놓던 그에게 어느새 정단은 보이지 않는다.

무언가 단단히 틀어지고 있었다. 변하고 있다. 그것에 어떡해야 할지 모르고 한참을 서 있던 정단은 두근거리는 가슴을 움켜잡는 다. 생각보다 빨리 올지 모르는 그날을 준비한다.

'어차피 내 것이 아니었어.'

그렇게 중얼거리는 정단의 머리 위로 차가운 공기가 내려앉고 있 었다. 싸늘하게 식은 사빈의 마음과 같은 고요함이었다.

더위가 지나가는 8월의 끝. 진 여사의 비서 양 실장에게 연락이 왔다. 드러내 놓고 정단을 무시하던 진 여사가 정단과 바깥나들이 약속을 정했다는 기쁘지 않은 통보였다.

여럿 속에 섞여 있어도 부담스러운 시선인데 그 차가운 눈빛을 혼자 어찌 감당해 낼지 벌써부터 정단은 몸이 굳었다. 작정하고 불러내는 것이라면 옷차림부터 걸음걸이, 테이블 매너까지 트집 잡을 것은 많았다. 그나마 효원을 따라 디자이너샵을 찾았던 것이 다행이었다. 평소 진 여사가 총애하는 디자이너라고 하니 그 작품을 깎아 내릴 가능성은 적었다.

최대한 효원과 비슷하게 머리를 묶고 깔끔하게 떨어지는 새틴원피스를 입었다. 진 여사가 좋아하는 스타일이라며 디자이너가 권해 준 것이었다. 이 정도면 인사는 받아주시겠지, 정단은 만반의 준비를 했다.

그러나 정단이 기다리고 있는 룸으로 들어온 것은 진 여사가 아니었다.

여자도 당황한 듯 깜빡이는 눈으로 정단을 쳐다봤다. 룸을 잘못 찾은 게 아닐까, 정단은 여자가 나가길 기다렸지만 여자는 이내 평정을 찾은 얼굴로 정단을 바라봤다. 빤히, 무례하다 싶을 정도로 쳐다보더니 입을 연다.

"류…… 정단 씨?"

사빈의 친척 중 한 명일지도 몰랐다. 처음 보는 사람이었지만 정단은 자리에서 일어났다.

"그렇게 굳을 필요 없는데."

채영이 보기에도 눈에 띄게 긴장한 정단이 안쓰러웠나 보다.

"정채영이에요. 성진그룹과는 관계없는 사람이죠."

집안사람이 아니라고? 정단은 그제야 조금 편해진 얼굴로 채영을 바라봤다.

정단의 눈에 채영은 예쁘고 상냥해 보였다. 당당하면서도 우아했다. 그러니까 진 여사도 동석을 허락한 것이겠지? 다른 것은 조금도 생각하지 못했다. 그저 시댁식구가 아니라는 사실에 안도한 것인지도 모른다.

그러나 안도해서는 안 될 상대였다.

"하지만 성 이사하고는 관계가 깊죠, 꽤."

그래도 자신이 누군지 의심하지 못하는 눈에 채영은 한숨 같은 웃음을 내뱉었다.

채영도 진 여사를 만나러 나온 자리였다. 정단이 있을 줄은 몰랐다. 일부러 만든 자리가 분명했다. 채영과 정단을 부딪치게 하려는 진 여사의 전략이다. 그렇다면 모르는 척 넘어가 주는 것도 좋겠지. 진 여사가 아니었어도 곧 정단을 찾아갔을 테니까.

"성 이사 친구, 정확히 말하면 사귀던 사이였죠."

그제야 정단은 깨닫는다, 채영에게서 보이는 낯익은 사람이 누구인지.

옅은 밤색의 머리카락. 자연스럽게 물결치는 머리. 채영의 얼굴에서 정단은 자신의 얼굴을 본다.

류 회장 집에서 취향과 상관없이 만들어진 머리였다. 염색을 하고 파마를 했다. 류 회장은 자신을 채영과 똑같이 만들어놓은 것이었다.

그렇다면 확실해진다. 눈앞에 있는 여자의 정체. 사빈의 마음에 들게 하기 위해 똑같이 따라 하게 해야 했을 정도로 영향력이 큰 여자. 사빈이 진심으로 사랑한 여자밖에 없다.

갑작스러운 대면에 정단은 무슨 말을 해야 할지 모른다. 어떤 표정을 짓고 있는지도 모르겠다.

"미안해요. 놀라게 했나 보네요."

그랬다. 그것도 많이.

왜 자신이 이 여자를 만나고 있는지 모른다. 왜 이 자리에 나오게 됐는지도 생각나지 않는다. 머릿속엔 돌아가야지, 돌아갈 테야, 하는 생각들이 맴돌지만 몸이 움직이지 않았다.

충격받을 거 없잖아. 그런 사이 아니잖아. 되뇌어도 눈앞이 까맣다. 보이는 건 자신보다 훨씬 커 보이는 여자뿐.

"먼저 사과부터 할게요."

무엇을? 정단은 멍한 눈으로 바라본다.

"성 이사, 빼앗을 생각은 없어요. 이혼하고 나한테 왔으면 좋겠다고 생각하지도 않고요. 그냥 옆에만 있을게요."

통보였다. 너무나 당당하여 정단이 오히려 그녀의 것을 빼앗은 것 같았다.

"어머니……. 성북동 어머니 때문에 함께 있을 수 없었어요. 아니었다면 제가 그 자리에 있었겠죠."

떨지 않기 위해 잔뜩 힘을 준 입술이 겨우 열리지만, 제 것도 아닌 것에 소유권 발의라도 하려고? 가당치 않았다. 정단은 사빈을 두고 그럴 수 없었다. 처음부터 비켜날 준비를 하고 시작한 결혼. 아무런 권리가 없다. 모든 것은 전적으로 사빈의 결정에 달려 있었다.

정단과 채영이 이렇게 마주 보고 있을 이유가 없는 것이다. 그러나 채영은 정단을 사빈의 법적인 부인으로서 무시할 생각이 없었다. 허리를 굽힌다. 다리를 접어 무릎 꿇는다.

뭐하는 거지?

자신에게 무릎 꿇는 그녀가 보이지만 지금 정단에겐 모든 것이 비현실적이었다.

"그 사람, 뺏으려는 거 아니에요. 그냥 성 이사 곁에 내가 있다는 것을 알려주고 싶었을 뿐이죠. 숨어서 만나는 건 비겁하잖아요? 그걸 정단 씨가 받아들일 수 없다면 이해해 주지 않아도 좋아요. 단지 정단 씨한테 미안한 마음을 전하고 싶었어요."

채영은 정단 앞에 무릎 꿇고 말했다. 일으켜 세워야 했지만 정단에게 그런 걸 살필 경황은 없다. 죄를 고하는 사람처럼 바닥에 무릎을 꿇었지만 채영의 태도는 분명했다. 어떠한 반론도 제기할 수 없을 만큼 떳떳하다. 정단을 배려하는 것 같아 보이지만 애초 정단의 의사나 감정은 중요하지 않다. 자신의 일방적인 감정만 있다.

그렇다면 정단도 더 이상 채영과 마주하고 있을 필요가 없다. 지금 이 순간 머릿속이 뒤틀리는 충격을 느끼지만 혼자 눌러 담아야 했다.

'원하는 건 모두 다.'

그 속에는 여자도 포함되어 있었다. 원하는 것은 모두 주겠다 했으니 다른 여자를 곁에 두는 자유도 줘야 한다.

정단은 아무런 감정 없는 얼굴로 채영을 바라봤다. 질투도 경악도 담지 않은 까만 눈이 채영을 감쌌다.

"그렇게…… 그분이 그러기로 하셨다면 그렇게 하세요."

순순한 인정에 외려 채영이 당황했다.

자신만큼 필사적일 것이라 생각했다. 빼앗기지 않으려 매달릴 줄 알았다.

정단은 예상과 전혀 다른 여자였다. 어떻게 반응해야 할지 모르겠다.

이제 됐지? 나가도 되는 거지? 정단은 자리에서 일어나고 싶었다. 나가고 싶었다. 적어도 아무렇지 않은 척, 상처받지 않은 것처럼 보이고 싶었다.

그런데 이상했다. 정단의 시야에 사빈이 보인다. 어떻게 알고 왔을까. 날 데리고 가려고? 여기서 꺼내주려고? 정단은 사빈을 향해 손을 내밀었다. 움직이지 않던 발이 그제야 바닥에서 떨어졌다. 하지만 사빈이 손이 향한 방향은 다른 쪽이었다.

정단의 남편이 다른 여자의 팔을 잡았다. 가느다랗게 긴 팔을 잡아 일으켜 세웠다. 그것을 바라보는 정단의 얼굴은 무감각했다.

자신이 자신이 아닌 것 같았다. 사빈이 사빈이 아닌 것 같다. 그리고 일은 순식간에 일어났다. 채영을 일으키고 다가온 사빈이 정단의 뺨을 때렸다.

짝—!

정단의 고개가 꺾였다. 목이 부러진 인형처럼 힘없이 바닥으로 떨어졌다.

왜?

쿵쿵…… 쿵쿵. 정단의 심장이 뛴다. 쿵쿵. 쿵쿵. 팔목과 목덜미, 머릿속 맥박이 요동친다.

"이게 무슨 짓이야."

사빈의 잇새로 새어 나오는 목소리는 무서웠다. 눈빛만큼이나 차갑고 날카로웠다. 정작 그렇게 묻고 싶은 건 정단인데 사빈이 정단을 추궁한다.

채영도 말을 잇지 못한다. 자신은 정단과 얘기를 하고 싶었을 뿐이다. 이렇게 만들 생각은 아니었다.

정적 속에 천천히 정단의 목이 움직였다. 돌아간 고개를 바로 한다. 한 가닥 머리칼이 뺨으로 흘러내렸다. 숨소리가 들릴 것처럼 고요한 움직임이다.

쿵쿵거리던 소리가 아득해졌다. 귀에서 울리는 이명이 멀어지고 평온이 돌아왔다. 마음이 한없이 내려앉아 아무것도 느낄 수 없었다. 표정없는 얼굴로 앞을 바라본다. 끼기긱 소리가 날 듯 빡빡하게 고개를 돌린 정단은 무심하게 사빈과 채영을 쳐다봤다. 우아하게 묶어 올렸던 머리카락만이 사빈이 한 짓을 말해주는 듯 정단의 한 쪽 뺨을 덮고 있었다. 흐트러진 머리와 붉은 기를 띠어가는 뺨이 아니라면 조금 전 일은 없었던 거라 믿을 정도로 단아한 얼굴로 처음엔 채영을, 이어 사빈을 바라보고는 바닥으로 시선을 내린다.

"얘기 끝났으니까 가봐야 할 것 같아요."

목소리에도 동요의 흔적은 없다. 조금 전, 채영을 대할 때보다 더 담담하다. 사빈과 채영 사이를 지나쳐 간다. 두 사람이야말로 하나. 정단은 혼자. 그렇지 않아도 작은 정단은 유난히 작아 보였다.

이제 정단에겐 갈 곳이 없다.

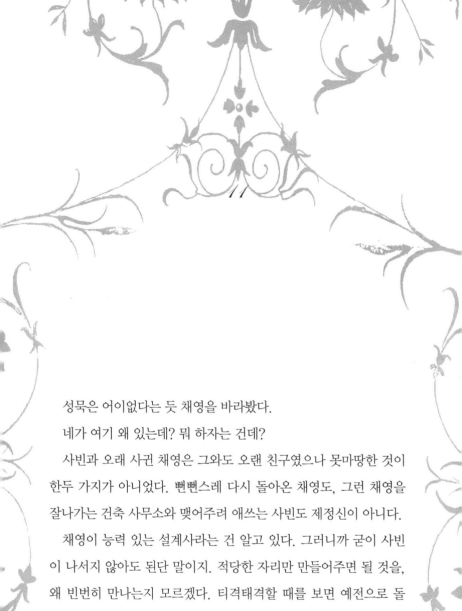

성묵은 어이없다는 듯 채영을 바라봤다.

네가 여기 왜 있는데? 뭐 하자는 건데?

사빈과 오래 사귄 채영은 그와도 오랜 친구였으나 못마땅한 것이 한두 가지가 아니었다. 뻔뻔스레 다시 돌아온 채영도, 그런 채영을 잘나가는 건축 사무소와 맺어주려 애쓰는 사빈도 제정신이 아니다.

채영이 능력 있는 설계사라는 건 알고 있다. 그러니까 군이 사빈이 나서지 않아도 된단 말이지. 적당한 자리만 만들어주면 될 것을, 왜 빈번히 만나는지 모르겠다. 티격태격할 때를 보면 예전으로 돌아간 것 같아서 성묵의 가슴이 철렁 내려앉는다.

결국 이번 사빈의 리조트 건에 채영은 합류하지 못했다. 이번 프로젝트는 전적으로 그에게 일임된 일이었으나 사빈은 채영을 옆에 둘 생각이 없었다. 채영에 대한 것을 따로 생각하고 있지만 채영이 원하는 방식대로는 아니었다.

"필리핀 리조트 사업인데 괜찮겠어?"

채영은 나긋하게 고개를 끄덕였다. 돈 냄새라면 기가 막히게 걸러내는 두견의 동생 두섭이 손대는 것이니 믿을 만했다. 필리핀의 오래된 호텔을 사들여 구조 변경 증축으로 새로운 리조트 사업을 시작하는 것이다. 제대로만 해낸다면 작게나마 이름을 날리는 것도 가능했다.

"점심 먹고 같이 갈까?"

사빈을 대동하는 것만큼 확실한 추천장은 없었다. 사빈은 자신의 시간을 할애하면서까지 채영의 경력을 쌓아주려 하고 있었다. 그러나 그 앞에 성묵이 나섰다.

"내가 가. 오늘 강두견, 빈센트 빵집 시제품 받는 날이니까."

빈센트의 글로벌한 사업채를 빵집이라 부르는 건 성묵밖에 없었다. 그렇게 질색하는 빈스 컬렉션이 도배되는 날 굳이 가지 않게 해주겠다는 제안이었다. 때마침 정 대리가 들어왔다.

"이사님, 성북동 임여실 여사님 전화데요."

"임 여사님?"

사빈이 전화를 받는 사이 성묵은 채영을 바라봤다. 그 시선에는 포기하라는 경고가 담겨 있었다. 이쯤 되면 연이 없는 것이다. 펼쳐져 있는 도면을 말은 성묵은 사빈을 기다리는 것처럼 앉아 있는 채영의 머리를 툭 쳤다.

"정채영, 면접 보러 안 가? 두섭이 쪽은 성 이사보다 내 빽이 센데?"

채영이 사빈을 바라보는데 사빈도 고개를 끄덕였다. 마지못해 성묵을 따라가게 생겼다. 채영은 불만스런 표정이었지만 통화에 집중한 사빈의 신경은 성북동에 쏠려 있었다.

"집사람을 불러들이셨다고요?"

말하자면 임 여사는 사빈의 세작이었다. 정단과 관련해 일이 생기면 귀띔해 달라는 부탁을 해두었다.

「말씀은 점심 하러 오시란 거였는데 큰마님을 통 알 수가 있어야지요. 안채로 들어가시면 무슨 일이 일어나는지, 무슨 말씀을 하시는지 알 수도 없고……. 늦게까지 붙들고 계시면 또 전화 줄 테니까 모시러 오세요. 사모님 주방에 나오셔도 일은 우리가 다 알아서 하니까 그 걱정은 하지 마시고. 괜히 낮부터 작은도령 드나들면 회장님 눈치채셔.」

류 회장이 떠난 직후부터였다. 받을 거 다 받아낸 진 여사가 정단에게 무슨 짓을 할지는 사빈도 알 수 없었다. 곱게 놔두지 않을 거란 사실만은 확실했다.

"네. 부탁드릴게요, 여사님."

지난번 채영과의 일 이후 제대로 정단의 얼굴도 보지 못한 상태였다. 문을 열 때는 분명 인기척을 느꼈는데 집 안으로 들어가면 후다닥 방으로 들어가는 소리만 남아 있다. 한동안 아침만 차려놓고는 2층 세탁실로 들어간 정단은 사빈이 출근할 때까지 나오지 않았다. 그것이 나아진 게 겨우 며칠 전이었다.

그래도 여전히 사빈이 가까이 갈 때는 흠칫흠칫 놀랐다. 어쩌다 손이 근처로 나갈 때면 움찔 물러서며 이마를 굳혔다. 눈을 마주치지 않고 시선을 피했다.

전화를 끊은 사빈은 이마를 문지르며 그날을 떠올렸다.

어머니의 호출을 받고 나간 참이었다. 명분 없는 자리쯤 무시할 수 있었지만 정단을 불러냈다는 말에 나갔다. 보이지 않는 곳에서 괴롭힘이라도 당할까 내키지 않는 자리임에도 달려갔다. 그런데 어머니와 똑같은 짓을 하고 있는 건 정단이었다. 4년 전 어머니가 하던 짓을 그대로 채영에게 하고 있었다.

참을 수 없었다. 정단에게 어머니의 모습을 겹쳐 보며 화를 참지 못했다. 정신이 돌아온 것은 정단의 뺨을 때린 손이 우릿한 통증을 전할 때쯤이다.

정단의 성격을 알면서. 그런 식으로 상대방을 끌어내지 않을 사람이라는 것을 알고 있었으면서도 채영에 대한 연민이 너무 컸다. 죄책감과 미안함이 채영 쪽으로 마음을 기울게 했다.

완벽히 걸려들어 버렸다. 진 여사가 꾸민 일이었다.

사실 그녀도 이렇게까지 타이밍이 좋으리라곤 생각지 못했을 것이다. 그저 채영의 존재를 정단에게 보이려 했을 뿐인데. 사빈까지 불러들인 것은 완벽한 균형을 위한 장식이었다.

이래도 네가 버틸 수 있을까?

애초 진 여사는 정단을 며느리로 들일 생각이 없었다. 은밀한 제안을 해왔던 류 회장이 원한 것은 그저 정단과 사빈을 만나게 해달라는 것뿐이었다. 정말 정단과 사빈을 한 번 만나게만 해주면 되는 일이었다. 그게 끝이었다. 그런데 사빈이 정단을 마음에 들어할 줄이야.

그래도 영빈의 부도까지 시간을 끌 생각이었다. 약혼 정도로 류 회장을 달랠 수 있었다. 그 상태로 원하는 것을 얻어내면 그만이었다. 그러나 손을 쓰기 전 사빈이 성 회장에게 정단을 소개해 버렸다. 진 여사가 선보인 며느릿감인 이상 성 회장도 반대할 이유가 없었다. 그쯤 되니 진 여사도 어쩔 수 없었다. 류 회장과의 밀약은 성 회장에게도 알릴 수 없는 것이었다. 자식을 흥정 대상으로 삼은 자신을 남편이 알게 할 수는 없었다.

그러니 정단 스스로 나가게 만들어야 했다. 도저히 견딜 수 없게 지쳐 떨어지게 해야 했다.

이혼쯤이야 흠도 아니었다. 모양새 좋게 내보낼 수만 있다면.

그래서 진 여사는 정단에게 또 다른 수를 보인다. 이번엔 비장의 카드였다.

"안녕하세요?"

특별한 부름 없이는 집안일을 하는 사람도 들어갈 수 없는 안채. 그 안에는 정단보다 먼저 온 여자가 있었다.

"영국에 있어서 사빈 오빠 결혼식엔 못 갔는데. 처음 뵙네요?"

정단보다 한두 살 많으려나? 어쩌면 같은 나이일지 모르겠다. 앳된 얼굴의 여자가 정단에게 다정하게 인사를 건넸다.

"오빠가 잘해주세요? 좀 무뚝뚝하죠?"

결 좋은 머리카락이 그녀의 고갯짓을 따라 움직였다. 하얀 얼굴에 반짝이는 머리. 별다른 치장을 하지 않아도 화사해 보이는 여자는 딱 봐도 아가씨였다. 좋은 집에서 귀여움받고 자란, 사빈과 같은 과의 여자다.

"그래도 잘해줄 땐 잘해주는데."

사빈을 잘 아는 것처럼 말한다.

"어르신도 저 들어올 때까지 기다려 주시기로 해놓고. 맘 놓고 있다 오니까 사빈 오빠 결혼해서 얼마나 속상했는지 아세요?"

괜한 푸념처럼 말하지만 정단은 느낄 수 있었다. 과시하기 위함이라는 것을. 원래는 내가 결혼할 남자였다. 그걸 네가 가로챈 것이다. 내가 그 사람을 더 잘 알고 있다.

사실이었다. 사빈이 채영과 헤어진 다음은 그녀 차례였다. 삼선 의원을 지낸 조부에, 법조계 인사 부친, 한국에서 손꼽히는 요식업 체를 갖고 계시는 어머니까지. 진 여사가 탐낼 만했다. 영빈이 아니 었다면 정말로 추진해 봤을 만한 결혼이다.

물론 사빈이 정단과 결혼한 지금도 그다지 나쁜 상황은 아니다. 이혼남이라 해도 사빈의 가치는 높았다. 집안이나 학벌을 봤을 때 도 그랬지만, 아이러니하게도 이곳 시장에서 사빈의 몸값을 올려놓 은 것은 채영이었다.

정채영. 내세울 것이라고는 쓸 만한 머리밖에 없었던 그녀가 이 들 세계에 알려진 것은 사빈 때문이었다. 성진의 둘째 아들. 일찌감 치 큰아들을 후계자로 점지한 진 여사가 정계로 밀어 넣을 준비 중 이었던 그에게 모든 걸 내려놓게 한 여자가 채영이었다.

적어도 처음 진 여사가 채영에 대해 알았을 적에는 사빈이 가지 고 놀다 버릴 인형에 지나지 않는 존재였다. 아직 20대 중반인 아들 에겐 그래도 너그러운 진 여사였다. 결혼 전 여자 한둘 거느리는 거 야 대수로운 일도 아니었다. 그것이 끝나지 않음이 문제였지만. 대 학도 졸업하기 전의 유학은 성진그룹 일원의 정해진 수순처럼 보였 으나 채영과 떨어뜨려 놓기 위한 서두름이었다.

거리를 두면 끝날 줄 알았다. 사빈이 돌아올 때쯤이면 달라질 것 이라 믿었다. 채영과 자신의 세계가 다름을 깨닫길 바랐다. 그러나 진 여사의 기대는 보기 좋게 깨졌다. 잘 놀고 끝낼 것이라 생각했던 채영과 사빈의 관계에는 특단의 조치가 필요했다.

진 여사는 사빈을 선택의 기로에 세웠다. 채영을 버리느냐, 자신이 가진 것을 모두 내놓느냐였다. 상투적이었으나 가장 효과적이고 빠른 방법이었다. 여간해서는 실패하기 힘든 조치였다.

진 여사는 승리를 자신했다. 자식이 자신의 것이라 믿었으니까. 누구보다 자신의 아들을 잘 안다고 생각했으니까.

하지만 사빈은 언제나 그녀의 손을 벗어나는 아들이었다.

자신의 주먹을 폈다. 자신이 가지고 태어난 것 전부, 성 회장과 진 여사가 쥐어준 것 모두를 내려놓았다. 진 여사가 공들여 맛들여 놓은 설탕과자집에서 뛰쳐나갔다. 그 여자, 정채영 하나를 위해 모든 권리를 포기했다. 찬란한 미래까지.

일찍이 그들 세계에 없는 남자였다. 자신을 버렸을 뿐 아니라 그들이 절대 신봉하던 피라미드탑을 허물어뜨렸다. 그들 생태계를 훼손한 진범이 되었다.

그러나 그것이 사빈의 가치를 높였다. 그곳에서 자신이 가진 것을 버릴 수 있는 사람은 없었다. 자신의 것은 아무것도 놓지 않으려 한다. 가지고 놀다 말지언정, 버릴 각오는 할 수 없다. 모두가 인형은 뒤로 숨긴 채 자신의 것을 누린다. 남자는 조금 더 쉽고 당당할 뿐, 여자라고 불가능한 것은 아니었다.

그런 세계에 그래도 정상적인 결혼을 꿈꾸는 여자들에게 사빈은 탐나는 존재였다. 사빈의 순애보적인 애정의 대상인 채영이 이 세계 남편감으로서의 사빈의 평판을 높게 했다. 그러면 그들 세계 그 어떤 남자보다 나을 것이니까. 적어도 자신 외의 여자가 두 명은 되지 않을 테니 말이다.

지금 진 여사가 정단 앞에 보란 듯이 내놓은 아가씨도 그런 여자들 중 한 명이었다. 한 번 결혼한 것쯤이야 아무것도 아니었다. 어쩌면 정단을 밀어내고 그 자리에 앉혀주겠다 이미 약속을 받은 것인지도 모르겠다.

말하지 않아도 진 여사의 속내를 알 수 있었다. 일부러 정단에게 드러내고 있는 것이다. 알아서 사라져 버리라고 말하고 있다. 정단을 대신할 아가씨를 보이면서.

그녀는 또 한 명의 자신이었다. 정단 대신 예쁘게 맞춰 넣을 며느리. 채영을 불러들였지만 받아들일 생각은 없다. 정단을 치우기 위한 도구일 뿐, 그 목적을 이루고 나면 물러나야 한다. 지금 당당하게 자신을 향해 웃은 아가씨에게 자리를 내어줘야 한다.

그러나 지금 정단이 채영 걱정을 하고 있을 때는 아니었다.

"나는 궁금하구나, 네가 언제 나갈지."

차를 마시던 진 여사의 말에 시중을 들던 아가씨가 반짝 고개를 들었다. 기대 가득한 눈으로 정단을 쳐다본다. 대답을 기다리는 것 같다.

이상하게 골려주고 싶은 기분이다. 원하는 것을 주지 않는다면 저 아가씨 어떤 표정 지을까. 정단은 찻잔에서 고개를 들었다. 아무 말 없이 미소를 지었다.

그래 봤자 아무것도 느끼지 못한다. 그런 말 따위 아무런 영향도 미치지 못한다. 평온하게 다시 차를 마신다.

정단에게 압박을 주려던 진 여사의 계획은 실패다. 외려 자신이 초조함을 느낀다. 적어도 정단은 제 발로 나가 줘야 했다. 그냥 뒀다 내치면 될 것을 굳이 공들여 잡은 데는 그만한 이유가 있었다. 조용히 사라지지 않고 법적인 선까지 건드리면 곤란하다. 추문이야 돈을 쓰고 시간이 지나면 가라앉는 법이나 사빈의 경우는 달랐다. 정계로 내보낼 그녀의 계획에 차질이 생긴다. 조강지처를 버렸다는 치명적인 꼬리표가 될 수 있다.

우아한 산호색 립스틱을 바른 입술로 찻잔을 머금은 진 여사는 차갑게 정단을 바라봤다.

제가 있을 자리가 아니라는 것을 알게 해줘야겠군. 더욱 철저하게 차이를 느끼게 해줘야겠어. 감당할 수 없게, 제 스스로 박차고 나가게.

진 여사는 그렇게 생각하며 정단을 노려보고 있었지만 그날을 정하는 것은 정단이었다. 절대로 끌려 나가지는 않는다.

「아가씨. 천 실장입니다.」

정단이 천 실장의 전화를 받은 것은 돌아오는 길이었다.

「잠깐 뵐 수 있을까요.」

그 전화에 정단은 혼자 움직였다.

"윤 대리님 먼저 들어가세요. 들렀다 갈 데가 있어요."

그리고 차에서 내려 간 곳은 집에서 조금 떨어진 거리의 카페다.

한낮 주택가 안의 카페는 한가했다. 그곳에서 천 실장을 찾는 것은 쉬웠다. 정단을 알아본 그도 자리에서 일어났다.

"잘 지내셨습니까."

며칠 만에 다시 보는 그는 물었다.

하지만 정단은 그저 웃었다. 잘 지냈다고 할 수 있을까?

천 실장도 정단의 울 것 같은 웃음에 익숙했다. 울 수 없어 웃는 정단의 얼굴. 그런 정단 앞에 낡은 나무상자를 꺼내놓았다.

"할머님 병실에서 챙겨두었던 겁니다. 지난번엔 드릴 경황이 없었습니다."

그것을 본 정단의 얼굴이 환해졌다.

"못 찾는 줄 알았는데."

엄마의 유품상자였다. 정단의 엄마 은옥의 장례를 치르고 은옥이 쓰던 물건과 사진을 넣고 정단과 할머니가 엄마의 유품상자라고 불렀던 것이다. 이젠 할머니의 유품상자라 불러야 할지도 모르겠다.

뚜껑을 열자 정단과 은옥, 할머니의 사진이 나온다. 엄마의 얼굴, 할머니, 그리고 어쩌면 가장 행복했던 때였을 지도 모르는 정단이 있다. 아무것도 몰랐던 시절, 옥탑방이 제일 좋은 집인 줄 알았던 어린 날. 그때 정단은 아무것도 모르고 해맑기만 했다.

이상하게 코끝이 찡했다. 보고 있으니 마치 그때로 돌아갈 수 있을 것 같은 착각이 들었다. 엄마도 있고 할머니도 있던 행복했던 그때로. 그때 천 실장이 사진 속에서 익숙하지 않은 사진 한 장을 꺼냈다.

"할머님이 돌아가시기 전 마지막으로 보셨던 겁니다."

그것을 받아 든 정단의 표정이 묘해진다.

자신의 사진이었다. 류 회장의 집으로 들어가고 사빈을 만나기 전 맞교환용으로 찍은, 말하자면 맞선용 사진이다.

"할머님께 말씀드렸지요, 아주 잘생긴 청년과 결혼할 거라고. 그랬더니 얼마나 좋아하셨는지."

"좋아하셨어요?"

안 봐도 알 것 같다. 할머니가 얼마나 쓰다듬었는지 정단의 얼굴 부근과 다른 데의 질감이 달라져 버렸다. 하지만 조금도 행복해 보이지 않는 자신의 얼굴을 보며 정단은 중얼거린다.

"웃을걸."

할머니가 볼 줄 알았으면.

어쩐지 눈물이 번진 것 같은 사진에 얼굴을 묻는다. 할머니의 손가락 감촉이 느껴지는 것 같았다. 얼굴을 쓰다듬는 것 같았다. 한동안 정단은 고개를 들지 못했다. 눈물이 그치질 않았다.

그러나 가져올 수는 없었다. 과거가 고스란히 담긴 것을 집에 보관할 만큼 담력 넘치진 못했다. 거기다 지금 가져올 필요는 없었다. 곧 옮기게 될지도 모르니까.

"가지고 계셔주실래요? 찾으러 올게요. 그때까지 잘 보관해 주세요."

정단의 말에 천 실장도 이유를 묻지 않았다. 고개를 끄덕였을 뿐이다.

초조해 보이는 사빈이 전화기를 들었다. 심각한 얼굴로 전화를 걸더니 고개를 갸웃하며 끊는다.

임 여사에게 다시 연락이 온 것은 3시 즈음이었다. 정단이 돌아갔다는 전화였다. 그럼 지금쯤 들어갔어야 하는데 아무도 받지 않는 집전화에 윤 대리에게 전화를 건다.

아직 정단의 핸드폰으로 전화를 걸 용기는 없었다.

"안사람, 일 다 끝났습니까?"

두섭의 회사를 방문하고 온 성묵과 채영도 심각한 사빈의 목소리를 듣고 있었다.

「성북동에서는 나오셨는데요.」

윤 대리의 말에 미간이 조여든다.

"집으로 간 거 아닙니까?"

「나오시던 길에 약속이 생기셨습니다. 전화를 받으시더니 혼자 다녀오시겠다고.」

"언제쯤이었습니까."

사빈은 이상하게 진지했다.

「3시 좀 지났던 것 같은데요, 이사님.」

아무래도 성북동 집에 불려간 것이 마음에 걸렸다. 어머니가 채영에게 무슨 짓을 했는지 알고 나서는 더욱 마음이 놓이지 않았다.

"알았습니다. 혹시 모르니까 대기하고 있어주세요."

그렇게 통화를 끝내고 잠시 자리를 지키나 싶더니 얼마 지나지 않아 일어난다.

"잠깐 나갔다 올게요, 정 대리. 전화는 본부장한테 돌리세요."

졸지에 일을 떠맡게 된 성묵은 번뜩 눈을 뜨며 고개를 들지만 사빈은 사라진 다음이었다.

"성 이사, 무슨 일 있어?"

묻지만 정 대리도 고개를 저었다. 사빈이 나간 문만 멀뚱멀뚱 바라볼 뿐이다.

그 가운데 가만히 앉아 사빈의 빈자리를 바라보는 채영의 표정은 서늘했다.

하던 일을 어떻게 마무리 짓고 왔는지 생각할 여유도 없었다.

지금이 6시. 정단이 집에 들어오고도 남을 시간이다. 어딜 갔기에 아직인 거지? 조금 더 기다리다 전화를 걸어야겠다 생각하는데 욕실에서 인기척이 느껴졌다. 물소리였다.

그것은 정단이 돌아왔음을 말해주고 있었으나 안도하는 것도 잠시, 들리는 것은 물소리만이 아니었다. 흐느끼는 소리. 물을 틀어놓고 숨죽여 우는 소리. 쏟아지는 물소리에 묻혀 잘 들리지 않지만 분명 정단이 우는 소리였다.

정단이 천 실장과 헤어지고 집으로 돌아오는 길은 이상하게 추웠다. 집으로 들어오자마자 욕조에 뜨거운 물을 틀고 앉았다. 옷도 벗지 않은 채였다.

뭔가 가슴속에 들어간 것 같았다. 몽글몽글 움직이는 것이 가슴을 흔들었다.

울음이 터진 건 갑자기였다. 울음소리가 욕실에 스몄다.

천 실장과 있을 때만 해도 이렇게 서럽지는 않았다. 엄마의 유품상자를 보며 즐거웠던 때를 기억했을 뿐이다.

얼굴을 타고 흐르는 것이 물이라 생각했지만 말라 버렸다 생각한 눈물이다.

뭐가 슬픈지 눈물이 났다. 어디가 아프다고 우는지 모르겠다.

자신의 어깨를 끌어안는다. 이제 울어도 달래줄 사람은 없다. 엄마도 할머니도 유품상자 속에. 정단을 품에 안아줄 사람은 이제 어디에도 없다.

그래서 추운가 보다. 그래서 슬픈가 보다.

그 슬픈 소리를 들은 사빈의 다리가 욕실로 움직이지만 안으로 들어가지는 못하고 멈춘다. 문 앞에 가만히 이마를 기대고 선다. 흐느낌이 들려올 때마다 손이 움찔거렸지만 사빈은 가만히 주먹만 쥐었다 폈다.

아무도 없을 때면 이렇게 혼자 우는 건가?

어쩌면 성북동에서 일이 있었던 건지 모른다. 정단이 울 일은 그것밖에 없다. 아니면 잠적한 류 회장의 소식이라도 들은 걸까?

그렇게 문 앞을 지킨 게 얼마나 됐을까. 아무리 시간이 지나도 정단의 울음소리는 그치지 않았다.

사빈은 문을 등지고 앉았다. 등 뒤로 정단의 흐느낌이 느껴진다. 사빈의 몸도 정단이 우는 것처럼 흔들리는 듯했다.

그러나 달래줄 수는 없다. 먼저 울린 건 그였다. 어쩌면 지금도 그 때문에 우는지 모른다.

이 손으로 어떻게 눈물을 닦아주지? 정단의 뺨을 때렸던 손을 내려다본다. 차마 왜 우느냐 묻지 못한다. 그에게는 그럴 자격이 없다. 다시 문으로 다가가는 손을 거두고 침실을 나오다 정단이 있는 욕실을 돌아본다.

울지 마라, 류정단.

그런 사빈의 마음이 정단에게 들렸을지 알 수 없다.

욕실에서 나온 정단은 머리를 채 말리기도 전 잠이 들었다. 몸이 침대 속으로 뚝 떨어지는 것처럼 무거웠다. 침대가 정단을 빨아들이는 듯 놓아주지 않았다. 어둠이 정단의 몸을 타고 올랐다.

사빈이 다시 집으로 돌아온 것은 자정이 지나서였다. 채영이 있는 회사로 돌아간 것은 아니었다. 술 몇 잔에 혼자서 시간을 보냈다.

괜한 얘기를 하게 될까 성묵은 부르지 않았다. 성묵은 채영에 대해 얘기하고 싶은 눈치나 다른 누군가에게 할 수 있는 이야기가 아니었다.

혼자 문을 열고 들어가는데, 이렇게 싸늘한 집은 결혼 후 처음이었다. 언제나 문이 보이는 거실에 앉아 있던 정단이 보이지 않는다. 그가 들어올 때까지 불을 끄지 않고 기다리던 온기가 없다.

어둠 속에서 움직여 침실 문을 찾는다. 문을 열자 이윽고 찾아오는 안도감. 침대 위에 잠들어 있는 정단이 그를 안심시켰다. 작은 스탠드의 은은한 불빛이 비스듬히 기울어진 정단의 얼굴을 비추고 있었다. 비스듬히 기울어진 정단의 얼굴 위로 긴 속눈썹의 그늘이 내려앉았다. 부은 것 같은 눈과 입술이 그의 마음을 무겁게 했다.

사빈은 살며시 정단의 얼굴을 쓰다듬는다. 이마에서 뺨으로 턱으로 이어지는 볼을 쓸어내렸다. 그리고 그 옆에 눕지만 계속 정단을 바라볼 수는 없었다. 불그스레한 빛을 띤 뺨이 사빈의 가슴을 따끔거리게 했다. 얇은 피부에 부딪치던 감각이 생각났다.

고개를 돌린다. 등을 돌려 눕는다.

새벽녘. 눈을 뜬 정단이 본 것은 자신을 외면하는 그 뒷모습이다. 쌀쌀맞고 무심한 등에 정단의 눈에서 눈물이 떨어졌다.

날 버리지 말아요.

그렇게 말하고 싶지만, 이제 그에게 아무것도 될 수 없음을 깨달은 정단은 소리 죽여 운다. 혹여 사빈이 깰세라 입을 막는다.

아침이 되었을 때 정단은 완벽한 아내의 모습으로 돌아가 있었다.

"늦으니까 먼저 자고 있어, 기다리지 말고."

사빈의 말에 가슴은 싸늘해졌지만 정단은 미소 띤 얼굴로 고개를 끄덕였다.

웃어. 보고 있잖아.

사빈이 나갈 때까지 억지로 입가를 당겼다. 지긋한 눈으로 자신의 남편을 바라봤다.

지끈거리는 두통을 참으며 만든 얼굴이었지만 정단을 돌아본 사빈은 그것이 마음에 들지 않았나 보다. 미간을 굳힌다. 차갑게 한마디 던지고 돌아선다.

"그렇게 웃지 마."

정단의 마지막 남아 있던 호의에 대한 명백한 거절이었다.

이제 다시 그가 웃으라 할 때까지 정단이 웃는 일은 없을 것이다.

아쉽게도 그 시간은 얼마 남아 있지 않았다.

그날 점심 무렵 잠이 들었던 정단이 깬 것은 도어벨 소리 때문이었다. 눈을 쪼는 듯한 아픔에 떠지지 않는 눈을 억지로 떠 문으로 나갔다. 퀵으로 배달된 것은 정단에게 온 작은 뭉치였다.

그것을 받긴 했지만 정단은 머리에 추가 달린 것처럼 고개를 들어 올리기가 힘들었다. 두통과 살을 에이는 고통에 숨을 쉬는 것도 힘들 만큼 몸이 아팠다.

어제부터 이상하다 싶었다. 그냥 추운 게 아니었다.

약을 찾아 주방으로 나온다. 선반에서 감기약을 꺼낸다. 노란 알약을 삼키고 방으로 돌아가려 했다. 더 자고 싶었다.

하지만 거실을 그냥 지나치지 못했다. 이마를 한 번 누르고 놓아둔 노란색 소포용지를 뜯었다.

뜯지 말아야 하는 물건이었다. 종이를 한 겹 벗기자 드러나는 것은 사빈과 채영이 나란히 걷고 있는 사진이다.

후드득 들고 있던 것을 떨어뜨리고 만다. 바닥에 흩어진 사진들은 적나라하게 사빈과 채영의 관계를 설명하고 있었다. 너는 아니라고. 거긴 너의 자리가 아니었다고 말하고 있다.

정단은 웃으며 바닥에 주저앉았다. 일부러 이럴 필요는 없잖아. 알고 있는데. 한 장, 한 장 사진을 줍는다. 그것을 주워 올릴 때마다 정단의 얼굴에서 웃음이 사라졌다.

아팠다. 너무 아팠다.

머리 위 천장이 빙글빙글 돈다. 바닥이 꿈틀꿈틀, 정단을 뒤흔든다.

신음이 정단의 입을 타고 흘렀다. 힘을 주고 일어나지만 금세 다시 바닥이 뒤집힌다. 몸을 움직이려 해도 그 자리 그대로다. 그래도 정단은 마지막 남은 힘을 모아 일어났다. 선반을 잡고 탁자로 간다. 핸드폰을 집어 들었다. 어질어질한 시야 속에 가까스로 윤 대리의 전화번호를 찾았다.

"윤 대리님……."

목 안 깊숙이 잠긴 목소리는 쇳소리가 되어 나왔다.

「사모님?」

그도 정단의 목소리를 못 알아듣는 듯하다. 정단도 자신의 것 같지 않은 목소리에 놀랐다.

「바로 모시러가겠습니다.」

아직도 다리가 휘청거렸지만 어떻게든 바깥으로 나가야 했다. 벽을 잡고 문으로 간다. 문을 열어놓고 윤 대리를 기다린다.

계단이 이렇게 높았던가. 계단이 정단을 덮칠 듯 울렁였다. 토할 것 같은 어지러움에 배를 감싸며 주저앉았다. 가만히 앉아 있자 문 앞에 멈추는 불빛이 보였다. 윤 대리겠지? 반가움에 웅크렸던 몸을 펴지만 순간 아찔함을 느낀 정단은 돌아가는 세상 속으로 쓰러졌다.

바닥이 블랙홀처럼 정단을 빨아들이고 있었다. 꾸물꾸물 검은 세상이 몰려오고 있는 가운데 시간이 정지된 것처럼 소리도, 감각도 느껴지지 않았다.

"사모님—!"

멀리서 웅웅거리는 소리와 함께 윤 대리의 목소리가 들렸지만 그 또한 어둠에 흡수되어 정단의 뇌까지 전달되지 못한다. 그저 자신을 그 속에서 꺼내달라고, 들리지 않는 목소리로 외치고 있을 때 시원한 손이 정단의 이마에 닿았다. 그 서늘함에 정단은 어지러움이 가시는 것 같았지만 윤 대리는 정단에게 느껴지는 열기에 다급해졌다. 정단을 일으켜 세우다가는 화들짝 놀라 물러앉는다.

"……사모님."

정단이 눈을 뜨는데 그가 무엇 때문에 그렇게 놀랐는지 알 수 없다.

그러나 곧 왼손을 감아 도는 축축한 기운에 힘없이 처지는 손을 들어본다. 그러자 눈에 들어오는 붉은 줄기. 새까맣게 타들어가는 붉음이 보인다. 그것을 보는 순간 정단의 눈은 고통 속에 일그러졌다.

"사모님! 사모님—!"

정단은 자신을 집어삼키는 불길을 보며 눈을 감았다.

'너무 뜨거워. 누가…… 날 좀…….'

윤 대리가 정단을 안아 일으키지만 정단의 목은 힘을 잃고 떨어졌다. 손에서 흘러내리는 피는 병원에 도착할 때까지 윤 대리의 셔츠와 차 시트를 붉게 물들이며 번졌다.

사빈이 정단의 입원 사실을 안 것은 한참이 지난 후였다.

바로 알려야 했지만 정단과 의사를 쫓아다니느라 윤 대리의 연락이 늦었다. 거기다 그것도 즉시 연결되지 않았다.

뒤늦게서야 연락을 받은 사빈은 병원이라는 말이 나오자마자 자리에서 일어났다. 윤 대리의 목소리가 책상 위에 던져진 수화기로 흘렀지만 사빈은 모든 것을 뒤로하고 침착히 걸어나왔다. 그러나 그의 얼굴은 곧 폭발할 것처럼 단단하게 당겨져 있었다.

　"정 대리, 차 빼놓으라고 하세요."

　목소리도 다급함과 알 수 없는 분노로 응집되어 있었다. 침착하던 발걸음이 빨라지더니 엘리베이터에서 내릴 때쯤엔 뛰고 있었다.

　차에 올라 다시 윤 대리에게 전화를 건다.

　"어디가 안 좋습니까. 많이 아픈가요?"

　앞거울로 보이는 사빈의 얼굴은 일그러져 있었다.

　「열이 심하십니다. 감기도 겹치고 과로한 상태라고 합니다.」

　열이라고?

　윤 대리와 통화를 끝낸 사빈은 핸드폰을 조수석에 던졌다.

　젠장. 젠장…… 젠장!

　수월하게 빠지지 않는 길에 애꿎은 운전대만 때렸다. 며칠 전 채영과 만났던 카페에서 혼자 뒤돌아 가던 정단의 뒷모습이 자꾸 떠올랐다.

　"오셨습니까, 이사님."

　상태를 지켜보고 있던 윤 대리가 사빈이 들어오는 것을 보고 자리에서 일어났다.

　"상태는요?"

　"다행히 크게 나쁜 건 아니라고 합니다. 열이 높아서 그렇지, 안정만 하면 괜찮아지실 거라고요. 기력이 많이 떨어져서 지금 영양제 맞고 계시는 중입니다."

그는 별로 나쁘지 않다고 말하고 있었지만 사빈의 눈에는 그렇지 않았다. 가는 관이 삽입된 팔이 안쓰럽다. 얼마나 가는지 잡아보는데 손안에 들어가고도 남을 정도다. 얼마 전까지만 해도 이렇진 않았던 것 같은데. 사빈은 정단의 팔에서 손을 떼지 못한다.

그러나 놀랄 건 그게 아니었다. 하얀 붕대로 감겨져 있는 손. 시트에 가려 잘 보이지 않는 그것을 발견한 사빈은 오싹함을 느낀다.

"이건 뭡니까."

붕대에 감겨 있는 손을 들여다보며 묻는다.

"그게, 사고가 있으셨습니다. 병원으로 모시는데 사모님이 쓰러지셔서……."

"쓰러져?"

사빈은 몸을 숙여 잠들어 있는 정단의 이쪽저쪽을 살핀다. 혹여 다른 곳은 다치지 않았는지 확인한다.

"손만 다치셨는데……. 그게……."

붕대에 감긴 손을 심각한 표정으로 만져 보던 사빈은 뭐냐는 듯 윤 대리를 바라보았다.

"동맥을 건드려서 출혈이 심하셨습니다."

"동맥이요?"

순간 사빈의 표정이 아득해진다.

"얼마나 다쳤길래, 어떻게 쓰러졌길래요."

"계단에서 쓰러지셨는데 화병이 깨지면서……. 제가 도착했을 땐 깨진 화병 위에 계셨습니다."

사빈의 서슬 퍼런 노기를 느낀 윤 대리는 그것이 자신의 불찰이라도 되는 것처럼 면목이 없다.

"그럼, 치료는 잘 끝난 겁니까?"

"네. 꿰매기는 했지만 되도록 흉터는 남지 않도록 잘 말씀드렸습니다."

사빈은 땀이 배어난 정단의 이마를 매만졌다.

"언제까지 있어야 합니까?"

정단의 피부를 뚫고 들어갔을 바늘을 생각하자 절로 주먹에 힘이 쥐어지는 것 같았다.

"열이 내리면 퇴원하셔도 된다고 했습니다."

"그래요. 그럼, 윤 대리는 가보세요. 제가 있으니까."

사빈이 왔으니 자신이 있을 필요가 없다는 것을 알면서도 윤 대리는 쉽게 병실을 나오지 못한다.

"그래도 내일 출근하시려면 간병인이라도……."

"하루 정도 병원에서 지내도 지장 없습니다."

"하지만……."

윤 대리는 사빈이 병원에서 밤을 샌다는 것이 걸렸지만 더 이상 말하고 싶지 않다는 사빈의 눈빛을 보고 물러선다.

"알겠습니다. 그럼 내일 다시 오겠습니다."

윤 대리가 나가고 나서야 사빈은 침대 옆 작은 의자에 앉았다. 수건으로 정단의 땀을 닦고 머리카락을 넘겨준다. 조금 전까지는 윤 대리를 의식해 제대로 만지지도 못했다. 이제 정단과 단둘이 된 사빈은 조심조심 정단을 쓰다듬는다. 창백한 얼굴을 쓸어내린다. 하지만 정단의 뺨에 이르러서는 손을 멈춘다.

아직도 얕은 열기가 느껴지는 뺨 위에서 사빈은 꼼짝도 못한다. 쉽게 손을 얹거나 만지지도 못한다. 만지면 부서질 것처럼, 무너질 것처럼 떨리는 움직임으로 서성이고 있다. 망설이던 손은 한참이 지나서야 멈칫멈칫 정단의 뺨을 쓰다듬었다. 얇은 조직이 곱게 엉긴, 조금이라도 힘을 주면 찢어질 것 같은 피부였다. 이 여린 뺨을 어떻게 때린 거지? 사빈은 자신의 손보다 작은 얼굴을 보며 쓰다듬던 손을 거두었다.

'어떻게 미안하다고 말해야 할까……'

계속 내려보고 있던 사빈이 살짝 벌어져 있는 정단의 입술에 입을 맞춘다. 정단의 입술은 몸에서 나는 열보다 더 뜨거웠다. 그 안에 웅크리고 있을 부드러운 것은 그보다 더 뜨거울 것이었지만 갈라진 입술이 아플세라 사빈은 부드럽게 입만 맞췄다.

"언제 일어날 거야?"

마지막으로 살짝 정단의 숨을 빨아들인 사빈은 정단의 귀에 속삭이고 일어났다.

이제는 정단의 다친 손을 살피기 시작한다. 하얀 붕대 아래 작은 손가락이 빼꼼히 나와 있다. 사빈은 그 손가락 하나하나에 입을 맞췄다. 잠들어 있으면서도 작게 꼬물락거리는 움직임이 느껴졌지만 그 손을 놓아주지 않는다. 자신의 뺨으로 가져간다. 그렇게 한참 동안 자신의 뺨으로 정단의 부드러운 손의 감촉을 느꼈다. 정단의 온기를 품고 있는 것이 얼굴을 보듬고 있는 듯했다. 그저 그의 손을 따라 움직이는 것이었지만 사빈은 정단의 손길을 느끼며 눈을 감았다. 마음이 평온해졌다.

하지만 무언가 허전했다. 무언가 빠진 느낌이다. 무엇 때문일까 곰곰이 생각하던 사빈은 정단의 손가락에 있어야 할 것이 없음을 발견했다. 가느다란 정단의 손가락과 어울린다고 생각했던 반지가 없었다.

벌떡 일어난다.

수천만 원의 고가를 자랑하는 반지라서가 아니었다. 그런 거야 원한다면 더 크고 화려한 것으로 얼마든지 사줄 수 있지만 이것은 결혼반지였다. 의미가 다르다.

자신이 없는 사이 정단이 깨지는 않을까 걱정하며 병실을 나선다. 병실을 나서기까지는 조심스럽고 신중하던 발걸음이 병실을 나가자마자 다급해졌다.

"711호 환자요. 혹시 병원 올 때 반지 끼고 있지 않았습니까?"

센터를 지키고 있던 간호사 모두들 사빈의 수려한 외모에 놀라는 눈치다.

"711호 특실 여자환자분 말씀하시는 겁니까?"

"네. 오전에 입원했는데요."

"봉합시술 때 반지나 시계는 모두 뺐을 겁니다. 보호자분께 드렸을 텐데……. 못 받으셨나요?"

그러고 보니 다친 손이 왼손이었다. 왜 그 생각은 하지 못한 것일까. 조급함에 성급히 행동한 자신을 돌아보니 웃음이 나왔다. 그러면서도 자신에게 냉큼 반지를 전해주지 않은 윤 대리가 괘씸하다. 경황이 없어 잊은 것이라 이해는 되지만 내일 당장 가져오게 해야겠다. 오른쪽이든 어디든 성한 손에라도 끼워야겠다 생각하며 사빈은 조용히 병실로 돌아갔다.

그가 나올 때와 마찬가지로 잠들어 있던 정단은 시간이 지나도 깨지 않았다. 지금 상태에는 안정제도 버거웠나 보다. 저녁 식사가 나와도 일어나지 않는 것에 억지로 깨워야 했다. 영양제가 들어가고 있다지만 몸이 많이 축난데다 언제부터 끼니를 거른 것인지 알 수 없다고 윤 대리가 말했다.

"정단아, 일어나. 일어나야지."

사빈은 정단의 뺨을 두들겼다. 부드러운 목소리로 불렀다. 그러나 잠들어 있는 정단은 또 다른 혼란 속에 빠지고 있었다.

멀리서 자신을 부르는 사빈의 목소리가 들렸다. 달콤하고 부드럽게 자신을 부르고 있다.

하지만 행복한 미소를 짓는 순간 사빈은 정단을 밀쳤다. 아픔을 느낄 새도 없이 그의 손이 정단의 뺨을 때렸다.

두 다리가 서 있는 땅이 사라지는 느낌이었다. 아무리 손을 뻗어도 그는 정단의 손을 잡아주지 않았다. 멀어져 가는 그에게 자신을 버리지 말라 외치지만 까무룩한 어둠에 갇힌 정단에게 더 이상 사빈은 보이지 않는다. 버려졌다.

"할머니…… 할머니."

그 순간 어둠 속에서 자신의 목소리가 들렸다.

"할머니!"

울음 섞인 비명. 저 날이 무슨 날이었는지 기억한다.

할머니가 쓰러진 날이었다. 엄마를 좀먹은 병이 할머니 안에서도 존재를 알린 날이었다.

겨울. 시장 골목에서 전을 부쳐 팔던 할머니를 마중 나간 정단의 눈에 배를 움켜쥔 채 웅크린 할머니가 보였다. 달려가 부축하지만 딱딱하게 굳은 할머니는 움직이지 못했다. 일어나지 못하는 할머니를 정단은 일으켜 세우려 애썼다. 엄마의 마지막 모습을 떠올리며 머릿속에는 '병원, 병원……' 이라는 단어밖에 생각나지 않았다. 빨리 병원에 가야 한다고, 할머니를 일으켜야 한다고 생각했다.

그때 경악한 사람들의 목소리가 들렸다.

"학생! 학생 손 좀 봐!"

누구에게 말하는 건지 몰랐다. 손이 어떻다고. 무심히 자신의 손을 내려다봤다.

"어떡해! 저 학생 손!"

그들이 말하는 것은 정단이었다. 할머니를 부축하는 정단의 손이 짚은 곳이 아직 불이 올려져 있는 팬 위였다.

사람들의 비명 소리가 들렸지만 정단에겐 비현실적인 느낌이었다. 자신의 손이 익고 있는데 아픔이 느껴지지 않았다.

그전에 할머니부터, 자신의 손보다는 할머니가 먼저였다.

병원으로 갔다. 검사실로 할머니를 들여보내고 보호자 대기실에서 멍하니 앉아 있었다.

"학생 손도 봐야지."

지나가던 간호사가 말했지만 아프지 않았다. 아무런 느낌이 없었다.

아픈 건 할머니의 검사를 마친 의사가 고개를 저으며 나타났을 때였다.

정단은 비명을 질렀다.

할머니도 엄마와 같았다. 같은 병이었다. 또 그것에 할머니마저 빼앗긴다.

어떡해. 어떡해.

앉아 있는 정단을 어둠이 뒤덮었다. 까맣게, 새까맣게 세상이 변한다. 암흑 속으로 끌려간다.

"정단아, 류정단."

사빈이 소리 없이 우는 정단을 깨우지만 꼭 감은 눈은 떠지지 않았다. 울기만 할 뿐 다른 반응은 없다.

"류정단……!"

'뜨거워. 누가 날 좀……!'

정단은 소리 내어 말하고 있었지만 그것은 입안을 맴돌 뿐이다. 누군가 자신을 부르는데 불길 속에서 그 사람은 보이지 않는다.

"류정단!"

크게 흔들리는 충격에 눈을 뜬 것은 악몽에서 완전히 벗어난 다음이었다.

눈을 뜬 정단의 시야를 채우고 있는 사람은 사빈이었다. 그는 걱정 가득한 눈으로 정단을 내려다보고 있었다.

"괜찮나?"

아직도 눈물을 매달고 있는 정단의 눈가를 쓸어 올리며 묻는다.

"괜찮아?"

검게 물기 먹은 눈동자가 떨고 있었다.

"왜 그래."

차가운 이마를 짚으며 묻는다. 땀에 젖은 머리카락을 쓸어 넘기며 정단을 살피는 그의 눈도 혼란스러웠다. 그런 그를 가만히 바라보던 정단은 이내 울음을 터뜨린다. 태아처럼 몸을 말고 슬프게 운다.

"왜 그래. 어디야……. 어디가 아파? 정단아!"

묻지만 정단은 가슴을 움켜잡을 뿐 소리 없이 운다. 허리를 꺾고 애달프게 울고 있다.

"간호사! 간호사—!"

가슴이 쿵 하고 떨어진 사빈은 소리쳤다. 급하게 뛰어들어 온 의사가 약물을 주사하고 뒤이어 들어온 다른 의사들과 차트를 확인한다. 사빈이 누군지 아는 그들은 눈치를 보지만 사빈은 차분히 기다렸다. 얼굴은 하얗게 굳었지만 정단이 먼저였다. 그들끼리 소란스러운 가운데 그에게 잡혀 있던 몸도 얌전해졌다. 부서질 듯 흔들리던 경련이 잦아졌다.

"다른 문제는 없는데 몸이 너무 약해. 안사람 관리를 어떻게 한거야."

뒤늦게 호출을 받고 온 곽 원장은 사빈을 탓하듯 말했다.

"잘 먹여. 잘 먹이고 잘 재워. 어린 색시 데려왔으면 잘 키워야지."

신랄한 그는 사빈 집안의 주치의였다.

"체중이 이게 뭐야. 살 좀 찔 때까지 집에 보내지 마."

응급으로 한 검사에 이상은 없었다. 딱히 나쁜 곳은 없지만 약한 몸이 문제였다.

"잘 챙기라고. 응?"

여러 가지 뜻이 담긴 말이었다.

감기도 감기였지만 이 상태는 스트레스 때문이라고밖에 볼 수 없었다. 진 여사를 익히 아는 곽 원장은 사빈의 어깨를 툭 치며 병실을 나갔다.

추궁 같은 곽 원장의 말을 묵묵히 듣고 있던 사빈은 그가 나간 문앞에 서 있다 정단을 돌아봤다.

그 말이 맞다. 잘 챙기지 않은 자신의 탓이었다. 이 지경이 되도록 알아채지 못한 그의 잘못이었다.

아직도 정단은 울고 있었다. 흐느껴 우는 떨림이 느껴졌다.

그런 정단을 안는다. 자신을 잡은 손을 놓지 않는다. 꼭 붙들어 품에 안는다. 정단이 또 악몽을 꾸지 않게 손을 잡아준다. 다시 그 것이 찾아오지 못하게.

그렇게 잠든 정단은 다음날 아침에야 눈을 떴다.

자신이 누워 있는 곳이 어딘가 했다. 윤 대리를 기다리기 위해 문앞에 나간 이후로의 기억은 끔찍한 악몽과 자신을 내려다보던 사빈의 얼굴밖에 없다. 그런데 지금 사빈은 보이지 않는다.

이물감이 느껴지는 팔을 들자 연결된 링거 줄도 함께 들린다. 호텔 객실을 연상케 하는 방은 병원 특실이 분명했다.

고작 감기 갖고 입원이라니. 정단은 주사 바늘을 뽑기 위해 손을 드는데 뭔가 이상했다. 따끔하고 둔탁한 것이 자신의 손 같지 않다. 그제야 왼손의 둔함을 눈치챈 정단은 붕대 감긴 손을 확인한다.

꿈이 아니었나 보다. 할머니가 쓰러진 것은. 진짜였다. 할머니를 부축하며 손을 다친 것은. 그날의 일이 반복된다. 할머니의 병. 자신의 손. 엄마와 같은 병을 진단받은 할머니의 병실 앞에서 오열하던 정단은 자신의 손이 어찌 되었는지도 몰랐다. 그대로 굳은 손은 흉측하게 일그러졌지만 그걸로 죽진 않았다. 아파하며 고통스럽게 죽어가는 할머니에 비하면 그것은 아무것도 아니었다.

그 상처가 쑤시기 시작한 것은 할머니를 병실에 두고 류 회장의 집으로 들어가던 날부터였다. 그때부터 아픈 손은 지금도 낫지 않았다. 할머니를 생각할 때마다 쑤신다.

상처는 할머니였다. 할머니 그 자체였다.

다시 떠오르는 그때의 자신을 확인하기 위해 정단은 붕대를 푼다. 붕대를 풀고 상처를 본다.

붕대가 풀려 떨어지자 새빨간 파열자국이 드러난다. 아픈 것을 모르고 있었지만 그것을 보고나니 아픔이 느껴진다.

살을 잇기 위해 꿰맨 실은 상상 이상으로 기괴했다. 이 실을 끊으면 발간 속살이 드러나겠지. 무수히 많은 혈관이 튀어나올 것이다.

정단이 손목의 꿰맨 자국을 물끄러미 보고 있을 때 병실 문이 열렸다.

"뭐 하고 있는 거야!"

큰 쇼핑봉투를 들고 서 있는 사빈이 자신의 상처를 들여다보고 있는 정단을 엄한 표정으로 바라보고 서 있었다.

그가 자리를 비운 것은 회사 일을 처리하기 위해서였다. 성묵에게 전화를 걸고 의사를 찾아가 정단의 상태를 살폈다. 그리고 정단이 먹을 만한 것이 있나 병실을 비운 사이, 그의 조그마한 아내는 자신의 상처를 일일이 확인하는 잔악한 짓을 하고 있었다.

"무슨 짓이야, 대체."

경악한 사빈은 봉투를 집어 던지듯 올려놓고 정단에게 다가왔다. 혹 나쁜 것이라도 닿을까 다친 손을 들어 올린다.

"드레싱 다시 부탁드립니다."

침착하게 간호사를 호출한다. 병실로 들어서다 눈을 크게 뜬 경악한 간호사들도 처치를 서둘렀다. 애도 아니고, 정단이 한 짓에 할 말을 잃은 사빈은 한동안 서 있었던 것 같다.

"뭘 좋아하는지 몰라서 다 사왔어. 입맛 닿는 걸로 먹어봐."

붕대를 겹겹이 감고 링거까지 살핀 간호사가 나가자 식탁을 설치한다. 당장 왜 그랬냐 추궁할 것 같았지만 조금 전 일엔 관심 없다는 듯 쇼핑봉투에 들어 있던 것을 하나씩 꺼내 늘어놓는다.

하지만 정단은 별로 먹고 싶지 않았다. 배가 고픈 것 같지만 먹고 싶진 않다.

사빈은 평소 정단이 좋아했던 해산물로 만들어진 죽을 한 숟가락 떴다. 먹을 생각을 하지 않는 정단의 입에 대준다.

"열은 내렸어도 몸이 너무 좋지 않아서 퇴원은 못한다는군. 그러니까 잘 먹고 쉬어야 해. 어제도 아무것도 안 먹었잖아."

예전의 정단이었다면 쑥스러운 듯 입을 벌렸을 것이다. 하지만 이제는 그런 것에 일일이 감동받지 않는다. 지금 이렇게 다정하다가 또 언제 차가워질지 모르는 사람에게 지쳤다.

"제가 먹을게요."

그가 내민 숟가락을 물리고 야채죽을 꺼낸다.

뒤통수를 맞은 기분이다. 단지 죽을 거절했을 뿐인데 그 사소한 것에 사빈은 알싸한 기분을 느낀다.

왠지 모르게 정단은 냉정해져 있었다. 몸이 좋지 않아 그런 것이라기엔 계속되는 싸늘함이었다. 병원에 있는 며칠간 정단은 잘 웃지도, 말하지도 않았다. 지금의 아내가 사빈은 어색하기만 한데, 정단을 그렇게 만든 것은 자신이었다. 그래서 자신과 눈도 마주치지 않는 정단에게 더 마음이 아프다. 그가 보기 싫은 것처럼 내내 잠만 잔다. 하루에 절반은 눈을 감고 있다 그가 병실을 비울 때에만 자리에서 일어나 창밖을 내다본다. 그리고 사빈이 들어와도 돌아보지 않았다.

"류정단."

다리를 모으고 창가에 붙어 앉은 정단 가까이로 사빈이 다가갔다. 더 이상 무시할 수 없었는지 정단은 그를 바라보았다.

며칠 사이 정단은 핼쑥해져 있었다. 사빈은 그런 정단의 얼굴을 손끝으로 쓸어본다. 앞머리를 쓸어 올리며 이마를 맴돌던 긴 손가락이 관자놀이를 지나 홀쭉해진 뺨을 타고 내려간다.

"얼굴이 많이 상했다."

그리고 다시 거슬러 올라간 손가락은 정단의 귓불을 쓰다듬었다. 이번엔 정단도 사빈의 시선을 피하지 않는다.

하지만 그 눈은 메말라 있었다. 사빈을 담고 있는 눈동자가 생기를 잃었다. 그것이 가슴 아팠지만 사빈은 정단을 대신하려는 듯 무표정으로 대하는 정단의 얼굴에 미소를 지어 보였다.

"내일은 퇴원할 거야, 집에서 치료하면 되니까."

정단은 고개를 끄덕였다. 그리고 자상한 그의 얼굴이 부담스러운 것처럼 시선을 피한다. 그러나 사빈은 괘념치 않았다. 오히려 정단의 고개를 따라가 눈을 맞춘다.

"그리고 일하는 사람이 올 거야. 당신 손 움직이면 안 되니까."

정단은 고개만 끄덕였다. 이내 빤히 쳐다보는 사빈에게서 눈을 돌렸다.

다음날 정단이 집으로 돌아간 것은 닷새만이었다.

정단을 외면하려 한 것은 자신에 대한 벌이었다. 채영을 잊고 정단이라는 여자에게 빠져 버린 자신에 대한 죄책감, 그것 때문에 정단이 미웠다. 정단의 탓으로 돌렸다.

지금이라도 정단을 버릴 수 있으면 좋겠다고 생각했다. 정단만 자신에게 오지 않았다면, 정단이 나타나지 않았다면 채영을 버리지 않아도 되었을 것이라 생각했다.

처음으로 정단과 결혼한 것을 후회했다. 영빈이 문제가 되었을 때에도 해본 적 없는 후회였다. 그런데 지금은 정단과 만난 자신을 후회하고 있다. 지금이라도 그녀가 사라져 주기를 바랐다. 차라리 찾을 수 없는 곳으로 가버리기를. 그가 정단을 포기할 수 있게.

하지만 말도 안 되는 생각이었다. 포기라니. 그런 건 있을 수 없다. 보내주지 않는다.

어느 사이 사빈은 자신과 다른 쪽으로 고개 돌린 채 잠든 정단의 얼굴을 살며시 끌어당긴다. 매번 자신의 품에서 벗어나 있는 정단을 발견하면 다시 끌어다 안는다. 그런 사소한 고갯짓에서도 자신을 거부하는 듯한, 언제라도 떠날 것 같은 느낌이 불안했다.

얼마 전까지는 몰랐던 감정이다. 정단이 없으면 조금은 쓸쓸하겠지만 아무렇지 않을 줄 알았다. 그것을 지금은 상상조차 할 수 없는 자신을 발견한다. 정단을 밀어내던 감정조차 일부러 자신을 외면하려던 고집이었다는 것을 깨달아 버렸다.

이제야 알게 된 것이다. 없어서는 안 될 하나가 생겼다는 것. 자신도 모르게 상실에 대한 두려움이 다시 생겨 버렸다는 것. 사빈은 이제야 알았다. 자신이 정단을 사랑하고 있다는 것을. 정단이 없어서는 안 된다는 것을.

잠들어 있는 정단의 손을 가만히 내려다본다. 이제 상처는 희미한 자국만 남았다.

침대 옆 협탁에서 반지를 꺼낸다. 윤 대리에게서 돌려받은 건 한참 전이었지만 정단의 손이 나을 때까지 기다렸다. 아직은 제대로 살이 찌지 않아 정단의 손가락에 조금 무거워 보이는 반지를 끼운다. 정단의 손에서 반짝이는 반지를 보고서야 모든 것이 제자리를 찾은 것 같은 안도감을 느낀다. 사빈은 한숨 섞인 미소를 지었다.

하지만 정단은 병들어가고 있었다. 겉으로 보기엔 평온했지만 사빈의 말 한마디, 행동 하나에 깨질 것 같은 살얼음판 위를 걷고 있었다.

언제 그의 상냥함이 끝날까 초조했다. 그것에 집착하는 자신이 싫었다. 점점 미소와는 거리가 먼 사람이 되어가고 있었다.

이제는 사빈을 보며 웃을 수 없다. 최선을 다하지 못한다.

그래서 놓기로 했다, 모든 것을.

이제는 할머니도 없다. 이름뿐이나마 아버지라 불렸던 사람도 그녀가 아닌 의붓딸을 품에 안고 이곳을 떠났다.

자신에게 아무것도 남지 않은 그때, 정단은 무서웠다. 사빈이라도 잡아야 했다. 이제 자신에겐 그밖에 남지 않았다 생각했다. 그렇게 믿었지만 그가 채영과 돌아선 순간 그와 자신은 완벽한 타인이라는 것을 깨달았다. 그도, 자신도 서로에게 아무것도 아니었다.

그것을 인지한 순간, 무서울 건 없었다. 할머니와 엄마를 떠안아야 했던 열여덟 살 그때보다 홀가분했다.

이젠 오롯이 혼자였다. 스스로만 책임지면 된다.

그것을 깨닫고 나니 진 여사도 두렵지 않았다. 자신을 보는 그 세계 사람들의 시선도 무섭지 않았다.

"싸우세요. 싸워서 이기세요."

갑자기 연락을 해온 정단이 하는 말을 채영도 이해할 수 없었다.

하얗게 마른 얼굴로 자신을 청아하게 바라보는 눈빛에 악의는 없었다. 웃으며 자신을 응원하는 것 같았다.

그렇게 말한 정단은 일어났다. 정말 할 말은 그뿐이었던 듯 그녀를 향해 한 번 웃곤 돌아선다.

'그럼 나에게 뭘 해줄 수 있는데?'

정단이 결혼해 달라고 했을 때 그는 물었다.

그때 정단은 답했다.

모두 다. 모두 다 주겠다고.

그리고 다짐했다. 행복하게 해주겠다고.

그래서 놓는다. 사빈의 한쪽 소매를 잡고 있던 자신의 손, 놓아버린다. 그가 갈 수 있게.

이곳은 더 이상 정단의 싸움터가 아니었다.

'내가 할 수 있는 한, 행복하게 해줄게요.'

그렇게 약속했으니까.

안녕이라고 말할 수 있었다.

안녕이라고…….

12

"이틀 정도 걸릴 거야."

사빈이 강원도로 떠나는 아침이었다.

"거긴 벌써 추울까요?"

정단은 사빈의 타이를 바로 매주며 셔츠의 주름을 폈다.

"북쪽이니까?"

사빈은 정단의 머리꼭지를 내려다보며 웃었다. 코트에 팔을 꿰자 정단이 깃을 바로잡아 준다.

"별 차이 없나?"

이번엔 혼자서 중얼거린다. 사빈은 또 소리 없이 웃었다.

정단이 예전처럼 돌아온 것은 얼마 전이었다. 단답식 대답만 하더니 곧잘 상관없는 것을 묻기도 하고 머릿속에 있는 생각을 말하곤 한다. 무엇보다 그와 가까이 있어도 물러나지 않게 되었다.

"없는 건 아니지."

사빈은 군에 있을 때를 떠올리며 말했다. 그의 부대가 있었던 속초는 왠지 늦여름부터 추워지는 느낌이었다.

그때 옷매무새를 정리하던 정단의 손끝이 가슴을 스쳤다. 움찔 사빈의 어깨 근육이 당겨진다. 가슴 근처로 피가 몰리며 심장이 급격히 뛰기 시작했다. 그러나 사빈이 정단의 머리 위로 손을 올릴 때쯤 벨트 주름까지 손본 정단은 그에게서 떨어졌다.

"정 대리님은 같이 안 가신다면서요."

침실 앞에 있던 캐리어를 끌고 온다.

사빈은 자신의 손을 숨겼다.

"본부장이 갈 거야."

짧은 일정에 정 대리까지 갈 필요는 없었다. 성묵이 같이 움직이는 것으로 충분했다.

그래도 공항까지 배웅하기 위해 차를 대기시켜 놓은 정 대리는 밖에서 기다리고 있었다.

사빈이 나가자 차에서 내려 짐을 받는다.

"다녀올게."

"조심히 다녀오세요."

사빈은 정단의 손등을 살짝 만지고 돌아섰다. 트렁크에 가방을 실은 정 대리도 꾸벅 인사를 하고 운전석으로 올랐다.

"전화할게."

차에 탄 사빈이 창문을 내렸다. 정단은 고개를 끄덕였다.

이내 출발한 차는 주택가 언덕으로 사라졌다. 그러나 그러고도 한동안 정단은 그 뒤에 서 있었다.

이게 마지막이겠지. 차가 사라진 언덕길과 높은 담벼락, 은회색 철문. 이것들과도 이제 작별이었다.

한 바퀴 집 주위를 돌아본 정단은 안으로 들어갔다.

공항에는 성묵이 먼저 와 있었다.

"혼자 심심해 죽는 줄 알았네."

여유롭게 커피를 마시고 있던 사람이 할 말은 아니었다.

"투 샷?"

사빈의 것을 주문하려고 일어나는 성묵을 사빈은 노려본다.

"차이티 한 잔이요."

에스프레소를 생각하고 있던 성묵은 얼른 메뉴를 바꿨다. 사빈은 의외로 카페인에 약했다.

"양양은 그냥 가는 게 낫지 않아? 공항까지 오는 시간도 만만치 않아."

"운전은 누가 할 건데?"

성묵이 차를 건네며 묻는데 사빈은 한쪽 입술을 늘이며 반문했다. 장거리 출장에 기사를 대동해 다니는 것은 딱 질색이었다. 그것은 진 여사에게 일거수일투족을 자진해 보고하는 것이나 다를 바 없는 짓이다.

그렇다고 성묵이 운전대를 잡은 차를 타고 싶지도 않았다. 찔리는 게 많은 성묵도 괜히 시선을 돌렸다. 그로서는 인정하고 싶지 않겠지만 그의 차를 탄 사람이라면 누구라고 할 것 없이 모두 뒷목을 잡은 채 차에서 내려야 했다.

사실 베스트 드라이버라 해도 성묵의 차를 타고 갈 수는 없었다.

그나 사빈이나 할 일이 많은 몸이다. 사빈이 신나게 돈을 쏟아부으려고 하면 회계를 책임지고 있는 성묵은 그것을 막아야 한다. 운전에 진을 빼고 갈 수는 없다.

"몇 시 도착이지?"

"11시 20분. 캠프에는 점심때쯤 들어가겠군."

성묵이 티켓을 보는 사이 사빈은 적당히 식은 차를 한 모금 마셨다. 기울어진 컵에서 찰랑이는 물의 질감이 손끝을 자극했다.

왠지 기분이 좋지 않았다. 이상한 불안감이 엄습했다.

사빈은 미간을 찡그렸다.

"성 이사, 시간 다 됐어."

성묵의 재촉에 마시던 컵을 내려놓고 일어나지만 어쩐지 다리가 무거웠다.

성묵의 예상대로 캠프에 도착한 시간은 점심때쯤이었다. 먼저 가 있던 엔지니어들은 점심 식사 준비를 하고 있는 중이었다. 성묵도 그들 속에 섞여 도시락 하나를 잡는다.

"밥은 먹고 시작해도 되겠지?"

하지만 사빈은 속이 좋지 않았다. 비행기 안에서부터 속이 울렁거렸다.

"난 됐어. 한 시간 뒤에 모이는 걸로 하지."

"음식 타박은 좋지 않아, 성 이사. 치킨도 들어 있다고, 이 도시락."

장난스레 말하는 성묵을 두고 사빈은 밖으로 나왔다. 낡은 산장의 휴게실로 들어가 핸드폰을 꺼냈다. 서울에 있는 정단에게 전화를 건다.

전화한다고 했을 텐데 신호음만 계속되는 것이 초조했다. 세 번쯤 번호를 다시 눌렀다가 윤 대리에게 전화를 걸지만 그도 받지 않음이 더욱 불안하다. 그러다 이렇게 안달하는 자신이 우스워 휴대폰을 내려놓는다.

전화야 못 받을 수도 있는 거지, 고작 전화통화에 집착하는 자신이 우스웠다.

그러나 손은 다시 단축번호를 누르고 있었다. 무의식중에 정단에게 전화를 걸고 있다. 다행히 이번엔 숨이 찬 목소리가 들렸다.

「여보세요?」

정단의 목소리에 쿵쿵대던 느낌이 사라졌다.

"뭐 하고 있었어?"

하지만 필요 이상으로 신경질적으로 묻고 말았다.

「잠깐…… 2층 청소하고 있었어요.」

정단의 당황한 기색이 느껴졌다.

"점심은."

겨우 목을 부드럽게 만들지만 거친 느낌은 사라지지 않았다.

「지금 먹으려고요.」

조심스러운 대답은 뭐가 잘못됐나? 살피는 기색이었다.

「잘 도착하셨어요?」

사빈은 말없이 안도의 한숨을 쉬었다. 괜한 불안감이었다.

"여기 아직은 별로 춥지 않아."

「네?」

"북쪽이라도 아직 춥진 않다고."

휴대폰 너머로 정단의 웃음소리가 들렸다.

그래, 괜한 생각이었다.

「점심 드셨어요?」

"아직."

누구 때문에.

「일. 잘하고 오세요.」

아직도 웃고 있는 목소리에 안심이 된다. 그래도 올라가면 핸드폰을 방치하지 못하게 만들어야지, 사빈은 생각했다.

식당으로 돌아오자 아직 점심을 먹고 있는 스태프 사이에서 벌써 빈 도시락을 치우고 만족스러운 표정으로 앉아 있는 성묵이 보였다. 밥만 잘 먹이면 온순한 그를 보고 피식 웃으며 사빈도 식탁에 앉았다.

하지만 이상했다. 머리는 차분해졌지만, 다시 심장이 뛰어대기 시작했다. 머리로는 안도했지만 아직도 가슴이 울렁거렸다.

"허기져서 그래?"

하얗게 굳은 사빈의 얼굴을 보고 성묵도 인상을 찡그렸다.

"그러게 밥은 챙기래도."

어디선가 남아 있는 도시락을 찾아오지만 먹을 기분이 아니었다.

"됐어. 다 먹었으면 일어나. 내일 돌아갈 거니까 서둘러."

한 시간 뒤에 모이라더니. 아직 30분도 지나지 않았다고 항변하는 스태프들의 얼굴이 보였다. 그러나 그것을 대놓고 말할 수 있는 사람은 없었다.

이번 출장의 목적은 리조트 부지 규모 파악에 있었다. 성진그룹 산하에 있는 목장을 둘러보고 꽤 높은 값을 치르고 사들인 낡은 펜션 단지를 조사했다. 빡빡한 일정이라 쉴 틈은 없었지만 답사는 순

조로웠다. 기획과 크게 다른 점도 없고, 설계상의 공사를 하는 데
어려움이 될 만한 사항도 없었다.

그러나 사빈의 얼굴색은 점점 안 좋아지고 있었다. 일은 잘하고
있으니 문제라고까지 할 순 없지만 걱정스러울 정도는 됐다. 이유
없이 가슴이 떨리고 문득문득 심장이 철렁 내려앉는 느낌은 그날
밤이 지나고 다음날 침대에서 일어날 때까지 계속됐다. 지난 저녁
도 대강 요기만 하는 듯하더니 조식에도 거의 손을 대지 않는다.

"괜찮아? 얼굴이 어제보다 안 좋은데?"

사빈 앞에 앉아 벌써 세 접시째 연어를 먹고 있는 성묵이 물었다.
지난밤, 정단과 통화하는 소리를 듣고 공처가라 놀린 것이 무안할
지경이다.

"이따 비행기 탈 수 있겠어?"

그런데 설상가상, 엎친 데 덮친 격. 호텔식당으로 낯익은 여자가
들어선다. 연어를 찍어 올린 성묵의 포크에서 케이퍼가 후드득 떨
어졌다.

"벌써 다 먹은 건 아니지?"

채영의 목소리에 사빈도 뒤를 돌아봤다. 미심쩍을 때면 굳어지는
미간이 또 꿈틀거렸다.

"어떻고 알고 왔어?"

이번 일정은 관련된 스태프들만 알고 있다. 외부인인 채영이 알
고 따라올 수는 없었다.

"내가 능력자라는 거 잊었어?"

사빈은 의심스러운 눈초리였지만 채영은 태연하게 성묵 옆에 앉
았다. 성묵도 마뜩치 않은 표정으로 채영을 쳐다봤다. 하지만 채영

은 성묵의 포크를 뺏으며 말했다.

"새벽에 일어나서 왔더니 배가 엄청 고픈 거 있지? 목성묵, 너는 알잖아. 배고프면 얼마나 우울한지."

화를 낼 수도, 웃을 수도 없는 상황이었다. 성묵은 채영 앞으로 접시를 밀어줬다.

그래, 다 먹어라.

하지만 사빈은 채영을 보는 순간 알 수 없는 떨림의 이유가 정단에게 있음을 깨달았다. 이미 느끼고 있었지만 채영의 뒤에는 진 여사가 있음이 확실했다. 진 여사가 채영에게 그에 대한 정보를 흘리고 있는 게 분명했다. 그럴 이유가 없을 텐데 싶었지만 생각해 보니 이유가 있었다. 정단이다. 정단을 노리고 있는 것이다.

"먹고 와. 먼저 올라가 있을게."

서둘러 일어나며 채영을 노려본다. 진 여사와 무슨 거래가 있었는지 얼굴엔 드러나지 않는다.

그러나 돌아선 사빈의 등을 보는 채영은 초조하게 입술을 씹었다.

'말하지 않을 거야, 네 여자가 떠나려 하는 거. 나 말하지 않을 거야.'

며칠 전 만난 정단에게서 느낄 수 있었다. 떠나려 하고 있음을. 주변을 정리하고 있음을.

안된 일이었지만 굳이 말릴 필요는 없었다. 아니, 말리고 싶지 않았다. 자신의 자리를 되찾을 기회였다. 원래 채영의 것이었던 자리다.

하지만 채영이 말하지 않아도 사빈은 느끼고 있었다. 서울을 떠난 후부터 불안했다. 온몸에 바늘이 선 것 같은 초조함을 느낀다. 시간이 지날수록 그것은 점점 더 심해졌다. 배 깊숙한 곳에서부터 두근거리던 감각이 혈관을 타고 올라 머릿속까지 파고들었다. 아무것도 생각할 수 없게 됐다. 옥죄어오는 심장 때문에 가슴을 움켜잡는다.

엘리베이터에서 내리기도 전에 정단에게 전화를 건다. 신호음과 함께 가슴도 뛴다. 심장 소리가 머리에서 울렸지만 이내 모든 게 멈춘다.

「여보세요.」

정단이다.

「여보세요?」

정단이 거기 있었다.

하지만 사빈의 목소리는 떨렸다.

"……정단아?"

「무슨 일 있으세요?」

외려 정단이 놀랐다.

"아무것도, 아무것도 아니야. 목소리 들었으니까 됐어."

그래, 이상할 것은 없다. 정단은 그가 돌아갈 때까지 얌전히 집을 지키고 있을 것이다. 잠시 두고 온 것이 자신을 불안하게 만들었다 사빈은 생각했다.

"자고 있는 걸 깨웠나?"

「아니요. 일어났어요.」

이렇게 떨어져 있는 것으로 이런다면 앞으로는 어떻게 해야 할지 막막하다. 데리고 다닐 수도 없고, 이대로 가다가는 의처증에 걸리는 게 아닐까 웃음이 나왔다.

"무슨 일 있으면 바로 전화해. 전화는 받을 수 있으니까."

지난번 정단이 입원했을 때 여섯 시간이나 지나서야 그 사실을 알았다는 데 사빈은 화가 났다. 정단에게 무슨 일이 생기면 남편인 자신이 제일 먼저 알아야 하지 않는가.

「네, 그럴게요.」

고분고분한 정단의 대답에 기분이 한결 좋아진다.

"그럼 이제 들어가야 하니까······."

「네, 들어가세요.」

하지만 어째서인지 전화를 끊고 싶지 않았다. 정단이 먼저 끊을 때까지 기다렸다. 전화가 끊어진 것은 대화를 끝내고 한숨 정도 지난 후였다.

그런데 끝이 이상했다. 통화가 끊기기 직전 마지막으로 들려온 정단의 목소리는 '안녕······.' 이었다.

안녕. 안녕이라고?

불안이 다시 살아난다. 정단의 목소리를 듣고 나서도 자꾸 심장이 뛴다.

"미쳤구나, 너······."

룸으로 들어와 침대에 걸터앉는다. 내일까지였던 출장을 오늘로 끝내려면 지금부터 서둘러야 한다. 하지만 머리가 움직이지 않았다. 채영을 따돌린 성묵과 설계에 맞는 부지를 고르고 적합한 자재를 찾으면서도 머릿속이 멍하다. 기계적으로 성묵을 따라가고 있을 뿐, 온통 다른 생각뿐이다.

높은 단가의 것들부터 빵빵 때려야 할 사빈이 얌전한 것이 성묵도 이상했다. 점심은 먹지도 않고 몸에 맞지 않는 커피만 마신다. 자신보다 먼저 스케줄을 챙기고 이동해야 할 사람이 잠잠하기만 하다. 의아함을 느낀 성묵은 스태프와 장소를 이동하며 사빈을 살폈다. 확실히 이상했다. 손에서 휴대폰을 놓지 못하고 있었다. 일에 집중하지 못하고 계속 눈동자가 흔들린다.

사빈이 도면을 성묵에게 안긴 것은 그때였다.

"잠깐만…… 잠깐만 다녀올게."

이제 더는 안 될 것 같았다. 정단의 목소리를 듣는 것으로도, 자신의 과대망상을 애써 외면하는 것으로도 소용이 없다. 이 이상한 기분을 뭐라고 해야 할지 설명할 수도, 해결할 수도 없다.

호텔로 돌아간다. 로비에 앉아서 기다리던 채영이 사빈을 발견했지만, 무작정 열리는 엘리베이터로 뛰어드는 그를 잡을 순 없었다. 사빈은 양양에서 이동을 위해 렌트한 차 키를 가지고 나왔다.

다녀와야겠다. 확인해야 했다. 정단은 집에 있다. 쓸데없는 망상일 뿐이다. 그러나 마음속의 불안은 그를 그냥 놔두지 않았다. 핸즈프리를 귀에 꽂고 운전대를 잡는다. 정단에게 전화를 걸고 초조하게 기다린다.

그래, 또 딴짓을 하고 있겠지. 어제도 늦게 받았으니까.

사빈은 그렇게 자위하며 차를 몰았다. 그러면서도 가능한 모든 상황을 떠올렸다.

어디가 아픈가? 어딜 간 거야?

자신의 생각이 잘못된 것이기를 빈다. 집으로 돌아가면 정단이 놀란 표정으로 반겨주기를 바란다. 그러나 아찔한 기억이 순간 머리를 치고 지나간다.

"안녕……."

동공이 베인 듯 날카로운 통증이 두 눈을 찌른다.

다시는 보지 않을 사람처럼 말했다.

안녕. 안녕…… 안녕.

그러고 보니 요 며칠간의 행동도 이상했다. 그 얼굴. 그 표정. 목소리. 모든 것이 이상했다.

다시 한 번 통화버튼을 누르지만 그의 노력을 비웃기라도 하듯 정단의 목소리는 들려오지 않았다. 쓸데없는 망상이라 생각했던 것이 현실이 되어가고 있었다.

뭐가 두려운 거야. 그럴 리 없잖아. 집에 있을 텐데. 뭐가 걱정돼서 이렇게 조급한 거지? 불안한 거야? 없을까 봐?

자신에게 아무리 물어도 대답은 '아니'였다. 지금 자신이 달려가고 있는 것은 빨리 확인하고 싶기 때문이라고 사빈은 되뇌었다. 그냥 정단의 얼굴이 보고 싶어 다녀오는 것이라고 자신을 세뇌했다. 하지만 사실이 아니었다.

"젠장…… 젠장, 젠장! 왜 안 받는 거야! 받아! 받아—!"

몸은 정단이 있는 곳과 가까워지고 있었지만 마음은 더욱 다급해진다.

"제발…… 제발, 류정단."

사빈은 조용히 빌고 있었다. 이제 그만 받으라고. 돌아와서 목소리를 들려달라고. 그러나 떨리는 손은 더 이상 버튼을 누를 수 없을 지경에 이르렀다. 핸즈프리를 빼버린다. 꽂혀 있던 핸드폰을 창문에 집어 던진다. 금속이 떨어져 나가는 소리가 나며 차체마저 흔들리는 것 같았지만 핸드폰을 박살 낸 사빈은 속력을 올린다. 죽어도 상관없다는 듯 차를 몰았다.

이제 거의 다 왔다. 조금만 더 가면 정단이 있다. 하지만 집과 가까워질수록 두려움과 공포가 몰려왔다. 정단이 없으면 어쩌지? 정말 그렇다면?

끼이이이익!

어둑해진 주택가에 검은색 차가 요란한 소리를 내며 멈췄다. 순간 불빛 하나 없는 집이 사빈의 심장을 땅으로 떨어뜨렸다. 오싹한 소름이 척추를 타고 흐르며 아찔한 현기를 일게 했다. 그러나 사빈은 고개를 저었다.

그래, 자고 있는 거야. 내가 없으니까. 올 줄 모르고 자고 있어. 그럴 거야.

끝까지 자신을 안심시키며 커다란 철문 안으로 들어간다.

변한 것은 없었다. 문도 잘 잠겨 있고 정원도 그대로였다. 그가 나왔던 어제와 다르지 않다.

그러나 정원 계단을 지나 집 안으로 들어선 사빈은 직감했다. 정단이 없다는 것을.

사람의 온기라고는 느껴지질 않았다. 언제나 코끝에 느껴지던 정단의 따뜻한 냄새가 나지 않는다.

그래도 사빈은 믿지 않았다. 아닐 거라 생각했다. 정단은 저기 저 안, 침대 위에서 자고 있을 거라고. 사라졌을 리가 없다고 믿는다. 머리는 그녀가 없다는 것을 인정하라고 외치고 있었지만 가슴은 그것을 받아들이지 않는다. 그러나 이미 알고 있는 사빈이 정단을 부르는 목소리는 절규에 가까웠다.

"류정단! 류정단!"

신도 벗지 못하고 침실로 뛰어들어 간다.

툭.

세상이 산산이 부서져 내린다. 언제나 그 자리에 있던 정단은 없다.

"정…… 단아."

이미 목구멍까지 까맣게 타 소리도 제대로 나오지 않는다.

"류정단……."

미친 사람처럼 정단의 이름만 중얼거릴 뿐 집 안 다른 곳은 감히 찾아보지도 못한다. 섣불리 드레스룸이나 주방을 살펴볼 엄두도 못 낸다.

바닥에 지탱해 있는 다리가 떨렸다. 그 다리가 움직이는 것을 거부하고 있었다.

겁이 났다. 정단이 없다는 사실에 직면하는 것이 무서웠다.

"류정단……. 나와. 이런 장난…… 하나도 재미없어!"

정단의 발소리가 들릴 것을 기대하며 온 집 안이 울리도록 소리치지만 그럴 리 없다는 것은 그가 제일 잘 알고 있었다.

"안녕……."

그것은 작별인사였다. 그것이 정단의 마지막이었다.

"빨리…… 빨…… 리."

이내 힘없이 꺾이는 다리와 함께 목소리도 힘을 잃고 흔들린다. 가슴이 먹먹해 숨을 제대로 쉴 수 없다. 눈앞이 아득해진다.

하지만 사빈은 생각한다.

찾아야 돼. 찾을 수 있어.

다리에 힘을 주고 일어난다. 정단을 찾기 위해 감정을 소모할 여유는 없었다. 정신을 차려야 한다. 생각해야 한다.

어디로 가야 정단을 찾을 수 있지? 제일 먼저 그녀가 떠올릴 곳은 어디지?

정단과 함께 사라진 것부터 찾는다. 가지고 나간 것. 필요한 것. 그것을 알면 어디로 갔을지, 누구를 찾았을지 알 수 있다.

그러나 정단이 사라지기 전 있었던 것이 무엇인지 사빈은 모른다. 빈 공간만 있어도, 흐트러진 부분만 있어도 다 정단이 남긴 흔적 같다. 드레스룸에 옷은 그대로다. 몇 별 사라진 것도 같지만 모르겠다. 무슨 옷이 있었는지 기억도 나지 않는다. 서랍을 열어보지만 다른 짐을 챙긴 흔적도 없다. 잠깐 외출을 한 사람처럼 가지고 나간 게 없다. 아무것도 찾을 수 없다. 어디서부터 시작해야 할지 모르겠다. 갈 만한 곳이 어디며, 주변 사람이 누구인지도.

침실로 들어가 화장대를 뒤진다. 혹시나 정단의 글씨체가 적힌 종이를 찾을 수 있을까, 전화번호나 메모. 정단을 찾는 데 도움이 될 만한 것을 찾는다. 하지만 서랍 안에는 알 수 없는 화장품과 빗, 약밖에 없다. 잘 정리된 물건 사이로 쓸 만한 것은 보이지 않는다.

그래도 그것들 중 몇 가지를 꺼낸다. 비타민으로 보이는 노란 알약병과 진통제, 그리고 직사각형의 대열을 이루며 촘촘히 포장되어 있는 알 수 없는 종류의 약이 쏟아졌다.

머실린?

사빈은 한 번도 본 적 없는 약을 유심히 살펴보았다. 아무리 봐도 무슨 용도로 복용한 것인지 알 수 없다. 서너 알 정도 약을 뜯은 흔적이 있는 아래 깔려 있는 종이포장지를 집어 든다.

—에스트로젠 함량 20㎎ g. 먹는 피임약.

'먹는…… 피임…… 약? 피임약?'
그 순간, 그것은 사빈의 손안에서 형체를 알 수 없게 찌그러진다. 그
것을 움켜잡은 사빈의 손이 파란 핏줄을 보이며 부들부들 떨고 있다.
'류정단. 언제부터지?'
사빈은 몰랐다. 아직 1년도 되지 않은 결혼생활, 정단의 나이를
생각해 봐도 아이는 천천히 생겨도 나쁘지 않을 거라 생각했다. 그
다지 아이가 생기지 않는 것에 깊이 생각하지 않았지만 그것이 이
약 때문이라면 얘기가 달라진다. 일부러 아이를 가지려 하지 않았
다? 화장대 서랍을 뒤집어 더 있을지도 모르는 약을 찾는다. 그 한
곽이 다였던 듯 다른 약은 나오지 않았지만 그것으로 충분했다. 그
래, 애초 자신의 아이를 낳을 생각이 없었다는 거지.
이상한 배신감이 스며든다. 조금 전의 상실감과 다른 감정이 사
빈을 점령한다.
그 비틀린 마음에 전화기를 든다.
"사람을 찾아주셔야겠습니다."
김 사장. 정단과는 절대 엮이게 하고 싶지 않았던 사람이나 그에
게 전화하는 것이 이렇게 유쾌했던 적이 없다.
"류정단. 제 아내입니다."
그러나 이렇게 간절했던 적도 없었다.
'그래…… 내가 찾아낼 때까지 잘 숨어 있으라고, 류정단…….'

13

"지난 8개월간 안사람이 갔던 곳, 만났던 사람, 하나도 빠짐없이 보고하세요."

사빈의 명령에 윤 대리는 할 말이 없었다.

"이사님, 그걸 다 어떻게……."

정단이 그의 차를 많이 이용한 것은 아니었지만, 엊그제 일도 아니고 여덟 달이나 된 일들을 어떻게 일일이 기억하냔 말이다.

하지만 사빈은 단호했다.

"기록해 둔 게 있을 텐데요."

윤 대리의 눈동자가 한쪽으로 쓰윽 움직인다.

"성북동. 큰마님이 그렇게 시키지 않으셨습니까."

사빈도 감시하는 마당에 정단을 그냥 놔뒀을 리 없었다.

"오늘 저녁까지 가져오세요. 빠진 게 없나 곰곰이 생각해 보시

고요."

윤 대리는 굳은 채 서재를 나갔다. 당황한 티가 역력했다. 조금 겁을 주니 너무 쉽게 허점을 보였다. 생각한 대로였다. 예상치 못한 사람은 외려 강 실장이다. 정단에 대한 정보는 윤 대리보다 그에게 더 많을 것이었다. 진 여사의 측근으로 아주 바빴을 테니까. 그런 그가 쉽게 정보를 넘기겠다는 것이 의외였다. 어머니의 사람이라면 정단을 찾지 못하게 해야 할 텐데.

그래도 좋았다. 그 꿍꿍이가 무엇이든 지금은 하나라도 더 정단을 찾을 수 있는 흔적이 필요했다. 손을 놓고 기다리고 있을 수만은 없다.

정단에 대해 알아낼 수 있는 것은 모조리 뒤졌다. 하다못해 화장실 쓰레기통에서, 재활용품으로 내놓은 쓰레기까지. 정단과 관련된 것이다 싶은 것은 모두 다 모아들였다.

집 안에 있는 물건들은 별 쓸모가 없었다. 제대로 찾아보지 않았다면 물건이 없어진 것도 몰랐을 만큼 정단이 가지고 나간 짐은 조금이었다. 정말 자기가 가지고 들어오지 않은 것은 하나도 들고 가지 않았다.

뒤늦게 서재로 들어간 사빈은 책상 위에 반듯하게 놓여 있는 것을 보고 실소를 터뜨리지 않을 수 없었다. 황금색의 그것은 그가 정단에게 주었던 카드다.

류정단…….

계산이 깔끔한 건지 머리가 좋은 건지, 내심 카드를 사용하면 더 빨리 찾을 수 있을 거라 생각했던 사빈의 예상을 정단은 보기 좋게 뒤엎어 버렸다. 터지는 웃음이 분노 때문인지 상실한 어이 때문인지도 모르겠다.

정단은 그가 준 모든 것을 거부하고 나갔다. 그를 버리고 간 것처럼.

자신도 모르는 사이에 손에 힘이 들어간다. 얇으면서도 단단한 카드가 사빈의 손에서 휘어져 버릴 기세다. 정단이 없는 이상 필요 없는 것, 없애 버려도 그만이었다.

하지만 사빈은 조용히 힘을 풀었다. 손때도 묻지 않은 것을 부러뜨릴 수는 없다. 정단이 돌아왔을 때 그것도 주인 손에 돌아가야 했다.

그러나 이 분노는 지금부터 시작될 것에 비하면 아무것도 아니었다.

"이사님, 밖에서 들여온 것 중에 이게 있어서……."

윤 대리가 곤란하다는 듯 내민 것은 한 손으로 옮길 수도 없는 물건이었다. 신문지로 꼼꼼히 포장되어 버려진 그것은 무엇인지 짐작조차 할 수 없었던 것이나 찢어진 종이 틈으로 보이는 것은 사빈을 경악시킬 만했다.

촤아아악—!

얼굴이 하얗게 굳은 사빈이 신문지를 거칠게 찢어냈다. 그러자 드러나는 것은 사빈과 정단의 얼굴이다. 별로 행복해 보이지 않는 신랑, 신부, 그들의 결혼사진이다.

"제길."

어떻게 이런 큰 것의 빈자리도 못 알아봤는지. 사빈은 자신을 향해서도 욕을 지껄였다.

액자가 걸려 있던 침실로 들어가지만 정단이 치워 버린 사진은 이것 하나만이 아니었다. 구색 맞춰 걸어두었던 결혼사진이 모두 하얀 빈자리만 남기고 사라졌다.

'뭐하는 짓이지, 류정단?'

액자를 들고 빈 벽을 바라보는 사빈의 입가가 비틀린다.

이번만은 귀엽지 않았다. 그와의 결혼 자체를 거부한다는 뜻으로밖에 해석되지 않는 행동이나 정단은 잘못 생각한 것이다. 단단히 잘못했다. 이것이 끝이 아니다. 이런 것으로 끝낼 수 있다 생각했다면 큰 착각을 한 것이다. 아무리 결혼의 흔적을 없앤다 해도 이혼서류에 도장을 찍지 않는 이상 정단은 여전히 그의 아내고 그는 정단의 남편이다.

'소용없다니까.'

사진을 원래 있던 자리에 걸어둔다. 이제 남은 것은 정단뿐이다. 정단만 제자리에 돌려놓으면 된다.

하지만 일이 그리 쉽게 풀릴 리는 없었다.

"이게 뭡니까?"

강 실장이 가져온 파일을 넘기던 사빈은 난감한 목소리로 묻는다.

"이사님이 가져오라고 하셨던 겁니다. 큰마님이 사모님에 대해 조사하라고 하셨던 보고서들입니다."

사빈도 강 실장이 진 여사에게 보고한 것들이라면 정단을 찾을 수 있을 거라 생각했다. 그만큼 정확하고 구체적일 것이라 믿었다. 하지만 이 정도일 줄은 몰랐다. 갔던 곳, 만났던 사람, 무엇을 사고 무엇을 먹었는지, 그런 것들에 대한 낱낱한 기록은 약과였다. 통화 내역서, 주고받은 문자 내용까지 파일에는 모두 드러나 있었다.

"이게 대체……."

웃음이 나왔다. 눈가가 뜨거워졌다.

이렇게까지 학대당하고 있을지 몰랐다. 이렇게까지 짓밟히고 있을지 몰랐다. 진 여사 앞에 정단은 발가벗겨진 상태였다. 무방비상태로 던져져 있었다.

그래도 정단은 류 회장의 딸이었다. 영빈의 일원이다. 보호받고 있을 줄 알았다. 채영처럼 마지막에 마지막까지 당하는 일이 없을 것이라 생각했다.

"필요하실 거라 생각했는데요."

과정이야 어쨌든 그것이야말로 정단을 찾는 데 제일 중요한 단서이지 않겠느냐 강 실장은 말했다. 집을 나가기 직전 통화했던 사람이야말로 정단의 행적을 알고 있을 가능성이 제일 컸다. 그의 말대로 지금은 옳고 그름에 대해 분노할 때가 아니었다. 통화 횟수가 제일 많은 번호와 최근 통화목록은 이미 추려놓은 상태다. 두 개의 번호. 범위는 확실히 좁혀졌다.

"연락해서 약속 잡으세요, 최대한 빨리."

사빈의 목소리는 차분하지만 다급했다.

강 실장이 나가고 나서도 묵직한 파일을 넘긴다. 하나라도 놓치는 부분이 있어서는 안 됐다.

생모는 정은옥. 확실히 영빈의 실질적 후계자였던 류 회장의 죽은 부인과는 이름이 다르다. 정단은 류 회장이 다른 부인에게서 얻은 딸이라는 증거였다.

사빈도 정단이 류 회장의 사생아라는 사실은 알고 있었다. 스무 살이 되도록 이름은 물론 그 존재조차 알려지지 않은 것에는 그런 이유밖에 없었다. 거기다 류 회장이 영빈의 사위가 된 시점을 봐도 류 회장과 부인 사이에 그만한 나이의 딸이 나올 수는 없었다. 굳이 알아보지 않아도 알 수 있는 것이었다.

하지만 사빈에게 정단이 사생아인지 아닌지는 중요하지 않았다. 누구의 친딸인가도 상관이 없었다. 사빈의 주변에도 생모가 따로 있는 사람은 많았다. 간혹은 생부가 누군지 모르는 친구도 있었다. 그럼에도 줄을 잘 잡고 태어났단 이유로 그들은 고결한 태생이 되고 정단은 천한 사생아로 구분되는 것을 사빈은 납득할 수 없었다. 모친이 류 회장의 딸로 정단을 디밀었으니 사빈에게 정단은 영빈의 핏줄이었다. 사실을 확인하게 되었어도 그것으로 정단에게 다른 옷을 입힐 이유는 없다. 다만 정단이 안쓰러울 뿐이다.

그래도 고등학교를 졸업하기 전까지는, 아니, 친모가 죽기 전까지는 최악은 아니었다.

꽤 높은 수준의 학교 성적과 선생님들의 평가. 가정 형편은 어려워도 열심히 살았던 흔적이 보인다. 그리고 지금과 별 차이 없으나 조금 더 어려 보이는 얼굴의 사진이 있었다.

사빈은 그 사진 속 소녀의 예쁜 얼굴을 쓰다듬어 본다. 지금과 다른 얼굴을 하고 있었다. 지금의 갈색 머리도 마음에 들지만 푸른기가 돌 정도로 검게 반짝이는 머리칼이 정단의 하얀 얼굴과 잘 어울렸다. 검고 큰 눈동자에 검은 머리칼을 가진 인형 같은 정단이 환하게 웃고 있었다. 자신과 사는 동안 이렇게 크게 웃은 적이 있나 생각해 보면서 사빈은 그 사진을 한참 동안 들여다보았다.

'너는 이렇게 웃는구나.'

그가 알고 있는 정단의 웃음은 어딘지 슬펐다. 쓸쓸했다. 눈물을 억지로 참고 웃는 아픈 웃음이었다. 그래서였나 보다.

어떻게 해야 이런 웃음을 다시 볼 수 있을까. 정단이 그에게도 이렇게 웃어줄 수 있을까? 사빈의 시선은 내내 그 사진에 멈춰 있었다.

하지만 그렇게 웃게 해주는 것도, 그 웃음을 보는 것도 정단을 찾아야 가능했다. 정단이 류 회장의 집으로 옮겨가기 전 외할머니와 살았던 마지막 주소지를 보았을 때는 몸이 튕겨 나갈 것처럼 긴장했다. 정단이 갈 만한 곳을 모르는 사빈으로서는 유일하게 기댈 곳이었지만 그렇게 쉽게 찾을 수는 없으리란 예감이 들었다. 절대 사빈이 찾을 만한 곳으로 갔을 리는 없었다. 찾아주길 바라면서 나간게 아니니까. 알고는 있지만 인정하고 싶지 않은 사실이었다.

지금으로서는 강 실장이 찾은 두 명에게 기대를 걸어보는 수밖에 없었다. 그들이 무언가 들은 얘기가 있기를 바라며 남은 파일을 읽는데 절로 한숨이 나왔다.

"젠장……."

보면 볼수록 정단을 둘러싸고 있는 상황에 화가 났다. 류석진 회장. 그는 자신의 아이를 가진 여자를 버리고 다른 여자와 결혼을 했다. 상황을 볼 때 영빈의 후계자 자리가 탐난 게 분명했다. 거기다 정단이 어떻게 살고 있는지 3년 동안이나 조사를 해왔으면서 친딸로 인정한 것은 고작 1년 반 전이었다. 이것도 분명 자신과의 정략결혼을 위해 어쩔 수 없이 선택한 방법이었을 것이다.

그러나 강 실장이 가져온 것 안에는 사빈을 분노케 하는 것만 있는 건 아니었다.

"미술이라……."

내내 접혀 있던 미간이 펴진다.

정단은 그림 그리는 데에 소질이 있었나 보다. 고등학교 2학년까지 미술부 활동을 했던 것을 보면 말이다. 점수도 꽤나 괜찮다. 왜 예술대학으로 진학하지 않았는지 의문이 생겼지만 사빈은 곧 그녀의 궁핍한 생활이 그녀가 원하는 것을 이루어주지 못했을 것이라는 것을 깨달았다.

한 번도 그런 경험이 없는 사빈으로서는 상상할 수 없는 좌절과 상실감이었다. 대학이란 꿈도 꿀 수 없는 곳에서 정단은 신문 배달, 편의점 아르바이트, 식당, 주차장 관리원을 전전하며 생계를 유지해야 했다. 안 해본 일이 없다. 어리고 작은 여자아이가 하기에는 힘든 일이었지만 해야만 하는 일이었을 것이다.

한때 사빈에게는 돈이라는 것에 혐오감을 느끼던 철없던 시절이 있었다. 그때의 자신이 한심하게 느껴졌다. 그가 돈을 철저히 이용하면서도 그것은 부정한 존재라 말하는 교만한 철학에 빠져 있는 동안 정단은 돈을 벌기 위해 자신의 어린 시절을 바치고 있었다. 밤낮으로 일을 찾아 헤맸다.

조금 더 일찍 정단을 만나지 못한 것이 안타깝다. 조금만 더 일찍 정단과 만났더라면 이렇게 힘들지 않게 해줬을 것이다.

그러고 보니 걱정이었다. 이 여자 돈도 없을 텐데.

이전 생활을 볼 때 수중에 돈이 있을 것 같진 않았다. 만들어준 카드도 두고 나갔으니 얼마만큼의 여비를 가지고 있을지는 생각해볼 필요도 없었다. 짐이라고는 옷도 제대로 챙겨 나가지 않았다.

이제 곧 날도 추워질 것이다. 빨리 정단을 찾아야 한다. 최악의 상황에는 결혼반지라도 팔기를 바랄 뿐이다.

다행히 반지는 두고 나가지 않은 것 같았다. 사빈이 고른 디자인은 아니었지만 여러 번의 세공을 거친 다이아몬드는 가격만큼은 무겁게 나갈 것이었다.

'어디 있니, 류정단.'

정단이 없는 밤이 다시 오고 있었다.

"어떻게 된 거야. 제수씨가 없어?"

성묵은 사빈을 대신해 일을 마무리 짓고 올라왔다. 갑자기 사라진 것으로 모자라 이틀간 제정신이 아니었던 그의 친구는 지금도 제정신이 아니었다.

"지금 찾고 있어. 찾을 거야."

찾는 것 이전에 정단이 왜 종적을 감췄는지조차 성묵은 이해할 수 없었다. 사빈도 지금은 성묵을 이해시키기 위해 설명할 기력이 없었다.

점점 지쳐 가고 있었다. 그것은 정단을 찾지 못할 것이라는 불안감보다 정단이 곁에 없다는 데서 오는 초조함 때문이었다.

모든 것이 절망적이었다. 정단의 행방에 가장 중요한 단서를 가지고 있을 것 같았던 두 명의 사람은 연락도 되지 않고 있었다. 김사장을 통해 그 번호를 가진 사람이 누구인지, 어디에 살고 있는지 알아보는 중이었지만 아직까지는 아무런 성과도 없다.

침대에 눕는다. 처음엔 그래도 시트에 남아 있는 정단의 채취에 기분이 좋았다. 그러나 이제는 아무리 고개를 묻어도 정단의 향이 느껴지질 않는다. 그 향도 정단처럼 사라져 버렸다.

"류정단."

사빈은 하릴없이 정단의 이름을 중얼거리다 매일 밤 정단이 잠들 었던 자리를 쓰다듬는다. 서늘한 시트의 감촉에 가슴이 허했다. 그 래도 계속 만지다 보면 따뜻해지는 것이 마치 정단의 따뜻한 피부 같아 기분이 좋아졌다.

그러다가는 문득 생각난 것이 있는 듯 침대에서 일어난다. 욕실 로 들어간다. 목욕용품이 들어 있는 서랍을 꺼내 안에 있는 것들을 하나하나 살펴보기 시작했다.

"사과…… Apple……."

정단에게선 언제나 은은한 사과 향이 풍겼다. 그러나 목욕용품 중에는 그 비슷한 향도 찾을 수가 없었다.

사빈은 좌절과 실망에 욕실 바닥에 주저앉는다. 고작 이런 것들 로 위로받을 수 있다고 생각한 자신이 한심했다. 초라했다. 정말 그 는 정단에게 철저히 중독당하고 말았다. 미칠 정도로.

그렇게 얼마나 차가운 바닥에 앉아 있었을까. 코끝을 스치고 지 나간 향기에 움찔 놀란다. 사라져 버릴세라 얼른 그 향을 쫓는다.

'정단아!'

그러나 어디에도 정단은 없었다. 고개를 돌린 곳에는 반쯤 뚜껑 이 열린 샤워젤만 있을뿐. 다급한 손으로 뚜껑을 돌려 향을 맡아본 다. 이것이다. 정단에게서 기분 좋게 풍기던 채취였다.

향을 맡는 것만으로는 부족했는지 욕조에 물을 채우고 젤을 푼 다. 작은 거품이 일며 익숙한 향이 욕실을 가득 채웠다. 옷도 벗지 않은 채 사빈은 욕조로 들어갔다. 적당히 따뜻한 물에 은은한 사과 향. 마치 정단에게 안겨 있는 기분이다. 그래서인지 몸도 흥분하기 시작했다. 정단의 목덜미 깊숙이 얼굴을 묻었을 때의 느낌과 같았다. 더욱이 젖어서 얇게 달라붙은 옷의 감촉이 묘하게도 정단의 손길과 비슷했다.

지금 이 순간 사빈은 간절히 정단을 안고 싶었다. 정단의 향과 부드러운 피부를 직접 느끼고 싶었다. 그러나 지금은 어쩔 수 없었다. 정단이 없다.

결국 사빈은 차갑게 식은 물속에서 한기를 느낄 때까지 욕실을 나오지 못했다.

"연락됐습니다, 이사님."

강 실장이 그들을 찾기 시작한 지 일주일쯤 지난 날이었다.

"제가 직접 만나보겠습니다. 약속 정해주세요."

정단에 대한 그리움과 기다림에 지쳐 가던 사빈의 심장이 다시 거세게 뛰어올랐다.

그들을 만나면 쉽게 정단을 찾을 수 있을 줄 알았다. 어쩌면 정단이 그에게 갔을지 모른다 생각했다.

하지만 아니었다.

"한 달 전쯤 뵌 적이 있습니다. 외조모님 유품을 전해 드리려 만났는데, 아가씨께 무슨 일이라도……."

이 사람도 아니었다. 류 회장의 오랜 비서이자 정단의 보모였던 이 남자도 정단이 어디 있는지 모른다. 적어도 온화한 눈빛은 진심으로 정단을 걱정하는 눈치이나 사빈으로서는 그것도 탐탁지 않았다.

"모르신다면 드릴 얘기가 없습니다."

한동안 사람은 붙여놔야겠지. 거짓말일 수도 있으니까. 하지만 냉정하게 돌아서는 사빈을 그가 잡는다.

"아가씨께 무슨 일이 생긴 겁니까?"

강 실장보다 조금 더 연배 있어 보이나 가닥가닥 은발 섞인 머리가 매력적인 그를 사빈은 돌아봤다.

"집을 나갔습니다."

아무것도 아니라는 것처럼 말하고 그의 반응을 본다.

사빈의 말에 그는 낭패감 어린 표정이 되었다. 그것은 진짜일까 연기일까.

"집을…… 나가셨다고요."

과연 그러셨군. 뒤로 물러앉으며 중얼거린다. 뭔가 알고 있는 듯한 느낌에 사빈은 잠시 그를 바라봤다. 한동안 맥을 놓고 있던 그는 담담하게 입을 열었다.

"더 이상 의미가 없다고 생각하신 겁니다."

사빈의 눈이 가느다랗게 접힌다.

의미?

묻는 것 같은 사빈의 눈에 고개를 든 그가 바라봤다.

"알고 계십니까, 아가씨가 왜 이사님과 결혼했는지?"

자리에서 일어났던 사빈이 다시 앉는다. 정단은 답해주지 않던 것이다. 물어도 침묵했던 대답이다.

"외할머님 병원비를 대야 했습니다. 아가씨 힘으로는 불가능한 일이었죠."

그럴 거라고 짐작은 했다. 어머니에 이어 할머니까지, 병간호만으로 벅찼을 것이다.

하지만 류 회장이 그렇게까지 매정했으리라고는 생각지 못했다.

"류 회장님이 약속하셨습니다, 이사님과 결혼하면 할머님을 고쳐 드리겠다고."

주먹에 힘이 쥐어진다. 아버지가 아닌가, 그것도 정단을 한 번 버린. 그런 딸이 불쌍하지도 않았던 것일까.

"그게 아니었다면 아가씨를 찾을 리도 없는 분이었습니다."

그래도 류 회장이 보호해 주고 있을 거라 믿었다. 영빈이 분해되고 그가 잠적하는 순간까지 그가 정단을 데리고 떠날지 모른다 생각했을 정도로.

하지만 정단은 혼자였다. 아무도 없었다.

"아가씨는 필사적이셨습니다. 할머님을 위해서라면 뭐라도 하실 분이셨습니다."

할머니를 위해 반드시 해야 할 일.

사빈의 가슴이 내려앉는다.

"나와 결혼하고 싶나? 그럼 난 뭘 얻을 수 있지?"

"모두…… 내가 가진 건 다."

떨리던 정단의 목소리가 기억난다. 울 것 같았던, 아니, 이미 울고 있었던 눈이 떠오른다. 사빈은 이제야 안다. 왜 그렇게 맹목적이었는지. 무엇에 쫓겨 떠밀려 왔는지. 두려워하면서도 정단이 그의 손을 잡았던 이유, 아무것도 바라지 않는다던 말의 의미. 그 모든 것이 무엇을 위해서였는지.

그것이 정단이 할 수 있는 일이었다. 있는 힘껏 그에게 매달리는 것, 그것밖에 정단은 할 수 없었다.

"그래서 결국 하셨죠."

남자는 사빈을 보며 웃지만, 이내 미소 띤 눈가는 일그러졌다.

"하지만 아가씨 할머님은, 아가씨 외할머님은 이사님과 아가씨가 만나기 전에 이미 돌아가셨습니다."

사빈의 고개도 기울어진다. 그렇다면 왜. 더 이상 할머니 때문에 묶여 있을 필요가 없었을 텐데. 되짚어보면 강 실장이 가져온 파일 속에도 외할머니의 사망날짜는 그들이 만나기 한 달 전이었다.

그러나 그 의문의 답은 충격적이었다.

"아가씨가 그 사실을 안 건 얼마 되지 않았습니다."

"모르고…… 있었다고요?"

"류 회장은 할머님이 살아 계신 것처럼 아가씨를 속였습니다."

사빈의 눈이 커진다.

"아가씨는 할머님이 살아 계신 줄 알고 계셨습니다."

정단아…… 정단아. 류정단.

사빈은 속으로 정단을 불렀다.

"류 회장이 잠적한 것도 아가씨는 모르셨죠. 아무도 말해주지 않았으니까요."

가슴이 뚝 하고 떨어진다. 아파서, 아파서 숨을 쉴 수가 없다.

"찾아주세요."

그날, 류 회장이 한국을 떠난 그날에 정단이 그렇게 찾았던 사람은 과연 누구였을까.

"찾아주세요, 제발."

그 눈물은, 그 애원은 누구를 향한 것이었을까.

속이 뒤집힌다. 더 이상 남자의 말을 듣지 못하겠다. 몸을 일으켜
세운다. 허공에 떠 있는 것 같은 발을 딛는데 흔들, 하고 세상이 흔
들렸다.

"당신이 아니었다면 그 집에 두지 않았을 겁니다."

움직이는 주변 속에 남자의 목소리가 들렸다.

"류 회장이 정한 상대가 성 이사님이 아니었다면 그 아이, 류 회
장이 그렇게 이용하게 두지 않았습니다."

그럴 필요는 없었는데. 당신이라도 데려갔으면 좋았잖아. 알았다
면, 사실을 알았다면 막았어야지.

"성 이사님이라면 괜찮을 거라 생각했습니다. 적어도 성 이사님
이라면 말입니다."

믿었지만 아니었다는 뜻이다.

사빈도 고개를 끄덕였다. 그도 정단을 지키지 않았다. 정단의 진
심을 알아주지 않았다.

숨겨주었어야 했다. 류 회장으로부터, 어머니로부터, 이 모든 상
황으로부터 정단을 지켜야 했다.

하지만 그러지 못했다. 알고자 하면 알 수 있었으나 알려 하지 않
았다. 오열을 듣고도 모른 척했다. 어쩌면 그날, 정단은 알게 되었
던 것인지 모른다. 이미 오래전 할머니가 돌아가셨음을.

그러나 일부러 외면한 것은 아니었다. 싫어서 피했던 것이 아니
다.

정단의 존재는 그의 마음이 변한 완벽한 증거였다. 정단을 볼 때마다 채영을 버린 자괴감에 괴로웠다. 그래서 언제나 정단에게 향하던 손을 거뒀다. 마음 깊은 곳에서는 만지고 안고 싶었지만 채영때문에 그럴 수 없었다. 채영이 아팠을 때 돌봐주지 못한 죄책감이 정단에게 향하는 마음을 잡았다.

그 무슨 미련한 짓이었을까.

그때 정단에게 갔어야 한다. 그랬다면 정단이 보고 싶어 죽을 것같은 오늘은 없었다.

"이사님!"

어떻게 강 실장이 있는 본사로 들어갔는지 모른다. 사혁의 집무실에서 새로운 제품 발표안을 읽고 있던 강 실장이 들어오는 사빈을 보고 자리에서 일어났다.

"왜 그러십니까. 무슨 일이……."

하얀 사빈의 얼굴은 새파랗게 질려 있었다. 코트도 잊고 여기까지 왔다.

"찾아야겠습니다, 강 실장님."

정신 나간 사람처럼 파랗게 흔들리는 눈으로 말한다.

"이 사람…… 꼭 찾아야겠습니다."

지금 강 실장의 눈에 비치는 사람은 그가 아는 사빈이 아니었다. 채영이 사라진 4년 전에도 본 적 없는 얼굴이다.

어쩔 줄 몰라 헤매는 아이는 그가 키운 성사빈이 아니었다.

14

"왜 나는 안 된다는 거야?"

"필리핀 건 맡기로 했잖아. 강 팀장이랑 얘기된 거 아닌가?"

지금 시점에 채영이 사빈의 프로젝트에 합류하겠다고 나선 것은 좋지 않은 선택이었다. 두견의 동생 두섭에게 채영을 소개시켜 준 것이 사빈이었다. 채영을 엔지니어로 데려가겠다고 직접 전화까지 받았는데 이제 와 이러는 것을 사빈은 이해할 수 없다.

"그럼 제대로 인터뷰라도 받게 해줘. 내 거 마음에 드니까 뽑은 거 아니야?"

"벌써 세부사항 들어갔어. 지금 들어와도 소용없어."

정단을 찾는 것에 집중해야 되는 지금은 정말 좋지 않다.

"내가 책임자가 되겠다는 게 아니잖아. 그냥 참여하겠다고."

채영에게 신경 쓸 여유는 없었다.

"필리핀으로 가. 거기가 더 나을 거야."

하지만 채영은 포기하지 않는다. 물러설 기회를 놓친다.

"왜? 내가 있으면 안 돼?"

정단이 없는 틈을 노리는 것은 아니다. 조용히 기다리려 했지만 요즘의 사빈 때문에 초조해졌을 뿐이다.

정단이 없어지고 나서의 그가 마음에 들지 않았다. 왜 그렇게 당황한 건데. 왜 그렇게 초췌해지는데. 자신의 일도 돌보지 못할 만큼 엉망이 된 그를 두고 볼 수 없다. 그것이 정단의 부재 때문이라는 것을 인정하지 못한다.

"그쪽 일 안 할 거야. 일하러 온 거 아니야, 나."

사빈의 관심을 돌리고 싶다.

"어차피 여기도 똑같은 일이잖아. 너랑 단둘이 만나겠다는 것도 아니고."

그러나 사빈은 무관심했다.

"그만해. 지금 너랑 싸울 정신 없어."

어쩐지 건성인 목소리다.

"왜? 집 나간 와이프 때문에?"

그것에 채영도 신경질적이 되고 만다. 거론하지 말아야 할 사람을 입에 담는다.

실수였다. 채영을 쳐다보는 사빈의 눈이 싸늘해졌다.

예전처럼 아무렇지 않게 얘기를 나누게 되었대도 그들 사이에는 지켜야 할 선이 있었다. 정단이다. 그들에게 금기사항은 정단이었다. 정단은 없는 존재가 되어야 했다.

정단을 부정하지 않으면 사빈은 아내 있는 남자가 된다. 채영으로

서는 만나서는 안 되는 남자다. 무엇보다 그에게 아내가 있다는 사실 자체를 채영은 믿고 싶지 않았다. 믿어서는 안 됐다. 사빈 또한 정단을 의식하면서는 채영을 만나지 못한다. 감히 채영과 둘 사이에 정단을 끌어들이지 못한다. 그것은 그가 정단에게 가진 마지막 예의였다. 아무렇지 않게 배신을 할 수는 없었다. 그렇기에 정단을 언급하지 않는 것은 암묵적인 규칙이었다. 그것을 채영이 깬 것이다.

하지만 언젠가는 깨질 규칙이었다.

"무슨 상관인데. 그 여자가."

시작한 이상 멈추지 못한다.

"상관없잖아. 우리 사이에."

사빈의 신경이 정단에게 쏠린 건 그녀가 쓸데없이 집을 나갔기 때문이다. 그녀가 그를 독차지한 것은 단지 그 때문이었다.

그것에 짜증이 났다. 그 정도 가치밖에 되지 않는 여자에게 사빈이 이렇게나 흔들리고 있다는 것에 화가 났다.

"자기 발로 나갔어. 네가 쫓아낸 것도 아니잖아. 찾을 필요 없어."

사빈이 자신 외의 여자를 찾는 것은 용납할 수 없다.

"지금 봐. 네 책임도 아닌데 너만 힘들잖아."

그러나 사빈은 그런 남자였다. 자신이 손 댄 것은 버리지 않는다. 끝까지 책임진다.

"책임 있어. 결혼했으니까. 내 아내니까."

채영을 똑바로 바라보며 말한다. 조금의 거리낌도 없는 눈빛에 채영도 주춤하지만 곧 자신의 위치를 과신한다.

"아니라면? 결혼하지 않았다면?"

사빈에게 있어 자신이 정단보다 위라고 믿었다. 말도 안 되는 소리라 치부해 버리는 사빈에게 잘 들으라는 듯 똑똑히 말한다.

"정말이야. 그 여자 너랑 아무 상관 없어. 확인해 봤어? 그 여자랑 너, 법적으로 무슨 사인지?"

그제야 사빈의 눈이 변한다. 무슨 소리냐고 묻는 눈빛이다.

"너. 뭘 알고 있는 거야."

그러나 이내 얼굴이 굳는다.

그 말이 무슨 뜻인지 이전에 채영이 정단과 자신의 일을 어떻게 알고 있는지가 의심스럽다. 자신도 모르는 것을 채영이 알고 있을 수는 없다.

하지만 채영에게 중요한 것은 그 사실 자체였다. 자신에게도 사빈의 옆에 있을 수 있는 구실이 생기는 것. 사빈도 그럴 것이라 생각했다.

"확인해 봐. 그럼 알잖아?"

착각이었다. 채영은 의기양양하게 말했지만 사빈은 소리친다.

"그러니까 그걸 네가 어떻게 알고 있냐고!"

정단을 내치고 자신의 손을 잡은 사빈을 너무 믿었다. 사라진 정단에 대한 집착이 책임감일 뿐이라 믿은 것이 실수였다. 자신을 무섭게 바라보는 눈에서 채영은 뭔가 잘못되었음을 느낀다.

"누가 알려줬어. 어머니? 강 실장?"

정단이 사라져 기회가 생겼다 믿은 채영의 희망이 꺼진다. 들켜 버렸다. 절대 들켜서는 안 될 상대에게 너무 많은 말을 했다.

셈을 하는 것처럼 고요하던 사빈이 번뜩 눈을 떴다.

어떻게 채영이 지금 돌아왔는지 궁금했다. 그런 짓을 해가며 쫓아냈던 어머니가 용케 다시 채영을 자신 앞에 나타나게 두고 봤는 지도.

"너. 어머니가 보냈어?"

웃음이 나왔다. 비웃듯 바라보며 묻는다.

사실이었다. 채영은 아무 말도 하지 못한다.

그런 채영을 두고 사빈은 사무실을 나왔다. 정 대리에게 말하고 집으로 향한다.

"권 변호사 집으로 들어오라고 하세요."

집안일을 처리하는 변호사였다. 사혁과 사영의 결혼문제도 그가 처리했다. 혼인신고부터 이혼 후에 발생할 문제에 대한 대처까지.

차를 운전하는 사빈의 얼굴에서 좀 전의 웃음기가 사라졌다. 아무래도 어머니에게 제대로 한 방 맞은 듯했다. 그 여유는 그래서였나? 헤어지지 않겠다는 말에도 눈 하나 깜짝하지 않았었다. 헤어지고 말고 할 사이가 아니니까?

하지만 채영의 말이 사실이어도 상관없다. 어머니가 그렇다면 죽어도 헤어질 수 없지. 절대로 찾아서 옆에 두고 말 것이다.

정단을 찾아야 하는 이유가 또 하나 늘었다.

까만 밤공기 속에 하얀 입김이 솟았다. 머리 위로 별이 반짝였다.

정단은 동네 제일 꼭대기, 난간 위에 섰다. 정단이 얻은 집 앞이다. 그곳에서도 맨 끝, 가파른 계단 끝에 서서 정단은 생각한다.

이곳에서 어머니는 무슨 꿈을 꾸었을까. 어떤 헛된 희망을 가졌을까.

정단의 어머니 은옥은 이 동네 저편, 어딘가에 또 있을 이런 곳에서 태어났다. 유복자로 그녀를 낳은 정단의 외할머니는 홀로 갓난쟁이를 키웠고, 그 아기는 빠듯한 살림 속에서도 쑥쑥 자랐다. 아마 그대로 자랐더라면 지금쯤 소박한 삶을 살아가고 있을지도 모른다. 그러나 이런 세상에 살기에 그녀는 너무 예뻤고, 너무 똑똑했다. 개천에서 용 났다는 말을 들으며 딸이 일류대학에 입학하던 날, 할머니는 세상을 다 가진 기분이었겠지만, 그것이 은옥과 그 남자를 만나게 했다.

정단의 생물학적인 아버지. 류 회장. 그가 어떻게 은옥을 유복한 집안의 서녀로 착각하게 되었는지는 지금도 알 수 없다. 알고 있는 것은 그가 은옥을 버렸다는 것뿐. 부유한 동네, 실력 있는 과외선생으로 이름을 날리던 은옥이 어쩌다 그곳에서 만난 그에게 그런 척을 했을지도 모르겠다. 그를 통해 신분 상승을 꿈꾸었는지 모른다.

하지만 그도 은옥이 꿈꾸던 사람은 아니었다. 그 또한 은옥을 통해 위로 올라가고 싶은 용이었을 뿐. 자신의 능력으로 용이 되었으나 아직은 개천을 벗어나지 못한, 은옥과 똑같은 욕망을 가진 사람이었다.

그래서 은옥이 하늘 위에 우뚝 솟은 성이 아닌 다닥다닥 들러붙은 판자촌의 공주라는 것을 안 순간 은옥을 버렸다. 그때 이미 정단이 뱃속에 있었지만 그런 자식은 더더욱 사양이었다. 도움은 되지 못할지언정 창창한 앞길에 방해가 될 짐을 짊어질 수는 없었다.

그렇게 떠난 그는 결국 원하는 곳까지 올라갔다. 전자와 철강을 아우르는 거대 영빈의 상속녀, 딸 둘을 낳고 미망인이 된 공주님의 새 남편이 되어 영빈을 물려받았다.

은옥도 그래야 했다. 그처럼 과감히 버려야 했다. 자신의 미래를 망칠 아이는 낳지 말아야 했다. 기왕에 욕심을 부렸다면 끝까지 가야 하는 것을. 그랬다면 정단이 그 짐을 물려받을 필요는 없었다.

여기까지 오지 않았다.

정단은 발아래 반짝이는 세상을 내려다보며 자신도 잠시 있었던 그곳을 떠올린다. 따뜻하고 온화했던 그때를 그린다.

우습게도 집을 나온 정단에게 큰 힘이 되어준 것은 류 회장이 사준 금붙이였다. 진주와 원석의 보석, 금을 팔자 꽤 많은 돈이 나왔다. 류 회장의 집에 있을 적 받았던 현금도 있었지만 그것보다도 더 큰 액수였다.

우선 그중 일부를 떼어 방을 얻었다. 더 나은 집을 얻을 수도 있었지만 어차피 잠만 자게 될 집, 판자촌도 괜찮겠다 싶었다. 어차피 처음도 아니었으니 적응하느라 힘들 것도 없었다.

그리고 남은 돈의 일부로 책을 샀다. 언제까지 아르바이트로 연명하며 살 수는 없었다. 제대로 된 기술을 배워 하나의 직업을 가져야 했다. 못 먹어서 그런지 어릴 적부터 빵집 주인이 되고 싶었던 정단은 제빵기술을 배우기로 했다. 집을 얻으며 아낀 돈으로 제빵학원을 끊고 학원 시간을 피해 아르바이트를 늘렸다.

오전 시간에는 커피전문점에서 일했고 학원 시간이 끝난 10시 이후에는 편의점 야간 아르바이트를 했다. 먹는 것도 나쁘지 않게 사치만 하지 않는다면 괜찮은 계획이었다. 괜찮았다. 그렇다고 믿었다.

하지만 그렇지 않았다. 괜찮지…… 않았다.

엄마가 없고 할머니가 없어 괜찮다 했던 것은 거짓말이었다. 혼자인 것이 홀가분하다 했던 것은 오만이었다.

한 번도 이 세상에 혼자였던 적이 없는 정단이다. 가난해도 언제나 함께 나눌 엄마가 있고 할머니가 있었다. 힘들면 숨을 곁이 있었다. 아프면 파고들 품이 있었다.

그러나 이젠 아무도 없다. 정단 혼자뿐이다.

동네 맨 아래. 굽이굽이 깎아지는 계단을 걸어 내려가는 길. 그 끝 공중전화 앞에서 정단은 망설였다. 동전을 넣고도 몇 번이나 번호를 누르다 만다. 그러길 며칠째다.

누군가의 목소리가 듣고 싶었다. 아니, 아는 사람의 목소리가 듣고 싶었다. 잘 지내냐는 짧은 안부가 그리웠다. 류 회장의 집에 있을 땐 얄밉기만 하던 김 비서도 보고 싶은 걸 보면 많이 외로운가 보다.

「여보세요.」

그녀는 여전히 냉랭한 목소리다.

「……여보세요.」

벌써 짜증이 스며 있다.

"……서님."

정단이 용기를 낸 것은 지유가 전화를 막 끊으려던 순간이었다.

「류…… 정단?」

많이 놀란 듯 지유의 목소리가 흔들렸다.

「무슨 일이야. 왜?」

천 실장에게 정단이 가출했다는 얘기는 들었다. 어디 있을지 아는 게 있으면 알려달라는 전화였지만 지유는 정단에 대해 아는 게 없었다. 그저 류 회장의 지시를 따랐을 뿐, 그다음은 몰랐다. 관심도 없고, 알고 싶지도 않았다.

하지만 의외였다. 정단이 남편과 집을 내던지고 나온 건 지유로서는 예상하지 못한 일이었다. 잘 붙어 살 것이지 집을 나오긴 왜 나와? 라는 몰인정한 말을 할 수도 있었으나 어쩐지 그런 말은 나오지 않았다.

「그냥…… 그냥 했어요.」

주눅이 든 목소리는 여전했다. 생각해 보면 류 회장 집에 있을 때에도, 성 이사와 결혼하고 나서도 어깨 한 번 시원하게 펴는 모습을 못 봤다. 가뜩이나 작은 몸집에 잔뜩 웅크린 몸은 너무 작았다. 자신을 숨기려 일부러 점점 작아지는 것 같았다. 그렇게 작아지다가는 먼지 똥만 해지겠구나, 지유는 생각했다.

"목소리가 왜 그런데?"

말은 퉁명스럽게 했지만 마음이 약해졌다. 예전엔 자신보다 강자라고 생각했는데 돌이켜 보니 이 아인 강자도, 약자도 아니었다. 그 사이에 낀 희생양이었을 뿐.

「정말 그냥 했어요.」

배시시 웃는 목소리가 마음에 들지 않는다.

"그러니까 그냥 왜."

짜증이 나면서도 전화를 끊진 않는다.

"죄송해요. 방해했죠?"

툭, 동전이 떨어지는 소리에 정단은 손안에 있는 동전을 살핀다. 이제 넣을 수 있는 것은 100원짜리 하나뿐이었다.

"이제 끊을게요."

공중전화 액정에 남은 금액이 깜빡이며 사라지기 전 나머지 하나도 투입구에 넣는다.

"건강하시죠?"

아무런 대꾸가 없다. 정말 귀찮게 했나 보다.

"안녕히 계세요."

그래도 지유의 목소리가 위로가 된 모양. 마지막 동전이 떨어지는 소리가 아쉽다. 그런데 공중전화를 뚫고 나올 듯 정단의 귀를 때린 것은 상냥하지 못한 지유의 고함이었다.

「너, 지금 어디야. 당장 이리 못 와?!」

정단은 수화기를 멀리한 채 인상을 찡그렸다. 순간 수화기에 잡아먹히는 줄 알았다.

전화비 500원. 왕복 차비 2,400원.

닷새간 점심을 좀 싼 걸로 먹어야 하나? 고민하는 정단은 까페 앞에 서 있었다.

「너, 성 이사랑 토낀 다음날 갔던 카페…… 뚝. 뚜뚜뚜뚜뚜뚜.」

전화가 끊기기 직전 지유가 말한 그 카페였다. 토낀 다음날이라니. 그동안 그 말투 숨기고 어떻게 회사 다녔나 모른다. 성격 이상할 때 알아봤어야 했다. 그럼에도 피식피식 웃음이 나오는 건 지유를 조금은 좋아했기 때문인지도 모른다.

전화는 그대로 끊겨 지유가 나온다는 보장도 없고, 오늘이라는 말은 한마디도 나오지 않았지만 정단은 공중전화 부스를 나오자마자 버스를 탔다. 갑자기 나온 길이라 차림은 평소보다 더 허름했다.

그 초라한 모습을 지유는 알아보지 못했다. 머리도 깡똥하게 자르고 깡마른 몸은 예전보다 훨씬 볼품없어졌다. 그나마 달라지지 않은 게 있다면 하얗고 순한 인상이다. 지유는 그 자그마한 얼굴을 겨우 찾았다.

"아가씨."

여전히 먼지 똥만 하게 웅크리고 있는 어깨를 친다.

"아……!"

그래도 재벌집 사모님이라고 비싼 물 먹을 만큼 먹은 애가 왜 이리 빈티 나는지. 불쌍해 못 봐주겠다. 그래도 한 때는 봐줄 만했는데. 지유는 땡글땡글한 눈으로 자신을 바라보는 정단을 노란 불빛이 따뜻해 보이는 카페 안으로 데리고 들어갔다.

"따뜻한 거 마셔."

그렇게 말하고 메뉴판을 보는데 쳐다보는 시선이 이상했다. 별말한 것도 없건만 정단의 눈가가 촉촉해지고 있었다.

정단이 지유와 마주보고 앉은 것은 처음이었다. 차를 마시는 것도.

둘이 나눌 말은 없었다. 그냥 말없이 앉아 있었다. 함께 공유한 것이 그리 많지 않았다. 그래도 불편하지 않다는 게 신기할 뿐 정단과 지유는 조용히 차를 마셨다. 그리고 찻잔이 다 비워지자 아무 말없이 일어났다.

정단이 왜 지유에게 전화를 걸었는지, 지유가 왜 정단에게 나오라고 했는지는 모른 채 아무 이유 없이 만난 두 사람은 카페를 나온다.

그냥 또 말없이 걸었다. 그리고 편의점 앞 정류장. 정단이 기다리는 버스는 좀처럼 오지 않았다. 차를 가지고 온 지유가 왜 정단과 함께 버스를 기다려 주는지 정단은 알 수 없었다.

"잠깐 기다려."

무슨 생각인지 정단을 정류장에 세워두고 편의점으로 들어간다. 잠시 후 나오는 지유의 손에는 김이 피어나는 하얀 봉지가 들려 있었다.

"좋아했잖아."

정단에게 건네며 말한다.

"……."

좋아하는 건 아니었지만, 정단은 수줍게 호빵을 받아 들었다.

류 회장의 집에 있을 적 큰길 앞 편의점을 지날 때마다 차에서 내려 호빵을 하나씩 샀던 정단을 기억하고 있나 보다.

뭐라 할 말이 없었다. 지유가 이러는 것은 어색했다. 차갑고 냉정한 그 김 비서가 말이다.

때마침 버스가 왔다. 조금은 아쉬운 눈빛을 보이며 버스에 올라서는데, 뒤에서 배웅하던 지유가 물었다.

"왜 나를 찾았어?"

때를 놓친 질문은 다급했다.

"실장님을 찾아가지 않고?"

물어볼 생각은 없었지만 이번이 마지막일지도 모르니까. 그러니까…….

하얀 봉지에 고개를 숙이고 있던 정단이 뒤를 돌아봤다. 지유를 바라본다.

"김 비서님이라면 말하지 않을 테니까. 아무한테도……."

중얼거린 말은 들릴 듯 말 듯했다. 그 뒤로 출발한 버스가 매캐한 소리를 남기며 떠났다.

그래, 그렇게 귀찮은 짓 할 리 없지.

정단이 사람을 보긴 잘 봤다. 지유는 오지랖 넓게 남의 일에 참견하는 성격이 아니었다. 정말로 숨고 싶은 거라면 그 정도 머리는 굴려야지.

하지만 돌아선 그녀는 오랫동안 잊고 지내던 번호를 누르고 있었다.

"아가씨 있는 데 찾으셨어요?"

왜 그랬는지는 모른다.

정단과 만난 그 카페, 그 자리에서 천 실장과 만난 지유가 내민 것은 전화번호가 적힌 쪽지였다.

"아마 집 근처 공중전화일 거예요."

"오늘 만났다고?"

지유는 고개를 끄덕였다.

천 실장은 서둘러 일어났다.

"실장님."

더는 용건이 없었지만 지유는 그를 불렀다. 급히 나가던 천 실장이 뒤를 돌아봤다.

"호빵 사줬어요. 그거, 다 먹기 전에 찾아주세요."

빨리.

아가씨 울 것 같았으니까.

하지만 입 밖으로 나온 말은 속마음과 다른 말이었다.

"자꾸 전화하면 귀찮으니까."

왜인지는 모른다. 귀찮았다. 생각하고 싶지 않았다. 그 아이에게 어떻게 해줘야 할지 고민하고 싶지 않다. 자기보다 더 낮게 사는 아이를 위해 자신이 뭘 한다는 게 우스웠다.

그런데 왜, 천 실장을 부르는 것인지는 지유도 모를 일이다. 그러니 왜 가슴이 아픈지는 더더욱 모를 일이었다.

지유에게 전화번호를 받은 천 실장이 정단을 찾는 건 쉬웠다. 사람을 찾는 건 작은 단서만으로 충분하니까. 몇 명 사람을 풀어 근처

부동산을 뒤지니 주소가 나왔다. 석 달 전쯤, 자그마한 학생이 와서 집을 구했단다.

부동산 사장이 준 주소대로 집을 찾아 올라간다. 꽤 높은 곳에 계단도 가파르다. 무슨 깡으로 이런 데 혼자 살 생각을 했나, 천 실장은 고개를 저었다. 당장 데리고 나와야겠군, 올라갈 때만 해도 그렇게 마음먹었다.

하지만 정단과 마주치자 생각이 달라졌다. 마침 그가 꼭대기까지 올라갔을 때 집에서 나오던 정단은 그의 인기척에 겁을 먹었다. 초조하게 높은 계단을 뛰어 내려가는 것에서 공포를 읽을 수 있었다. 붙잡고 낯선 사람이 아님을 알려주고 싶었지만 다시 도망가게 만들 수는 없었다. 분명 정단은 아는 사람을 피해 도망갈 것이다. 굳이 숨을 필요는 없는데 아무도 만나고 싶지 않은 모양이었다. 다시는 그 사람들 속으로 돌아가고 싶지 않은가 보다.

하지만 씁쓸히 정단의 집을 바라본 천 실장은 어딘가로 전화를 건다.

"아직도 아가씨 찾고 계십니까?"

그들이 찾지 않겠다면 그가 찾아줄 셈이다. 그가 데리고 돌아가 키운다. 2년 전 했어야 하는 일이다.

그러나 기회는 다시 오지 않을 것 같았다. 수화기에서 다급한 목소리가 들려왔다.

「어딥니까, 거기.」

사빈이었다.

15

사빈이 정단을 찾은 건 거의 석 달 만이었다.

"오래간만이야."

정단의 가슴이 뛰고 있었다. 이 익숙한 채취를 가진 사람이 누구인지 아직 기억하고 있는 정단의 가슴은 마구 떨리고 있었다.

"안 들어가?"

그가 묻지만 정단의 귀엔 들리지 않는다. 도망가고 싶은 마음과 주저앉고 싶은 마음이 싸우고 있다.

"그래?"

꼼짝 않고 서 있는 정단을 사빈은 더는 기다리지 않았다. 정단의 손에서 열쇠를 찾아 자신이 직접 문을 연다. 녹슨 철문의 마찰음이 끼이익, 울렸다.

사빈은 아직 그대로 서 있는 정단을 안으로 끌어들였다. 한 손으로 움켜쥐어도 남을 정단의 가는 팔에 사빈은 저도 모르게 힘주어 끌어당겼다.

조금은 훈훈할 것이라 생각했던 집 안은 조금 전까지 서 있던 밖과 별반 차이가 없었다. 그것에 그의 손은 더욱 굳어졌지만 그런 것들에 일일이 화낼 시간은 없었다. 그보다 빨리 확인하고 싶었다. 정단의 얼굴은 어떤지 그녀가 3개월 동안 지낸 곳은 어떤지…….

"불은 어디 있지?"

"어떻게 찾으셨어요?"

정단은 불을 켜며 처음으로 입을 열었다.

"집 나간 아내 찾으러 온 것도 문제가 되나?"

불이 켜지고도 어슴푸레한 사물의 윤곽만 보일 뿐 집 안은 그다지 밝아지지 않았다. 사빈은 그 속에서 방으로 연결된 문을 열었다.

"여기가 자는 방인가?"

사빈은 정단의 허락도 구하지 않고 자신의 집인 양 방으로 들어갔다. 그리고 어느 집이나 구조상 똑같이 방문 옆에 위치한 스위치를 켰다. 하지만 스위치를 켜도 방의 불은 들어오지 않았다.

"그건 고장났어요."

사빈의 뒤를 따라 들어온 정단은 한참 스위치와 씨름하는 사빈을 지나쳐 전등에 달린 줄을 잡아당겼다. 이윽고 전등이 몇 번 깜빡깜빡 몸부림치다 정단과 사빈의 얼굴을 환하게 밝혔다.

"좀 낫군."

그러나 그것은 정단의 얼굴이 자세히 보인다고 느꼈을 때의 감상이다. 정단 외에 다른 것이 보이자 사빈의 눈이 가늘게 접힌다. 겨우 사람 두 명 누우면 꽉 찰 것 같은 공간에 옷장이나 서랍장은 있지도 않았다. 엎어놓은 박스 위의 시계와 라디오가 방 안 물건의 전부다.

그래, 다른 게 필요치 않다면 그건 그렇다 칠 수 있지. 문제는 발바닥을 쪼갤 듯 한기를 전하는 바닥이었다. 얼음장이란 말이 따로 있을 것 같지 않은 차가움이다.

집의 크기와 모양새로 봤을 때 연탄보일러일 것이었다. 사빈은 거칠게 방을 나와 보일러가 놓여 있을 곳을 찾았다. 손을 가져다 대도 온기가 남아 있지 않은 것으로 보아 불도 제대로 살리지 않은 것 같았다.

"그만하세요."

정단은 크지도 않은 집 안을 휘젓고 다니는 사빈의 팔을 붙잡았다. 함부로 자신의 공간에 침범한 그에게 기분이 나빴다.

"이런 데서 살려고 나간 거야?"

하지만 외려 사빈에게 팔을 잡힌다.

"뭐야. 아무것도 없잖아."

좁은 부엌이었지만 사빈은 정단을 선반이 있는 곳으로 끌고 갔다.

"뭘 먹고 산 거지? 석 달 동안 뭘 하고 산 거야? 쌀도 없고 그릇도 없고, 먹기는 하면서 산 거야? 응?"

사빈의 목소리는 다정했지만 정단을 잡아끄는 손은 아프도록 죄어왔다.

"놔줘요⋯⋯. 아파요!"

자신이 그렇게 세게 잡고 있는 것을 인식하지 못하고 있는 것 같았다.

"놔줘요."

얼굴까지 빨개진 정단을 보고야 사빈은 정단의 팔을 놓았다. 그러자 지금까진 집을 살피느라 흥분해서 잘 보이지 않던 정단의 얼굴이 눈에 들어왔다.

얼굴이 왜 이래.

사빈은 젖살이 빠져 갸름해진 정단의 뺨을 쓰다듬었다. 아기처럼 통통했던 얼굴은 이제 없었다. 자신이 정단을 찾지 못하고 지체하는 동안 고생하고 있었던 게 틀림없다. 하지만 정단은 고개를 돌렸다. 사빈의 손을 쳐낸다.

"이럴 거 없어요, 이제. 저한테 신경 쓰지 않으셔도 돼요."

이제?

사빈과 눈을 마주치지 않는다.

"어떻게 신경을 안 쓰지? 이러고 있는데."

사빈은 아직 정단의 말이 이해되지 않았다.

"집으로 가. 가서 얘기해."

다시 손을 잡지만 정단은 사빈의 팔을 잡는다. 힘주어 자신의 손을 잡아 뺀다.

"그만…… 하세요."

겨우 고개를 들어 올려 사빈을 바라본다. 곤란하게 입술 끝을 올리며 웃어 보인다.

"됐어요, 이제."

잠시 잊고 있었다. 그가 상냥한 사람이라는 것을.

"이러지 않으셔도 돼요. 처음부터 나도, 이사님도 알고 있었으니까"

이사님?

정단을 바라보는 사빈의 시선이 굳는다.

이사님이라고?

뱃속이 뒤집히는 노여움을 사빈은 감당할 수 없다. 당황스러운 표정을 감추지 못하고 바라본다.

"서로 필요했을 뿐이니까⋯⋯. 그러니까 자책할 거 없어요. 저도 미안해하지 않을 테니까 이사님도 이러지 마세요."

처음부터 장단놀음이었을 뿐이다. 정단도, 사빈도 역할놀이를 했다.

그러나 그것은 정단의 생각이었다. 사빈은 아니다. 놀이가 아니었다. 현실이었고 진심이었다.

"이제 이사님한테는 제가 필요 없고, 저도 이사님 필요 없어요."

지키지 않아도 되니까? 지켜야 할 게 없으니까?

"그래서 끝내는 거예요."

류 회장과의 거래가 아니라면 그는 아무것도 아니란 말이었다. 정단에게 그는 작은 존재도 되지 못했다는 뜻이다.

"이게 불쌍해 보일지 몰라도 원래 난 이렇게 살았어요. 불쌍한 게 아니에요. 이렇게 사는 사람 중 한 명이에요. 이사님은 그렇게 사는 사람이고요. 그냥 다른 거지, 불쌍한 건 아니니까 그렇게 볼 거 없어요."

그래? 아무것도 아니야? 난 나고 넌 너야?

화가 난 사빈은 박스에 담겨 있던 컵라면 하나를 집어 던졌다.

"이게? 이렇게 사는 게 정상이라고?"

"이런 게 어때서요? 언제까지 이렇진 않아요."

"그래? 언제까지 이렇게 버틸 수 있을 것 같은데!"

사빈은 기가 막히다. 여기서 계속 버티겠다고? 그 몸으로 여기서?

"지금 당신 얼굴, 어떤지 알아?"

"네, 알아요. 그 큰 집에 살 때보다 좋아졌죠. 그렇게 말라비틀어지게 살진 않으니까."

사빈은 야유하듯 물었지만 정말이지 그렇게 말하는 정단의 얼굴엔 생기가 돌았다. 야위었어도 동그란 두 볼이 붉게 빛났다. 언제나 말라 있던 눈 밑으로 도톰하게 살이 오르고 어둡게 가라앉았던 눈동자가 검게 반짝이고 있다.

그게 사빈을 더 화나게 했다. 자신의 곁에서 있을 때보다 더 반짝이는 정단을 용서할 수 없다. 그렇게 놔둘 수 없다.

"잘 놀았으면 이제 집에 가야지."

정단이 뭐라든 더 이상 정단을 이곳에 있게 하지 않는다.

"올라오세요, 강 실장님. 윤 대리도요. 와서 짐 좀 챙겨주셔야겠습니다."

「네, 지금 올라갑니다.」

강 실장과 통화를 마치고 정단을 밖으로 끌어낸다.

"뭐예요, 지금? 안 가요, 전!"

정단은 끌려가지 않기 위해 버티지만 무작정 끌고 가는 사빈에게 그런 발악은 통하지 않았다. 사빈은 예전보다 더 가벼워진 정단을 아이처럼 달랑 업고 갈 수도 있었다.

"가기 싫어요. 어디 가는 거예요?"

"우리 집."

"거기가 어딘데? 싫어! 난 안 가!"

정단은 사빈에게 벗어나려고 버둥거렸다. 그의 계획에 이런 반항은 없었는데, 이 상황이 사빈은 당황스럽다.

"얌전히 따라와. 그럼 뭐 하고 놀았나 물어보진 않을 테니까."

"어차피 다 알고 있잖아요. 그러니까 이곳도 알아낸 거 아니에요?"

어디서 잡혔는지 알 수 없다. 어떻게 사빈이 이곳까지 찾아왔는지 모르겠다. 분명 실수는 하지 않았다. 일부러 예전에 살던 집은 가지 않았다. 할머니와 살았던 동네 옛 친구도 만나지 않았다. 그런데 어떻게 찾은 것이란 말인가.

정단은 그런 사빈의 능력이 무서웠다. 이제 이 남자나 이 남자의 가족과 엮이는 것도 싫었다. 더 이상 원치 않는다. 그래서 그를 바라보는 눈에는 적의가 가득했다.

사빈도 전엔 보지 못한 정단의 반항적인 눈을 보며 정단이 전처럼 자신에게 순종할 것이라는 기대를 접었다. 한숨만 나왔다. 왜 이런 실랑이로 시간을 소모해야 하는지. 그러나 더욱 당혹스러운 것은 완전히 바뀐 정단의 태도였다.

"이사님이 뭔데 절 끌고 가요?"

지금 자신 앞에 있는 여자가 정단이 맞는지 의심스럽다. 한 번도 이런 말투, 이런 소리를 들어본 적이 없다.

"남편이 아내 데리고 가는 건 당연한 거 아닌가?"

자신의 뜻대로 되지 않는 상황에 지친다.

"당신은 내 아내니까."

정단을 돌려세우고 말한다. 겨우 자신의 어깨에 머리가 닿는 정단에게 고개 숙여 눈을 맞춘다. 하지만 정단은 단호하게 물었다.

"누가 누구의 아내라는 거죠?"

사빈의 당황한 눈빛이 정단의 눈과 부딪혔다.

"······당신도 알고 있었나?"

정단은 대답하지 않는다. 대답 대신 시선을 피하며 얘기하고 싶지 않다는 뜻을 비쳤다. 그러나 사빈은 정단이 도망가지 못하게 정단을 잡은 손에 힘을 준다.

"어떻게 알았지? 어머니가 말했나?"

그는 최근에서야 권 변호사를 통해 알았다. 말하지 않으려는 것을 억지로 말하게 했다.

"그건 중요하지 않아요. 중요한 건 이사님과 저, 아무 사이가 아니라는 거예요."

정단의 말에 사빈의 눈이 탁해졌다.

"아무 사이가······ 아니야?"

이 조그만 여자가 무슨 말을 하고 있는 걸까.

"어떻게 우리가 아무 사이도 아니지? 8개월 동안 서로 몸을 부대끼며 살았는데, 아무 사이가 아니야?"

"그건 이미 끝난 일이에요."

"누구 마음대로!"

사빈이 난간을 내려쳤다.

'깡!' 하는 소리와 함께 계단까지 흔들린 진동은 쉬이 멈추지 않았다.

"누구 마음대로 끝이야, 류정단!"

어둠 속에서 파랗게 빛나는 눈은 그가 얼마나 분노했는지 말해주고 있었다.

"누구 마음대로!"

하지만 이제 정단은 그가 무섭지 않았다. 그의 눈을 피하지 않고 바라본다.

"끝낼 필요도 없잖아요? 시작도 안 했으니까. 이사님하고 저, 마음을 나눈 사이도 아니잖아요."

"너. 류정단 맞아?"

정단의 몸속으로 꼭 다른 사람이 들어와 있는 것 같았다. 답답할 정도로 마음속 생각을 말하지 않던 여자가 정단이었다. 항상 속엣말을 삼키던 여자가 그녀였다. 그런데 지금은 무섭게 앙칼진 여자로 변해 있다.

"왜요? 제가 고분고분하지 않으니까 마음에 안 드세요?"

그러나 당돌한 목소리와 다르게 정단의 다리는 떨고 있었다. 사빈 모르게 떨리고 있다.

사실은 그가 무서웠다. 흔들림 없는 눈으로 자신을 주시하는 시선도, 자신의 말 한마디에 화를 주체하지 못하는 그의 감정도 무섭다.

들켜서는 안 되는 두려움이었다. 보이지 말아야 할 약한 모습이다. 떨리는 턱을 감추기 위해 혀를 깨문다. 다리에 힘을 준다. 필사적으로 자신을 감추지만, 그런 정단의 상태를 모르는 사빈은 다시 정단을 끌고 내려가기 시작했다.

"놔요! 이거 놔!"

더 이상 사빈은 정단을 설득하지 않는다. 난간을 붙잡고 버티는 정단을 안아서 계단을 내려온다. 아래엔 강 실장과 윤 대리가 올라오고 있었다.

"먼저 내려갑니다. 나중에 내가 올 테니까 중요한 것들만 챙겨주세요."

"네, 이사님."

그들도 놀란 얼굴이다. 달라진 얼굴도 얼굴이고 하는 행동이 예전의 사모님이 아니었다.

그러나 정단은 정단대로 화가 났다. 자신의 허락도 받지 않고 함부로 자신의 집에 들어갈 수는 없다. 거긴 엄연히 정단의 집이었다.

"무슨 짐? 강 실장님! 이거 놔! 내 집이야. 그냥 놔둬!"

하지만 정단의 외침은 아무 소용이 없었다. 그들은 계단을 열심히 올라갈 뿐이었다.

"싫어요. 안 탈 거야."

계단 아래 이르러서도 사빈은 싫다는 정단을 억지로 차에 태웠다. 안전벨트를 매주고 자신도 운전석에 앉는다. 차 문은 모두 잠근 채였다.

"내려."

집에 도착해 차 문을 열지만 정단은 일어나지 않는다. 정단으로서는 마지막 오기였다.

한숨을 내쉰 사빈은 이번에도 억지로 정단을 내리게 했다. 안전벨트를 풀고 안에서 끌어낸다. 이쯤 되니 정단도 어쩔 수 없다. 품위라도 지키는 수밖에. 순순히 집 안으로 들어간다. 집 앞에서 아까와 같은 몸싸움을 할 수는 없었다.

"씻고 나와."

집으로 들어가자 사빈은 정단을 욕실로 몰아넣었다. 더 버티다간 사빈이 몸소 씻겨주겠다 나설 분위기였다. 정단은 조용히 그가 안겨주는 수건과 속옷을 챙겨 욕실로 들어갔다.

아무래도 석 달이라는 시간은 긴 시간이었나 보다. 전과 달라진 것도 없는데 늘상 쓰던 욕실이 낯설었다. 몸을 타고 흐르는 따뜻한 물줄기가 어색하다. 바로 조금 전까지 있던 집에서는 따뜻한 물이 나오지 않아 고양이 세수로 만족해야 했다. 이렇게 샤워를 할 수 있는 것이 행복하지 않다고 하면 거짓말이었다.

부드러운 비누거품에 몸을 씻으며 정단은 역시 인간은 욕심쟁이라는 것을 깨닫는다. 할머니와 살 때는 뜨거운 물은커녕 찬물이라도 끊이지 않고 나오면 다행이었다. 그래서인지 그것을 불편하다고 느끼지 못했다. 그때는 그게 당연한 것이었는데 다시 그런 생활로 돌아가려니 적응이 되지 않았다. 그동안 사빈이 주는 것에 너무 익숙해져 버렸다.

욕실을 나오자 정단이 나오기만을 기다린 것처럼 욕실 앞에 앉아 지키고 있는 사빈이 눈에 들어왔다. 그는 정단이 나온 순간부터 빨갛게 달아오른 정단의 얼굴을 빤히 쳐다보고 있었다. 정단이 시선을 피하지만 고개를 돌리지 못하게 얼굴을 잡고 요리조리 뜯어본다.

"살이 빠진 건가?"

사빈은 야윈 정단이 못마땅했지만 별로 그렇다고 느끼지 못하는 정단은 동의하지 않는다.

"다시 쪄야 할 텐데. 너무 말랐잖아."

그동안 못 본 만큼 보고 만져야 한다는 듯 사빈은 정단의 뺨을 문지르고 머리를 쓰다듬었다. 그동안 갈색의 염색이 빠져 머리 위는 원래의 검은 머리칼이 나고 있었다. 그래서인지 정단의 부드럽고 따뜻한 머리 같지 않았다. 볼살이 빠지며 갸름해진 얼굴 때문에 사빈이 알고 있던 예전의 그녀 같지도 않았다. 까맣고 큰 눈은 여전했지만 아기 같은 눈망울은 사라지고 새까만 빛만 남아 있었다.

"그만 보세요."

그 시선이 부담스러운 정단은 퉁명스럽게 말했다. 그 목소리에서도 예전의 귀여움이나 수줍음은 찾아볼 수 없다. 오히려 정말 불쾌하다는 말투다. 그래도 사빈 앞에서는 따뜻하게 웃어주던 정단인데 지금은 모든 것이 다 불만스러운 표정이다. 사빈이 아닌 다른 곳만 바라보고 있다. 그런 정단에게 지친 사빈도 정단 옆에 앉았다.

"당신과 이런 싸움…… 별로 재미없군."

몇 시간 전까지만 해도 찾은 줄 알았다. 끝난 줄 알았다.

정단을 만나면 뭐라고 해야 할까만 고민했다. 어떻게 하면 오랜만에 보는 정단에게 멋있어 보일 수 있을까만 생각했다.

그러나 정작 정단이 살고 있는 곳을 보았을 때는 화부터 났다. 어떻게 생활하고 있었는지 한눈에 보이는 살림을 보자 다른 것은 생각할 수 없었다.

하지만 털을 세우고 대드는 정단을 어쩌지 못한다. 사빈에게는 이런 식의 다툼이 익숙하지가 않다. 난감한 문제에 봉착해 버렸다.

그런 혼란 사이로 정단이 자신의 왼손을 쓰다듬는 것이 눈에 들어온다.

"손은 괜찮아?"

잊고 있었다. 사빈은 흉터가 남은 곳을 살폈다. 막 목욕을 하고 나와 그런지 그것은 핑크빛의 예쁜 색으로 달아올라 있었다.

몇 번을 봐도 아픈 상처였다. 사빈의 잘못을 질책하는 자국이다.

그런데 뭔가 허전했다. 흉터에 정신이 팔려 눈치채지 못했지만 이내 무엇이 없는지 발견한 사빈은 가슴이 싸아하게 내려앉는 기분을 느꼈다.

정단을 다시 찾은 것으로 만족한 줄 알았다. 찾기 전에는 정단이 궁색하게 지내느니 반지라도 파는 게 낫다고 생각했다. 하지만 섭섭한 마음이 들기 시작하자 안 좋은 기억들까지 되살아난다.

머실린.

잊고 있던 문제가 떠올랐다.

"그건 언제부터 먹었어."

사빈은 문제의 원인을 꺼내 정단의 무릎 위에 올려놓는다.

"이건……."

정단은 사빈이 이걸 발견했다는 데 당황했다. 짐을 정리할 때 미처 신경 쓰지 못한 것이었다. 형체를 알아볼 수 없게 찌그러진 것은 껍데기만 남아 있었다.

"언제부터? 처음부터?"

이번엔 꽤 화가 난 듯 집에선 조심하던 담배를 피워 문다. 조금 전까지는 당당했던 정단도 사빈의 눈치를 보며 작게 중얼거렸다.

"별로 안 됐어요."

"별로?"

그럼 먹긴 먹었단 얘기다.

약이 빈 부분으로 봐서 약을 복용한 것은 기정사실이었지만 막상 정단으로부터 그것을 확인하자 걷잡을 수 없이 화가 났다.

"언제부터."

"퇴원하던 날 샀어요."

사빈은 정단이 병원에 입원한 날짜를 떠올렸다. 그렇다면 정말 얼마 되지 않았다. 그래도 화가 나는 것은 어쩔 수 없다.

"앞으로는 안 돼. 알았어?"

"……."

"준비를 해도 내가 해. 먹는 건 좋지 않아."

어느새 화난 얼굴은 사라지고 정말 걱정스러운 표정으로 정단의 젖은 머리칼을 쓰다듬는다. 하지만 마지막 다짐을 해두기 위해 엄하게 말한다.

"앞으로 이런 거 또 내 눈에 띄면 정말 가만 안 둘 거야."

그러나 정단은 차가운 눈으로 그를 올려다봤다.

"가만두지 않으면요?"

자신의 머리를 쓰다듬는 사빈을 똑바로 바라보며 묻는다. 사빈의 눈에 당황의 빛이 스쳤다. 그것에 정단은 왠지 모를 희열을 느꼈다. 정단의 머리칼을 만지던 사빈의 손이 갈 곳을 잃었다.

그다음 말은 듣지 않아도 뻔했다.

가만두지 않으면, 또 때리시려고요?

손을 거둔 사빈은 정단에게서 한 걸음 떨어졌다. 당황한 눈이 이리저리 흔들린다.

"오늘은 일단 쉬어. 짐은 가져오게 했으니까."

이내 정단에게서 고개를 돌린다. 정단을 남겨둔 채 침실을 나온다.

"가만두지 않으면요?"

도망치듯 나와 주방 옆 바에서 술을 꺼낸다. 정단의 말이 귓가를 맴돌고 있었다. 정단의 그 말 한마디가 술기운을 약하게 만들었다. 코끝을 찡하게 만드는 술을 연거푸 넘긴다.

어느 정도 취기가 느껴질 때서야 사빈은 침실로 돌아갔다. 그래야 잠이 올 것 같았다.

그러나 사빈의 눈앞에는 그날의 악몽이 되살아나고 있었다.

없었다. 있어야 할 자리에 정단이 없었다. 정단이 사라진 그날처럼 오늘도 하얀 달빛만이 침대를 비추고 있었다.

"류정단……."

가슴이 철렁 내려앉아 이름도 제대로 부를 수가 없다. 설마. 설마 또야? 사빈은 제대로 살피지 않은 자신을 탓했다. 서둘러 밖으로 나가 거실 문을 연다.

하지만 사빈을 막아서는 작은 신발이 있다. 정단의 신발이다.

그제야 목구멍에서 쿵쾅대는 심장을 깊숙이 박아 넣는다. 흥분을 가라앉히고 2층으로 올라간다. 서재가 아니면 드레스룸이다. 예상대로 정단은 드레스룸 간이침대에 잠들어 있었다.

잠결에 움직임을 느낀 정단이 눈을 떴다.

"왜 여기 있는 거야?"

사빈이 정단의 머리를 쓸어 넘기며 물었다. 정단은 대답하지 않았다.

"가자. 방에 가서 자."

사빈이 손을 잡아끌지만 정단은 손을 놓으며 고개를 돌렸다.

"그 방엔 안 가요."

고집을 부려보지만 사빈에겐 쓸데없는 반항이었다.

"어째서?"

그렇게 물은 사빈은 정단을 안아 1층으로 내려간다. 싫다는 소리
도, 발버둥도 소용없다.

"류정단, 그만큼 놀았으면 돌아와야지."

그렇게 말하며 침대에 눕힌다.

"여기가 당신 자리잖아."

하지만 정단은 싫었다. 사빈을 밀어내며 소리친다.

"하지 마. 싫어!"

그러나 사빈에겐 석 달 만에 만지는 몸이었다. 정단의 말랑말랑
한 체취에 참을 수 없을 지경이다. 아까부터 당장 들어가고 싶은
것을 참았다. 안고 싶어 안달이 나 있었다. 그것을 참으라니 말도
안 된다.

신경질적으로 반응하는 손을 내리누르고 셔츠를 벗긴다.

"내가 만지는 게 싫어? 그러지 않았잖아?"

이렇게 애태우는 거 지금은 좋지 않다. 지금처럼 흥분했을 때는
말이다.

그러나 정단은 담담하게 말했다.

"그때는 부부였으니까요. 이사님이 남편이었으니까."

그 말에 나긋한 허리를 더듬던 손이 멈춘다. 목덜미를 쓸던 입술
이 떨어졌다.

고개를 들어 올린 사빈이 정단을 내려다본다.

지금은 아니라는 건가? 그런가?

사빈은 부부가 아니라도 상관없었다. 안고 싶을 만큼 사랑스러우니까 몸이 반응하는 것이다. 아내라서가 아니라 정단이라서였다.

하지만 정단은 그렇지 않았다. 정단에게 그는 그런 존재가 아니었다.

사빈은 그대로 침대에서 내려온다. 그와 침대를 쓸 마음이 없다고 하는 여자를 억지로 안는 건 폭력이었다. 아무것도 확실한 게 없는 정단에겐 지금 상황이 그랬다.

사빈이 나가고 혼자 침실에 남겨진 정단은 두 손으로 얼굴을 가린다. 이건 정말 매춘이었다. 사빈은 자신을 사랑하지 않고, 자신도 그를 사랑할 수 없다. 그런 남녀가 교합하는 것은 무엇일까. 위로? 섹스? 그건 그나마 두 사람이 대등할 때 고를 수 있는 단어였다. 지금의 정단처럼 감히 꿈도 꿀 수 없는 집에 옷과 보석을 둘러주는 남자와 같은 침대를 쓰는 것은 정말로 몸을 파는 것이었다. 예전에는 목적이 있었지만 아무것도 남지 않은 지금은 그것을 견디지 못한다. 그 수치와 자괴감에서 벗어나게 해줄 명분이 없다. 이렇게는 아니었다.

16

사빈은 미루고 있던 일을 처리하기로 했다. 정단을 찾기 전에 해결해야 했던 일이다.

"뭐하자는 건데?"

사빈이 건넨 자료에 채영은 물었다. 목소리 끝이 뾰족하게 선 것이 언짢은 빛이다.

"변호사는 우리 쪽 사람 붙여줄 거야. 우리 집안사람이야. 믿어도 돼."

채영은 마뜩치 않게 종이를 훑어봤다. 4년 전 사고에 대한 조사 내용이었다.

"이 사람, 어떻게 꼬셨어?"

죽어도 사주받은 것이 아니라 우기며 교도소행을 택했던 사람의 증언이 있었다. 채영과 채원을 고의로 치어놓고도 졸음운전이었다며 진 여사를 덮어주었던 사람이다.

"그냥 똑같이 했을 뿐이야."

사빈은 별거 아니라는 듯 대답했다.

정말 별거 아니긴 했다. 진 여사가 썼던 방법을 그대로 따라 했을 뿐. 그 일에 대한 보상으로 돈푼깨나 쥐어주었던 모양인데 사빈은 다른 방법을 썼다. 진 여사가 채영의 동생에게 그랬던 것처럼 그의 딸 이름을 살짝 거론했을 뿐이다.

하지만 채영의 표정은 좋지 않다.

"이렇게 마음 편해지겠다고?"

묶여 있는 자료를 탁자 위로 집어 던진다.

"이걸로 끝?"

사빈은 긍정도 부정도 하지 않는다.

"이걸로 보상이 된다고 생각해?"

채영은 만족할 수 없겠지만 사빈으로서는 많은 희생을 치르는 것이었다. 스스로 나서 진 여사와 대적하는 것이었으니.

하지만 원하지 않는다면 어쩔 수 없다.

"그럼 원하는 걸 말해봐."

채영은 기울어진 눈빛으로 사빈을 바라봤다.

"너."

참으로 간단명료했다.

"나?"

그러나 씨익 웃은 사빈은 채영에게서 돌아선다.

"어째서?"

더 이상 친절한 목소리가 아니다. 타인을 대하듯 냉정하고 단호하게 묻는다. 그것에 당황한 채영은 필사적이다.

"알고 있잖아. 그런 일 없었으면 나 한국 떠나지 않았어. 계속 여기, 네 옆에 있었을 거야."

자신이 피해자였음을 말한다. 그에겐 자신에 대한 책임이 있음을 세뇌시킨다.

하지만 사빈의 마음은 변했다.

"그래, 난 너한테 책임이 있어. 네가 우리 집안 때문에 힘들었던 거, 네 동생까지 끌어들인 거 다 책임져야 하지."

기실 채영이 돌아온 것은 그런 믿음이 있어서였다. 절대 사빈은 자신을 내치지 못할 것이라는 자신감. 진 여사에게 그런 일을 당한 자신에게 함부로 대하진 못할 것이라는 무기를 가지고 채영은 돌아왔다. 그러나 자신의 뒤에 진 여사가 있다는 것은 알리지 말아야 했다.

"하지만 내 마음은 네가 우리 어머니 손을 잡으면서 사라졌어. 나에 대한 자격. 이제 너한테 없어."

충격을 받은 것처럼 채영의 눈이 커진다.

"그 여자 때문이야? 류정단? 그 여자?"

이대로 물러설 수는 없었다. 사빈이 이렇게 돌아선 게 그 여자 때문이라면 더더욱 끝내주지 못한다.

"인정 못해, 그 여잔 나랑 다를 게 없잖아."

채영이 정단보다 못한 건 없었다. 대등하지 못한 조건 때문에 채영이 내쳐졌듯이 정단도 내쳐져야 한다. 그녀가 당했듯 정단도 당해야 한다. 자신과 똑같은 그 여자가, 사빈의 품에 남는 건 봐주지 못한다.

하지만 차가워진 사빈은 더 이상 그녀의 편이 아니었다.

"함부로 말하지 마, 정채영. 너랑은 달라."

적어도 자신의 어머니 같은 여자가 되진 않을 여자였다. 채영은 이미 진 여사가 되어버렸지만 정단은 아니다.

"이거 그 여자 때문이니? 이러는 거? 내가 너희 어머니 꼼짝 못하게 해두면 그 여잔 괜찮으니까?"

그러나 모든 게 억울하기만 한 채영은 받아들이지 못한다. 변호사까지 내세워 편이 되어 준다는 것도 마음에 들지 않는다. 그래봤자 채영에겐 달라질 게 없었다. 그때의 정황이 낱낱이 밝혀진다고 하여 나아질 건 없다. 진 여사의 자존감에 조금 상처를 낸다 한들 통쾌할 것도 없다. 그로 인해 상황이 좋아지는 건 정단뿐이다.

"내 일이 밝혀지면 너희 어머니, 그 여자는 못 괴롭힐 테니까. 그러니까 다 밝히겠다는 거잖아, 지금!"

정단에게 유리한 상황이 만들어지는 것은 못 참는다. 4년 전 일을 아무도 모른다 해도, 진 여사가 자신에게 했던 짓을 아무도 몰라줘도 괜찮다.

하지만 사빈은 채영을 서늘하게 바라봤다.

"그 사람 일은 내가 움직여. 너랑은 상관없어."

선을 긋는다.

"더 필요한 게 있으면 변호사한테 말해, 다 들어줄 테니까."

채영은 더 이상 사빈이 있는 곳으로 올 수 없다. 눈에 보이지 않는 금이 생겼다.

"성사빈!"

사빈은 돌아보지 않는다. 나쁜 사람이 되기로 했으니까.

그는 정단 앞에서만 괜찮은 사람이 되면 된다. 정단만 울리지 않으면 된다.

이제 남은 건 다음 일을 처리하는 것이었다.

"이게 뭐예요?"

뭔지 모르겠다는 듯 눈을 말똥말똥 뜨고 물어오는 정단 때문에 사빈은 미칠 것 같다.

"사인만 하면 끝나. 지장을 찍든지. 반지는 끼면 되고."

"제가 왜 여기에 사인을 해야 하는데요."

나오는 한숨을 입 사이로 꽉 물었다. 매사에 삐딱해진 정단 때문에 한 번씩 호흡을 가다듬는 데에는 이미 익숙해졌다.

"신고가 안 됐으니까."

"그러니까 왜 다시……."

"류정단."

되도록 동요하지 않으려고 노력하지만, 대체 이 여자를 어떡하면 좋을지 눈앞이 캄캄해진다.

"이사님하고 결혼할 마음 없어요."

언제부터 이렇게 똑부러지는 여자가 되었을까. 확실하게 가슴에 스크래치를 안긴다.

반지는 아예 툭 쳐내 버렸다. 그럴 거면 왜 고이 간직하고 있던 건데.

사빈이 내내 신경 쓰고 있던 반지는 정단의 월세방, 나름 금고라 할 수 있는 곳에 있었다. 정 대리가 신발장에서 찾아낸 그것을 사빈은 애써 정단이 잘 숨겨둔 것이라 자위했다.

"그럼 원하는 게 뭔데."

"아무것도요."

거의 자포자기한 것처럼 묻는 사빈의 물음에 정단은 아득하게 말했다.

"아무것도 아니에요. 내가 원하는 건. 그냥 웃고 싶을 때 웃고 울고 싶을 때 울고 화내고 싶을 때는 화내고. 하기 싫은 건 안 하고……. 그런 거."

어쩐지 알 것 같았다. 정단이 말하는 아무것도 아니라는 게 정단에겐 얼마나 힘든 것이었는지. 너무나 평범하고 쉬운 일이었지만 이제까지는 정단에게 허락되지 않았던 것이다. 누군가에게는 아무것도 아니어도 정단에게는 어려운 일.

행복하고 싶어도 먼저 떠난 엄마와 할머니 때문에 행복할 수 없었다. 웃고 싶어도 그들 때문에 웃을 수 없었다. 울고 싶어도 지켜야 하는 사람이 있기에 참아야 했다. 화내고 싶어도 그 사람을 살리기 위해 웃었다. 정단이 단 한 번도 원하는 대로 하지 못했음을 사빈은 안다. 그래서 아프다. 뭐든 정단이 원하는 것을 해주고 싶다. 하고 싶은 대로 하게 해줄 수 있다.

그러나 그 모든 것은 사빈 안에서 이루어져야 한다. 원하는 것은 모두 이루어줄 수 있지만 사빈이 제외된 행복만큼은 가져다줄 수 없다.

"그렇게 해. 내 앞에서 웃고 싶을 때 웃고, 울고 싶을 땐 울어. 화내고 싶으면 화내고, 하기 싫은 건 하지 마. 당신 하고 싶은 대로 해. 내가 다 해줄게. 그렇게 살게 해줄게."

진심으로 그렇게 해주고 싶었다. 그동안 누리지 못했던 만큼 더 행복하게 만들어주고 싶다. 하지만 사빈의 진심을 알기에 정단은 너무 멀리 있다.

"이사님과 저 사이에 그만한 의미가 있나요?"

힘없이 웃는다. 사빈을 믿지 않는다. 그러기에는 너무 많은 것을 알아버렸다. 돌아가기엔 늦었다. 그럼에도 사빈은 진지했다.

"있어, 나는."

자신의 가슴을 가리키며 말한다.

"여기에……."

그의 마음이었다.

그 손끝의 방향에 정단의 가슴도 뛴다. 정단의 눈동자가 크게 흔들렸다. 처음 들어보는 고백에 웅크리고 있던 정단의 마음이 흔들린다.

"날 잡아."

옆에 있어달라고 말해.

"내 옆에 있어."

그럼 나도 네 옆에 있을게.

그러나 애초 잘못된 만남이었다. 순수할 수 없었고 아름답지 않았다.

여러 남자에게 몸을 파느니 그에게 파는 게 낫다고 생각했다.

정단은 고개를 저었다.

"저는 팔았고, 이사님은 사셨어요."

사빈은 그렇게 말하는 정단이 낯설었다. 한 번도 보여주지 않은 여자의 얼굴을 하고 있었다.

"그런 적 없어."

부정하는 목소리가 노려보는 눈빛만큼이나 매섭다.

"그럼 절 사랑하셨어요? 그래서 결혼한 거예요?"

아무 말도 하지 못한다. 처음 그에게도 진심은 없었으니까.

"이사님은 저를 사셨고, 전 그 대가를 받았을 뿐이에요."

그의 생각도 다르지 않았다.

자신은 정단을 내세워 어머니를 향한 시위 아닌 시위를 했고, 정단은 원하던 것을 얻었다. 그의 아내라는 자리.

그 정도면 밑지지 않는다 생각했다. 조금은 무성의해도 약간은 무관심해도, 분에 넘치는 호사를 누리는 거라 믿었다. 조금씩 다가가던 자신의 마음도 그녀에겐 과분하다 느꼈을지도 모른다.

그 오만했던 생각이 지금에야 벌을 받는다. 궁지에 몰린다.

"하지만 이제 이사님께 받고 싶은 게 없어요."

낮은 천장이 핑그르르 돈다. 머리가 뜨거워지고 가슴이 꽉 막힌다. 겁을 주려는 생각은 없었는데 자신도 모르게 가느다란 팔을 움켜잡는다. 고집스럽게 쳐다보는 눈빛에 자극당해 얼마나 세게 힘을 주는지도 인지하지 못한다.

화가 났다. 아니, 초조했다.

필요 없다는 말이었다. 자신을 버린다는 뜻이었다. 가치가 없어졌으니까.

어떻게. 어떻게!

그러나 '감히'라는 말은 쓰지 못한다. 그에게 이 결혼이 진짜가 된 순간부터, 정단에게 진심을 가져 버린 순간부터 강자는 그가 아니었다. 이렇듯 놓으라고 악을 쓰는 정단 앞에서는 더더욱. 이젠 동등할 수도 없다.

약자는 그였다. 그것에 화가 나는 것인지, 더는 아무것도 원하지 않는다는 정단에게 화가 나는 것인지 모르는데 바라는 대로 놓아줄 수는 없겠다.

"그래, 당신도 이용하고 나도 이용했지."

그래, 인정한다. 어머니와의 싸움에 정단을 끌어들였다. 그 시작에 진심은 없었다.

"하지만 난 아니지 않나? 당신은 알고 당했을지 몰라도 난 모르고 당했어. 적어도 난 이 관계를 책임질 각오는 하고 시작했지. 그런데 당신은? 처음부터 끝이었지."

생각해 보면 그래서 정단은 아이를 가질 생각이 없었던 것이다. 그와의 관계를 책임질 생각이 없었으니까.

"그러니까 당신은 빚이 있는 거야."

아무 말 하지 못하는 정단에게 쐐기를 박는다.

"내가 받아낼 만큼 받을 때까지 옆에 있어. 옆에서 갚아."

빚을 독촉하는 사람처럼 팔을 놔주지 않는다.

뜨끔한 얼굴의 정단은 정곡을 찔렸다. 허를 찔린 사람처럼 독기가 빠진다.

이제는 말을 해야 한다. 지금이 그 순간이었다.

"할머니 병을 고쳐 준다고 했어요. 수술…… 시켜준다고."

고개 숙이며 무너지듯 말하는 것은 그를 향한 사과였다. 진작 털어놓아야 했을 비밀이나 그를 잡고 싶은 욕심에 입안에 삼킨 말이다.

"그래서 결혼했어요, 할머니 살려준다고 해서. 그런데 벌을 받았어요."

몇 번이나 본 정단의 기록. 외할머니의 사망날짜는 그들이 결혼하기 전이었다.

"저한테 벌을 주려고 할머니를 데려갔어요."

울지 않고 덤덤히 말하지만 눈에는 눈물이 가득 들어차 있다.

"엄마도 암이었어요. 돈이 없어서……. 너무 가난해서 진통제 한 알 사지 못했어요. 너무 아팠지만, 너무 아파하셨는데……."

가만가만 말하는 것이 더 아프다. 꿈뻑이는 눈으로 사빈을 바라보며 말한다.

"할머니한테는 약을 사드리고 싶었어요. 아프지 않게. 엄마처럼 아프지는 않게. 하지만 아무것도 없었어요. 난 너무 가난했어요. 무슨 짓이라도 해야 했어요. 몸을 파는 것이라도……. 나밖에 가진 게 없었으니까."

커다란 눈물이 떨어져 내린다.

누구라도 도와주길 바랐다. 누구라도 힘이 되어주기를.

그래서 류 회장의 손을 잡았다. 그의 손이라도 잡아야 했다.

"그러니까 괜찮아요. 당신도, 나도."

그렇게 고해하듯 말한 정단을 사빈이 끌어안는다.

얼마나 아팠을까. 혼자서 얼마나 무서웠을까. 얼마나 울었을까.

가슴에 꾹꾹 담아놓은 정단의 슬픔이 너무 크다. 알아주지 않은 자신이 원망스럽다.

"어머님……. 진 여사님을 이기고 싶으세요?"

순순히 안겨 있던 정단이 손을 들어 사빈의 머리를 쓰다듬는다.

정단도 처음부터 알고 있었다. 영빈의 상태를 알면서도 자신과 결혼한 그의 결정은 진 여사에 대한 반항이었음을. 진 여사가 버리길 바라는 패이기에 놓지 않은 그의 마음을, 정단은 진작에 알고 있었다.

정단 또한 그러고 싶었다. 이 남자와 끝까지 가려 했다. 그녀 마음대로 하게 두고 싶지 않았다. 그것이 류 회장과 손잡은 진 여사에 대한 복수였다.

하지만 이 남자가 해주기를 바란다.

"제가 아니어도 할 수 있어요."

자신과 헤어져도 사빈은 할 수 있었다. 진 여사는 그를 흔들지 못한다.

"이기는 건, 그분을 꺾는 게 아니에요."

끌어안긴 품에서 빠져나온다. 사빈의 얼굴을 똑바로 바라보며 말한다.

"이사님이 행복해지시면 돼요, 그분하고."

그 순간 사빈은 깨달았다. 정단의 눈빛이 변한 게 언제였는지. 무엇이 정단을 돌아서게 했는지.

지금 정단을 이렇게 만든 것은 어머니 진 여사도, 치기 어린 반항심에 모친이 내치고자 하는 그녀를 놔주지 않는 그의 이기심도 아니었다.

채영 때문이다. 채영을 놓지 못한 그 때문이었다.

정단을 잡은 손이 떨렸다. 이제 와 뻔뻔스럽게 내민 이 손은 채영을 감쌌던 손이다. 비겁한 자신을 숨기려 정단을 밀어낸 손이었다.

또 때리실 건가요?

자신을 바라보는 눈이 그렇게 묻는 것 같았다. 염치없는 손이 부끄러워 가슴부터 귀까지 뜨거워지지만 정단의 손을 놓을 수는 없다.

"그렇지 않아. 이젠 아니야."

꽉 메인 목소리는 잘 나오지 않았다. 겨우 쥐어짜 정단 앞에 다른 사람의 존재를 부인하지만 정단에겐 받아들여지지 않는다.

"이제 그만해요."

그렇게 노력해 봤자 정단에게도 자격은 없었다. 그에게 진심을 전할 수 없다. 애초 정단 스스로가 자신에게서 박탈한 마음이었다.

사빈에게서 손을 잡아 뺀다. 명백한 거절. 더는 잡지 못하는 사빈을 두고 침실로 들어간다.

너무 눌러 담았던 마음은 이제 어떻게 꺼내야 하는지도 모르겠다. 사랑해서는 안 된다, 그 감정조차 죄악이다, 참고 참은 정단의 진심은 어딘가로 사라졌다. 그래서 사빈의 손을 잡을 수 없다.

그때 뭔가 깨지는 소리가 들렸다. 거실이었다.

놀라서 문을 연 정단의 눈앞에는 장식장과 술병, 텔레비전이 뒹굴고 있었다. 화병이며 액자가 폭풍에 휩쓸린 듯 박살나 있고, 그 가운데 사빈이 있었다. 정단의 기척을 느끼고 거친 숨을 몰아쉬며 말한다.

"나오지 말고 들어가."

그러나 그것을 본 정단이 다시 침실로 들어가기란 쉽지 않았다. 한 발 내딛은 정단의 발이 유리조각을 밟으며 소리를 냈다. 그러자 엎어진 나무탁자를 발로 찬 사빈이 으르렁거리는 소리로 말했다.

"들어가, 류정단."

마치 야수와도 같은 그 목소리에 정단은 어떻게 돌아왔는지 모르게 이미 이불을 덮고 있었다. 밖에서는 아직도 뭔가 부러지고 깨지는 소리가 멈추지 않았다.

무서웠다. 한 번도 본 적 없는 사빈의 모습에 놀랐다. 그가 부수고 있는 것이 자신인 것 같아 울음이 나왔다.

계속되는 난폭한 소리에 정단이 흐느끼기 시작했을 때 거실은 조용해졌다. 마치 아무 일도 없었다는 듯 집 안에는 사람의 숨소리조차 느껴지지 않았다. 그러나 그것이 정단을 더욱 무섭게 만들었다.

정단은 이불을 말아 쥐고 놓지 않았다. 눈을 감고 귀를 닫고 몸을 웅크렸다. 무슨 일이 일어날지 알 수 없는 정적이었다.

그렇게 얼마나 지났을까. 정단은 자신을 덮쳐 오는 무게에 놀라 눈을 떴다. 목숨처럼 움켜쥐고 있던 이불도 이미 벗겨졌다. 대신 뒤에는 한 남자가 정단을 껴안고 있었다. 조금 전 무서웠던 광경이 떠올라 그에게서 벗어나고 싶지만 움직이지는 못하고 밭은 숨만 내쉰다. 사빈도 정단이 두려워하고 있는 것을 알았다. 귓불에 얕은 목소리로 속삭였다.

"괜찮아. 아무 짓도 안 해."

사빈은 어느새 다정한 남편으로 돌아와 있었다.

"괜찮아."

그 말대로 밤새도록 정단의 등을 끌어안은 그는 움직이지 않고 잠이 들었다.

그리고 정단이 아침에 눈을 떴을 때 그는 없었다. 어젯밤 일이 꿈이었던 것처럼 거실의 모든 물건들은 제자리에 있었다. 텔레비전과 장식장, 화병의 모양, 위치까지도 감쪽같다. 거실은 지난밤의 흔적이 하나도 없었다.

그러나 집 밖은 달랐다. 낯선 사내들이 집을 에워쌌다. 정원 곳곳을 점령했다. 정단은 아무 데도 나갈 수 없었다. 그날부터 정단은 사빈에게 갇혔다. 정단의 거절에 대한 사빈의 대답이었다.

이쪽 세계 사람이라면 누구나 한 명씩 김 사장 같은 사람과 거래가 있게 마련이다. 다행히 사빈은 그 상대, 김 사장이 유능한 것을 다행이라고 생각하고 있었다. 어차피 나쁜 힘을 써야 한다면 무능한 것보다야 깔끔한 게 낫겠지?

사빈이 집 안에 깔아놓은 사람들은 김 사장의 아이들이었다. 보수는 받을 만큼 받으면서 집만 지키고 있으면 되니 김 사장으로서도 괜찮은 사업이다.

그래도 정단이 겁을 먹으면 안 되니 윤 대리와 여자수행원을 한 명 남겨두었다. 김 사장과 신뢰하는 관계라 해도 그의 아랫사람은 실수를 할 수도 있으니까. 그 실수가 행여 정단을 향한 것이면 큰일이 날 것이다. 그것을 아는 김 사장 또한 관리를 철저히 하겠지만 그래도 마음이 놓이지 않는 사빈은 되도록 퇴근을 서두르고 있었다. 강원도 리조트 사업도 가능한 한 직접 가보는 일은 줄였다. 출장 일정이 잡힌다면 정단도 데리고 가면 되겠지만 정단이 어디로 도망칠지 모르는 부담을 안고 멀리 나가고 싶진 않았다.

그러나 난처한 일은 피하려 할수록 더 가까워지는 법이었다.

시작부터 사고가 터졌다. 펜션 단지를 허물고 다시 짓는 공사 중 인부 두 명이 3층 높이 철조건물에서 떨어졌다. 어디서나 일어날 수 있는 사고였으나 누구의 잘못이고 누구의 실수든 책임자의 관리 소홀 책임은 피할 수 없었다. 사빈이 날아가 대책을 강구하고 사고를 수습해야 한다.

그 자리에 정단을 데려가는 것은 불가능했다. 척추 손상에 혼수 상태 환자까지 생긴 사고 수습에 정단을 대동해 갈 수는 없다. 불안하지만 김 사장과 윤 비서에게 정단을 맡기고 갈 수밖에.

그러나 정단을 잡아두는 데에만 골몰했지 밖에서 들어오는 공격은 생각지 못했다. 사빈의 부재. 어렵게 생긴 기회를 그냥 버릴 진 여사가 아니었다.

숨으려면 좀 더 확실히 숨어 있을 것이지, 어줍지 않게 나가 다시 돌아온 정단은 사빈의 애만 태우는 짓을 했다. 어쩌면 그걸 노리고 한 짓일지도 모르기에 정단을 떨궈내야 한다는 진 여사의 생각은 더욱 필사적이 되었다.

아들이 감싸고 있는 이상, 정단을 직접 흔드는 건 소용이 없었다. 채영의 일까지 알려진 마당에 쓸 수 있는 방법도 많지 않았다. 그래서 진 여사는 우회를 결정했다. 누굴 털어야 먼지가 떨어질까, 흔치 않은 기회인만큼 고심에 고심을 더해 말을 정했다. 그 결과는 성묵이었다.

"그 아이, 돌아왔다지?"

차갑게 묻는 진 여사의 물음에 성묵은 대답조차 하지 못했다.

"성북동 여사님께서 특별히 부탁하신 일이니 성묵이 네가 잘해줬으면 한다."

성묵의 아버지 목 회장은 여간해서는 MK그룹 본사 건물로는 잘 부르지 않는 성묵을 불렀다.

"목 회장님께서 이해해 주시지 않으면 어쩌나 걱정했는데 이렇게 흔쾌히 도와주시니 한시름 놓았습니다."

목 회장이 진 여사의 부탁을 거절할 수 있을 리 없었다. 갑과 을의 관계. 그 철저한 룰 속에서 MK그룹은 언제나 약자였다. 그리고 목성묵, 그 또한 목 회장과의 관계에서 언제나 약자다. 천한 태생. 근본도 알 수 없는 여자의 몸을 빌어 태어난 서자이기 때문이다. 그래도 목 회장은 성묵을 다른 아들들과 차별해 키우지 않았다. 그래서 더욱더 성묵은 아버지의 부탁을 거절하지 못한다. 진 여사는 그것까지 계산해 성묵을 지목한 것일지도 모른다. 그녀의 예상대로 친구냐 아버지냐, 선택의 기로에 놓인 성묵이 움직인 방향은 사빈의 집이었다.

김 사장으로부터 전화가 온 것은 사빈이 병원을 막 출발한 때였다. 사고 직원 가족들에게 격려금을 전달하고 차후 병원비와 치료 일정에 관해 논의를 마치고 호텔로 돌아가려던 참이다.

「목 본부장님이 오셨는데, 미리 말씀하신 일이 아니라서요.」

"본부장? 성묵이?"

뭔가 이상한 느낌이었다. 자신이 없는 집에 성묵이 갈 리 없었다. 더구나 회사일로 양양에 와 있는 것을 뻔히 아는 지금 말이다.

「이사님이 보내신 게 아닙니까?」

"아니, 보낸 적 없어."

성묵이 정단을 만날 일도 없었다. 그가 없는 사이라면 더욱더.

"돌려보내, 당장."

불안했다. 성묵은 그가 신뢰하는 친구이자 평생을 함께 가기로

한 파트너였지만 이런 알 수 없는 짓을 하는 데엔 뭔가 다른 이유가 있는 것이었다.

"정 대리, 김포공항 티켓 알아봐요, 제일 빠른 걸로."

"서울 다녀오시게요?"

급한 일은 처리됐대도 아직 대내외적으로는 사빈의 얼굴이 필요한 시점이었다. 사빈의 김포공항행이 내일부터의 일정에 어떤 영향을 미칠지 모르는 정 대리로서는 두려움이 엄습할 수밖에 없었다. 그러나 빠른 시간을 확보하지 못했을 경우 그로부터 들어야 할 쓴소리가 더 두려운 정 대리는 최대한 빠른 티켓을 수배했다.

하지만 그가 도착했을 때 상황은 이미 종료되어 있었다.

"목성묵."

태연히 거실에 버티고 있는 성묵을 향해 분노를 보인다. 느낌만으로 알 수 있었다. 집 안에 정단은 없다.

"뭐 한 거야, 너. 어디 갔어, 그 사람."

"김 사장님 탓하지는 마, 최선을 다하셨으니까. 성북동 어머님이 보낸 사람이 더 많았을 뿐이야."

"어머니?"

머릿속이 다시 하얘진다. 어머니에 대한 조치를 취해놓았어야 했다. 채영에게도 그런 짓을 했던 어머니인데 정단에게는 무슨 짓을 할지 모른다.

"너, 무슨 짓을 한 건지 알아? 정단이 어디 있어. 어디로 데려갔어!"

"그러니까 이렇게 이실직고하고 있잖아."

정단을 빼돌린 성묵이었지만 진 여사 뜻대로 갈라놓을 생각은 아니었다. 자신이 도망시킨 정단을 다시 잡아오는 것쯤이야 사빈에겐 일도 아닐 테니까.

"너희 어머니가 날 찾아오셨어. 내가 거절하지 못하는 걸 아시니까."

"그래서."

"미션이 있었지."

사빈의 미간이 조여든다.

"제수씨를 숨기라고, 성 이사가 못 찾을 곳에다가."

사빈은 이해할 수 없었다. 강 실장이나 윤 대리라면 몰라도 성묵이 진 여사의 편이 될 이유는 없었다. 아무리 아버지 목 회장의 설득이 있었대도. 하지만 성묵은 물었다.

"제수씨 생각은 해봤어? 여기서, 이 집안사람으로 어떻게 살아갈지. 너도 알잖아. 너희들한테 우리가 어떤 존재인지. 안 봤어?"

성묵이 멸시를 당한 것은 감히 아무나 침범할 수 없는 영역에 흙 묻은 발을 디밀었다는 이유에서였다. 반은 같은 세계 사람이되 반은 천한 핏줄을 타고난 믹스에 대한 혐오였다. 그것이 얼마나 잔인하고 지독한지 사빈은 잘 알고 있었다. 성묵이 당하는 것을 가장 가까이에서 보았기 때문이다.

"아버지도 있고 돈도 있는 나도 이 정돈데 제수씨는. 언제까지 네가 싸고돌 것 같은데?"

성묵의 말이 옳다. 진 여사가 아니더라도 당장 그의 주변엔 은정이 있다. 집요하게 정단의 대학을 물고 늘어졌던, 의도적으로 정단을 끌어내리려 했던 그녀도 사빈에겐 가족이었다. 정단이 사빈 곁에 있는 한평생 보고 살아야 할 사람이다.

"아무것도 모를 것 같아? 아무것도 안 들을 수 있을 것 같아?"

성묵은 조금 전 정단에게도 물었었다.

"버틸 수 있겠어요? 이쪽 사람들?"

성묵도 잘 아는 멸시와 냉대이기 때문이다. 좋은 집안 외방 자식에게 내려지는 처벌이 얼마나 가혹한지는 질릴 정도로 겪었다. 외양, 학벌, 능력. 어느 것 하나 사빈에게 뒤질 것 없는 그가 사빈보다 못한 것 한 가지가 그것이었다.

일찌감치 성진의 중심점으로 살아온 사빈과 달리 MK그룹 회장을 아버지로 두고도 성묵은 어디에도 속하지 못한 채 떠돌아야 했다. 아버지 목 회장은 성묵을 아들로 인정했지만 그의 아들이 되는 것과 MK그룹의 일원이 되는 것은 별개의 일이었다.

매일 밤 온몸이 썩어가는 꿈을 꾸며 잠에서 깼다. 정말 이러다 죽겠구나 싶었을 때, 성묵은 모든 것을 포기하고 집을 나왔다. 먹고살 걱정은 없을 만큼 챙겨 받았지만 핏줄과 얽힌 모든 관계를 정리하는 것은 쉽지 않았다. 자신의 근간을 이루는 모든 테두리를 걷어내 버리는 것이었다.

그래도 성묵은 좋았다. 맨몸으로 나와야 했다 해도 그랬을 것이다. 자신을 천대하는 눈빛과 모욕하는 목소리를 떨쳐 내고서야 하늘이 이렇게 맑다는 것을 알았다.

하지만 자신이 그랬던 것처럼 정단에게서 사빈을 걷어낼 생각은 없었다.

"한 번 생각해 보라고, 제수씨가 뭘 겪어야 할지."

MK와 각별한 관계를 맺고 있는 진 여사의 명령을 거스를 수 없었지만 정단을 정말 영영 찾지 못할 곳으로 보낸 것은 아니었다.

"난 숨겼으니까 찾아. 남자라면 그 정도 능력은 있어야지."

정단을 빼돌린 것은 진 여사가 보낸 사람들이었지만 정단이 간 곳은 진 여사 쪽이 아니었다. 성묵이 준비해 놓은 정단의 은신처는 천 실장이었다.

정단이 있는 곳을 알고 있다며, 그들이 찾지 않는다면 자신이 데려다 키울 거라고 하였던 노안의 남자. 성묵은 정단을 그에게 보내며 당부했다.

"제수씨가 살 곳을 정하는 겁니다, 지금. 나가고 싶다고 하면 나갈 수 있어요."

성묵의 말대로였다. 정단은 그들이 무서웠다, 자신과 다른 그들이. 진 여사는 말할 것도 없고 진 여사 위에 산처럼 버티고 있는 성 회장도 무서웠다. 진 여사와는 서로가 약점을 틀어쥐고 있다지만 성 회장은 달랐다. 이제 그 앞에 설 자격이 자신에겐 없다. 사빈이 자신을 받아준다 해도 성 회장이 허락할 리 없었다. 설혹 성 회장이 인정한다 해도 그 집안에는 수많은 눈들이 정단을 노려보고 있었다. 아니, 그밖에도 수백, 수천 개의 눈들이 정단을 따라다녔다.

"마음은 좀 안정되셨습니까."

정단에게 커피잔을 쥐어주고 맞은편에 앉아 다시 낚싯대를 잡은 천 실장이 물었다. 그는 이틀 전, 눈이 새파랗게 질려 그를 찾아온 정단의 얼굴을 잊지 못한다.

정단은 그냥 말없이 웃었다. 성묵이 그에게 맡긴 것으로 보아 무슨 일이 있었는지 상상하지 못할 바는 아니었다. 류 회장의 비서로 있을 시절, 그곳의 이런저런 것들을 그도 많이 겪어온 터였다.

"성북동 큰마님과 맞짱을 뜨셨다고요."

컵을 기울이던 정단이 눈을 동그랗게 뜨고 그를 쳐다봤다.

"제가 잘못 들은 겁니까."

정단은 고개를 저으며 웃음을 터뜨렸다.

"실장님, 요즘 김 비서님이랑 친하게 지내시는 것 같아요."

천 실장은 고개를 좌우로 갸웃거렸다. 요즈음 지유와 낚시친구가 된 것은 어찌 알았을꼬.

사실 정단은 지난번 이후 지유와 만난 적이 없었다. 집으로 돌아간 후 외출을 하지 못했으니. 그럼에도 천 실장의 말투를 보면 알 수 있었다.

맞짱이라니. 지유가 쓰는 말이 분명했다.

하지만 금세 머그잔을 움켜잡은 정단은 한숨을 내쉰다.

"이러다 묻히는 수가 있다죠?"

천 실장은 무슨 말인지 못 알아들은 표정이다.

"그분한테 끌려가서 땅에 묻힐 것 같아요, 맞짱 뜨다가."

아니라고 부정할 수 없음에 천 실장의 얼굴은 더 뜨악했다.

"무서워요, 그 집 사람들. 그분도 성 회장님도. 그 집에서 저 하나 죽인다고 해도 성북동 뒤뜰에 묻으면 평생 시체도 발견 안 되잖아요."

그런 것까지 상상하다니. 그건 정도가 좀 심하다 싶지만 정단이 그렇게까지 생각해 봤다는 것은 그만큼 성진이 정단을 두렵게 했다는 증거였다. 얼마나 압박을 받았으면 그럴까 안쓰러운 마음이 들지만 정작 정단의 발을 그곳에 들이게 한 장본인은 그였다.

"그렇게 무서우셨습니까."

정단은 가만히 머그잔에 입술을 묻었다. 대답하고 싶지 않을 때의 행동이다. 천 실장 앞에서만 나오는 어리광이기도 했다.

"이사님도 무서우십니까?"

정단 그 물음에도 선뜻 답하지 못한다.

"그러면 찾아오십시오. 이사님도 못 견디겠으면 그때 또 찾아오세요. 그땐 같이 있어드리겠습니다. 성 이사가 찾아와도 보내지 않고."

그것은 정단을 찾아낸 순간 그가 짊어진 책임이었다. 정단에게 갚아야 할 빚이다.

하지만 정단에겐 말만으로도 가슴이 따뜻해지는 말이었다.

혼자여도 결국엔 혼자가 아니라는 안도감. 어딘가 찾아갈 곳이 있다는 것이 마음을 더 강하게 만든다. 그런 기둥 하나 있었다면 지난 혼자만의 생활이 그리 무섭고 두렵지만은 않았을 텐데.

이젠 정말 다시 혼자가 된다 해도 잘해낼 수 있는 기분이다. 천 실장이 정단의 마지막 보루가 되어줄 테니까.

하지만 있을 수 없는 일이다.

"그런 일은 없을 텐데요."

사빈의 목소리에 정단이 뒤를 돌아봤다. 보슬비에 머리가 젖은 사빈이 하얀 얼굴을 빛내며 나타났다. 앗! 하고 주위를 둘러보는 사이, 어두운 낚시터는 어느새 검은 슈트를 빼입은 남자들로 가득하다.

그런 가운데에도 놀라지 않고 낚싯대를 잡고 있는 천 실장을 노려보며 사빈은 정단의 팔을 잡아 일으켰다.

"이런 위험한 데는 데리고 오시면 안 되죠."

우산 아래 몸을 웅크리고 있던 정단은 촉촉한 겨울비 속으로 끌려 나갔다.

"아저씨?"

정말 그대로 사빈에게 끌려갈 기세인 정단은 천 실장을 돌아본다. 무심히 수면에 찌를 드리우고 있던 천 실장이 낚싯대를 거두며 일어났다.

"정말로 무서우면 찾아오세요. 제가 책임져 드리겠습니다."

그리고 다가온 천 실장의 손이 정단의 머리를 쓱쓱 쓰다듬었다. 그것을 기분 나쁘게 바라보고 있던 사빈은 정단을 뒤로 끌어당겼다. 천 실장에게서 멀리 떨어뜨려 놓는다.

하지만 천 실장은 흐뭇하게 바라볼 뿐이었다.

사빈이 정단을 찾은 것은 사흘 만이었다. 마치 정단에 대해 얼마나 알고 있나 성묵이 낸 시험 같았다. 어제까지는 성묵 쪽 사람들 주변으로만 맴맴 돌았지만 천 실장으로 가닥을 잡자 천 실장과 정단을 수배하는 건 일도 아니었다.

낚시터 근처에 일렬로 주차된 차로 가자 맨 앞 차에서 윤 대리가 내린다.

"문 열어."

사빈은 범인을 체포한 것처럼 정단의 손목을 움켜잡고 차 뒷좌석으로 끌고 갔다. 중간에 다른 차들을 스쳐 지나는데 그중엔 성묵도 보였다. 차창을 살짝 내린 틈으로 입가에 살짝 터진 상처가 보인다.

정단을 데리고 차에 타려던 사빈도 뒤로 돌아가 창문 틈으로 작게 속삭였다.

"다음에 또 이런 짓하면 다리 따버린다."

정말 성북동 뒤뜰이라면 성묵의 시체도 발견이 안 될 텐데, 성묵은 자신의 친구가 능히 그럴 수도 있다는 사실에 웃을 수 없었다. 사빈에게 잡혀가는 정단이 불쌍할 따름이지만, 정단에게 저렇듯 독하게 집착하는 사빈이 더 무서운지, 사빈을 그렇게 돌변하게 만든 정단이 더 무서운지는 생각해 볼 문제였다.

그때까지는 성묵도, 정단도 사빈이 어떻게 변할지에 대해 모르고 있었다.

"내가 무서워?"

차에 탄 정단이 자리도 잡기 전에 묻는다.

"그래서 도망쳤어?"

사근사근한 목소리가 정단의 목을 조여 오는 것 같다. 슬퍼 보이지만 상냥하지 않은 눈이 정단을 내려다보고 있었다.

천 실장과 정단이 하는 말을 들었다.

물 속 깊이 몸이 가라앉는 기분이었다. 곧 정단과 천 실장을 덮칠 거리였지만 숨이 막혀 입술만 달싹였다. 가슴이 딱딱하게 굳어 움직일 수가 없었다.

무서워? 내가?

가슴이 아파 웃어줄 수가 없다.

"차라리 어머니한테 갇히지 그랬니."

뺨을 쓰윽 쓰다듬으며 하는 말에 정단은 소름이 끼치는 공포를 느낀다. 그 순간 성묵의 말대로 제대로 도망쳤어야 하나 고민했지만, 집으로 돌아가는 동안 사빈은 정단을 쳐다도 보지 않았다. 차갑게 굳은 얼굴로 앞만 주시했다.

그러나 차가 집 앞에 도착하자 정단을 끌고 들어간다. 정단이 구두를 벗기도 전 돌려세워 키스부터 하기 시작한다. 큰 손이 정단의 뒷목을 감싸 움직일 수 없게 몰아붙인다. 아무리 도망가려 해도 놓아주지 않는다.

"싫어······. 하지 말아요."

정단의 말이 들리지 않는 것처럼 정단의 옷을 잡아 벗긴다. 거센 저항도 사빈의 완력에는 당할 수 없다.

"자꾸 움직이면 좋지 않아. 그러니까 얌전히 있어."

화가 난 목소리였다. 아마 그의 감시망에서 벗어난 벌일 것이다. 천 실장과 태연하게 낚시나 하러 갔던 게 화를 부추겼다. 그에게 제일 먼저 돌아오지 않은 것에 화가 났다.

그러나 그보다 먼저인 것은 큰형 사혁의 말이었다.

"아이를 낳아, 제수씨와 너의 아이를. 그러면 어머니도 더 이상 어쩌지 못하실 거다."

결혼하면 아이가 생기는 것이 당연했지만 사빈은 그것을 지극히 당연하게 여겨 문제였다. 아빠가 되기에 이미 적절한 나이였지만 아이란 때가 되면 당연히 생기는 것이라 생각했다. 자연스럽게 이루어지는 것에 그다지 서두를 필요를 느끼지 못했다.

하지만 이제 문제가 달라졌다. 사빈에게는 아이가, 그것도 정단이 낳은 아이가 필요했다. 어머니로부터 정단을 지키기 위해서가 아니라 정단이 자신을 떠나지 못하게 할 끈이 필요하다. 아이가 생긴다면 정단은 그의 아내가 될 수밖에 없다. 정단은 한 치의 어김도 없는 그런 여자였다. 그러니 사빈에게 더 이상의 생각은 필요치 않았다.

그날로 사빈의 집무실은 집으로 옮겨졌다. 필요한 모든 기기들이 거실로 들어왔다. 사무실을 나가는 대신 집 안에서 일을 처리하기 위함이었다. 정단을 지키는 사람도 여섯 명에서 여덟 명으로 늘어났다. 단지 정원에 나가는 것뿐인데도 정단은 사빈의 허락을 받아야 했다. 집 안에서는 사빈이, 집 밖에는 그가 고용한 사람들이 정단을 지켰다. 단순히 정단이 도망치지 못하게 감시하는 것이 아니었다. 진 여사로부터 정단을 지키기 위해서였다. 채영에게 한 짓을 정단에게도 할지 모른다고 생각하니 아무것도 할 수 없었다. 정단을 아무도 모르는 데 가둬두는 것쯤 진 여사로서는 일도 아니었다.

그런 두려움이 커지는 만큼 그는 잠자리에서도 철저해졌다. 예전엔 이렇게 정단의 의사를 무시하는 행동은 하지 않았다. 지금은 아무리 아프다고 말해도 정단과 하나가 되는 것이 그 밤의 모든 것인 양 멈추지 않고 자신이 원하는 대로 했다.

그것은 정단뿐 아니라 그 자신도 지치게 하는 일이었다.

"회사로 출근하세요. 아무 데도 가지 않을 테니까. 어차피 집에 사람들 있으니까 이사님까지 지키고 계실 필요 없잖아요."

적어도 매일 집에서 부딪히는 일은 줄여야 했다. 눈이 마주칠 때마다 옷을 벗기려고 하는 것은 분명 이상한 것이었다.

"그럼 침대만이라도 주말에만 같이 써요."

하지만 사빈은 정단의 뜻을 따를 생각이 없다. 아무런 대꾸도 하지 않는다. 대신 정단에게 다가와 끌어안는다. 얼굴이 빨갛게 달아오른 정단은 어쩔 줄 몰랐다.

"알았어? 지금도 많이 참고 있는 거라고."

정단의 제의에 대한 확실한 대답이었다. 사빈으로서도 어쩔 수 없는 일이다. 처음에는 사혁의 말처럼 아이를 갖기 위해서 였지만 이제 그것은 상관없어졌다. 정단을 안아야 했다. 그것은 커져 가고 있는 불안감 때문이었다. 정단과 연결되어 있는 것이 아무것도 없다는 불안이 그렇게 해서라도 정단을 자신의 것이라 믿고 싶게 했다.

"언제까지 이럴 거예요."

지친 정단은 묻지만 아직 사빈은 끝이 보이지 않았다.

"돈 떨어질 때까지?"

농담이 아니다.

"그거 알아? 한 번도 이렇게 돈이 많은 것에 감사해 본 적이 없는데 지금은 진심으로 그 돈에 감사해. 그게 아니었다면 당신을 이렇게 잡아둘 수 없을 테니까."

평생 동안이라도 이렇게 살 수 있다는 말이었다. 더하여 정단에게 포기하라는 말이었지만 사빈이 내내 정단을 지키는 것은 불가능했다.

성 회장이 묏자리를 보러 가는 날이었다. 성북동에서 연락이 왔다. 큰회장님 묏자리 보러 가시는데, 아들 삼 형제 모두 모이라는 비서실의 부름이었다.

선산에 정해진 자리가 있는 성 회장은 가끔 묏자리를 보러 가곤 했다. 앞이 탁 트인 구릉에서 마을 전경을 보는 운치 때문인지, 아니면 미리 자리를 닦아놓을 요량인지 시간이 날 때마다 기분 전환을 하는 것처럼 움직이곤 했다.

사빈도 진 여사 일이라면 모를까 아버지 성 회장에게는 협조적이었다. 적어도 아들들이 보는 앞에서는 사람이 사는 도리는 제대로 지키려 노력하는 분인 것을 알기 때문이다.

그것을 진 여사도 알고 있었다. 사빈이 아버지 일이면 두말없이 따라나선다는 것을.

그렇지 않아도 정단을 두고 가는 것에 묘한 불안감을 느낀 사빈은 양양에 있는 정 대리와 성묵을 집으로 불러들이고서야 떨어지지 않는 발걸음을 뗄 수 있었다. 하지만 선산이 있는 강릉으로 내려가던 중 사빈은 성묵의 전화를 받았다.

「돌아와. 제수씨 없어졌어.」

17

일은 정 대리와 성묵이 양양에서 올라오는 사이에 터졌다. 그들이 도착했을 때 집은 텅 비어 있었다.

"언제부터 없었어."

세상이 무너지고 있다.

"김 사장은. 왜 아무도 없어!"

"모두 사모님을 따라 나간 것인지 제가 왔을 때는 아무도 없었습니다."

이미 두 번씩이나 겪었지만 적응할 수 없었다. 아니, 정단이 한 번, 두 번 사라질 때마다 심장이 조금씩 잘려 나가는 느낌이다. 이러다가는 심장이 사라져 숨도 쉴 수 없을 것 같았다.

"연락도 안 돼?"

"네. 하고 있지만 아무도……."

"어떻게 그 많은 사람들이 한 명도 연락이 안 된다는 거야!"

흥분한 사빈의 손에서 쨍, 하고 술잔이 깨졌다. 유리조각들이 그의 손가락 사이로 바스러져 내렸다.

"찾아. 무슨 짓을 해서라도 찾아!"

정단이 사라진 것보다 여덟 명의 경호원들까지 한꺼번에 없어진 것이 불길했다. 사고가 아니라면 정단이 그들과 함께 사라질 수는 없었다. 하지만 사고를 생각하기에도 집 안이 너무 깨끗했다. 도대체 무슨 일이 있었단 말인가.

초조하게 기다리는 것 외에는 아무것도 할 수가 없었다.

"성 이사."

성묵이 다친 사빈의 손을 수건으로 감쌌다. 선명한 빨간 피가 수건으로 번졌다.

사빈은 그런 성묵을 빤히 쳐다보고 있었다. 무슨 의미인지 알 것 같았다. 하지만 이번엔 내가 아니다. 성북은 사빈의 눈을 보면서 조용히 고개를 저었다.

"젠장―!"

사빈은 성묵이 애써 수건으로 감아놓은 손으로 탁자를 내려쳤다.

오늘 나가는 게 아니었다. 아버지 일이라도 집에 있어야 했다. 그러다 문득 드는 생각. 정단을 데려다 무얼 하려는 걸까. 정단을 데려갈 이유가 있으면서 경호원들을 움직일 정도로 능력이 있는 사람. 과연 그런 사람은 두 명이 될 수 있을까?

그런 사람이 진 여사 외에 있을 가능성은 없었다. 굳이 경호원들을 줄줄이 데려가면서 정단을 납치할 이유가 없었다.

그때 사빈의 핸드폰 벨이 울리기 시작한다.

벌떡 일어난 사빈이 대리석 탁자에 놓아두었던 전화를 집어 들었다.

"여보세요!"

하지만 기다리던 목소리는 아니었다.

「강 실장입니다, 도련님.」

그렇지 않아도 강 실장에게 전화하려던 참이다. 정말 오늘 일에 어머니는 관계가 없는지. 강 실장도 아는 게 없는지. 그러나 그전에 먼저 강 실장이 말한다.

「성북동입니다. 들어오셔야겠어요. 사모님 와 계십니다.」

성묵을 뚫어지게 쳐다보던 사빈. 눈을 크게 뜨더니 퍼뜩 정신을 차려 밖으로 나간다. 성묵과 정 대리가 쫓아 나갔지만 사빈의 차는 이미 떠난 다음이었다.

성북동에 도착한 사빈이 제일 먼저 본 것은 화단 구석에 무리지어 서 있는 김 사장과 그 수하들이었다.

"어떻게 된 거야!"

급하게 뛰어와 숨이 찼지만 그들을 움찔하게 만들 정도로 날이 선 목소리다.

"죄송합니다, 이사님. 큰마님께서 명하신 일이라 어쩔 수 없었습니다."

어머니?

"너는 누구 사람이었지? 나? 어머니?"

진 여사. 그의 어머니. 아들이 김 사장님과 오랜 관계인 것을 알아 버렸나 보다. 금세 그들을 매수했다. 김 사장이 허리 굽혀 사과하지만 사빈은 그것을 볼 새도 없이 집 안으로 뛰어들어 갔다. 그가 들어가자 거실에 서 있던 가족들이 그에게 길을 열어주듯 자리를 비켰다.

"뭐 하고 있는 거지?"

"혀…… 형!"

사혁과 사영 부부 모두 성 회장의 다실 앞에 모여 있었다. 그들이 서 있는 가운데 작은 여자가 굳은 것처럼 무릎을 꿇고 있었다.

순간 사빈은 제정신을 다잡기 위해 손톱이 살을 파고들 정도로 손에 힘을 주었다.

정단이 누군가에게 죄를 빌 듯 머리를 조아리고 있었다.

"류, 정, 단."

이름을 부르자 숙이고 있던 고개를 돌린다.

스르릉……. 사빈의 가슴이 벌어진다. 붉은 피가 뚝뚝 떨어진다.

창백하게 굳은 얼굴에 입술이 파랗게 질려 있다. 돌아보는 눈동자가 그를 원망하듯 바라본다.

하지만 착각이다. 이것은 정단의 선택이었다. 정단 스스로가 선택했다. 그의 곁에 남기로.

"꿇어라."

김 사장과 끌려온 정단을 향해 진 여사는 말했다.

"뭐해. 빌어야지."

적들에게 둘러싸인 정단을 내려다보며 말했다.

공개재판에 정단은 이미 죄인이었다. 진 여사가 그렇게 만들어놓았다.

"류 회장이 무슨 속셈이었는지 알고 있었어. 그렇지?"

자신의 잘못은 감추고 정단의 무덤만 파놓았다. 아비의 사주를 받아 사빈의 꾀어내려 했다는 누명. 사빈을 이용해 성진의 자금을 빼돌리려 했다는 모략. 정히 버티겠다면 감내하거라 던져 넣는다. 그게 싫으면 나가는 거야. 정단에게 주문을 외운다.

그것이 선택의 순간이었다. 모욕을 참고 사빈의 곁에 남을지, 진 여사의 죄를 낱낱이 고하고 이 집을 나갈지.

진 여사는 정단을 빤히 주시했다. 정단의 결정이 궁금할 것이었다.

정단도 진 여사를 바라봤다.

궁금해? 내가 어떻게 할지?

그렇다면 알려주지. 정단은 결정했다. 자신도 모르는 사이 시선이 낮아지고 있었다.

진 여사의 눈이 커진다. 입술이 단단하게 굳는다.

"동서……!"

효원이 숨을 삼키는 소리가 들렸다.

정단이 선택한 결과였다. 성 회장과 진 여사 앞에 꿇어앉는다. 모두 다 보는 앞에서 모멸을 짊어진다. 원한다면 몇 번이든 꿇어주지. 정단은 당당했다. 감추고 싶겠지만 당황한 티가 역력한 진 여사의 패배다.

이런 식이라면 저절로 물러날 줄 알았겠지. 천천히 정단의 정신을 붕괴시키고 싶었겠지. 하지만 정단은 겁쟁이가 아니었다.

"몰랐습니다. 아버지가 무슨 생각을 하시는진."

성 회장에게 고한다.

"하지만 저의 집안일로 성진에 누를 끼쳤다면 사과드립니다. 영빈을 대신해 빌겠습니다. 잘못했습니다."

진 여사에 대한 투쟁이 아니었다. 지금 한순간의 선택이다. 그와 있고 싶었다. 그의 곁에 있고 싶다. 머리가 결정을 내리기 전에 몸이 낮춰졌다.

엄한 성 회장의 얼굴은 평소와 다르지 않았다. 지금 이 상황을 어떻게 생각하고 있는지 알 수 없다. 적어도 성 회장에게는 구할 용서가 있었다. 아무것도 모르고 그녀를 며느리로 받아들인 그에게는 잘못을 빌 이유가 있었다. 그러니 굴욕이 아니었다. 성 회장이 받아 줄 때까지 잘못을 빈다. 진 여사의 강요로 꿇어앉은 게 아니다.

그것을 아는 것처럼 진 여사는 성 회장의 다실 문을 닫는다. 성 회장이 당당한 정단의 얼굴을 보지 못하게 가린다.

이제 정단은 닫힌 문 앞에서 버텨야 한다. 성 회장이 결론을 내릴 때까지 기다린다. 이곳은 정단의 전장이었다. 진 여사뿐 아니라 모두와 싸워야 한다. 사빈에게 남기 위해서.

그러나 그것이 정작 사빈의 마음에 들지 않는 모양이었다.

얼마나 시간이 지났는지 모른다. 저리던 발에 감각이 없어진 무렵이다.

"류정단."

아직 성 회장과의 결판이 나지 않았는데 중간에 끼어들어 막는다.

"지금 뭐 하고 있는 거야. 내가 집에서 나오지 말라고 했잖아."

팔을 잡아 일으켜 세우지만 너무 오랫동안 그렇게 있었던 정단은 사빈이 일으키는 대로 설 수 없다. 짐짝처럼 팔만 대롱대롱 매달려 의지대로 움직일 수 없는 다리가 질질 끌려간다.

"대체 언제부터 이러고 있었던 거야."

사빈은 이미 다리가 마비된 정단을 돌려 안으며 물었다. 대답한 것은 효원이었다.

"한 시간 반, 두 시간. 그 정도 됐을 거예요."

사빈의 목구멍에서 쓰린 신음이 걸려 나온다.

저린 다리가 아픈지 신음을 참으려 꽉 깨문 정단의 입술로 피가 난다.

"가자, 정단아……."

사빈은 더 이상 이 집에 정단을 있게 하고 싶지 않았다. 부축해 일으킨다. 일으켜 안는다. 구경하고 있던 사영 부부 사이를 지나쳐 나왔다. 이제 다시는 못 건드리게 하겠다, 이를 악물며 안채 문을 지난다.

정화가 필요했다. 이곳 사람들이 만들어놓은 이 괴물 같은 곳에서 벗어나야 한다. 빨리, 어서 빨리. 정단이 시들기 전에.

하지만 어느 순간 사빈은 그 자리에 멈춰 섰다.

비서실 연락이라고? 아버지 묏자리를 보러 가니 삼 형제를 불러들이라고?

참을 수 없었다. 정단을 떼어놓으려는 농간. 이번이 마지막이어야 한다. 그가 끊어야 한다.

팔 안의 정단을 내려다보고 사빈은 돌아섰다. 안채로 돌아가 성회장이 다구를 정리하고 있는 다실로 들어갔다.

"감히 어디라고 그걸 들여!"

성 회장의 시중을 들고 있던 진 여사가 정단을 발견하지만 성 회장은 아직 정단에 대한 속내를 보이지 않는다.

"너, 성 이사!"

진 여사가 목소리를 높였지만 사빈은 성 회장 앞에 몸도 가누지 못하는 정단을 앉혔다. 평소라면 어려워 제대로 가까이 가지도 못하는 아버지 앞에서 정단의 다리를 비스듬히 펴고 자리 잡아준다. 이미 아버지나 어머니의 시선은 상관없다는 뜻이다. 그러나 자신만은 예의를 갖춰 그들 앞에 앉았다.

"어머니께 드릴 말씀이 있어 들어왔습니다."

진 여사는 눈앞의 것에 대한 얘기라면 듣기도 싫다는 듯 눈을 내리깔지만, 사빈의 말은 곧 진 여사의 실패를 의미했다.

"저 이대로 하던 일 하겠습니다. 정치일은 하지 않습니다."

진 여사의 눈이 커졌다.

"그래도 포기 못하시겠지요. 어머니는 혼자 계속 가시겠지요. 그러면 제가 포기시켜 드리겠습니다. 정치를 할 수 없는 꼬리표를 붙이면 포기가 되시겠어요?"

잘못 건드린 거다. 사빈을 얌전히 있게 하려면 정단을 건드리는 게 아니었다.

"어떤 걸로 할까요. 폭행? 횡령?"

이제 성 회장의 얼굴도 좋지 않다.

"어미가 누군지도 모르는 애와 살더니 변했구나."

진 여사의 말에 정단의 몸이 움츠러든다. 성 회장 앞에서 더 이상 숙일 수도 없는 고개가 바닥으로 떨어진다.

"5년 후 10년 후를 생각해 봐. 그때도 이 애가 너랑 어울릴 거라 생각하니?"

"어머니께서 고르신 며느립니다. 그땐 저와 어울리지 않을 거란 생각 못하셨나요?"

사빈은 정단의 손을 잡는다.

"류 회장님과 어머니가 꾸민 일이 아닙니까. 다 알고 이 사람 들인 건 어머니셨어요."

손을 빼려고 바르작대는 정단을 더 꽉 움켜잡는다.

"이 사람, 제 사람입니다. 이제 어머니가 아닌 제 사람입니다."

사빈의 눈은 망설임없이 성 회장을 향하고 있었다.

"아니, 제가 이 사람 겁니다."

사빈에게 잡힌 정단의 손이 파르르 떨린다.

"그래서 이 사람 아프면 저도 많이 아픕니다."

사실은 사빈도 떨고 있었다. 당당하게 성 회장과 진 여사를 대하고 있지만 정단과 마주 잡은 손이 떨고 있다.

성 회장에 대한 경외감이나 두려움 때문은 아니었다. 조금 전 느꼈던 정단의 빈자리 때문이다. 정단이 보이지 않는 두려움과 혼란, 평정심을 갉아 먹는 정단에 대한 집착이 그를 떨게 만들었다.

"그러니까 그냥 내버려 두세요. 제발 이 사람이 저 버리지 않게, 가만히 두십시오."

사빈은 어머니가, 가족들이 정단을 힘들게 하면 정단이 자신을 버릴 것이라는 두려운 마음을 말하고 있었다.

정단의 손을 힘주어 잡으며 말한다.

"저 이제 이 사람 없이 못 삽니다."

그 말에 정단의 눈에서 눈물이 흘러내린다.

울고 싶지 않았다. 진 여사에게 지지 않으려 했지만 눈물이 나왔다.

더 이상 사빈이 무섭지 않았다. 이제는 그가 자신의 편이라는 것을 믿는다. 자신의 손을 잡아줄 사람인 것을 안다. 언젠가 정단이 저기 뒤뜰에 묻히는 날이 와도 정단을 찾아줄 것이다.

성 회장에게 정중하게 절을 올린 사빈은 일어났다. 정단을 일으켜 세운다. 정단의 입술에서 저릿한 신음이 터졌다. 생각 같아서는 업어 올리고 싶으나 차마 부모님 앞이라 그러지 못한다. 절뚝이는 정단을 부축해 다실을 나간다. 다실 밖에 서 있던 사혁과 사영 부부를 지나서 갈 때였다. 성 회장이 정단을 불러 세웠다.

"게, 아가."

자신을 부르는 소리일 거라고 정단은 생각지 못했다.

"네 물건 간수 잘하거라."

사빈을 정단의 것으로 인정해 주는 말이었다. 정단을 자신의 며느리로 인정한다는 뜻이었다.

그것에 정단은 대답하지 못한다. 자신의 착각이라고 생각한다. 잘못 들은 것이라 생각했다.

"셋 중에 저런 아이 하나 나오지 않으면 재미없겠지."

사빈이 나간 뒤 성 회장은 혼잣말처럼 조용히 웃었다. 성 회장 앞이라 겨우 시근덕거림을 참는 진 여사와 달리 그의 말에 애석함이라곤 없다. 그의 작은아들은 그가 어릴 적, 그렇고 그런 피아노 선생을 따라 집을 나갔던, 그리고 평생 집을 등진 자신의 누이와 많이 닮아 있었다.

그때 연을 끊을 것처럼 누이를 내쫓던 어머니를 보며 성 회장은 생각했다. 여러 형제 중 한 명 정도는 저 좋을 대로 해도 괜찮을 텐데, 하고.

정단을 곱게 보아준 것은 마지막 본 누이의 얼굴 때문인지 모른다. 어느새 마음은 딱딱한 고목처럼 말라 버렸지만, 그때의 기억만큼은 너무 생생해 성 회장은 정단을 내칠 수 없었다.

성 회장과 진 여사 앞에서 물러나온 사빈은 그제야 정단을 안아 올렸다. 아픈 듯 정단이 인상을 썼지만 지금 해줄 수 있는 일은 없었다. 조금 더 편하게 안는 것뿐.

"괜찮으십니까?"

안채를 나가자 밖에 서 있던 강 실장이 물었다. 가만히 사빈에게 안겨 있는 정단을 살핀다. 사빈은 그런 그를 가만히 바라보았다.

그가 아니었다면 몰랐을 것이다. 그 덕분에 빨리 정단을 찾게 된 것은 다행이지만, 알 수 없는 일이다. 어째서 그가 자신에게 전화를 준 것인지.

"차를 대기해 놓았습니다."

사빈은 뒷좌석에 정단을 앉혔다. 움찔거리는 정단이 안쓰러워 기울어진 몸을 꼭 끌어안고 쓰다듬었다. 집으로 오는 내내 자신의 무릎 위에 펴놓은 정단의 다리를 문질렀다.

"큰사모님께서 의원을 보내신다고 하셨습니다."

집에 도착하자 강 실장이 효원의 말을 전했다. 효원의 친정에서 주치의로 있는 한의학박사였다. 하지만 그전에 다리를 푸는 게 먼저였다. 사빈은 정단을 안고 침실로 들어갔다. 아직 정단의 다리엔 감각이 돌아오지 않았다. 침대 시트가 스치는 것에도 정단은 괴로워했다. 사빈은 힘들어하는 정단을 침대에 뉘어놓고 욕실로 들어갔다. 욕조에 물을 채우고 거품을 만든다. 옷을 벗지 않으려는 몸을 그대로 들어 올려 욕조 안에 들어가게 했다. 따뜻한 물이 다리를 자극해서인지 미간을 좁히며 신음을 내뱉는다. 그러자 사빈이 바로 눈을 마주쳐 왔다.

"왜 그래? 아파?"

수심 가득한 얼굴로 정단을 살핀다. 이 남자, 나를 볼 때 이런 표정을 짓고 있는구나. 정단은 처음으로 사빈이 자신을 어떤 눈으로 바라보고 있는지 알았다.

정말 아파하는 표정이었다. 걱정하는 얼굴이다. 그래서 살짝 미소를 지으며 고개를 저어주었다. 아프지 않아요, 당신이 있으니까.

그래도 한참이나 정단의 상태를 살피던 사빈이 욕조에 손을 담갔다. 정단의 다리를 잡아 조심스럽게 만진다. 그러길 얼마의 시간이 지났을까. 정단은 알싸하게 저리던 다리가 부드러워지는 것을 느꼈다.

"이제 괜찮아?"

고개를 끄덕인 정단은 웃었다. 웃었지만 사빈에게 미안한 마음이 담긴 웃음은 밝지 못했다. 그러자 사빈이 울 듯 말 듯 미소 짓는 정단의 얼굴을 쓰다듬으면 애달픈 표정을 지었다.

"그렇게 웃지 말라니까. 웃고 싶을 때만 웃어. 울고 싶으면 그냥 울어버리고."

'아⋯⋯.'

"그렇게 억지로 웃지 마."

언젠가도 그렇게 말했다. 웃고 있는 자신을 향해 웃지 말라고. 그때는 그가 자신을 보기 싫어 그러는 줄 알았다. 자신의 얼굴이 싫어서인 줄 알았다. 하지만 그때도 어쩌면, 어쩌면⋯⋯.

손을 뻗어 제멋대로 겹쳐 있는 사빈의 머리칼을 쓰다듬는다. 길게 뻗은 눈썹을 만진다.

자신의 남자였다. 자신의 것이다.

눈물이 톡 터진다. 좋은데 눈물이 나왔다.

"또 그러면 어떡해."

욕실 안으로 사빈의 곤란한 목소리가 퍼졌다.

하지만 정단의 머리에 손을 얹은 사빈은 말했다.

"울어. 울어, 류 정단. 내가 있어줄게."

이제는 그가 있는다. 정단의 옆에는 그가 있다.

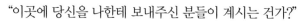

18

"이곳에 당신을 나한테 보내주신 분들이 계시는 건가?"

사빈과 정단은 정단의 어머니와 할머니의 유골이 뿌려진 호수 앞에 서 있었다. 이미 정단이 왔던 때와는 많이 달라져 있었다. 눈이 부실 정도로 하얗게 부서지던 물결은 얼음 아래 잠들었다. 호수를 감쌌던 파란 나무들도 앙상한 가지를 드리운 채 쓸쓸히 서 있다.

"춥겠죠? 저 안…… 많이 춥겠죠? 그때는 이렇게 가까이 올 수도 없었는데."

정단이 안으로 들어가자 사빈도 들어왔다. 정단이 넘어질까 걱정스러웠다.

"이 안에 우리 엄마랑 할머니가 계세요."

정단이 바닥에 주저앉아 얼어붙은 수면을 쓰다듬는다.

눈 깜짝할 사이 그 위로 작은 물점이 번지기 시작했다. 정단의 눈에서 떨어진 눈물이었다.

"얼마나 추울까요. 여긴 이렇게 얼었는데 얼마나 추울까."

정단은 아직 서러운 감정이 그대로였다.

"왜…… 왜 나만 두고 갔어요?"

정단의 작은 주먹이 수면 위를 두들긴다. 장갑을 끼지 않은 손은 금세 빨개졌다.

"정단아……."

사빈이 빨갛게 언 정단의 손을 움켜잡았다. 몸을 붙들어 안는다. 하지만 정단의 울음은 멈추지 않았다.

사빈의 생각보다 정단의 슬픔은 크고 깊었다. 가슴속에 묻어둔 울음이 너무 많아 크게 울지도 못한다. 한꺼번에 쏟아내지 못한다.

한 번도 이렇게 서럽게 우는 것을 본 적이 없다. 언제나 참고 있어서 이렇게 힘들어하는 것은 처음이었다.

이렇게 아팠니? 이렇게 힘들었어?

사빈은 자신이 모르는 곳에서 혼자 그것을 감당했을 어린 정단이 떠올랐다. 더 빨리 그 어린아이를 만나주지 못해 미안하다. 조금만 더 빨리 만났다면 이렇게 울지 않게 해주었을 텐데.

이제는 혼자 두지 않는다. 언제나 함께 있어줄 것이다.

사빈이 정단의 목에 고개를 묻었다. 정단은 자신을 감싸는 따뜻한 팔을 느꼈다.

언제부터였는지 사빈과 정단 위로 눈이 날리고 있었다. 하얗고 따뜻한 깃털이 두 사람을 감쌌다.

"하늘에서 천사가 내려오고 있군요."

멀리서 그들을 바라보고 있던 강 실장이 말했다. 그의 중얼거림
에 놀란 윤 대리는 그저 그를 바라보기만 했다.

에필로그 /

사빈이 일곱 고개의 계단을 오르고 올라 허물어져 가던 집을 찾
아낸 것은 정단이 집을 나간 지 석 달쯤 지날 때였다. 정단이 아무
도 몰래 숨어들었던 방. 그 작디작은 방을 둘러보는 사빈의 눈빛은
냉정했다. 두 개의 짐가방과 몇 개의 라면박스, 작은 책상 하나가
전부인 방 안. 짐을 옮기러 왔다지만, 챙길 것도 없었다.

사빈은 눈에 보이는 라면박스를 걷어찼다. 그저 '툭' 찬 정도였
으나, 신경질적인 행동에 정 대리가 나서 박스를 정리했다. 라면이
몇 개 들어 있지 않아 가벼운 상자를 들어내고 꽤 묵직하게 들리는
것을 열어본다.

"책이······. 안에 책이 있는데요?"

라면과 다른 질량에 안을 확인하고 말한다.

"어쩔까요, 이사님."

사빈도 벌어진 상자 사이로 시선을 돌렸다.

─제빵 제과 이론
  제빵학의 이론과 실제
  제빵과 홈베이킹
  ……..

라면만 사재기해 놓은 줄 알았더니.

꿈틀. 미간이 움츠러들었다. 불쾌했다. 왠지 모르겠다.

"버려."

차가운 그의 말에 정 대리도 토를 달진 않았다. 얼마 되지 않는 상자를 번쩍 들어 밖으로 나간다. 그 사이 세 걸음도 되지 않는 방 안쪽까지 들어간 사빈은 책상 위에 얌전히 놓여 있는 봉지를 연다. 안에는 지유가 사준 호빵 여섯 개가 고스란히 들어 있었다.

호…… 빵?

그중 하나를 집어 드는데, 한입 물었던 자국이 남아있다. 언제부터 있었는지 하얗게 말라 있는 그것은 정단의 동거인처럼 방 한쪽을 차지하고 있었다.

이상하게도 사빈은 그것을 내내 들고 있었다.

호빵…… 좋아하나?

오해가 생긴 것은 그날이었다.

[내가 제일 잘 만드는 건 크로와상이라고. 근데 호빵?]

사빈의 주문을 받은 이 프랑스 출신의 콧대 높은 파티쉐는 내내 투덜거렸지만, 제빵실이 보이는 곳에 우유 한 잔을 끼고 앉은 사빈은 당당했다.

[너무 달지 않게. 나도 먹을 거니까.]

기왕에 폐점시간에 찾아왔으면 좀 더 그럴싸한 것을 주문할 것이지. 빈스는 팥소나 주무르고 있는 것에 영 자존심이 상했다. 하지만 그 자그마한 벨라(예쁜이)가 먹을 거란 말이지? 그럼 몰래 마음을 담아볼까? 사빈 몰래 장밋빛 하트를 새겨 넣은 빈스는 혼자서 좋아했지만, 슬프게도 그것은 사빈의 입으로 들어갈 가능성이 더 컸다.

정작 빈스의 하트를 손에 든 정단은 시큰둥했다.

"호빵?"

"좋아하잖아."

타이를 느슨하게 푼 사빈은 빈센트 컬렉션의 하트상자에 잘 포장된 호빵을 가리켰다.

"호빵을요?"

별로 좋아하는 건 아닌데, 왜 다들 그런 오해를 하는지 정단은 모르겠다. 정확히 말하자면 싫어하는 게 맞는데.

"있지요……."

정단의 얼굴이 아련해진다. 와이셔츠를 벗던 사빈이 깃을 풀다 말고 정단을 쳐다봤다.

"호빵은 할머니가 좋아하셨어요."

할머니가 종이상자를 깨끗이 정리해 갈 때마다 사거리 앞 슈퍼 아줌마가 주었던 호빵 한 개. 할머니는 늘 그것을 간식으로 가져다주셨다. 아픈 허리로 계단을 올라오는 동안 다 식어버린 그것을 정단은 할머니와 나눠먹었지만, 어느 날부터는 호빵을 먹지 않게 되었다. 그것은 할머니의 닳은 손톱, 휘어버린 허리. 할머니의 고생한자락이 섞인 그것이 가슴 아파 정단은 먹을 수 없었다. 어느 순간, 호빵은 할머니 자체가 되어 있었다.

하지만 그것을 사빈에게 말하지 않는다.

봐. 벌써 곤란한 표정을 짓고 있잖아.

다른 사람 기분 따윈 잘 맞추지도 못하면서, 필사적으로 위로할 생각을 하고 있다. 그런 사빈에게 정단은 어린아이의 얼굴로 말했다.

"내가 좋아하는 건 호떡."

다른 사람은 상관없지만, 그에겐 말하고 싶었다. 좋아하는 것. 좋아하지 않는 것. 싫어하는 것.

단단한 손등이 정단의 볼을 문질러 왔다. 작은 꼬마 아이를 쓰다듬듯 커다란 손이 정단을 위로한다. 눈을 감은 정단이 갸릉갸릉 고양이 같은 웃음을 짓는 것 같았다. 그것에 가슴이 간질간질한 사빈은 곤란하게 웃었다.

손 가는 것은 질색이었는데 말이지.

어린 아내에게 사빈이 입을 맞춘다. 이상하게 더 간질간질해진 손은 정단의 손에서 빈스의 하트를 빼앗았다.

결국 빈스의 마음은, 예상대로 사빈의 차지가 되고 말았다.

역시 진 여사에게서 등을 돌린다는 건 위험한 일이었나 보다. 얼마 되지 않아 조여들기 시작한 자금줄로 공동출자를 내게 됐으니. 사혁이 보이지 않게 밀어주고 있다고는 하나, 그것도 진 여사에게 걸리면 끝이었다. 무슨 배짱에선지 사빈은 콧방귀도 뀌지 않고 있었지만, 속이 타는 건 그도 마찬가지일 텐데. 무엇보다 지금까지의 생활을 유지해야 할 이유가 생겼으니까.

그날도 투자 유치를 위해 접대를 하고 나오던 참이었다. 음주가무보다 식도락에 심취한 파트너와의 식사는 언제나 깔끔하다. 내일은 숙취에 시달리지 않아도 되겠군. 성묵의 마음은 가벼웠다. 시간도 11시. 12시 전에 들어갈 수 있겠어. 걸음을 서두르는데, 주차된 차로 걸어가던 사빈이 길가 한곳을 응시하며 멈춰 섰다. 눈을 가느다랗게 뜨고 주시하다 진지하게 묻는다.

"호떡?"

그의 손가락이 향한 곳은 호떡을 팔고 있는 트럭이었다.

성묵이 고개를 끄덕이자 그 앞으로 척척 다가간다.

갑자기 호떡은 왜. 성묵은 고개를 갸웃했다.

"어서 오십시오, 손님."

사빈 같은 사람이 처음은 아닐 텐데, 사빈이 그 앞에 있으니 왠지 모를 위화감이 느껴졌다. 훠이훠이. 사장님조차 두 걸음 물러나는 듯 했다. 그러나 그런 시선 따윈 신경 쓰지 않는 사빈은 갈색 가죽 지갑에서 녹색 지폐를 꺼냈다.

"이거 만 원어치. 포장해 주세요."

똑 떨어지는 말. 무슨 일인가 싶어 쳐다보던 성묵도 사장님도 화들짝 놀랐다.

"손님…… 만 원어치는 좀 기다리셔야 할 텐데."

나름 슬로우 푸드인 거군. 관대하게 고개를 끄덕인 사빈 앞에 사장님의 손은 바빠졌다. 기실 그것이 웰빙음식의 슬로우 푸드가 아

377

니었음을 사빈이 알게 된 것은 20장의 호떡을 받아 들고 나서. 어이 없어 하는 성묵을 바라보며 말한다.

"오백 원? 뭐로 만들었기에 오백 원이지? 먹을 수 있는 건가?"

과연 그것이 정단에게 전해졌는지는 알 수 없는 일. 그리고 사빈에게는 더욱 경악스러운 사실, 호떡 옆 가지런히 놓여 있던 미니붕어빵은 한 마리 2백 원이라는 비밀이 알려진 것은 더 나중의 일이었다.

에필로그 2

"가지 않는 게 좋겠어."

"언제까지?"

사빈은 성북동모임에 참석할 생각이 없었다. 그와 사영이 분가한 다음부터 석 달에 한 번 있는 아침 식사였지만 가능한 한 정단과 어머니가 마주치는 일은 피하고 싶었다. 그러나 결혼 후 몇 번 자리한 적이 있는 정단은 당연하다는 듯 갈 준비를 하고 있었다.

"어차피 다음 주 할머님 기일이에요. 평생 안 갈 거 아니잖아요."

지금이야 안 보고 살 것 같겠지만 사빈과 성북동은 끊을 수 없는 사이다. 그렇다면 더 늦기 전에 거쳐야 할 과정이었다. 진 여사와의 사이가 어떻건 정단은 자신의 할 도리를 다해야 했다.

"이사님 안 가시면 저 혼자 가고요."

어차피 사빈에겐 이길 수 없는 싸움이었다. 그 기세도 기세거니와 뭘 해도 정단이 마냥 예쁜 사빈이 정단의 말을 거스를 수는 없었다.

"그래. 가지. 가야지."

마지못해 외출 준비를 한다. 그러면서도 마뜩치 않은 마음은 불퉁거리는 목소리로 나왔다.

"그런데 그 호칭. 어떻게 안 되나?"

성북동 집을 고집하는 것도 그렇고 여전히 이사님인 게 불만이었다. 좀처럼 호칭을 바꾸지 않는 정단에게 몇 번 요구한 적이 있지만 그럴 때마다 정단은 쌩하니 돌아섰다. 어쩐지 오늘도 그런 것 같다. 못 들은 척 립글로스를 덧바르고 있다.

어쩔 수 없군. 피식 웃은 사빈도 정단이 꺼내놓은 넥타이를 맸다. 오늘도 일단 물러서기로 했다. 아직까지 정단에게 한없이 약한 것이 그의 문제였다.

이른 아침 시간임에도 성북동은 북적였다. 하루를 빨리 시작하는 성 회장의 평소 생활답게 집안사람들이 움직이는 시간도 빨랐다. 좀처럼 한 자리에서 보기 힘든 성 회장과 삼 형제가 모인 것도 7시가 조금 지난 때였다.

오늘은 정단도 식탁에 앉았다. 효원이나 은정처럼 모두와 함께 식사를 한다.

멀리 떨어진 신혼집에서 일찍부터 서둘러 온 사영은 연신 하품을 하고 있었다. 은정은 새침하게 앉아 샐러드 콩을 지분거리고 효원과 사혁은 진 여사의 올바른 표본답게 우아한 식사를 하고 있다. 정단과 사빈도 조용히 자기 자리를 채우고 살가운 대화 한마디 없는 식당이었다. 성 회장도 별다른 내색 없이 보통의 식사와 다르지 않은 듯했지만 가외의 시간을 내기 어려운 성 회장에게는 중요한 한때였다. 감정이 크지 않은 성 회장으로서는 이것이 자식들에 대한 애정 표현이었다.

무심히 밥을 먹으며 아들들의 얼굴을 본다. 서로 얼굴 마주하기도 바쁜 그들에겐 그것조차 큰일이었다. 중요한 회동을 연기하고 시간을 만든 성 회장이 오전 내 성북동 집에 머문다는 것은 그런 의미였다. 말로 하지 않아도 이제는 다들 그 뜻을 아는데 표정이 개운치 않은 건 진 여사뿐이었다.

두어 번 수저를 들다 내려놓는다. 마음대로 되지 않은 상황에 역정이 났다. 이미 돌이킬 수 없는 일이지만 정단을 눈으로 보는 것은 자신의 실패를 확인하는 꼴이었다. 겁도 없이 자신이 있는 집을 드나드는 것이 더더욱 같잖다. 감히 여기가 어디라고. 성 회장은 받아들였을지 몰라도 그녀는 앞으로도 그럴 생각이 없다. 성 회장 때문에 일어나지 못하고 자리를 지키지만 정단과 단둘이 되는 기회를 놓치지 않고 참았던 분을 터뜨린다.

효원은 곧 돌이 되는 아들을 재우러 가고 은정과 정단이 진 여사의 차 시중을 들 때였다. 눈동자를 굴리던 은정이 다실 밖으로 나갔다. 진 여사가 무언의 눈치를 준 것이다.

"즐길 만하겠구나."

정단과 단둘이 남게 되자 성 회장 앞에선 드러내지 못한 조소를 보인다.

"그래서, 좋니?"

정단을 보지 않고 묻는 얼굴은 인자했다.

"꽤나 몫이 크구나. 널 팔은 것 치곤."

우아하게 차를 따르며 하는 말은 조롱이었다.

"너한테 그만한 가치가 있다고 생각하니?"

무슨 말로든 정단을 해코지하려는 심사였지만 통하지 않는 비꼼이었다. 정단은 단정히 앉아 말한다.

"네. 어머님 말씀대로입니다. 저는 저를 팔았어요. 할머니를 위해서였죠."

진 여사 앞의 잔이 다 차자 다른 잔을 낸다.

"할머니가 아니었다면 하지 않았을 일이에요."

고상하게 찻물을 우리는 진 여사처럼 정단도 아무렇지도 않게 진 여사의 시중을 들며 말을 잇는다.

"그런데 어머님은 무엇을 위해서였죠?"

그들 사이에 오가는 대화와 어울리지 않는 모습인데 정단의 물음에 첫물을 버리던 진 여사의 손이 멈췄다.

"어머님은 그분을 파셨잖아요."

정단을 무시하며 눈길도 주지 않던 진 여사가 다기에서 시선을 돌려 정단을 바라본다.

"그 말, 무슨 뜻인지 알고 하는 거니?"

차갑다 못해 혐오의 빛이 분명한 눈이었으나 정단은 허리를 꼿꼿이 폈다.

"어머님 말씀대로 저는 저를 팔았습니다. 그분 이용했어요. 하지만 어머님도 파셨어요."

부끄러울 게 없었다. 사빈의 비난이라면 가슴이 아프겠지만 진 여사의 비웃음은 아무렇지도 않다.

"어머님과 전, 거래를 했어요. 모든 건 어머님 뜻대로였고요. 그러니까 전 잘못한 게 없어요. 적어도 어머님께는."

어찌 보면 정단과 진 여사는 공범이었다. 사빈을 두고 원하는 것을 얻기 위해 싸웠다. 그러니까 정단이 진 여사에게 무릎 꿇을 이유는 없다.

"그분에겐 갚을 게 있어도 어머님께는 없습니다."

진 여사를 똑바로 바라보며 말한다. 너무나 당당한 얼굴에 진 여사는 어이가 없는 표정이다.

"네가 성 이사에게 해줄 게 있다고?"

원하는 건, 그가 원하는 건 모두 다. 자신이 가진 모든 것을 다해.

진 여사는 조소하고 있었지만 정단은 필사적이었다. 그를 위해 진 여사와 싸울 각오를 한다. 뒤뜰에 파묻힌다 해도 물러서지 않는다.

어차피 진 여사는 알지 못할 마음이었다. 자신의 모든 것을 바칠 각오를, 그녀는 한 적이 없을 테니까.

진 여사가 따라놓은 차를 들고 나온다. 성 회장의 인정을 받은 이상 더 이상 진 여사도 자신에게 함부로 굴지 못할 것이다. 적어도 드러내 놓고 수치를 주진 못한다.

어깨를 펴고 고개를 들고 성 회장과 성진의 사람들이 있는 거실로 나간다.

정단은 처음으로 성 회장을 똑바로 바라봤다.

"차 드세요. 아버님."

처음으로 성 회장을 바라보면서 말했다.

행복하게 해주겠다고 했다. 최선을 다하겠다고 했다.

있어주길 바란다면 있어주겠다. 그가 원하는 날까지, 옆에서 버
텨주겠다. 그가 원하는 것이 그것이라면.

이른 저녁. 빠른 퇴근에 기분이 들뜬 사빈은 서둘러 집으로 돌아
왔다. 요즈음 7시가 넘지 않는 퇴근은 드물었다. 잘하면 정단과 저
녁도 먹을 수 있겠다 기대하며 들어오는데 수상한 기운이 느껴졌
다.

"일찍 오셨네요?"

왜 벌써 왔냐고 묻는 것 같은 의문형. 정단의 목소리가 평소와 달
랐다.

"저녁. 아직이죠?"

정단을 내려다보는 사빈의 눈초리가 절로 가늘어진다. 가방을 건
네다말고 정단을, 거실 안쪽을 노려본다. 가방을 받아든 정단은 초
조한 기색이다.

"선생님이랑 공부 중이었어요. 지난주에 성북동 가느라 쉬어서."

그런데 왜 당황한 얼굴이냐는 말이지. 사빈은 의심스럽게 정단을
바라본다.

그때 거실에서 움직임이 느껴졌다.

"Hey, Dan~"

갈색의 곱슬머리를 가진 남자가 튀어나온다. 키는 사빈과 비슷하
지만 슬림한 체격이 그보다 작아 보이는 외국인이었다.

"Dan?"

그도 사빈을 보고 놀라는 눈치다.

'Who?'

정단에게 눈으로 묻는다. 자신을 이방인 대하듯 하는 태도에 예의 성격 나쁜 사빈의 미간이 꿈틀거렸다.

원래 주인이 누군데 주인 행세를 하고 있는 거지? 거기다 지금 정단을 뭐라고 불렀더라.

단? 다― 안?

"누구야."

그를 똑바로 쳐다보며 정단에게 묻는다.

"영어 선생님이요. 강 실장님이 영어랑 불어 선생님 찾아주셨잖아요."

하지만 남자란 말은 없었다. 더구나 이렇게 정단과 비슷한 나이대의 남자라고는 조금도 알려주지 않았다.

거기다 누군가를 생각나게 하는 얼굴이었다.

빈센트 이베륀.

저절로 으르릉 소리가 나온다. 그 사실만으로 해고사유는 충분했다.

[남편이 왔으니까 다음에 할까요?]

[죄송해요.]

그래. 그래. 죄송도 하겠지. 다음은 없을 테니까. 그와 정단이 영어로 나누는 얘기를 귀를 쫑긋 세워 스캔한 사빈은 핸드폰번호를 누른다.

"강 실장님? 사람 다시 구해주셔야겠습니다. 여자선생님으로. 다음 주부터 당장이요."

정단이 사빈 옆에 있으면서 주눅 들지 않게 하기 위해 구한 선생님이었다. 그에겐 상관없지만 정단에겐 중요한 문제였다.

사빈의 주변 사람들은 자연스럽게 쓰는 외국어였다. 부러 정단을 공격하려는 의도는 아니라도 정단에게 무안을 주는 상황이 발생할 수밖에 없다. 일본어는 기본이고 불어까지 배워야 하니 부담이 되겠지만 사빈의 옆에 있겠다면 해야 한다.

그런 중압감이 싫다면 그대로 있어도 되나 사빈은 정단을 고립시키고 싶지 않았다. 그로 인해 정단이 받게 될 상처를 배제하기 위해 자신의 주변 사람들과 정단을 격리시키지는 않는다.

다행히 정단은 즐기고 있었다. 이젠 빈센트를 겁내지 않을 정도로 불어 실력이 늘어 외려 사빈은 걱정이었다.

[정단. 공부 어렵지 않아?]

어느 날 장미꽃을 한 차 싣고 온 빈센트가 물었다. 일본 출장이 있을 때마다 한국을 경유할 필요는 없는데, 매번 호빵을 만들어 가져오는 그의 목표는 언제나 정단이었다. 그것에 정단이 호빵을 좋아한다는 잘못된 정보를 흘린 사빈은 히죽 만족스러운 웃음을 흘린다.

[우리나라 말이 조금 복잡하죠?]

"Un peu(조금)?"

또박또박 정확한 발음을 구사하는 빈센트에게 정단은 신경 써 입을 열었다. 그의 얼굴이 발그레해졌다.

[이제 나랑 같이 가도 되겠네요.]

그는 언제든 정단을 프랑스로 데려갈 기회를 호시탐탐 엿보고 있었다. 정말 정단과의 자국여행을 기대하는 눈치다. 노골적으로 비치는 그 의도에 참다못한 사빈이 끼어들었다.

"어딜 간다는 거야. 공부하려면 바빠. 내년엔 입시도 치러야 하고."

"입시? 대학?"

이론보다는 실전으로 빈스 컬렉션을 이룬 빈센트는 정단이 이제 와 왜 대학에 가야 하는지 이해하지 못한다. 그에겐 도무지 쓸모없는 학교였으니까. 하지만 정단이 그러기로 했다면 존중하는 빈센트다.

"그럼 내년 방학이면 되겠군. 여름엔 우리 부모님도 내 별장에 오시니까."

보지도 않은 입시엔 벌써 합격이다. 남편인 사빈에게는 양해도 구하지 않고 계획을 짠다.

그에게 사빈은 정단의 남편이 아니었다. 정단의 남자형제나 자신과 만나게 해준 매개물 정도.

가끔 이런 당당한 들이댐에 사빈도 당황하고 만다. 그와 관련된 일에 예민한 것은 그래서였다. 집을 나간 정단을 찾아낸 곳에서 제빵 책을 발견하고 기분이 나빴던 것도 그 때문이었다. 대학보다는 제빵 공부를 마치고 싶다는 정단의 말에도 화를 냈다.

"파티쉐가 되고 나면 누구한테 가려고?"

그 순간 떠오른 사람은 빈센트다. 정단은 딱히 빈센트 때문에 공부한 것이 아니라고 했지만 생각만 해도 눈앞이 아찔하다. 그가 정단을 찾지 못한 상태로 정단이 제빵사가 되었다면, 빈센트가 그 사실을 알았다면……. 정단을 한국에서 찾긴 힘들었을지도 모른다.

이제 조금이라도 정단과 빈센트를 엮이게 하는 일은 없게 해야 한다.

그러기 위해 빵을 굽고 싶다는 정단의 꿈부터 바꿔야 했다.

—손이나 팔에 화상의 위험이 크고 언제나 재료를 날라야 하기 때문에 힘이 세야 한다. 여자보다 남자 파티쉐가 많은 이유 중 하나라 하겠다.

인터뷰 기사를 본 사빈은 당장 퇴근길에 밀가루 2포대를 샀다. 밀가루를 차에 남겨둔 채 집으로 들어가 말한다.

"내 차에 밀가루 있을 거야. 가지고 들어와."

분명 들고 오지 못할 것이었다. 그도 차에 실으며 허리가 휘는 줄 알았으니까. 그럼 제빵사는 무리라고, 관두라고 말할 셈이다. 그런 생각을 하며 사빈은 타이를 풀고 있었다. 다시 생각해도 좋은 방법이었다. 그러나 문 소리가 들리고 거실로 들어온 정단의 가슴엔 밀가루 2포대가 안겨 있다. 사빈이 멍하니 있는 사이 주방으로 가지고 들어간다.

빈센트가 봤다면 당장 채용하겠다고 난리가 날 체력이다. 큰일 나겠군. 주방으로 쫓아 들어간 사빈은 정단에게서 밀가루를 빼앗는다. 빼앗아 들고 난리다.

"이걸 들란다고 들고 오는 사람이 어딨어! 무겁지도 않아?"

'들고 오라면서요' 라는 표정의 정단에게 화를 내는 것 같다.

"들고 오라고 했어도 말이야. 이렇게 무거운 건 못 들어요. 들어 주세요, 해야지."

그러니까 애초 그걸 왜 사왔냐고요, 묻는 정단을 뒤에 두고 밀가루를 든 채 주방을 왔다갔다 방황한다. 정단의 체력을 무시한 결과였다.

　의외로 정단은 머리가 좋았다. 아니 의외라고 하면 안 되겠다. 불어를 배우거나 제빵사 자격증을 따는 걸 보았을 때 정단은 확실히 머리가 좋았다.

　벌써 2년째 기숙학원에 다니는 성훈을 제치고 먼저 대학에 입학했다. 누나, 동생 하며 학원에 다니자던 성훈의 말이 생각나 학원 대신 과외교사를 붙였다. 업계에 족집게로 소문난, 2년을 예약해놔도 과외받기 힘들다는 선생님이었다.

　어렵게 모신 선생님 덕이었는지 정단의 명석한 두뇌와 타고난 성실함 덕이었는지 정단은 드디어 신입생이 되었지만 사빈은 그것이 탐탁지 않다.

　'마음대로 살아라.'

　뭐든 하고 싶은 대로 하면서 살아도 된다는 약속답게 정단의 귀가시간은 마음대로였다. 사빈의 성화로 입주도우미까지 들였겠다, 사빈의 퇴근도 늦겠다, 눈치 볼 것은 없었다. 어떨 땐 사빈보다 늦게 들어오는 날도 있었다. 이거 봐라. 술도 마셨네. 헤롱헤롱 거실에 앉아 있는 정단에게 코를 가까이 가져가면 술 냄새가 폴폴 풍기기도 했다.

　그래도 기분이다. 그것도 한때니 외박임에도 불구 MT를 보내주자 사람들과 완전히 친해져 핸드폰이 인기폭발이다. 뭐 정단이라면 그럴 줄 알았지만 예상을 뛰어넘는 심한 사교생활에 사빈은 적잖이 당황했다. 이거 안 되겠다 싶었던 것은 주말이었다.

　「누나! 우진이에요.」

어찌나 목소리가 큰지 밖으로 하는 말이 다 들린다. 일단 '누나'라는 말에 귀가 쫑긋 섰다. 남자군. 남자야. 어린 남자의 전화야. 사빈에겐 꽤나 수위 높은 경계대상이었다.

그런데 이번엔 오빠다.

"그럼 희섭 오빠한테 전화하세요. 내일 아침 일찍 수업 있으니까 저보다 빠를 거예요."

왜 주변에 남자밖에 없는 거지? 눈을 가늘게 뜬 사빈이 의문에 의문을 품고 있을 때 정단은 전화를 끊었다.

"선배예요."

선배? 누나라며?

"선배인데 저보다 어려요. 많이."

사빈의 머릿속을 들여다본 것처럼 알아서 답한다.

찔리는 거라도 있는 걸까? 사빈은 아무렇지 않게 TV로 시선을 돌리며 생각한다.

아무래도 한 번 작업에 들어가야겠어.

"오늘 체육대회 있어서 늦을지도 몰라요."

얼마나 늦길래 통보를 하시는지. 그리고 대학생이 웬 체육대회. 물론 사빈 때도 없진 않았지만 발야구나 족구, 줄다리기. 대학생이 꼭 그런 걸 해야 되나 싶었던 것들이었다. 미리 얘기를 하는 건 뒤풀이 술자리가 있다는 거겠지. 그렇지 않아도 날을 고르고 있던 사빈은 고개를 끄덕였다.

그리고 그날 저녁. 사빈이 나타난 곳은 정단의 학교 사거리 앞 술집이다. 윤 대리를 시켜 정단이 있는 곳을 알아냈다. 별로 튀지 않는 디자인으로 골랐던 결혼반지를 잘 닦아서 장착했다. 가게로 들어가자마자 정단이 있는 테이블부터 찾는다.

검은 긴 생머리의 정단을 찾는 건 쉬웠다. 메뉴판을 보며 고민하다 생각하기가 귀찮아 정단과 같이 앉아 있는 수가 대략 10명이니 적당한 안주 10가지를 주문하고 테이블로 걸음을 옮긴다. 정단의 뒤에 우뚝 서자 술을 마시며 얘기를 나누던 학생들이 말을 멈추고 주목한다. 자신에게 향한 시선에 정단도 뒤를 돌아본다.

어디 보자. 반기는 얼굴인지 아닌지. 사빈이 정단의 표정을 살피는데 놀란 얼굴이긴 하되 '아!' 하고 둥글게 벌어진 입술이 그를 향해 활짝 웃는다. '누구?' 하고 묻는 얼굴들에 자기가 먼저 귀여운 손가락으로 사빈을 꾹 찍으며 말한다.

"남편."

다들 비현실적인 듯 멍했다. 일순 움직임이 정지한다.

"남편?"

누군가 확인해 묻는 것에 정단이 고개를 끄덕. 다시 한 번 정적이 흐르는 가운데 사빈이 주문한 안주가 나왔다. 보글보글. 지글지글 종류도 다양한데 아무도 관심을 갖지 않는다. 충격이 큰 모양이었다. 커플링 정도 되겠지 생각했던 반지가 결혼반지였을 줄이야. 나이치고는 알이 좀 과하게 크다 싶긴 했다.

"오래간만에 일찍 퇴근해서 놀고 있다길래 데리러 왔습니다."

정말 오래간만이긴 했다. 사실은 불가능한 퇴근이었다. 이대로 가면 사표를 내고 장렬히 전사하겠다는 정 대리의 협박을 듣고 나온 길이다. 그렇게 바쁜 와중에 나온 것은 정단의 남자관계를 정리하기 위해서다.

우진 선배가 누구고 희섭 오빠는 또 누구야. 면면을 둘러본다. 꼭 집어낼 수는 없지만 유부녀에게 춘천행을 권하지는 않겠지. 미팅이나 소개팅에 끼지 못하게 수비의 의미도 두었다. 요즘엔 그래도 좋다고 달려드는 놈도 있겠지만 아예 넘볼 엄두도 못 내게 일단 돈으로 벽을 친다.

"계산은 다 했으니까 천천히 놀다 가시죠. 저는 안사람만 데리고 가겠습니다."

은근히 음주가무를 즐기는 정단도 의외로 냉큼 자리에서 일어난다.

생각지도 못한 마중이었다. 누군가 자신을 데리러 온 것은 처음이다. 사빈과 학교 근처를 걸으니 데이트하는 것도 같고 사빈의 속내는 모르고 마중에 마냥 신이 났다.

하지만 안주와 함께 남겨진 정단의 학교 사람들은 충격에서 벗어나지 못하고 있었다.

"쟤 유부녀인 거 알았어?"

고개를 도리도리.

"그건 모르고……. 지난번 교양영어 수업 때 랩실 앞에서 기사 딸린 차에서 내리는 건 봤어."

술자리는 다시 침묵 속에 빠진다.

문제의 심각성을 모르고 사빈의 손을 잡고 집으로 돌아왔던 정단은 뒤늦게서야 이상해진 상황을 깨달았다.

"아무도 저한테 말을 안 걸어요."

무심히 신문을 펼친 사빈은 '그래?' 하고 고개를 돌렸지만 신문에 가린 그의 표정이 어떤지는 알 수 없었다.

그 후로 학교엔 사모님의 전설 괴담이 전해졌다. 모두 정단 뒤에서 정단을 사모님이라 부르고 있었지만 정단 자신은 졸업할 때까지 모른 별명이었다.

멀리서 달콤한 꽃내음을 품은 바람이 불어왔다. 유난히 추웠던 겨울이 지나고 하얀 봄이 왔다. 얼마 전까지만 해도 겨울의 끝을 잡고 있던 쌀쌀한 공기도 어느새 민들레가 꽃망울을 머금을 만큼 포근해졌다.

그리고 정단의 꽃밭에도 다시 봄이 찾아왔다. 햇살이 잘 드는 정원의 한쪽에는 정단이 뿌려놓은 씨앗들이 연두빛 눈을 틔우며 방긋이 인사했다. 그러나 그 무엇보다 봄이 왔음을 알리는 것은 정단이었다. 날아드는 바람과 밝은 햇살을 온몸으로 받으며 있는 정단이야말로 봄이었다. 예쁜 발걸음으로 정원을 거닐고 있는 것을 보노라면 마치 한 마리 나비가 꽃밭을 날아다니는 것 같다. 그런 정단을 바라보며 주말을 보내는 사빈은 언제나 함께 있는 시간이 짧음을 아쉬워한다. 오늘도 사빈은 정단과 소풍을 나온 것처럼 정원에 자리를 잡고 앉아 오전 시간을 보내고 있었다.

"무슨 생각해?"

자신이 만들어준 그네에 앉아 가벼운 흔들림을 즐기고 있는 정단에게 묻지만 멀리 꽃밭에 두었던 시선을 거둬 사빈을 지긋이 바라보기만 할 뿐 대답을 하지 않는다. 사빈이 고개를 들어 시선을 마주쳐 오자 그제야 남편이 좋아하는 보조개를 만들며 반달 같은 입술을 연다.

"당신 생각?"

예쁜 입에서 나오는 말이 참으로 고왔다. 정단의 대답에 만족한 사빈은 자신이 하던 일에 다시 열중했다.

자신 앞에 고개를 숙인 사빈의 머리가 정단의 눈에 들어온다. 찰 팍찰팍 소리 내며 자신의 발을 보듬어주고 있는 손이 참으로 듬직해 보였다.

언제부터인가 사빈의 일과처럼 되어 버린 이 일은 봉사라기보다도 사빈 자신을 기쁘게 하는 일이었다. 사빈을 위에서 내려다볼 기회가 별로 없는 정단에게도 그의 머리를 볼 수 있는 이 순간은 재밌고 좋았다.

"발도 참 예쁘네."

사빈은 아기처럼 뽀들뽀들한 정단의 발을 문지르며 말했다. 어디 발뿐이겠는가. 정단의 것이라면 눈에 낀 눈곱까지도 사랑스러울 텐데. 하지만 그 사랑이 너무 넘치는지 사빈은 종종 이해하지 못할 말을 하곤 했다.

"우리 정단이 발처럼 예쁘고 착한 딸 하나만 있었으면 좋겠다."

"내 발 닮으면 어떡해요! 딸은 예쁘게 낳아줘야죠!"

도대체 자신의 발을 닮으려면 어떻게 생긴 아이가 태어나야 하는지도 상상이 안 된다. 그러나 이미 팔불출이 된 사빈은 정단의 발마저 다른 사람과 다르다고 주장했다. 정단의 발은 주인을 닮아서 착하고 예쁘다는 것이 그의 주장이다. 그런데 도대체 그 예쁘고 착한 발이라는 것이 어떻게 생긴 것이냐며 듣는 사람마다 그의 억지에 혀를 내두르고 있었다.

하지만 정단은 그것이 자신을 사랑하는 사빈의 마음이라는 것을 안다. 정단에게도 사빈의 모든 것이 사랑스러우니 말이다.

정단은 손을 내려 얕은 바람에 조용히 나부끼고 있는 사빈의 머리를 쓰다듬어 주었다. 기분이 좋은지 사빈의 표정이 평온하다.

"사빈 씨."

정단은 머리카락이 바람에 날아가지 못하게 잡고 있는 것처럼 사빈의 머리를 쓰다듬다 그를 불렀다. 그러자 정단의 발을 만지던 손을 놓은 그가 고개를 들었다. 해사한 눈으로 자신을 바라보고 있는 정단에게 눈을 맞춘다. 그러나 정단은 사빈의 머리만 쓸어 올릴 뿐 다른 말은 하지 않았다. 그리고 바람이 쉬어갈 정도의 시간이 지나자 아무것도 아니라는 듯 고개를 젓는다. 그것에 사빈은 정단이 무슨 생각을 하는지 알겠다는 듯 긴 미소를 지으며 말했다.

"알고 있어, 당신이 무슨 말 하고 싶은지……."

약간은 쓸쓸함이 배어 나오는 미소였다. 그는 벌써 오랫동안 정단이 말해주길 기다리고 있었다. 어느 때는 집요하게 조르기도 했지만 또 어느 때는 정단의 입이 열리길 조용히 기다려 주는 것 같기도 했다. 그러나 아직 정단은 준비가 되지 않았나 보다. 언제나 마음은 앞서지만 정작 중요한 말은 못한다. 정단은 아직도 덜 자란 자신이 미안하지만 사빈이 언제까지 자신을 기다려 줄 것임을 알고 있다.

"들어가자. 점심 먹어야지."

사빈은 정단이 발을 담았던 물을 한쪽에 버리고 자리를 정리했다. 그리고 볕이 잘드는 한쪽에 놓아두었던 하얀 단화를 정단의 발에 신겼다. 기분 좋은 따뜻함이 정단의 발을 감쌌다.

"가자."

정단은 사빈의 손을 잡고 그의 뒤를 따랐다. 사빈과 조금 떨어져 따라가던 정단이 사빈에게 잡히지 않은 손으로 확성기를 만들어 입 모양만으로 사빈에게 말한다.

'사, 랑, 해, 요.'

언젠가 꼭 그렇게 소리 내어 말해주리라 다짐하면서 사빈에게 진심을 담아 전한다. 그러나 그 순간 정단의 눈이 놀람으로 커지며 더이상 나아가지 못하고 걸음을 멈췄다. 사빈의 뒷모습이 정단의 말에 답하고 있었기 때문이다. 그런 것쯤은 이미 알고 있었다고.

"왜?"

사빈이 갑자기 멈춰선 정단을 돌아보며 이유를 물었지만 정단은 아무것도 아니라는 듯 미소만 지었다.

"아니요. 빨리 들어가서 밥 먹어요, 우리."

오늘도 그들의 뒤로는 빛이 떨어지고 있었다.

하지만 그 봄이 끝나고 더운 여름이 찾아왔을 때 정단의 몸이 이상했다.

"어떻습니까, 선생님."

"……."

"어디가 안 좋은 겁니까?"

사빈의 머릿속에 위암으로 사망한 정단의 어머니와 할머니가 떠오르며 불길한 기운이 그의 심장을 옭아매고 있었다. 그러나 사빈의 어두운 얼굴과 달리 여유로운 표정으로 사빈을 바라보고 있던 의사는 흐뭇한 얼굴로 말했다.

"내년이면 아빠가 되시겠군요."

사빈이 침울한 표정에서 갑작스레 웃는 표정으로 바꾸지도 못한 이상한 얼굴을 하고 믿을 수 없다는 듯 의사를 쳐다보았다.

"축하드립니다."

사빈의 하늘에서 찬란한 종이 울리고 있었다.

'아이라, 정단이 나의 아이를 가졌다!'

그러나 기쁜 마음과 함께 정단이 매일 아침 변기를 붙들고 울음을 토해냈던 것도 밥 냄새만 맡아도 도망쳤던 것도 다 자신의 아이가 들어앉았기 때문이라는 생각에 미안했다.

하지만 미안하면서도 하늘을 날아갈 듯 기쁜 마음에 사빈은 한걸음에 내달려 정단에게로 갔다. 그런데 내년이면 정단과 자신의 아이가 이 세상에 존재한다는 것에 어쩔 줄 몰라 하는 사빈과 달리 정단은 자신의 몸 안에 사빈의 아이가 자라고 있다는 얘기를 들은 후부터 우울해 보였다. 사빈은 자신처럼 아이의 탄생을 기뻐해 주지 않는 정단에게 섭섭하기는 했지만 아이 때문에 몸이 지쳐 그런 것이라 생각했다. 또한 임신 6주만에 그렇게 심한 입덧증상을 보이는 정단이 예민한 산모 같다며 걱정하던 의사의 말이 생각나 기분까지 안 좋아 보이는 정단이 걱정스러웠다.

그러나 점점 나아지라 생각했던 정단의 우울증은 쉽게 회복되지 않았다.

"많이 피곤해?"

사빈은 자신과 이야기를 하지도 않고 그렇다고 잠을 자는 것도 아닌 정단을 지켜보다 그 모습이 너무 힘들어 보여 정단에게 말을 걸었다. 하지만 정단은 그냥 고개를 저을 뿐이었다.

"우리 아기가 태어나기도 전부터 엄마를 힘들게 하는구나."

사빈은 아직 임신의 징후가 보이지 않는 평평한 정단의 배를 쓰다듬으며 정단을 힘들게 하는 아이를 나무라듯 말했다. 하지만 정단은 아이 때문에 힘든 것이 아니었다. 그동안 정단이 힘들었던 것은 자신의 살과 피를 나눠가질 아이가 생겼다는 기쁨과 함께 자신의 출생이 떠올랐기 때문이었다.

"혈육이 하나도 없는 기분을 알아요? 이 세상에 나 혼자 뚝 떨어져 있는 기분……. 그런데 이제 저한테도 피를 나눌 아이가 생겼네요. 그래서 너무 기뻐요. 그런데…… 그런데 말이죠. 엄마도…… 죽은 우리 엄마도 저를 가지셨을 때 이런 기분이셨을까요?"

천장만 바라보고 있던 정단이 입을 열었다.

"저는 내 아이가 생겼다는 게 너무 기쁜데 엄마도 저 가진 것을 아셨을 때 저처럼 기쁘셨을까요?"

"……."

"이렇게 기쁘진 않았겠죠? 아마 낳아야 할지 말아야 할지 많이 고민하셨겠죠?"

정단은 축복받지 못하고 태어났을 자신 때문에 우울했던 것이다. 사빈은 시무룩한 정단의 머리를 천천히 쓰다듬어 주었다. 그러나 알 것 같았다. 정단에겐 자신만으로는 채워줄 수 없는 작은 공간이 있다는 것을. 같은 피와 살을 나눈 자. 정단은 그것이 고픈 것이었다.

"아버님 만나게 해줄까?"

정단이 천장에서 눈을 떼고 사빈을 바라보았다. 눈물로 젖어 있진 않지만 아무런 감정이 없는 듯 메말라 있는 정단의 눈이 더욱 시려 보았다.

"아버님…… 한국에 계셔. 얼마 전에 나오셨다더군. 만나고 싶어?"

류 회장은 영빈과 성진의 합병 이후 잠적했다. 한동안 정단도 그가 어디로 사라졌는지 알 수 없었다. 그 후 사빈이 알아본 바로는 모든 재산을 정리하여 가족과 함께 뉴질랜드로 떠났다고 했다. 그런데 그 속에도 정단은 포함되지 못했다. 류 회장은 자신의 친딸보다 지금 부인의 전남편 소생의 자식들을 더 아꼈던 것이다. 알 수 없는 일이지만 그런 사람도 있는 모양이었다.

　"전 왜 태어났을까요?"

　정단은 이 세상에 아무도 필요로 하지 않는 자신이 왜 태어나야 했는지 원망스러웠다.

　"아버지도 어머니도 날 원하지 않는데 왜 낳았을까요?"

　한동안 둘 사이엔 무거운 침묵이 흘렀다. 정단은 애달프게 자신을 주시하는 사빈의 시선에 가슴이 아파옴을 느꼈다.

　"나는 상관없나?"

　류 회장의 얘기가 나오자 어두워지는 정단의 얼굴에 측은함을 느꼈지만 또 다시 자신의 가치를 의심하는 정단 때문에 사빈은 속이 상했다. 무엇보다 자신에게 그녀가 없으면 안됨을 알면서도 그런 의문을 품는 정단이 미웠다.

　"너를 사랑하는 내 마음은 상관없는 거니?"

　사빈은 한 번도 본 적 없는 상처받은 얼굴을 하고 있었다. 정단을 끊임없이 바라보는 눈동자가 아픔을 품고 있었다. 그 모습에 정단은 자신도 모르게 손을 뻗어 사빈의 얼굴을 끌어당겼다. 그리고 잘 닿지 않는 사빈의 입술로 다가가기 위해 베개에 뉘였던 고개를 살짝 들었다.

　"아프게 해서 미안해요."

사빈의 입술에 입을 맞춘 정단이 사빈의 얼굴을 가슴에 안으며 말했다. 사빈은 정단에게 안긴 그대로 고개를 뉘이고 팔을 뻗어 정단의 머리카락을 만졌다.

"당신은 사랑받고 태어난 사람이야."

사빈의 따뜻한 말에 정단이 한동안 잊었던 미소를 보이며 대답했다.

"응……."

"그래도 당신이 태어났다는 건 다른 누구보다 당신이 어머님께 사랑받았다는 증거야. 우리는 우리의 아이를 행복 속에서 쉽게 받아들일 수 있지만 어머님이 그저 기뻐하실 수만은 없는 상황이었잖아. 그러니까 우리의 사랑보다 더 큰 마음으로 당신을 낳은 거라고. 어머님이 겪어야 할 고통과 희생을 감수하면서도 당신을 낳으신 거니까. 내 말…… 알겠어?"

"응."

"나한테는 당신이 어떻게 태어났건 소중한 사람이라는 거 잊으면 안 돼."

"응……."

정단의 사빈의 말에 고개까지 끄덕이며 대답했다. 사빈은 착하게 자신의 말을 받아들이는 정단의 머리를 쓰다듬으며 아이 때문에 더 말라 버린 얼굴을 측은하게 바라보았다.

사빈은 정단이 자신의 어머니를 그리워한다는 것을 알 수 있었다. 사빈의 형수인 효원 역시 여자가 임신했을 때는 친정어머니가 가장 보고 싶은 것 같다는 말을 했었다. 정단이라고 어머니가 그립지 않을 리가 없었다. 더욱이 엄마가 되기 위한 준비를 하는 이 순간 어머니라는 존재가 정단에게는 새삼 크게 느껴질 것이다.

하지만 그 누구도 정단에게 엄마의 역할을 대신해 줄 수는 없을 것이다. 사빈은 자신이 정단에게 엄마가 되어줄 수 없음에 한탄하며 미안한 마음에 고개 숙여 정단의 입술에 입을 맞췄다.

"우리, 우리 아기는 원없이 사랑해 주자. 애가 질릴 정도로."

그 후 정단이 병원을 벗어날 수 있었던 것은 가을로 접어든 9월의 어느 날이었다. 다른 산모에 비해 정단의 건강상태가 좋은 것은 아니라는 의사에 말에 겁먹은 사빈이 정단의 퇴원을 미루고 미루었기 때문이었다. 의사가 그만 퇴원하라고 말할 때까지.

그리고 10월이 되어서야 정단의 배가 부풀며 사빈의 아이를 품고 있음이 눈으로 확인되기 시작했다.

커튼이 나부끼며 침실로 바람을 들여놓는다. 높은 하늘만큼이나 맑은 바람이 정단의 머리를 스치며 곱게 틀어 올린 머리 한가닥을 뺨 위로 풀어놓았다. 열린 창문으로 들어온 바람이 정단을 만질 때마다 검은 머리카락이 춤을 추었다. 그러나 선선한 바람의 내음도 자신의 얼굴을 간질이는 머리카락도 느끼지 못하는 정단은 얕은 숨을 내쉬며 곤히 잠들어 있다.

사빈은 그런 정단을 바라보며 한참이나 침대 앞에 서 있는 중이다. 이 여자가 지금 자신의 아이를 품고 있다는 만족감에 빠져서 말이다. 그러나 사빈의 손에 들려 있는 샌드위치는 더 이상 쓸모가 없어져 버린 듯 화장대 위에 놓여졌다.

조금 전까지만 해도 정단은 사빈과 함께 동화책을 읽으며 태교를 하고 있었다. 어색함을 무릅쓰고 동화구연이라도 하듯 동화책을 읽어준 것은 침대에 앉아 정단을 무릎에 누이고 있던 사빈이다. 그러나 책을 읽기 시작한 지 얼마 지나지 않아 정단은 아이가 샌드위치를 먹고 싶어한다며 사빈이 만들어줄 것을 요구했다.

그게 바로 조금 전인데 그것을 기다리지 못하고 잠이 들어버린 정단을 사빈은 조금 난감하게 쳐다보고 있다.

하지만 이내 조용히 창문으로 다가가 문을 닫는다. 아까는 시원한 바람을 쐬고 싶다 하여 문을 열어두었지만 아무래도 차가운 기운이 산모에게 좋을 리는 없었다. 그리고 오디오의 볼륨을 줄인 사빈은 조용히 정단 옆에 앉는다.

임신 초에는 너무나 허해져서 걱정이었는데 이제는 얼굴에도 살이 붙어 예전의 귀여운 모습이 다시 나타나고 있다. 잘못 들으면 살이 쪘다고 들리겠지만 오히려 조금은 통통해진 것이 사빈은 더 맘에 든다.

얼굴을 한쪽으로 꺾고 잠든 정단의 고개를 바로잡으며 손에 쥐고 있는 사진을 빼내어 침대맡에 올려둔다. 다른 사진들과 같이……

사빈의 어릴 적 사진이었다. 사빈을 닮은 아들을 낳고 싶다며 얻어낸 것이다. 자신의 사진을 시간 날 때마다 보는 정단 때문에 쑥스럽기도 하고 민망하기도 했지만 기분이 좋은 게 사실이다.

사빈은 정단의 동그란 배 위에 손을 올리고 자신의 아이가 주고 있을 온기를 느낀다. 그리고 잠든 정단 옆에 가만히 얼굴을 기댄다. 개인적으로 사빈은 이 아이가 아주 마음에 들었다. 덕분에 정단은 학교에서 벌어지는 사교활동을 중단했고, 이제 복학을 한다 해도 아줌마다. 장하다, 아주 장해. 태어나기전부터 큰 효도를 하는구나. 흐뭇하게 바라보는 사빈에게 정단의 뱃소리는 아기의 웃음소리처럼 들렸다.

"당신, 또 맨손으로 나온 거야? 내가 장갑 꼭 끼고 나오라고 했지. 몸이 차면 안 돼."

하얀 얼굴에 검은 외투를 입은 정단은 지독하게 예뻐 보였다. 아마 아무도 그녀가 임신 8개월의 임산부리라고는 생각지 못할 것이다.

사빈은 크리스마스를 맞아 밤거리를 거닐고 싶다고 조르는 정단을 데리고 나서기는 했지만 출산일이 가까운 정단이 위태롭기만 했다. 더욱이 또 맨손으로 나와 빨갛게 얼은 손을 하고 돌아다니는 것이 마땅치 않다. 하지만 그러면서도 정단의 손을 입으로 가져가 입김을 불어주는 사빈의 손길은 부드럽기만 했다.

자신이 데리고 나왔다면 장갑부터 챙겼을 텐데 몰래 정단의 크리스마스 선물을 준비하느라 먼저 집을 나선 것이 실수였다.

"어떡할 거야. 이러고 돌아다닐 거야?"

사빈은 정단에게 끼워줄 생각으로 자신의 장갑을 벗으며 말했다. 그러나 사빈이 장갑을 벗어주기도 전 정단은 사빈의 외투 속으로 손을 밀어 넣었다.

"이렇게 하면 되지."

마치 한 마리 토끼가 품으로 뛰어든 듯한 느낌에 사빈의 팔로 찌르르한 전기가 타고 올랐다. 사랑스러웠다. 사빈은 이렇게 귀엽고 앙증맞게 자신에게 안겨오는 정단이 미칠 정도로 사랑스러웠다.

자신의 가슴에 얼굴을 묻는 정단을 감싸며 끌어안는다. 동그랗게 부푼 배가 느껴진다. 자신의 여자와 아이가 함께 있다는 생각에 볼을 가르는 매서운 추위도 느껴지지 않는다. 그저 행복하고 또 행복하기만 하다.

"그래서…… 이렇게 나오니까 좋아?"

아마 다른 사람들이 봤다면 사빈이 어린아이를 품고 있다고 할 정도로 작은 정단이 사빈에게 얼굴을 부비며 좋다는 표현을 해왔다. 요즘 들어 부쩍 어리광이 심해진 행동에 사빈도 정단의 머리에 뺨을 부볐다. 그도 기분이 매우 좋음을 말하고 있었다. 그리고 큰 고백을 하듯 심장을 가다듬으며 정단에게 묻는다.

"내 생애 최고의 크리스마스 선물이 뭔지 알아?"

정단은 계속 사빈에게 고개를 묻은 채를 고개를 저었다. 그러자 사빈이 정단을 살짝 밀어내 내려다보며 말했다.

"당신."

"……."

"내가 12월 23일에 집 나간 당신을 찾아냈지. 그래서 그때 생각했지. 당신은 내 크리스마스 선물이라고."

가끔 그가 이렇게 집 나간 아내. 가출한 여자를 화제로 올릴 때면 정단은 민망했지만 사빈은 얼어서 빨갛게 상기된 정단의 두 뺨을 손으로 감쌌다. 그리고 정말 행복한 표정을 지으며 말했다.

"그때 평생치 선물을 한꺼번에 받은 기분이었지."

어느새 떨어지는 눈이 시야를 막으며 정단의 눈에 비치는 사빈을 흐릿하게 만들었다.

"당신을 나한테 준 세상이 너무 감사해. 하늘한테도 감사하고 이 눈한테도 감사하고 크리스마스에 태어나신 예수님께도 감사하고 장인어른께도 감사해."

정단의 눈에 스미는 눈물을 보며 사빈은 계속 행복한 표정으로 말했다. 지금 정단이 흘리는 눈물이 고통이나 슬픔으로 인한 것이 아님을 알고 있기 때문이다. 사빈은 떨어질 듯 말 듯 고민하며 파르르 떨리고 있는 눈물을 손으로 닦아주며 속삭였다.

"하지만 무엇보다 고마운 건 지금 내 곁에 있는 당신이야."

사빈이 눈물을 훔쳐 준 보람도 없이 정단의 눈에서 계속 방울이 떨어진다. 정단은 이상하게 울고 있을 자신이 부끄러워 얼른 사빈의 옷 속으로 얼굴을 숨겼다. 정단의 머리 위로 웃고 있는 사빈이 느껴졌다. 하지만 사빈의 여유있는 웃음은 그리 오래가지 못했다.

너무나 작아 잘 들리지 않는 소리였지만 사빈의 가슴에 새기듯 심장 가까이에서 속삭인 정단의 말이 사빈에게 그대로 스며들었다.

"사랑해요."

사빈이 그토록 기다렸지만 지난 2년 동안 들을 수 없었던 말이다. 하지만 사빈은 아무런 동요 없이 담담한 목소리로 말했다.

"그건 벌써 알고 있었는데 다른 고백은 없나?"

그러나 그가 자신의 고백에 얼마나 기뻐하고 있는지 정단은 알고 있다. 그의 심장이 미친 듯이 뛰고 있었으니까.

"정말로 사랑해요. 아주 많이……."

분명 병원 검진 때에는 아들이라고 했었다. 그것이 출산일 당일 딸로 바뀔 것은 아무도 예상치 못한 일이었다.

"3.0kg. 공주님이십니다."

안기도 무서울 정도로 자그마한 딸을 안는 사빈의 기분은 이상했다. 아들이 아닌 서운함이 아니었다. 뜻밖의 선물을 받은 기분이니까.

대대로 사빈의 집엔 딸이 귀했다. 여자형제가 한 명 있었던 성 회장에겐 이후 아들 삼 형제와 손자 한 명밖에 없다.

딸이 귀한 집에 정단이 낳은 아기는 사빈의 입지마저 다르게 해주었다. 드러내 놓고 내색은 안 하지만 사빈의 딸을 쳐다보다 누가보면 아닌 척 고개를 돌리는 성 회장이 자주 목격되곤 한다. 이제진 여사는 정단을 노려보는 것조차 자유롭지 않다. 성 회장이 직접 '연재'라고 이름까지 지어준 손녀의 엄마가 아닌가. 성 회장이 손녀딸을 얼마나 애지중지하는지는 가까이 있는 진 여사가 제일 잘 아는 일이었다.

이제 유아원에 갓 다니기 시작한 사빈의 조카 연후도 가까이 가지 못하는 할아버지 곁을 연재는 제멋대로 기어다녔다. 그래도 말리는 사람이 없다. 정단 혼자 저걸 어째 저걸 어째 매번 잡아 올릴 뿐이다.

그러다 진짜 일이 생긴 것은 연재가 이곳저곳을 휘젓고 다닐 무렵. 이젠 누가 안아주지 않으면 제 스스로 어른 몸을 기어올라 어깨에 매달린다. 그 대상이 성 회장이었던 게 문제였다. 눈 깜짝할 사이 다실 가운데를 가로질러 성 회장의 팔을 잡고 기어올랐다. 차를 마시던 성 회장은 얼른 찻잔을 치웠다. 손녀가 가슴께에 자리를 잡고 원하던 바를 이룬 듯 한숨을 내쉬자 그것이 귀여운 성 회장은 속으로만 허허 웃었다. 그것을 모르고 안절부절 못하는 정단은 딸을 받아들려 하는데 성 회장은 손녀의 엉덩이를 툭툭 두들기며 몸을 돌려 앉는다.

"어멈은 가서 하던 일이나 봐라."

이제껏 연후도 제대로 안아준 적 없는 성 회장이었다. 안 좋은 관절도 관절이었지만 몸에 밴 근엄함은 좀처럼 어찌 되지 않는 성 회장의 갑옷이었다. 그 갑옷을 파고든 게 사빈의 딸일 줄은.

"저 여우 같은 계집애. 누구 닮아 저런지 몰라."

시아버지의 다실을 나오며 정단은 난감하다는 듯 중얼거리지만 사빈은 쿡쿡 웃었다.

일찍부터 기기 시작한 연재는 말도 빨랐다. 엄마, 맘마는 진작에 했고 한참 빠빠를 시작하는 무렵이다. 대부분의 부모가 그렇듯 자랑하고 싶어 어쩔 줄 모를 시점이 도래한 것이다.

잘 초대도 안 하던 집에 웬일로 성묵을 부르는가 했다. 연재가 자신을 빠빠라고 부르는 것을 보여주고 싶어서다.

동영상으로는 성에 차지 않는다. 이전까지는 얼굴을 갖다대면 자기 코를 빤다며 자랑을 하더니만 이젠 이가 났네, 말을 하네 때때마다 성묵을 귀찮게 한다.

그러나 남자라면 다 빠빠인 줄 아는 연재였다. 특별히 안아보는 걸 허락받은 성묵의 뺨을 두들기며 말한다.

"빠빠…… 빠…… 부. 빠……."

성묵은 이 녀석 지금 나한테 바보라는 거야? 인상을 쓰며 돌아봤지만 사빈은 당장에 딸을 빼앗아 들었다.

"그만 가. 다시는 오지 마."

아빠의 자리를 빼앗길 위기에 놓인 사빈은 성묵을 집에 온 지 30분도 되지 않아 내쫓았다. 뭘 잘못했는지도 모르고 쫓겨난 성묵은 빈손으로 '뭐야?'를 외칠 수밖에 없었다.

그리고 그 두 번째 희생양은 빈센트 이베뤼. 겨우 휴가를 얻어 한국까지 날아온 그는 처음 보는 사빈의 딸에 감격에 겨운 눈물을 글썽였다. 이렇게 앙증맞은 아기라니. 봉긋하게 솟은 이마가 정단을 꼭 닮았다.

[이대로 잡아갈까?]

안으면 폭 안기는 연재를 들어 안고 거울 앞을 떠나지 못한다. 풀썩풀썩 머리 위에서 오르락내리락을 해주자 꺄르르르륵. 통통하게 솟은 볼에 입을 맞추자 빈센트의 금발 머리카락을 잡아당기며 외친다.

"빠아빠. 빠바."

지난번 성묵에게보다도 선명한 발음이다. 빈센트가 실어 온 5단 케이크를 못마땅하게 바라보던 사빈이 두두두두 달려와 연재를 달랑 안아 올린다. 사빈의 품에서도 빈센트를 향해 팔을 뻗는 게 어려도 잘생긴 것이 뭔지 아는가 보다.

[빈센트 이베륀, 이제 프랑스로 돌아가.]

씩씩거리는 소리까지 내며 돌아선 사빈은 아예 방으로 들어가 문을 닫았다.

[그럼 정단이 데리고 갈까?]

장난스러운 농담에 꽥 하고 소리를 지른다.

[연재도 정단이도 두고 가!]

주방에서 차를 준비하는 정단은 고개를 젓고 있었다.

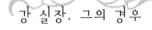

강 실장. 그의 경우

"이런 식으로 나가는 거면 다 버리고 가야 하지 않아?"

일찌감치 큰형 사혁의 자리는 포기했대도 사빈과는 은근한 경쟁의 끈을 놓지 않고 있던 사영은 말했다. 이럴 때보면 천생연분이라는 말이 왜 있는지 알 것 같았다. 지금 그의 표정은 은정과 비슷했다.

"왜. 치사해?"

진 여사와 등을 진다는 것은 집을 버리겠다는 것과 마찬가지. 그러면서도 건설과 의료재단 지분을 다 챙겨 나가는 사빈이 얄미운 것인지도 모른다. 거기다 성 회장의 신탁까지 합치면 성진의 이름을 벗어놓는다 해도 밑질 게 없었다.

"이건 위자료야. 이 정도는 네 간식거리도 되지 않아."

"이대로 나가면 살아남을 수 있을 것 같아?"

그가 사라지면 나머지는 고스란히 자신의 몫이 될 수 있을 텐데

그래도 형이 걱정이 되긴 하는 모양. 심각한 얼굴로 말하지만 사빈
은 웃으며 답했다.

"물론."

뭘 믿고 그리 자신만만할까 의아하겠으나 원래 사빈은 그랬다.
이 정도 챙겨 나가는 것도 정단에게 호사를 부리게 하기 위해서일
뿐, 없어도 상관은 없었다.

그러나 힘든 건 사실이었다. 진 여사의 공격이 만만치 않았으니
하는 일마다 투자가 끊기고 훼방이 많다. 성 회장이라면 아예 숨통
을 끊어놓을 텐데 이렇게 가지고 노는 것을 보니 진 여사 아직 아들
을 포기한 것은 아니다.

참견은 하지 않아도 위에서 지켜보고 있는 성 회장 자신의 은밀
한 사람을 불러 묻는다.

"잘하고 있나, 그 아이."

"조금 힘이 드신 것 같은데. 손을 쓸까요, 회장님."

반듯하게 대답하는 그는 강 실장이었다.

"아니야. 어디까지 버티나 한번 보지."

그런 그에게 성 회장은 고개를 저었다.

"재밌지 않나. 누가 이기나 지켜보는 것도. 어디 한번 보자고."

진 여사는 철썩같이 자신의 사람이라 믿고 있겠지만 일찌감치 성
회장에게 찜을 당한 강 실장이었다. 물론 사빈도 그를 자신의 편이
라 믿고 있는 듯하나 그는 그리 쉬운 남자가 아니었다.

성 회장이 관조하며 바라보는 것에도 동의한다. 그 또한 사빈을
관찰하는 게 재밌으니까.

요즘은 답지 않게 자신의 아내에 대해 투덜거리는 게 귀엽기도

하다.

"아직도 이사님이라고 하잖아요, 글쎄. 아니라니까."

어찌 그리 자신이 없는지.

"괜찮습니다. 이사님이시니까요."

그런 그에게 '쿡' 웃으며 말하지만 사빈은 인상을 찡그렸다. 무슨 말인지 모르는 듯했다.

그러나 강 실장은 며칠 전을 떠올렸다.

정단이 그를 수줍게 바라보며 말했다.

"그분은 강 실장님하고 비슷한 거 같아요. 말할 때 끊어 말하는 거 있잖아요."

세상에 둘도 없는 사실을 발견해 낸 것처럼 정단의 두 눈이 반짝였다. 그 끊어 말하는 게 어떤 것인지 강 실장으로서는 알 수 없는 것이었지만, 그 반짝임에는 그런가 보다 고개를 끄덕일 수밖에 없었다.

그 눈빛이 애정이 아니라면 무얼까. 애틋한 정단의 시선에 쑥스러운 듯 희미하게 웃은 강 실장이었다.

'사모님은 언제나 이사님을 보고 계십니다.'

하지만 그 사실을 말해줄 생각은 없다.

계속 그렇게 고뇌하는 사빈도 꽤 재밌으니까.

강 실장. 그의 경우 사빈은 귀여운 애완동물일지도 모른다.

The End...

작가 후기

안녕하세요? 신파 전문 이바우예요. 어쩌다 신파로 빠지게 되었는지는 모르지만 따옴표 하나만 찍어도 제 글은 슬퍼지네요. 알 수 없는 일이에요.

이러다 어느 날 코믹물을 쓰게 돼도 발가락만 담그다 뺀 글이 나오게 되겠습니다.

그래도 제 성격이 우울해서라고 오해하지는 말아 주세요. 제가 얼마나 상큼, 발랄한지 증언해주실 분이 많으니까요.

먼저 이 책의 계약 단계부터 저의 담당을 맡아주신 K, S, K, S님들. 몇 년이 지났는지 알 수 없습니다.

밤새워 가며 계약서에 사인하게 만들었는데 저의 작업 속도가 어찌나 빠른지, 모니터링 한 번을 끝으로 3년을 기다리다 떠나신 규진 님. 매일 밤 머리 풀고 석고대죄하고 있습니다. 저에게 날린 이단옆차기를 잊지 않을 테예요.

해맑게 나타나셔서 〈나비매듭〉과 〈그의 여자〉 작업을 함께 하겠다고 언약하셨던 수희 님. 그 굳은 약속 어디로 가고……. 갑자기 다른 부서로 옮기시며 제 가슴에 스크래치를 남기셨지요. 잊지 않을 것입니다.

그리고 유 팀장님으로만 제게 각인되었다 어느 날 모습을 드러내신 경화 님. 지금 생각해 보니 연약하셨던 첫 모습이 앞날을 예고했네요. 움찔움찔,

소곤소곤 이별을 고하시며 제 가슴 앞섶을 움켜잡게 만드셨지요. 슬펐습니다. 기침 없는 세상, 이룩하고 계시나요?

　마지막으로 마감의 대업을 이룩하게 해주신 수민 님. 호랑이도 손으로 때려잡을 분, 고래를 춤추게 하는 분, 이바우를 마감케 한 분. 과연 노예계약 해지는 가능할까요? 사실 마감 직전 터키로 도망치면서 수민님이 쫓아오실까, 안 오실까 궁금했어요. 어딜 가도 수민 님 목소리가, 환청이! 앞으로도 저와 함께라면 마감의 정점을 찍게 되실 거예요.

　제 속도가 느린 건 감출 수 없는 비밀이지만, 요번 책은 더욱 각별함에 꾸무럭거림이 배가 되었습니다. 그렇다고 그 시간동안 애정을 쏟아 부은 건 아니고요. 어찌 손을 대야 할지 막막함에 회피를……. 개정판이라 정말 날로 먹을 줄 알았는데, 처음 쓴 글이라고 변명하기에도 비겁하고 조악한 문장! 담비 언니의 '내가 미쳤어~' 춤이 절로 춰지는 시간이었습니다. 이걸 별 다른 수정 없이 가자고 하셨던 S, K, S님들! 같이 추세요!

　처음으로 쓴 글이라 집착이 심했습니다. 책이 나올 당시 마음 쓸 일이 많아서 제대로 신경 쓰지 못한 채 나온 글이기도 했고요. 참 힘들었지만, 다시 제대로 고쳐 나올 기회를 가질 수 있어서 감사하고 기뻤습니다. 아무리 열심히 했어도 후회는 또 남겠지만 말이에요. 그래도 이제 떳떳하게 책 표지를 바라볼 수 있겠네요.

　이번에도 표지는 핑크입니다.
　사실 핑크색을 무서워하는 저지만 다들 〈그의 여자〉는 핑크라고 하시네요. 대세였습니다. 그래서 이왕 핑크인 거 핫핑크로 가보자 하였으나 정단이를 생각해서 조금 자제를 하였습니다. 마지막까지 저의 취향인 초록색과 박빙의 승부를 가졌으나 녹색 표지를 본 관계자분들이 다들 '웬 개구리?' 하였다기에 눈물을 주룩주룩 흘리며 핑크색 표지에 손을 들어줬다지요. 하지만 이런 신파에는 표지라도 화사하게 가야지요. 핑크, 좋습니다.

그래도 제 안의 정단이는 녹색입니다. 맑고 투명한 아이랄까요. 이번엔 약간 차가운 이미지도 넣어줬는데 예전의 캐릭터와 이질감은 없을지 살짝 염려해 봅니다.

정단이처럼 제가 다리 뻗을 자리에만 다리 뻗고, 죽어야 하는 순간에는 목을 내어놓는 캐릭터가 좋습니다. 그렇게 잘 그려졌는지 의문이지만. 사실은 외유내강의 강한 캐릭터. 정단이는 독한 여자였습니다.

그에 비해 사빈이는……. 지켜주지 못해 미안한 캐릭터지요. 조금 더 멋지게 만들어줬어야 하는데 언제나 능력부족입니다. 이번에도 45% 부족했습니다. 제가 남자가 아닌지라 남자 심리를 알 수 있어야지요, 원.

아니, 사실은 제가 여성스럽지 못해 여자가 보는 멋진 남자와는 취향이 많이 동떨어졌다는 문제가…….

'네 여자를 지키란 말이닷!' 호통을 치려다가도 '아니, 잠깐. 저 여자도 네 여자였지? 그럼 누구 지분이 더 많은가' 하고 고민하게 되는. '그래도 사나이라면 지금 여자를!' 하다가도 '그럼 옛사랑은?' 하고 눈물을 글썽이고 만.

하지만 전에 비해서는 채영이의 비중이 줄었습니다. 조금 못된 여자가 되었지요. 제일 불쌍한 아이네요.

그래도 무사히 끝났습니다.

담당자님께 수정원고를 받고 맨 마지막까지 수정을 봤는데 눈물이 '글

성' 했어요.

「그의 여자 끝.
작가님. 수고하셨습니다.」

담당자님이 달아주신 멘트를 보니까 '정말 끝이구나', '나 정말 수고했
다' 라는 생각이 확 와 닿으면서 뭉클뭉클. 지난번 작업 때는 그렇지 않았는
데, 정말 정단이가 안녕~ 잘가~ 다신 오지마~ 하는 것 같았습니다.
여기서 초짜 티가 나는 거죠.

하지만 언제나 끝은 슬플 것 같습니다. 이 수정 대마왕이 다시는 수정 못
할 거라고 생각하면 눈물이…….

자, 이쯤에서 후기도 끝을 내볼까요.

제일 먼저 아빠, 엄마. 제가 이름이 이래서 글 쓰는 거라고 주변에서 종
종 놀리십니다. 필명으로 딱인 이름. 백수 아니게 해주셔서 감사해요.

관리자도 비밀번호를 까먹어 못 들어가는 사이트를 지켜주시는 '붉은 풍
차' 여러분들. 오래 기다리셨죠? 1년에 한 번 연재에도 눈물 글썽여 주시는
것 감사드려요. 앞으로는 한 달에 한 번은 달리겠습니다.

벌써 페이지에서 이름이 사라져 버린 지 오래인 '푸른 달'. 다른 분들과
함께 달려야 하는데 지켜주지 못해 미안. 앞으로는 지킴이가 되어주겠어.

가끔 얼굴 내밀어도 박대하지 않으시는 '푸른 달' 분들 감사드려요. 저 아직 회원이에요.

그리고 언제나 그 자리에 있어주셔서 힘이 되는 is님. 날 보고 있는 거죠? 날 버리고 아일랜드로 떠났지만 1년 동안은 나의 꼭짓점으로 있을 이래인 님. 1년 안에 돌아오지 않으면 아랫단계로 강등됩니다. 경고.

우리의 넘을 수 없는 벽. 자작나무 님. 계속 높아지셔야 해요. 저희는 매달려만 있어도 높이 올라갈 수 있으니까요. 무겁다고 털어내셔도 젖은 낙엽처럼 붙어 있을 테야.

같이 앉아 일하면 즐거운 라현 님. 앞으로도 함께 해요. 어쩐지 같이 있으면 신세계의 지식을 전수받는 기분. 쪽쪽 빨아들이겠어요.

마지막으로 맛없는 핫초코 타준다고 타박받은 리미 언니. 사실은 맛있어요. 52시간의 연속 타이핑으로 기절할 것 같은 순간에 큰 힘이 되어주셨답니다. 샌드위치만 납작하게 해주세요.

아, 참. 어느새 저보다 많은 책을 내신 태경 님. 저한테 느림보 병이 옮지 않아 다행이에요. 이번엔 주고받는 기쁨을 누릴 수 있겠네요.

2년 동안 마감의 클라이맥스를 같이 해주신 분들께 감사드립니다.
다음 신파에서 뵐게요.

저는 언제나 마감 중입니다.

2012. 봄.
오늘도 마감 중인 이바우입니다.